BAC PRO ASSP
SECONDE

ENSEIGNEMENTS PROFESSIONNELS

Hélène Baille ◆ Anne-Gaëlle Barachet ◆ Juliette Duriez ◆ Audrey Kreit ◆ Olivia Sinet ◆ Emmanuelle Sylvestre
Sous la direction de Laurence Léchelon

Bloc 1

Accompagnement de la personne dans une approche globale et individualisée

Bloc 2

Soins d'hygiène, de confort et de sécurité dans les activités de la vie quotidienne

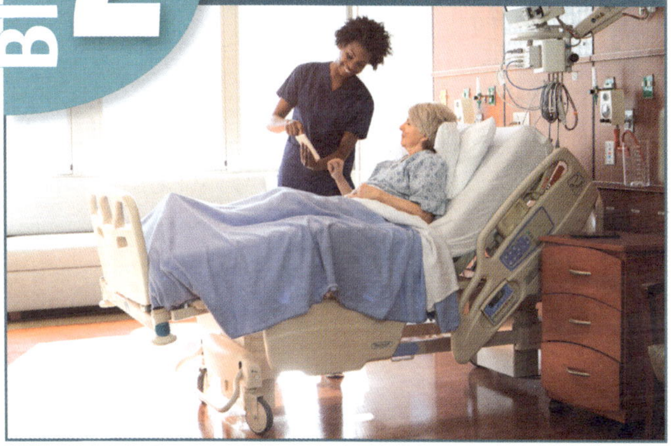

Bloc 3

Travail et communication en équipe pluri professionnelle

Bloc 4

Éducation à la santé

FontainePicard

Présentation de l'ouvrage

Cet ouvrage unique pour la classe de Seconde, **conforme au référentiel 2022 du baccalauréat professionnel ASSP**, traite des savoirs associés nécessaires à l'acquisition des compétences professionnelles.

Il traite les savoirs associés qui composent les **4 blocs de compétences** permettant aux élèves de concevoir et de mettre en œuvre les activités destinées à :

- accompagner la personne dans une approche globale et individualisée **(bloc de compétences 1)** ;
- intervenir auprès de la personne lors des soins d'hygiène, de confort et de sécurité, dans les activités de la vie quotidienne **(bloc de compétences 2)** ;
- travailler et communiquer en équipe pluriprofessionnelle **(bloc de compétences 3)** ;
- réaliser des actions d'éducation à la santé pour un public ciblé, dans un contexte donné **(bloc de compétences 4)**.

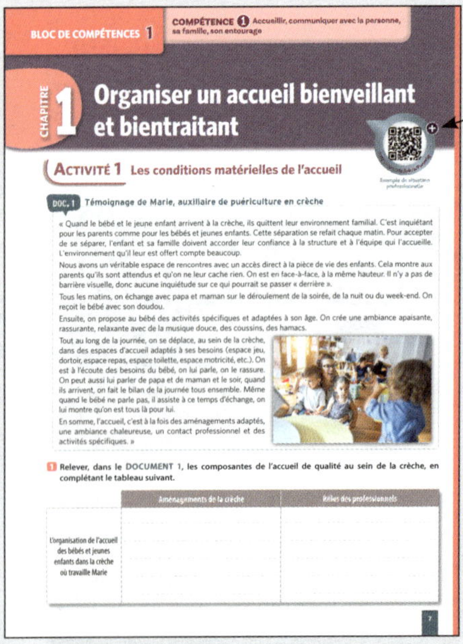

Un **Exemple de situation professionnelle** à télécharger permet de contextualiser le chapitre et de mettre les élèves en situation croncrète.

Les activités s'appuient sur des **documents variés et visuels** permettant le travail individuel, en groupe, sous la guidance de l'enseignant ou en autonomie.

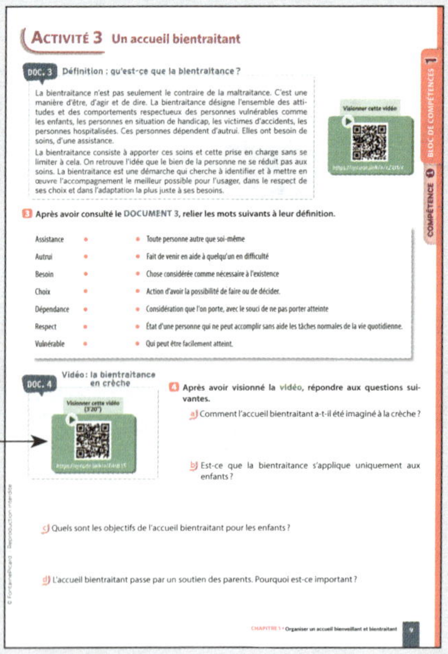

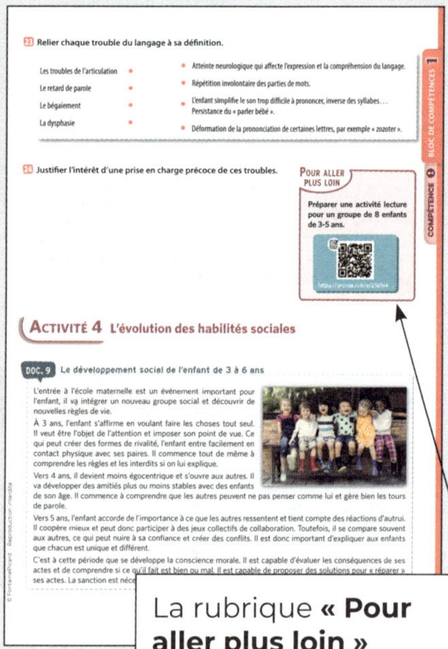

Des **ressources en ligne** (vidéo, article, fichiers à télécharger) sont accessibles grâce à des QR Codes.

La rubrique **« Pour aller plus loin »** permet d'approfondir les connaissances ou d'élargir à d'autres notions liées à la compétence.

Sur le Logiguide, des **ressources supplémentaires**, des **synthèses de cours** et des **activités de ludo-pédagogie** sont mises à disposition des prescripteurs pour permettre une différenciation pédagogique.

SOMMAIRE

Bloc de compétences 1 **Accompagner la personne dans une approche globale et individualisée**

Sommaire (suite)

Sommaire (suite)

Sommaire (suite)

Bloc de compétences 3 Travailler et communiquer en équipe pluriprofessionnelle

COMPÉTENCE 8. Traiter et transmettre des informations en intégrant les différents outils numériques

COMPÉTENCE 9. Participer à la démarche qualité et à la prévention des risques professionnels

Sommaire (suite)

Sommaire (suite)

COMPÉTENCE 11. Concevoir une action d'éducation à la santé

COMPÉTENCE 12. Mettre en œuvre et évaluer l'action d'éducation à la santé

Photolangages

Bloc de compétences 1	Bloc de compétences 2	Bloc de compétences 3	Bloc de compétences 4
https://qrcode.link/a/zwe4RJ	https://qrcode.link/a/TZSWHq	https://qrcode.link/a/j3jXjM	https://qrcode.link/a/8s6wUI

Maquette de couverture et maquette intérieure : FontainePicard

ISBN : 978-2-7446-4449-8

CHAPITRE 1 Organiser un accueil bienveillant et bientraitant

https://qrcode.link/a/PwunSg

Exemple de situation professionnelle

ACTIVITÉ 1 Les conditions matérielles de l'accueil

DOC. 1 Témoignage de Marie, auxiliaire de puériculture en crèche

« Quand le bébé et le jeune enfant arrivent à la crèche, ils quittent leur environnement familial. C'est inquiétant pour les parents comme pour les bébés et jeunes enfants. Cette séparation se refait chaque matin. Pour accepter de se séparer, l'enfant et sa famille doivent accorder leur confiance à la structure et à l'équipe qui l'accueille. L'environnement qu'il leur est offert compte beaucoup.

Nous avons un véritable espace de rencontres avec un accès direct à la pièce de vie des enfants. Cela montre aux parents qu'ils sont attendus et qu'on ne leur cache rien. On est en face-à-face, à la même hauteur. Il n'y a pas de barrière visuelle, donc aucune inquiétude sur ce qui pourrait se passer « derrière ».

Tous les matins, on échange avec papa et maman sur le déroulement de la soirée, de la nuit ou du week-end. On reçoit le bébé avec son doudou.

Ensuite, on propose au bébé des activités spécifiques et adaptées à son âge. On crée une ambiance apaisante, rassurante, relaxante avec de la musique douce, des coussins, des hamacs.

Tout au long de la journée, on se déplace, au sein de la crèche, dans des espaces d'accueil adaptés à ses besoins (espace jeu, dortoir, espace repas, espace toilette, espace motricité, etc.). On est à l'écoute des besoins du bébé, on lui parle, on le rassure. On peut aussi lui parler de papa et de maman et le soir, quand ils arrivent, on fait le bilan de la journée tous ensemble. Même quand le bébé ne parle pas, il assiste à ce temps d'échange, on lui montre qu'on est tous là pour lui.

En somme, l'accueil, c'est à la fois des aménagements adaptés, une ambiance chaleureuse, un contact professionnel et des activités spécifiques. »

1 **Relever, dans le DOCUMENT 1, les composantes de l'accueil de qualité au sein de la crèche, en complétant le tableau suivant.**

	Aménagements de la crèche	Rôles des professionnels
L'organisation de l'accueil des bébés et jeunes enfants dans la crèche où travaille Marie		

ACTIVITÉ 2 Un accueil bienveillant

DOC. 2 **Qu'est-ce que la bienveillance ?**

La bienveillance est une disposition d'esprit inclinant à la compréhension, à l'indulgence envers l'autre. Elle implique un soutien constant, une reconnaissance des capacités et une volonté d'adopter un regard optimiste et encourageant.

Visionner cette vidéo (de 0'' à 0'35'')

https://qrcode.link/a/dIA4ZN

2 **Lire les paroles de professionnel ci-dessous (ou écouter les 30 premières secondes de la vidéo). Indiquer si elles sont bienveillantes ou non. Justifier la réponse ou reformuler les propos pour qu'ils soient bienveillants.**

	Propos de professionnels adressés à un petit enfant en crèche :	Ces paroles sont-elles bienveillantes ?		Justification ou reformulation
		Oui	Non	
1	« Tu es toujours le dernier Oscar. Tu n'es jamais capable de mettre ton manteau en même temps que les autres ».			
2	« Tu ne veux pas manger ? Cela ne me dérange pas. Si tu ne manges pas aujourd'hui, tu vas manger demain. »			
3	« Tu attends quoi pour enlever tes bottes ? Je le sais que d'habitude ce sont tes parents qui font tout à ta place mais un peu d'autonomie ! »			

POUR ALLER PLUS LOIN

Consulter et compléter la charte qualité des établissements d'accueil collectif de la petite enfance à Strasbourg.

https://qrcode.link/a/GYPjeg

ACTIVITÉ 3 Un accueil bientraitant

DOC. 3 Définition : qu'est-ce que la bientraitance ?

La bientraitance n'est pas seulement le contraire de la maltraitance. C'est une manière d'être, d'agir et de dire. La bientraitance désigne l'ensemble des attitudes et des comportements respectueux des personnes vulnérables comme les enfants, les personnes en situation de handicap, les victimes d'accidents, les personnes hospitalisées. Ces personnes dépendent d'autrui. Elles ont besoin de soins, d'une assistance.

La bientraitance consiste à apporter ces soins et cette prise en charge sans se limiter à cela. On retrouve l'idée que le bien de la personne ne se réduit pas aux soins. La bientraitance est une démarche qui cherche à identifier et à mettre en œuvre l'accompagnement le meilleur possible pour l'usager, dans le respect de ses choix et dans l'adaptation la plus juste à ses besoins.

Visionner cette vidéo

https://qrcode.link/a/zZ2tbV

3 Après avoir consulté le DOCUMENT 3, relier les mots suivants à leur définition.

Assistance •	• Toute personne autre que soi-même
Autrui •	• Fait de venir en aide à quelqu'un en difficulté
Besoin •	• Chose considérée comme nécessaire à l'existence
Choix •	• Action d'avoir la possibilité de faire ou de décider
Dépendance •	• Considération que l'on porte, avec le souci de ne pas porter atteinte
Respect •	• État d'une personne qui ne peut accomplir sans aide les tâches normales de la vie quotidienne
Vulnérable •	• Qui peut être facilement atteint

DOC. 4 La bientraitance en crèche

Visionner cette vidéo (3'20'')

https://qrcode.link/a/E4s81S

4 Après avoir visionné la vidéo, répondre aux questions suivantes.

a) Comment l'accueil bientraitant a-t-il été imaginé à la crèche ?

b) Est-ce que la bientraitance s'applique uniquement aux enfants ?

c) Quels sont les objectifs de l'accueil bientraitant pour les enfants ?

d) L'accueil bientraitant passe par un soutien des parents. Pourquoi est-ce important ?

e) Change, accompagnement au sommeil, prise des repas se font-ils de façon mécanique ?

f) Comment effectue-t-on ces soins (change, accompagnement au sommeil, prise des repas) dans cette crèche pour qu'ils soient bientraitants ?

POUR ALLER PLUS LOIN

Consulter et répondre aux questions sur :

- **les recommandations pour l'accueil d'un patient et de sa famille en hospitalisation ;**
- **la professionnalisation du personnel pour améliorer l'accueil en EHPAD.**

https://qrcode.link/a/90r9sD

ACTIVITÉ 4 Comparaisons : bienveillance et bientraitance

5 **Au besoin, relire les DOCUMENTS 2 et 3. Pour chacune des définitions ci-contre, indiquer s'il s'agit de bienveillance ou de bientraitance.**

Attitude positive qui vise le bien et le bonheur d'autrui.	
Démarche visant à identifier le meilleur accompagnement possible pour l'usager, dans le respect de ses choix, de ses droits et dans l'adaptation la plus juste à ses besoins.	

6 **Dans les situations ci-dessous, indiquer si le professionnel fait preuve de bienveillance, de bientraitance, d'un défaut de bienveillance ou d'un défaut de bientraitance.**

	Situations	Bienveillance	Bientraitance	Défaut de bienveillance	Défaut de bientraitance
a	Madame Julia, résidente d'un EHPAD* « Souvent je me sens seule. L'aide-soignante est présente pour moi, nous discutons toutes les deux ».				
b	Mme R, hospitalisée : « À 6 h, l'aide-soignante entre chaque matin en allumant la grande lumière alors que je dors. »				
c	Gladys, infirmière à l'hôpital : « Je laisse mon téléphone portable personnel au vestiaire avant de commencer mon service. C'est une question de respect pour les patients. »				
d	Manuel, hospitalisé en service de cancérologie, parle à l'aide-soignante : – « Je ne suis pas bien installé pour manger. » – « Ce n'est pas un hôtel ici Monsieur. »				

** EHPAD : Établissement d'hébergement pour personnes âgées dépendantes.*

CHAPITRE 2

Créer une relation personne aidante – personne aidée

https://qrcode.link/a/drG73s

Exemple de situation professionnelle

ACTIVITÉ 1 Analyse de la situation professionnelle

DOC. 1 Situation professionnelle

Vous êtes employé(e) au Centre de Réadaptation de Coubert. Benjamin est admis depuis quelques semaines au Centre de Réadaptation de Coubert à la suite d'un accident de plongeon. Dès son arrivée, Benjamin et ses parents, M. et Mme Vallier, ont été accueillis par Docteur Challes, Directrice du Centre, qui le reverra régulièrement tout au long de son séjour.

Chaque matin, Jean-Marie, aide-soignant, vient le saluer, lui ouvrir les volets de sa chambre et lui servir le petit déjeuner. Il a pour habitude de parler de ses patients à la troisième personne, ce qui ne manque pas, au début, d'agacer Benjamin puis, au bout de quelque temps, de le faire sourire !

Les relations sont parfois plus compliquées avec Christiane, aide-soignante également, puisque cette dernière est bourrue : elle est rude et peu aimable.

Enfin, au fil des jours, une relation presque amicale se construit avec François, son kinésithérapeute... En effet, Benjamin ne manque pas de volonté pour progresser ! Au contraire de ses camarades parmi lesquels Steeve et Toussaint, qui ont encore du mal à accepter leur handicap et donc à se mobiliser durant les séances de rééducation.

1 **Surligner les différents acteurs présents auprès de Benjamin Vallier, personnage principal du film « Patients », dans le DOCUMENT 1.**

2 **Compléter le schéma ci-dessous en :**
- **positionnant les différents acteurs surlignés dans le DOCUMENT 1 à la question précédente ;**
- **replaçant, dans la légende du schéma, à l'endroit approprié, les termes « personne aidée » et « personne aidante ».**

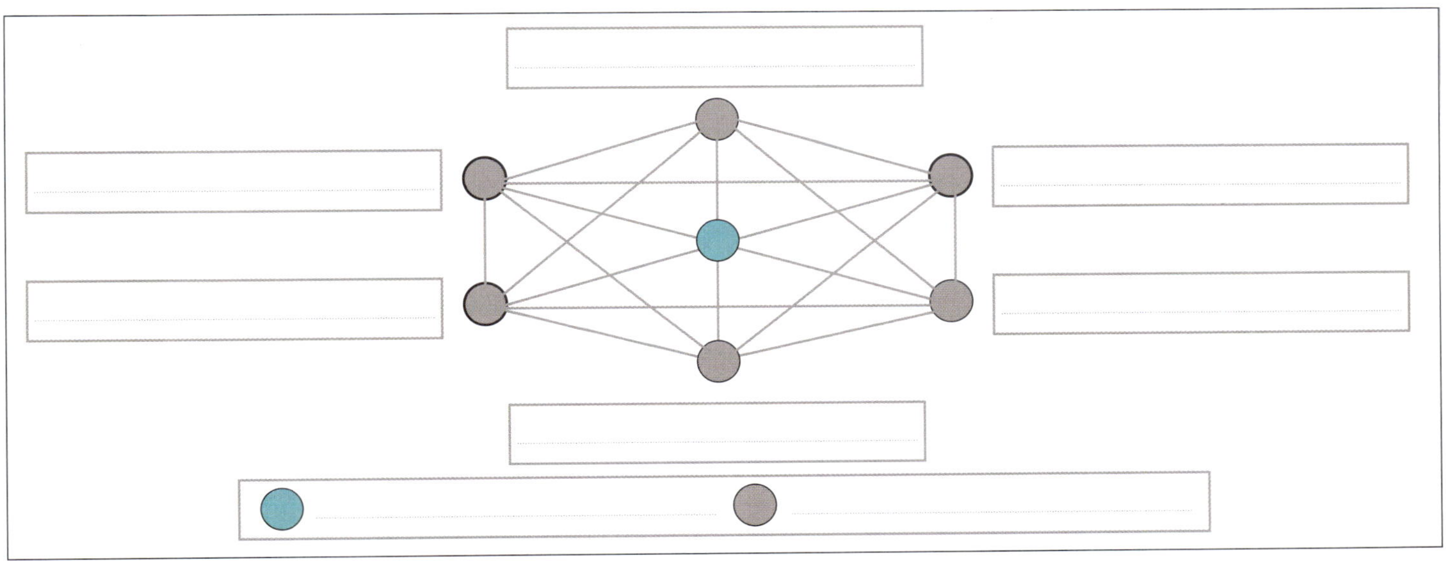

3 **Indiquer la signification des traits pleins sur le schéma précédent.**

DOC. 2 Les différents types de personnes aidantes et leurs caractéristiques

3 types de personnes aidantes peuvent être distingués :

	Aidant(e) familial(e)	Aidant(e) naturel(le)	Aidant(e) professionnel(le)
Définition	 L'aidant familial est défini par l'article R. 245-7 du Code de l'Action Sociale et des Familles qui le définit comme pouvant être le (la) conjoint(e), le (la) concubin(e), le partenaire pacsé, l'ascendant (parent, grand-parent...), le descendant (enfant, petit-enfant...), une personne collatérale jusqu'au 4e degré (frère, sœur, neveu, nièce...) ainsi que toute personne qui entretient des liens étroits et stables avec la personne aidée.	 L'aidant naturel est défini par l'article L. 1111-6-1 du Code de la Santé Publique comme étant une personne choisie par la personne aidée, sans lien de sang avec celle-ci (ami(e), voisin(e)...).	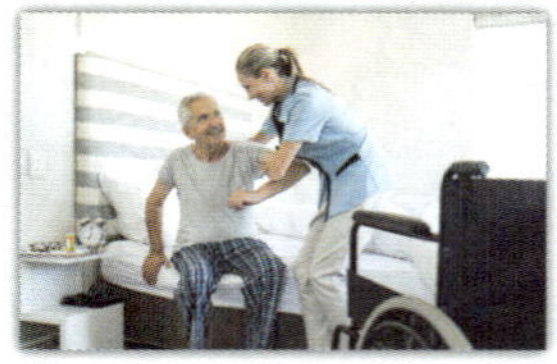 L'aidant professionnel se définit comme une personne formée et/ou diplômée, qui intervient régulièrement auprès de la personne aidée (à son domicile ou au sein d'une structure).
Statut	Non-professionnel.		Professionnel, il peut s'agir d'infirmiers, d'aides-soignants, d'aides à domicile, d'auxiliaires de vie, de kinésithérapeutes...
Missions	Ils apportent leur aide pour accompagner la personne dans l'accomplissement des gestes de la vie quotidienne (lever et coucher, préparation et prise des repas, habillage, déshabillage, toilette, entretien du lieu de vie, surveillance diurne et nocturne, démarches administratives...).		
Soins prescrits par le médecin	Les professionnels de santé apprennent à l'aidant et à l'aidé les gestes à effectuer		Les professionnels accomplissent les soins prescrits.
Rémunération	Ils ne sont pas rémunérés sauf s'ils deviennent salariés de la personne aidée dans le cadre : - de l'Allocation pour Adultes Handicapés AAH ; - de la Prestation de Compensation du Handicap PCH (le conjoint, concubin, partenaire de PACS ou obligé alimentaire au 1er degré ne peut pas être salarié de la personne aidée dans le cadre de la PCH. Il peut néanmoins percevoir un dédommagement s'il a dû cesser son activité professionnelle pour devenir aidant) ; - d'un emploi direct. L'aidant familial peut solliciter un Congé de Proche Aidant auprès de son employeur, congé non rémunéré et dont la durée varie selon la convention collective dont il dépend. Durant ce congé, il peut néanmoins percevoir l'Allocation Journalière de Proche Aidant.		Il est rémunéré par : - la personne aidée (dans le cadre de l'emploi direct de la personne aidante par la personne aidée) ; - la CPAM (dans le cadre de soins prescrits par un médecin) ; - ou par la structure qui l'emploie dans le cadre d'un emploi salarié (ex. : association ou entreprise d'aide à domicile...).

4 **À l'aide des DOCUMENTS 1 et 2, identifier la qualification de chacun des aidants (familial, naturel ou professionnel) de Benjamin Vallier en complétant le tableau ci-dessous.**

Aidant(e) familial(e)	Aidant(e) naturel(le)	Aidant(e) professionnel(le)

Activité 2 La relation aidant - aidé

5 **Compléter le tableau avec l'une des réactions suivantes :**
Acceptation – Agressivité – Coopération - Dépendance – Maternage – Rejet

Situation du film	Réaction(s) de la personne aidée ou de la personne aidante
Après de nombreuses semaines de rééducation, Docteur Challes reçoit Benjamin dans son bureau et l'informe qu'il ne pourra reprendre le basket de haut niveau. Mais Benjamin ne conçoit pas les choses de cette façon…	
Benjamin est très assidu aux séances de kinésithérapie proposées par François. Son assiduité lui a valu de faire de nombreux progrès ces dernières semaines.	
Jean-Marie, aide-soignant, passe chaque matin saluer Benjamin, lui ouvrir les volets et lui apporter son petit déjeuner. Il lui fait boire son chocolat et manger ses tartines.	
Toussaint exprime avec véhémence son refus de se rendre à ses séances de Kinésithérapie en piscine puisqu'il a l'impression de ne plus progresser depuis quelque temps.	
Alors que Benjamin et ses amis sont sortis dehors tard dans la nuit avec leurs fauteuils roulants électriques, le veilleur de nuit les réprimande tels des enfants.	

6 **Proposer, pour chacune des situations suivantes, une action adaptée de la personne aidante vers la personne aidée.**

Benjamin et ses amis ont pris des risques en sortant dehors tard dans la nuit avec leurs fauteuils roulants électriques car ils en ont marre des soirées « de vieux » du style karaoké, concert…

Action proposée par la personne aidante : ....

Farid, présent au sein du Centre de Réadaptation depuis plusieurs mois, informe l'équipe qu'il a parfois l'impression de se sentir inutile dans le Centre de Réadaptation. Le personnel n'a pas eu le temps de distribuer le courrier aux patients depuis plusieurs jours.

Action proposée par la personne aidante : ....

Lors de son retour au Centre après sa tentative de suicide, Steeve ne parle pas et refuse le contact.

Action proposée par la personne aidante : ....

Activité 3 Accompagner une personne aidée

DOC. 3 La notion d'accompagnement selon Maela Paul, Docteur en Sciences de l'Éducation

Les fonctions que doivent remplir les accompagnateurs sont multiples.

Accompagner signifie tout à la fois guider (c'est-à-dire orienter, conseiller), escorter (c'est-à-dire aider, protéger, surveiller) et conduire (c'est-à-dire diriger, enseigner, instruire, éduquer, former, initier). Des points communs se retrouvent :

- entre guider et escorter : veiller sur ;
- entre escorter et conduire : surveiller ;
- entre guider et conduire : éveiller.

L'intersection de ces fonctions se trouve dans la veille : être en poste d'accompagnement, c'est être en veille par rapport à une personne. Ces fonctions peuvent parfois être contradictoires. Elles ne prennent sens que dans le temps, à condition que le temps soit accordé. Accompagner, c'est être en équilibre entre trois attitudes : conduire, guider, escorter.

Il faut sans cesse s'ajuster à la personne et à sa problématique. Pour certains, le métier d'accompagnateur est un nouveau métier qui requiert des compétences professionnelles spécifiques. Pour d'autres, c'est une pratique ancienne que l'on faisait sans le savoir. L'accompagnement, même s'il demande une expertise professionnelle, impose de la « retenue » puisqu'il s'agit d'éveiller autrui à sa propre capacité à se prendre en charge. L'accompagnateur doit donner du temps. Il doit s'investir personnellement dans la relation. Mais la notion de rendement, d'efficacité, est bien présente. Il est donc obligatoire de respecter une éthique.

Les pratiques d'accompagnement sont à l'intersection de deux axes : le premier va de la réflexion à l'action et, le second va du sens à la technique. Accompagner, c'est être en équilibre instable au carrefour de ces deux axes.

La position de l'accompagnateur est à l'intersection de ces trois exigences :

- répondre à une attente institutionnelle ;
- entendre la personne accompagnée dans sa singularité ;
- être efficace en tant que professionnel.

Le professionnel est une plaque tournante, l'interface entre la commande de l'institution et les attentes et demandes de la personne.

« Le concept d'accompagnement – Note de synthèse effectuée à partir de l'intervention de Maela Paul » (extraits), 04/2004, http://a.pdc.free.fr/

7 **Identifier la signification (ou définition) du verbe « accompagner » selon Maela Paul en la soulignant en rouge dans le DOCUMENT 5.**

8 **Encadrer, dans le DOCUMENT 5, les trois verbes clés de la définition du verbe « accompagner » selon Maela Paul.**

9 **Associer, deux par deux, les différentes significations du verbe « accompagner » selon leurs points communs.**

Différentes significations du mot « accompagner »			Points communs
Conduire	•	•	Éveiller
Escorter	•	•	Surveiller
Guider	•	•	Veiller sur

10 **Identifier la racine commune entre les trois verbes suivants :** éveiller, surveiller, veiller sur.

....

....

11 **Compléter la phrase suivante avec les termes « accompagner » et « être en veille ».**

« ...., c'est .... par rapport à la personne que l'on accompagne ».

12 **À l'aide du paragraphe souligné dans le DOCUMENT 5 et de l'exemple donné dans le tableau ci-dessous :**
- identifier les 4 qualités qui vont permettre à l'accompagnant d'avoir une posture professionnelle en équilibre entre « conduire, guider et escorter » en complétant la colonne de gauche du tableau ci-dessous ;
- transformer chacune d'entre elles en « commandement » en complétant la colonne de droite du tableau ci-dessous.

Qualités de l'accompagnateur	Commandement de l'accompagnateur
Ex. : S'ajuster à la personne et à sa problématique	*Ex. : À la personne et à sa problématique, tu t'ajusteras…*

13 **Identifier les 3 exigences complémentaires que doit respecter l'accompagnant pour avoir une posture professionnelle adaptée.**

POUR ALLER PLUS LOIN

Comprendre les liens entre professionnels avec l'organigramme du Centre de Réadaptation de Coubert.

https://qrcode.link/a/Z6Rj4X

14 **Répondre aux questions suivantes puis compléter le tableau.**

a) **Comment voir que la personne aidée accueille positivement une intervention ?**

b) **Comment respecter l'intimité de la personne aidée ?**

c) **Qu'est-ce que l'empathie ?**

d) **Qu'est-ce qu'une distance professionnelle adaptée ?**

e) **Qu'est-ce que l'estime de soi ?**

f) **Que signifie infantiliser ?**

g) **Que signifie materner ?**

h) **Que signifie être en symbiose ?**

	Vrai	Faux
Pour que l'aide proposée à la personne aidée reçoive un accueil favorable, la personne aidante doit délivrer un message positif, en n'hésitant pas à employer le « je » : « j'ai envie de vous voir progresser ». Les messages positifs, évoquant un futur bien-être possible, rendront plus efficaces les actions de la personne aidante.	☐	☐
Lors d'une première prise en charge de la personne aidée, il est inutile que la personne aidante propose un soin de confort (bain de pieds, shampooing) plutôt qu'un soin d'hygiène faisant appel à la nudité (douche…). En effet, la création d'un contact physique et le respect de l'intimité du patient sont peu importants.	☐	☐
La personne aidante doit adopter une posture professionnelle équilibrée entre empathie (se mettre à la place du patient) et distance professionnelle adaptée.	☐	☐
Le regard de la personne aidante doit permettre à la personne aidée de puiser ce qui l'aidera à retrouver une estime de soi satisfaisante. Elle doit donc éviter d'exprimer trop de compassion, d'infantilisme et de maternage et, inversement, ne pas être trop en symbiose avec la personne aidée.	☐	☐

CHAPITRE 3 Adapter sa communication orale aux situations

Exemple de situation professionnelle

ACTIVITÉ 1 La communication orale

DOC. 1 Le langage verbal, le langage non verbal et le paralangage

La communication désigne l'action de communiquer, d'entrer en relation, de transmettre, d'informer. C'est une activité essentielle à la vie en société. Elle engage au moins deux personnes (un émetteur et un récepteur).

La communication passe par divers éléments :
- le langage verbal (usage des mots) ;
- le paralangage (rythme, ton de la voix, volume de la voix, mélodie) ;
- le langage non verbal (positions, gestes, respiration, mimiques du visage).

Selon le contexte et selon les interlocuteurs, les personnes accorderont plus ou moins d'importance à chacun de ces éléments.

1 **Surligner, dans le DOCUMENT 1, la définition de la communication.**

2 **Lire le DOCUMENT 1 puis observer le dessin.**

Indiquer l'élément de communication illustré par le dessin.

- ☐ **Le langage verbal.**
- ☐ **Le paralangage.**
- ☐ **Le langage non verbal.**

3 **Pour chacune des situations suivantes, indiquer quel élément de la communication est évoqué.**

	Élément de communication
a. Pleurs, cris… Dès sa naissance, le nourrisson communique avec son entourage.	
b. Le langage, pour une personne atteinte de la maladie d'Alzheimer, s'altère tant dans son expression que dans sa compréhension, les mots se perdent, sont confondus.	
c. À l'hôpital, les soignants sont formés aux signes physiques de l'expression de la douleur : plissement frontal, yeux resserrés, lèvres pincées, déformation du visage.	

DOC. 2 Patients non communicants : comment établir un échange ?

Dans une situation de communication, le professionnel est souvent l'émetteur. L'usager (enfant, patient, personne âgée), est le récepteur. Pour qu'il y ait échange, le récepteur doit pouvoir renvoyer une réponse à la fois compréhensible et cohérente au récepteur (cette réponse s'appelle le feedback).

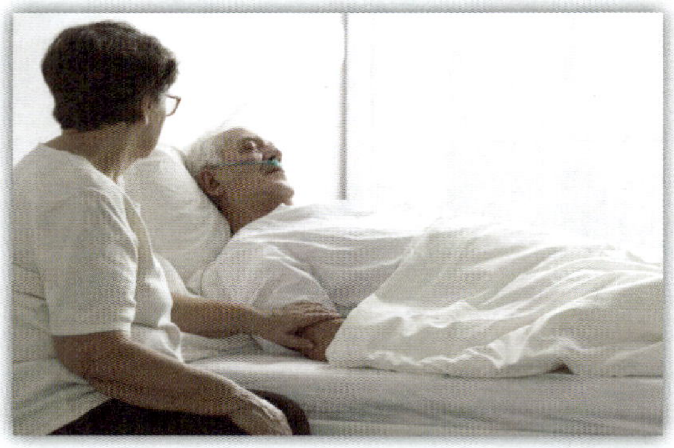

Or, certaines personnes ne peuvent pas se faire comprendre :
- les personnes dans le coma ;
- les personnes en fin de vie ;
- les personnes malades d'Alzheimer ;
- certaines personnes en situation de handicap.

Cette incapacité se matérialise à plusieurs niveaux :
- ☒ absence de réponse quand l'émetteur formule une question ou tente d'informer ;
- ☒ incapacité physique à répondre ;
- ☒ incapacité à percevoir et à comprendre.

Pour échanger avec des personnes non communicantes, plusieurs réflexes :
1. Observer, évaluer : la personne peut-elle me comprendre ? Par quel moyen peut-elle me comprendre ?
2. Si une communication verbale peut s'établir, elle doit être adaptée à la personne : ralentissement du débit, modulation de la tonalité de la voix, utilisation de phrases simples, reformulation des propos autant de fois que nécessaire.
3. Si une communication bidirectionnelle est impossible, le soignant peut s'appuyer sur la méthode de l'auto-feedback en pratiquant le monologue et en décryptant les réactions du patient.
4. Utiliser la communication non verbale et le paralangage. La pratique du regard intentionnel permet de rentrer en relation et de transmettre des émotions et des messages, tout comme le simple fait de sourire.

4 À l'aide du premier paragraphe, compléter le schéma suivant :

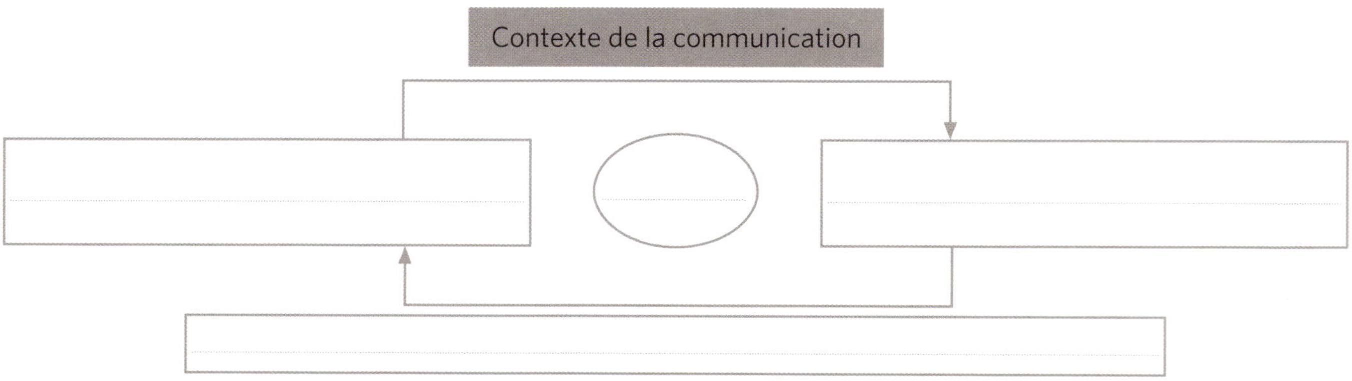

5 Indiquer ce qu'est le feedback.

6 Pourquoi certaines personnes ne peuvent formuler un feedback ?

7 Souligner les méthodes de communication proposées pour échanger avec des personnes non communicantes.

8 Expliquer la méthode de l'auto-feedback.

ACTIVITÉ 2 Les critères d'une communication orale efficace

1 Le langage verbal

9 Identifier, en les surlignant, la (ou les) cause(s) des difficultés de communication présente(s) dans la situation suivante.

Jeudi matin, 11 h 45, la salle d'attente est pleine et bruyante. L'infirmière du service des urgences pédiatriques parle aux parents de Théo, 3 ans.

« Théo a été transféré au bloc opératoire du service de chirurgie digestive et hépato-bilio-pancréatique car il n'y avait plus de place au bloc du service ambulatoire. L'appendicectomie était inévitable.

Vous pourrez voir Théo dans quelques heures. Vous pouvez d'ores et déjà vous rendre au service de chirurgie digestive et hépato-bilio-pancréatique. Il se trouve dans l'aile B, 1er étage droite. »

Les parents de Théo réagissent mal à ces informations, ils sont paniqués.

10 Compléter la colonne « points de vigilance » du tableau suivant à l'aide des mots : contexte, précision, succinct, simplicité, vocabulaire.

Points de vigilance	Communication verbale efficace	Mauvaise communication verbale
....	Le message doit être émis au bon moment et dans un endroit approprié.	Si le contexte n'est pas adapté, la personne n'est pas disposée à la communication.
....	L'utilisation de mots et de phrases simples améliore la compréhension et facilite les interactions.	Les mots et phrases compliqués entraînent une mauvaise compréhension, un manque d'intérêt, un sentiment d'infériorité.
....	Le message doit être complet et exact.	Le manque de précision provoque inquiétude et incompréhension.
....	Exprimer une idée grâce à un discours bref, quelques mots bien choisis.	Un message trop long peut provoquer une perte d'intérêt.
....	Le vocabulaire doit être connu du destinataire.	Si le vocabulaire est trop technique, il pourra entraîner de l'incompréhension.

Visionner cette vidéo jusqu'à 1'37"

https://eqrcode.co/a/y64s9x

11 Lire les paroles de professionnel ci-dessous ou visionner la vidéo jusqu'à 1'37". Indiquer ce qui ne convient pas dans le langage verbal. Proposer une reformulation.

	Propos d'une professionnelle adressés à une résidente d'EHPAD*	Langage verbal non adapté	Proposition de reformulation
a	« Bonjour Mamie ».		....
b	« Je m'appelle Emmanuelle, je suis enchantée de faire ta connaissance et je te souhaite la bienvenue dans ta nouvelle maison ».		....
c	« Pour ta première nuit, je vais te mettre ta couche et je vais te mettre ton pyjama et pour être sûre que tu ne tombes pas, je vais te mettre ta barrière ».		....

** EHPAD : Établissement d'hébergement pour personnes âgées dépendantes.*

❷ Le paralangage

DOC. 3 Qu'est-ce que le paralangage ?

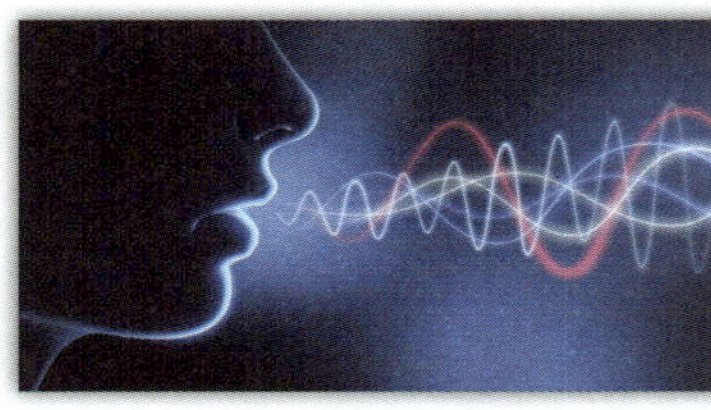

Le paralangage est l'aspect audible de la parole. Il exprime les émotions à travers la façon dont les mots sont dits. Sans même voir la personne qui nous parle, nous sommes capables de dire si cette dernière est nerveuse, détendue, si elle sourit, etc.

Les éléments caractérisant la voix sont les suivants :

- **le timbre :** variant de très grave à très aigu, il est propre à chaque individu ;
- **le volume :** niveau sonore à adapter en fonction du contexte et de l'auditoire (une ou plusieurs personnes, interaction amicale ou prise de parole en public, etc.) ;
- **le débit :** il s'agit de la vitesse à laquelle nous parlons ;
- **l'intonation :** le ton de la voix donne vie aux mots. Il est important de moduler le ton de la voix selon le contexte (chaleureuse, froide, motivée, etc.).

Un silence est une pause entre deux paroles. Il peut avoir plusieurs sens : « je suis à l'écoute », « je suis attentif », « je réfléchis », « je ne suis pas content », « je souffre », « je préfère ne pas parler pour éviter le conflit », etc. Les significations peuvent être très nombreuses.

La respiration, entre les paroles, peut être rapide ou lente.

12 **À l'aide du DOCUMENT 3, placer sur la fiche outil ci-dessous les mots Respiration, Silence et Voix.**

Fiche outil : Veiller au paralangage			
…………	Intonation	claire	autoritaire
		rassurante	douce
		interrogative	affirmative
	Timbre	grave	aigu
	Le rythme	rapide	saccadé
		lent	irrégulier
…………………………		essoufflée	rapide
		irrégulière	lente
…………………………		de réflexion	dus aux trous de mémoire
		d'émotion	dus au manque idée
		d'ennui	dus aux non-dits
		d'évitement	dus aux doutes

❸ Le langage non-verbal

DOC. 4 Définition de la communication non verbale

La communication non verbale englobe :

- **l'apparence vestimentaire** (donne une image de sérieux, de professionnalisme, d'excentricité) ;
- **la posture** (inclinaison de la tête, dos droit, pieds ancrés dans le sol, mains contrôlées, regard franc, dos courbé vers l'avant, regard fuyant, mains torturées, bras ou jambes croisés) ;
- **les gestes** (passer sa main dans ses cheveux, se frotter le nez, la bouche ou le menton, les mouvements saccadés, rapides, les mouvements amples, maîtrisés, lents) ;
- **le regard** (présent, appuyé, fixe, instable, fuyant, tourné vers le haut ou vers le sol, droit) ;
- **les expressions faciales** (sourcil qui se relève, le coin de la bouche qui frétille, l'œil qui frise, le front qui se plisse, les lèvres qui se crispent).

13 **Lire le DOCUMENT 4 puis décrire la photo.**

....

....

....

....

POUR ALLER PLUS LOIN

Jeu d'animation en classe : comprendre et maîtriser le langage non verbal

https://eqrcode.co/a/QYNAxs

4 Adapter sa communication au public

DOC. 5 Communication professionnels-usagers

La communication entre les professionnels et les usagers est primordiale. Par leurs mots (communication verbale), le ton de leur voix (paralangage), leurs postures et leurs gestes (communication non verbale), les professionnels sont accueillants et rassurants. La communication contribue à la qualité du soin, du service et de l'accompagnement.

Visionner cette vidéo (2'47'')

https://eqrcode.co/a/nXoBE2

14 **Indiquer ce qui est mis en évidence dans les situations ci-dessous (communication verbale, paralangage, non verbale).**

	Situation de communication	Type de communication		
		Verbale	Paralangage	Non verbale
a	July, auxiliaire en crèche, se met à genoux pour parler aux enfants. Quand ils ont un gros chagrin, elle cherche leur regard et tend les bras.	☐	☐	☐
b	Malika, aide-soignante à l'hôpital, utilise des mots simples lors de l'aide à la toilette.	☐	☐	☐
c	Juliette, ATSEM* en petite section de maternelle, parle tout doucement avec une voix feutrée au moment de la sieste.	☐	☐	☐
d	Sofiane travaille en EHPAD*. Quand la personne âgée ne se sent pas bien moralement, il prévient les familles. Il leur parle calmement, articule chaque mot.	☐	☐	☐
e	Noémie, pour son premier jour de stage en association d'aide à domicile, se présente avec des vêtements propres et ajustés. Elle a retiré ses bijoux et nettoyé ses chaussures.	☐	☐	☐

** ATSEM : Agent territorial spécialisé des écoles maternelles*

ACTIVITÉ 3 Les principes d'une écoute active

DOC. 6 Qu'est-ce que l'écoute active ?

L'écoute active est une forme de communication essentielle en relation aidante.

Elle exige de la concentration et de la réflexion. Elle permet de mieux comprendre son interlocuteur.

Il est important d'écouter, de ne pas interrompre son interlocuteur.

Lorsqu'on écoute, il faut veiller à ne pas interpréter. On interprète lorsque l'on sélectionne une information, lorsqu'on ajoute de l'information, lorsqu'on transforme de l'information.

Texte à lire dans le logiguide

15 **Votre enseignant vous lit un texte. En veillant à ne pas interpréter ce qui a été entendu, cocher chaque proposition « V » (vrai), « F » (faux) ou « ? » (on ignore la réponse) une fois la lecture terminée.**

	Proposition	V	F	?
a	La femme venait de quitter ses amis.	☐	☐	☐
b	La personne sortait de chez elle lorsqu'elle a ressenti une forte douleur.	☐	☐	☐
c	La personne est tombée par terre.	☐	☐	☐
d	Plusieurs personnes se sont approchées pour le secourir.	☐	☐	☐
e	Des jeunes hommes ont essayé de l'agresser.	☐	☐	☐
f	Toutes les personnes sont restées jusqu'à l'arrivée des secours.	☐	☐	☐
g	L'un des hommes lui a demandé s'il fallait prévenir un proche.	☐	☐	☐
h	Les pompiers se sont garés à proximité de la victime.	☐	☐	☐
i	Les pompiers ont mis beaucoup de temps à arriver.	☐	☐	☐

16 **Que peut-on déduire de cet exercice ?**

DOC. 7 Faire parler l'autre pour l'écouter activement

Pour clarifier des propos que nous pensons avoir mal saisis ou qui seraient trop vagues, il faut utiliser la méthode du questionnement. Cela consiste à poser des questions ouvertes afin d'obtenir des informations complémentaires. Il faut cependant être vigilant sur le fait de ne pas tomber dans un interrogatoire.

Aussi, l'écoute active demande de la reformulation.

La reformulation consiste à répéter ce que vient de dire son interlocuteur afin de s'assurer de l'avoir bien compris. On peut : faire écho à ce qui vient d'être dit en le répétant partiellement ; répéter exactement les propos de son interlocuteur en utilisant son vocabulaire à lui ; répéter en utilisant son propre vocabulaire, répéter par une interrogation.

La reformulation a deux avantages : elle permet de s'assurer d'avoir bien compris ce qu'il vient d'être dit ; elle permet un effet miroir : en confrontant l'individu à ses propres paroles, elle le met face à la réalité de ce qu'il vient de dire et qu'il n'a peut-être pas pensé ou que lui-même a mal formulé.

17 **Lire le DOCUMENT 7, puis, dans la situation suivante, indiquer comment mettre en œuvre une écoute active.**

Sacha, 3 ans, vient vous voir en pleurs. Ses propos sont incohérents, il montre du doigt Enzo, un petit garçon de 18 mois. Il redouble de sanglots. Vous vous mettez à sa hauteur et le regardez dans les yeux. Sacha regarde le sol, agite les deux bras et répète « veut pas rendre, veut pas rendre ».

CHAPITRE 4

Recueillir des informations relatives aux allergies et intolérances alimentaires

https://qrcode.link/a/cy4noS
Exemple de situation professionnelle

ACTIVITÉ 1 Les allergies alimentaires

DOC. 1 Qu'est-ce qu'une allergie ?

Visionner cette vidéo
https://qrcode.link/a/rPjC4w

Les allergies alimentaires résultent d'un mauvais fonctionnement du système immunitaire qui produit des anticorps contre certains aliments normalement acceptés par l'organisme. Les aliments provoquant ce type de réaction sont nommés **allergènes**. Une allergie alimentaire se développe en deux temps :

- première ingestion de l'aliment allergisant : l'organisme ne développe aucun symptôme mais fabrique des anticorps spécialisés dans la reconnaissance de cet aliment ;
- deuxième ingestion de l'aliment allergisant : les anticorps fabriqués lors du premier contact réagissent à l'entrée de l'allergène dans l'organisme. Cette réaction provoque la libération de différentes substances chimiques dont **l'histamine**. Ces substances provoquent l'apparition de réactions de type inflammatoire qui peuvent se manifester de manières très variées selon les individus. L'urticaire, l'eczéma, l'asthme léger et les problèmes digestifs, sont des manifestations gênantes mais non dangereuses. L'œdème de Quincke avec gonflement de la gorge et le choc anaphylactique sont des conséquences beaucoup plus graves de l'allergie et sont potentiellement mortels.

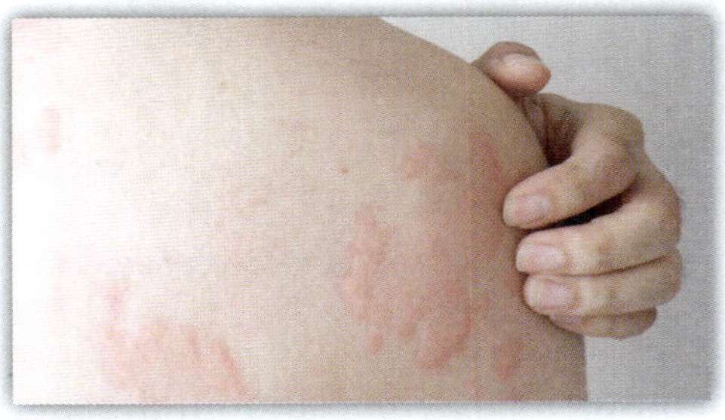
Manifestation allergique : une plaque d'urticaire

Les allergies peuvent évoluer tout au long de la vie. Ainsi certains enfants peuvent voir leur allergie à l'œuf disparaître après l'âge de 5 ans et des adultes en voir apparaître de nouvelles. Il existe également des phénomènes d'allergies croisées entre un allergène alimentaire et un allergène respiratoire qui possèdent des structures similaires.

Définition

Choc anaphylactique : il s'agit d'une réaction de l'ensemble de l'organisme à un allergène qui comporte un risque vital pour la personne qui en souffre car l'ensemble de ses appareils ou systèmes sont touchés.

1 **Souligner la définition de l'allergie alimentaire.**

2 **Expliquer pourquoi on ne peut pas savoir qu'on est allergique à un aliment lorsqu'on le mange pour la première fois.**

3 **Pourquoi doit-on être attentif aux aliments que l'on donne à une personne atteinte d'allergie respiratoire ?**

4 Souligner dans le **DOCUMENT 1**, les différentes manifestations possibles d'une allergie alimentaire.

5 Lors d'une allergie alimentaire, on peut administrer un antihistaminique. Expliquer à l'aide du **DOCUMENT 1** pourquoi ce traitement peut être utile.

POUR ALLER PLUS LOIN

Liste des 14 allergènes à déclaration obligatoire.

https://qrcode.link/a/BN8G2G

DOC. 2 Les principaux allergènes alimentaires

Les allergies alimentaires concernent à la fois les aliments au sens propre mais également les additifs alimentaires (ex. : colorants, émulsifiants...).

Il existe une liste officielle de 14 allergènes alimentaires à déclaration obligatoire. On parle de déclaration obligatoire car les industriels ont pour obligation de mentionner leur présence sur les étiquettes des produits qu'ils fabriquent. Il existe de nombreux autres allergènes qui varient en fonction des habitudes alimentaires de chacun. Les allergènes alimentaires les plus courants sont présentés sur la photo ci-contre.

Quelques allergènes alimentaires fréquents

6 À partir de l'illustration du **DOCUMENT 2**, faire une liste des principaux allergènes alimentaires.

7 À l'aide du **DOCUMENT 2**, expliquer pourquoi la loi oblige les industriels à indiquer la présence d'allergènes sur l'emballage des produits ?

ACTIVITÉ 2 Les intolérances alimentaires

DOC. 3 La maladie cœliaque

Le gluten est une protéine que l'on retrouve dans la plupart des céréales hormis dans le riz et le maïs. Chez certaines personnes l'ingestion du gluten provoque une réaction immunitaire locale au niveau de l'intestin grêle. Chez les personnes intolérantes au gluten, les lymphocytes T réagissent avec certains composés issus de la dégradation du gluten lors de la digestion. Cette réaction déclenche une inflammation localisée qui provoque à plus ou moins long terme une destruction de la paroi intestinale. Cette destruction diminue progressivement la capacité de l'intestin grêle à absorber les nutriments.

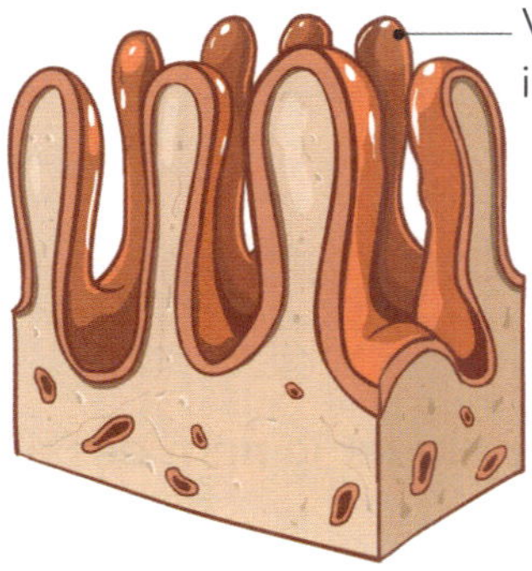

Villosités chez une personne saine

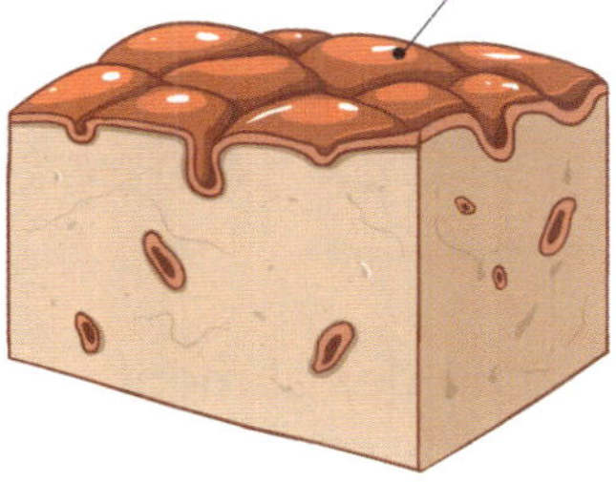

Villosités chez une personne atteinte de maladie cœliaque

Les symptômes de la maladie cœliaque sont d'abord localisés à l'appareil digestif. Ballonnements, douleurs abdominales et diarrhées sont les premiers symptômes ressentis. Ces signes s'accompagnent peu à peu de carences alimentaires liées à la mauvaise absorption intestinale des nutriments qui s'accentue avec le temps.

DOC. 4 L'intolérance au lactose

Le lactose est le sucre présent dans le lait qui se digère grâce à une enzyme appelée lactase. Cette enzyme est présente normalement chez l'enfant puis peut disparaître chez certains adultes à cause de différents facteurs (génétiques, abandon des produits laitiers pendant l'enfance...). L'absence de lactase entraîne une incapacité de l'organisme à digérer le lactose qui reste dans l'intestin sans pouvoir être absorbé. Il en résulte une sortie d'eau dans les intestins à chaque fois que du lactose s'y trouve suite à l'ingestion de produits en contenant. La sortie d'eau entraîne un ramollissement des selles qui provoque rapidement des diarrhées, des ballonnements et des douleurs abdominales.

Définition

L'alactasie est un déficit congénital en lactase. Il s'agit d'une cause d'intolérance.

8 **Souligner les deux principales intolérances alimentaires.**

9 **La maladie cœliaque provoque une destruction de la paroi intestinale. À l'aide du schéma du DOCUMENT 3, indiquer la structure qui disparaît.**

....

10 **Qu'est-ce qui provoque l'intolérance au gluten ?**

....

....

BLOC DE COMPÉTENCES 1 — COMPÉTENCE 2

11 Qu'est-ce qui provoque l'intolérance au lactose ?

12 Qu'est-ce qui différencie une intolérance alimentaire d'une allergie ?

Activité 3 Adapter l'alimentation en cas d'allergie ou d'intolérance

13 Pour chacun des aliments suivants, indiquer le nom des personnes autorisées à le consommer.

Cas n° 1 : Diane est allergique aux fruits à coque et a déjà fait un choc anaphylactique.
Cas n° 2 : Enzo souffre de maladie cœliaque.
Cas n° 3 : Leïla ne peut pas consommer beaucoup de produits laitiers.
Cas n° 4 : Marcel fait de l'urticaire lorsqu'il mange des fruits de mer.

Pour aller plus loin

La recette des crêpes sans lait et sans gluten.

https://qrcode.link/a/4sZJjb

14 Que faudrait-il pour être certain que vos réponses sont les bonnes ? Expliquer en quoi cela rend le quotidien des personnes intolérantes ou allergiques difficile.

CHAPITRE 5 Repérer les potentialités de l'enfant à la naissance

https://eqrcode.co/a/UpdANn

Exemple de situation professionnelle

ACTIVITÉ 1 Les examens réalisés en salle d'accouchement

DOC. 1 Le test d'APGAR

Tout juste né, à 1 minute puis 5 minutes et enfin 10 minutes de vie, le nouveau-né va passer, à 3 reprises, le test d'APGAR, test mis au point par le docteur américain Virginia APGAR en 1952, qui permet de s'assurer de la bonne adaptation du nouveau-né à la vie extra-utérine (= en dehors de l'utérus).

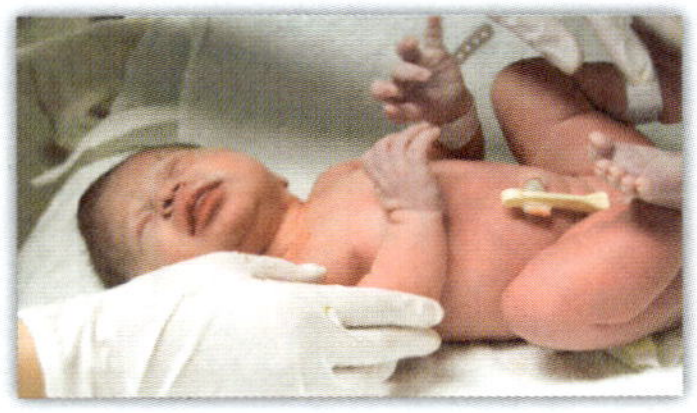

Durant ce test, rapide et indolore pour le nouveau-né, cinq paramètres sont évalués :
- **A (apparence)** : sa coloration de peau ;
- **P (pouls) :** sa fréquence cardiaque ;
- **G (grimaces) :** sa réactivité aux stimulations ;
- **A (activité) :** son tonus musculaire ;
- **R (respiration) :** sa fréquence respiratoire.

Chacun de ces paramètres est noté de 0 à 2 points. Les scores obtenus à chacun de ces 5 paramètres sont ensuite additionnés pour donner une note sur 10.
- **Si le score obtenu est égal ou supérieur à 07/10 :** le nouveau-né se porte bien, il s'est bien adapté à la vie extra-utérine.
- **Si le score obtenu est compris entre 04 et 06/10 :** le nouveau-né est en détresse, ses voies respiratoires doivent être dégagées et il doit être ventilé.
- **Si le score obtenu est inférieur à 03/10 :** le nouveau-né est en détresse importante, des soins urgents tels qu'un massage cardiaque et une réanimation sont mis en œuvre dans les plus brefs délais en cas de besoin. Le pédiatre est appelé en urgence.

Ce score est noté sur le carnet de santé, qui sera remis aux parents de l'enfant à sa sortie de la maternité.

1 À l'aide du DOCUMENT 1, compléter le schéma suivant.

a) Identifier les 5 paramètres évalués lors du test d'APGAR.

b) Indiquer le(s) moment(s) de réalisation de ce test.

c) Préciser l'objectif de ce test.

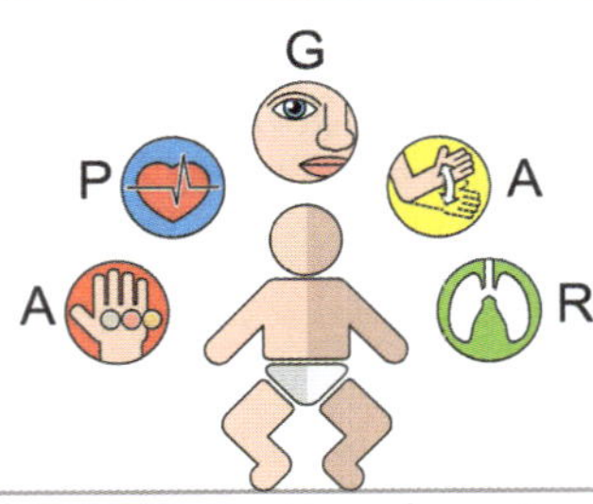

A = ...

P = ...

G = ...

A = ...

R = ...

Moment(s) de réalisation de ce test :

....

Objectif de ce test :

....

2 **Utiliser la calculatrice en ligne (accessible via le QR Code ci-contre) puis calculer le score obtenu au test d'APGAR par chacun des nouveau-nés suivants. Indiquer si le score obtenu nécessite une prise en charge particulière.**

https://eqrcode.co/a/VPVm0q

Au bout d'une minute de vie, Eliott est déjà tout rose ! Il a une fréquence cardiaque de 120 pulsations/minute et manifeste sa présence dans la salle d'accouchement puisqu'il crie vigoureusement. Lorsque Léa, sage-femme, le stimule, sa réponse est vive ; d'ailleurs, il n'arrête pas de gigoter !

Score d'APGAR : .... /10	Commentaire :

Mattéo est né prématuré à 7 mois et demi de grossesse ; au bout de cinq minutes de vie, il demeure de couleur bleutée. Sa fréquence cardiaque est de 50 pulsations/minute. Les mouvements respiratoires sont absents. Il ne crie pas, ne fait pas de grimace, ne réagit pas aux stimulations de Léa, la sage-femme. Il ne bouge pratiquement pas.

Score d'APGAR : .... /10	Commentaire :

Née par césarienne il y a 10 minutes, Lisa était en détresse importante à la naissance et le pédiatre a dû intervenir pour la prendre en charge. Son état s'améliore peu à peu, sa fréquence cardiaque est remontée à 110 pulsations/minute. Ses mouvements respiratoires demeurent lents. Elle commence à reprendre des couleurs, seules ses extrémités sont encore bleutées. Son tonus musculaire est faible, elle ne réagit que par quelques légères grimaces aux stimulations du pédiatre.

Score d'APGAR : .... /10	Commentaire :

DOC. 2 Et après le test d'APGAR ?

À l'issue du test d'APGAR, le nouveau-né est essuyé, enveloppé dans un lange sec et chaud, couvert d'un bonnet pour éviter l'hypothermie. Il est placé en peau à peau contre la maman, le visage dégagé, en présence d'un autre adulte (accompagnant, professionnel). Si la mère a choisi d'allaiter son enfant, la première mise au sein lui est proposée.

1 à 2 heures après la naissance, le nouveau-né est examiné par la sage-femme (ou la puéricultrice), l'obstétricien ou le pédiatre de la maternité, en présence de la mère du nouveau-né ou de son accompagnant (père du nouveau-né…).

Le professionnel effectue un examen clinique complet :
- il aspire les mucosités qui encombrent ses voies respiratoires, vérifie que les orifices sont bien dégagés (bouche, nez) ;
- il pèse le nouveau-né et le mesure. À terme, le poids d'un nouveau-né est généralement compris entre 2,6 et 4 kg tandis que sa taille est généralement comprise entre 46 et 54 cm. Son périmètre crânien (= tour de la tête) est de 34 à 36 cm. Cet examen permet de vérifier que le nouveau-né ne présente pas de retard de croissance et d'effectuer un suivi de sa perte de poids au cours des premiers jours suivant la naissance ;
- il ausculte le cœur et les poumons pour s'assurer de l'absence d'anomalie cardiaque ou respiratoire ;
- il observe les os de son crâne, qui ne sont pas encore soudés et vérifie l'aspect de ses fontanelles, espaces membraneux entre les os du crâne. Les fontanelles permettent au crâne de lui donner une flexibilité facilitant l'accouchement ainsi que de grandir au rythme du cerveau durant les premières années de vie ;

- il palpe sa colonne vertébrale pour s'assurer qu'il n'y a pas de défaut de fermeture du rachis, pouvant être un signe évocateur d'une maladie appelée spina-bifida ;
- il vérifie l'absence de luxation congénitale de la hanche en écartant les genoux du nouveau-né après avoir replié ses jambes sur ses cuisses puis sur son abdomen (signe d'Ortolani). Lorsqu'elle n'est pas dépistée et traitée à temps, elle risque d'entraîner une boiterie lors de l'acquisition de la marche ;
- il observe ses organes génitaux pour vérifier que les testicules sont bien présents dans les bourses, ou bien que les lèvres sont bien formées. Il s'assure que l'anus est bien perforé pour éviter l'apparition d'une occlusion intestinale ;
- il teste les réflexes archaïques (marche automatique...) dont la présence est significative d'un bon développement neurologique. Enfin, il met un collyre dans les yeux pour prévenir une infection oculaire due à des germes présents dans le vagin au moment de l'accouchement et il administre des gouttes de vitamine K1 pour éviter les hémorragies.

Au moindre problème, le pédiatre est appelé pour effectuer un examen plus approfondi.

3 **Dans le DOCUMENT 2, souligner les professionnels de santé aptes à réaliser les examens médicaux sur le nouveau-né dès sa naissance.**

4 **Surligner, dans le DOCUMENT 2, les « normes » du poids et de la taille du nouveau-né né à terme à la naissance.**

5 **À l'aide du DOCUMENT 2, compléter le tableau ci-dessous.**

a) Identifier les différents examens réalisés sur l'enfant à la suite du test d'APGAR.

b) Indiquer leurs objectifs.

	Examen réalisé	Objectif(s) de cet examen
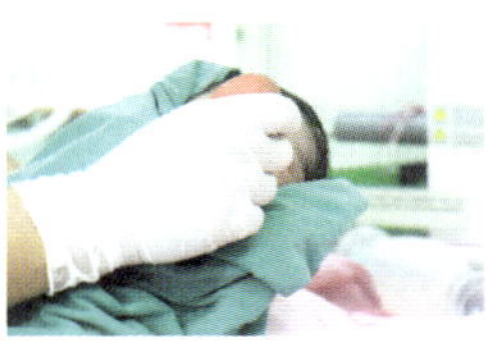		
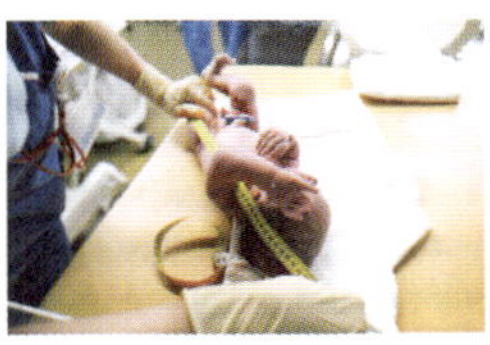		
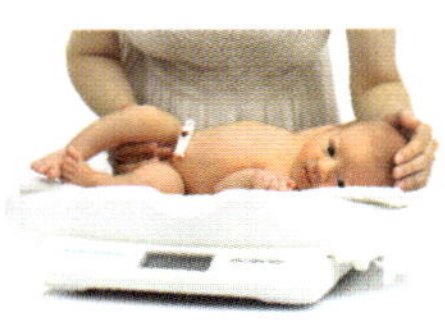		

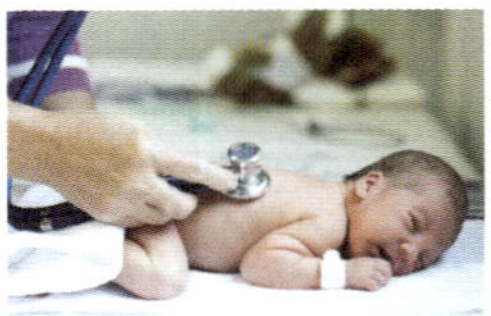		
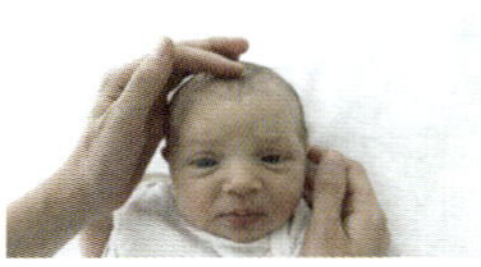		
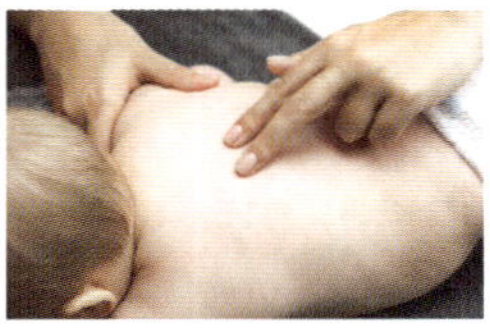		
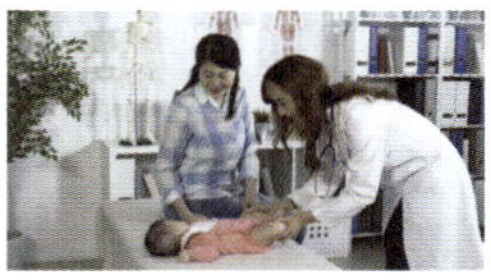		
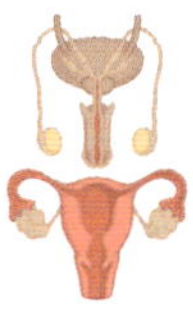		
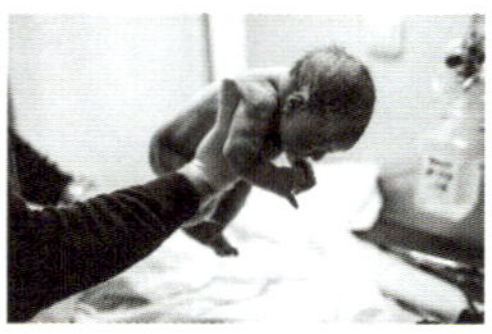		

6 À l'aide des **DOCUMENTS 1** et **2**, indiquer sur quel document sont retranscrits les résultats des différents examens réalisés sur le nouveau-né à la naissance ou à tout moment de sa vie.

ACTIVITÉ 2 Les examens réalisés en chambre ou avant la sortie de la maternité

DOC. 3 **Le test de dépistage de la surdité néonatale**

7 À l'aide de la **vidéo** du **DOCUMENT 3**, indiquer l'intérêt du diagnostic précoce de la surdité néonatale.

8 Indiquer les étapes du déroulement de ce test.

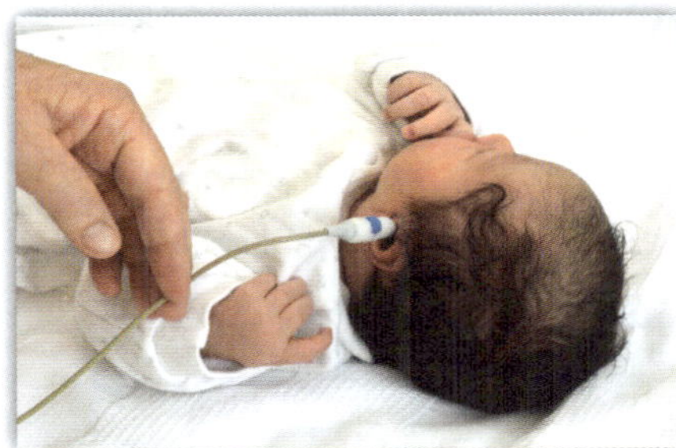

9 Identifier la conduite à tenir en cas d'absence d'émission acoustique dans l'une ou les deux oreilles du nouveau-né en complétant le tableau ci-après.

	Conduite à tenir
Absence d'émission acoustique dans une oreille	
Absence d'émission acoustique dans les deux oreilles	

10 À quel moment de la journée ce test est-il généralement réalisé ? Justifier.

DOC. 4 **Qu'est-ce qu'un réflexe archaïque ?**

Un réflexe archaïque est une action involontaire du nouveau-né ou du nourrisson, en réponse à un stimulus, présent dès la naissance et qui disparaît entre ses 2 et ses 4 mois d'âge.

De nombreux réflexes archaïques existent : réflexe de grasping, de la marche automatique, de succion…

Alors que leur présence témoigne du bon développement du système nerveux et d'un tonus musculaire satisfaisant durant les premières semaines de vie du nouveau-né ou du nourrisson, leur persistance au-delà d'un certain âge peut être symptomatique d'un trouble du développement.

Visionner cette vidéo (5'16")

https://eqrcode.co/a/VXJs5Z

11 **Souligner la définition de « réflexe archaïque ».**

12 **Indiquer l'objectif de la recherche de ces réflexes archaïques chez le nouveau-né ou le nourrisson.**

13 **À l'aide de la vidéo du DOCUMENT 4, indiquer à quel(s) moment(s) est réalisé le test des réflexes archaïques chez le nouveau-né.**

14 **À l'aide de la vidéo, associer chaque réflexe archaïque à sa description.**

Réflexe de la marche automatique •	• Lorsque l'on excite la paume de la main du nouveau-né, cela entraîne une flexion des doigts très ferme au point que l'on peut parfois soulever le bébé.
Réflexe de grasping •	• Lorsque l'on pose un doigt au niveau des lèvres du nouveau-né, il tourne la tête et cherche à le téter.
Réflexe de Moro •	• Lorsque l'on positionne le nouveau-né sur la poitrine de sa mère, il se met à chercher le sein pour téter.
Réflexe de reptation •	• Lorsque l'on positionne le nouveau-né sur le ventre, les bras allongés en arrière, il va tendre un bras puis l'autre. Si l'on bloque ses pieds, il se met à avancer avec ses bras et ses jambes tel un lézard.
Réflexe de fouissement •	• Quand on soulève un nouveau-né par le dessous de ses bras tout en le penchant très légèrement en avant, il fait les mouvements de la marche.
Réflexe de succion •	• Suite à un bruit sec, le nouveau-né va écarter les bras brusquement puis les ramener ensuite vers lui.

DOC. 5 Le test de Guthrie

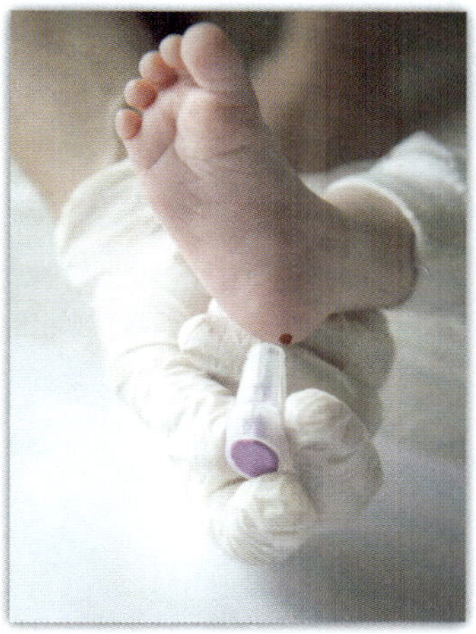

Le test de Guthrie, également appelé test de dépistage néonatal, est un test proposé aux parents de tous les nouveau-nés, 2 à 3 jours après leur naissance. Il vise à dépister et à prendre en charge, le plus tôt possible, des maladies rares, sévères et, souvent, d'origine génétique. En France, l'Assurance Maladie prend en charge le coût de ce test à 100 %.

Le test de Guthrie consiste à pratiquer une piqûre avec une lancette à pointe courte au niveau du talon ou du dessus de la main du nouveau-né afin de prélever quelques gouttes de sang, chacune devant être disposée au milieu de l'un des cercles du papier buvard sur lequel sont mentionnées les coordonnées des parents du nouveau-né. Durant le test, un petit biberon ou une seringue d'eau sucrée est proposé au nouveau-né, lui permettant de sécréter des endorphines afin de l'apaiser.

Le papier buvard est mis à sécher pendant deux heures puis il est envoyé, le jour même, au Centre Régional de Dépistage Néonatal (CRDN). En l'absence de nouvelles du CRDN sous 4 semaines, le test doit être considéré comme négatif. À l'inverse, si le test est positif à une ou plusieurs maladies dépistées dans le cadre de ce test, un médecin du CRDN contactera les parents afin d'effectuer des examens plus approfondis et de mettre en place, si nécessaire, un traitement.

En France, 6 maladies sont dépistées :

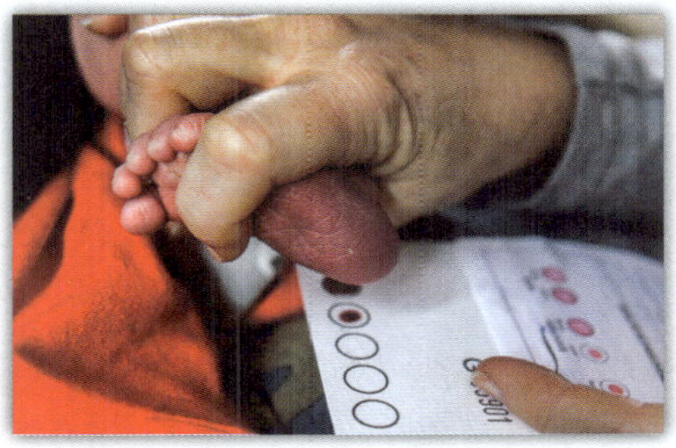

- **le déficit en MCAD** est une maladie héréditaire, liée à une anomalie du gène permettant de produire l'enzyme « déshydrogénase des acyl-CoA » qui permet habituellement à l'organisme d'utiliser les graisses consommées pour libérer de l'énergie. Elle peut entraîner des hypoglycémies, des troubles du rythme cardiaque ou une atteinte neurologique aiguë si une période de jeûne trop longue est observée. Le déficit en MCAD concerne 1 à 5 nouveau-nés sur 100 000 ;
- **l'hyperplasie congénitale des surrénales** est une maladie héréditaire, liée au déficit d'une ou plusieurs enzymes nécessaires à la synthèse des hormones stéroïdiennes (hormones femelles, mâles...), qui concerne 1 nouveau-né sur 18 000. En l'absence de mise en place rapide d'un traitement oral quotidien d'hormones surrénaliennes, elle peut entraîner un décès par déshydratation ;
- **l'hypothyroïdie congénitale** est une maladie congénitale, liée à une sécrétion insuffisante d'hormone thyroïdienne par la glande thyroïde, qui concerne 1 nouveau-né sur 4 000. En l'absence de mise en place rapide d'un traitement oral quotidien d'hormones thyroïdiennes visant à compenser l'insuffisance de la sécrétion, elle peut entraîner un retard mental ;
- **la mucoviscidose** est une maladie héréditaire, liée à un dysfonctionnement de la protéine CFTR entraînant une viscosité excessive des sécrétions provoquant des troubles digestifs et respiratoires, qui concernent 1 nouveau-né sur 4 500. En l'absence de mise en place d'un suivi médical spécialisé et de la prise d'un traitement palliant les défauts de fonctionnement de la protéine CFTR, elle est susceptible d'entraîner des infections, une insuffisance pancréatique ou respiratoire ;
- **la phénylcétonurie** est une maladie génétique héréditaire, liée à un déficit du gène permettant de produire l'enzyme « phénylalanine hydrolase », capable de transformer la phénylalanine contenue dans les aliments. Elle concerne 1 nouveau-né sur 15 000. En l'absence de mise en place rapide d'un régime pauvre en phénylalanine, elle peut provoquer une arriération mentale en quelques mois ;
- **la drépanocytose** est une maladie héréditaire, liée à la mutation d'un gène à l'origine d'une anomalie de l'hémoglobine des hématies (= globules rouges), qui assurent le transport de l'oxygène dans le sang. Elle entraîne une anémie (= manque de fer), une obstruction des vaisseaux à l'origine d'importantes douleurs et une prédisposition aux infections bactériennes. Cette maladie n'est dépistée que chez les nouveau-nés des départements, régions et collectivités d'outre-mer français ou chez les nouveau-nés dont les parents sont originaires d'un pays ou d'une région à risque drépanocytaire. Elle est dépistée chez un nouveau-né pour 1 200 nouveau-nés testés.

15 Dans le **DOCUMENT 5**, surligner le deuxième nom du test de Guthrie.

16 Souligner dans le **DOCUMENT 5** le moment où est réalisé le test de Guthrie.

17 Indiquer l'objectif du test de Guthrie.

18 Préciser le déroulement du test de Guthrie.

19 En utilisant un code couleur (1 couleur = 1 maladie), associer chacune des maladies dépistées à sa description, au traitement mis en place et à sa fréquence d'apparition chez les nouveau-nés.

Nom de la maladie	Description de la maladie	Traitement mis en place	Fréquence
Déficit en MCAD	Absence d'une enzyme qui empêche la transformation de la phénylalanine contenue dans les aliments, susceptible de provoquer une arriération mentale en quelques mois.	Éviter les périodes de jeûne prolongé en prenant tous les repas.	1 pour 1 200
Drépanocytose	Altération de l'hémoglobine ayant pour rôle de transporter l'oxygène dans le sang, susceptible d'entraîner toutes sortes d'infections.	Prise d'un traitement antibiotique quotidien les 5 premières années et suivi médical régulier de l'enfant.	1 pour 4 000
Hyperplasie congénitale des surrénales	Insuffisance d'hormones thyroïdiennes, susceptible d'entraîner un retard mental.	Prise d'un traitement palliant les défauts de fonctionnement de la protéine CFTR.	1 pour 4 500
Hypothyroïdie congénitale	Maladie héréditaire caractérisée par des troubles de l'utilisation des acides gras comme source d'énergie, susceptible d'entraîner des hypoglycémies, des troubles du rythme cardiaque ou une atteinte neurologique aiguë.	Prise orale quotidienne d'hormones surrénaliennes.	1 pour 15 000
Mucoviscidose	Maladie héréditaire caractérisée par la viscosité excessive des sécrétions, provoquant des troubles digestifs et respiratoires, susceptible d'entraîner des infections, une insuffisance pancréatique ou respiratoire.	Prise orale quotidienne d'hormones thyroïdiennes.	1 pour 18 000
Phénylcétonurie	Maladie héréditaire caractérisée par le déficit d'une ou plusieurs enzymes nécessaires à la synthèse des hormones stéroïdiennes (hormones femelles, mâles…), susceptible d'entraîner un décès rapide par déshydratation.	Suivi d'un régime pauvre en phénylalanine dès que possible.	1 à 5 pour 100 000

DOC. 6 Le dépistage de la luxation de la hanche

Un enfant sur mille naît avec une hanche luxable, avec une prédominance de filles ainsi que de nouveau-nés macrosomiques (= qui pèsent plus de 4 kg à la naissance).
Le dépistage de la luxation de la hanche consiste à vérifier, par une manœuvre simple et indolore de manipulation des hanches (signe d'Ortolani), que la tête du fémur est bien positionnée dans l'articulation avec l'os du bassin. Cette manœuvre peut être complétée, en cas de doute ou de bébé macrosomique, par une échographie de la hanche.
Lorsqu'une hanche luxable est dépistée, le nouveau-né doit être maintenu allongé pendant plusieurs semaines, les cuisses écartées et les jambes en abduction (= jambes en flexion) avec des poids pour permettre de corriger l'anomalie.
En l'absence de prise en charge rapide, la luxation de la hanche peut avoir des conséquences importantes tout au long de la vie (acquisition difficile de la marche, boiterie…).

20 **Souligner en bleu l'examen réalisé pour détecter une luxation de la hanche.**

21 **Souligner en rouge le traitement mis en place dans le cas où l'examen a permis de révéler une luxation de la hanche.**

22 **Identifier les conséquences de l'absence de dépistage ou d'un dépistage tardif d'une luxation de la hanche.**

DOC. 7 Le premier bilan de santé

Avant la sortie de la maternité, ou dans les 8 jours après la naissance en cas de sortie anticipée de la maternité, le nouveau-né bénéficiera de son premier bilan de santé, un examen médical approfondi obligatoire, effectué par un pédiatre ou un médecin généraliste, libéral ou salarié d'un centre de santé ou de la PMI*.
Ce bilan de santé permet de faire le point sur les examens réalisés sur le nouveau-né à la naissance et depuis celle-ci et vise à rechercher, par le biais d'un nouvel examen médical, d'éventuelles anomalies passées inaperçues au premier examen, réalisé en salle d'accouchement, 1 à 2 heures après la naissance.
Les résultats de cet examen, comme ceux de l'ensemble des autres examens réalisés sur le nouveau-né depuis sa naissance, sont retranscrits sur le carnet de santé de l'enfant. Néanmoins, il donne également lieu à l'établissement du premier certificat de santé, document qui doit être envoyé par le médecin à la Protection Maternelle et Infantile du département, susceptible de proposer à la famille une aide éventuelle (information de soutien, de suivi, visite à domicile de la puéricultrice…) en cas de difficulté.

** PMI : Protection Maternelle Infantile*

23 **Souligner les professionnels de santé aptes à réaliser le premier bilan de santé.**

24 **Indiquer à quel moment est réalisé le premier bilan de santé.**

25 **Identifier l'objectif du premier bilan de santé.**

26 **Répondre aux affirmations suivantes par vrai ou faux. Si l'affirmation est fausse, justifier votre réponse.**

	VRAI	FAUX	Justification
Ce bilan de santé donne lieu à l'établissement d'une dispense.	☐	☐	
Le document établi lors de ce bilan de santé doit être envoyé à la CAF*.	☐	☐	
Suite à l'envoi du document établi lors du premier bilan de santé, la PMI** est susceptible d'apporter une aide à la famille en cas de besoin.	☐	☐	

** CAF : Caisse d'Allocations Familiales - ** PMI : Protection maternelle infantile*

DOC. 8 L'ictère du nourrisson

Visionner cette vidéo (5'16")

https://qrcode.link/a/GEjhOq

27 À partir du **DOCUMENT 8** :

a) Indiquer le deuxième nom de l'ictère du nourrisson.

b) Expliquer la cause de l'ictère du nourrisson.

c) Indiquer les symptômes évocateurs de l'ictère du nourrisson.

d) Repérer à quel moment apparaît généralement l'ictère du nourrisson.

e) Expliquer le test réalisé sur le nourrisson pour dépister l'ictère du nourrisson.

28 **À l'aide de la vidéo et de l'image ci-contre, indiquer le traitement mis en place lorsque l'ictère du nourrisson est avéré.**

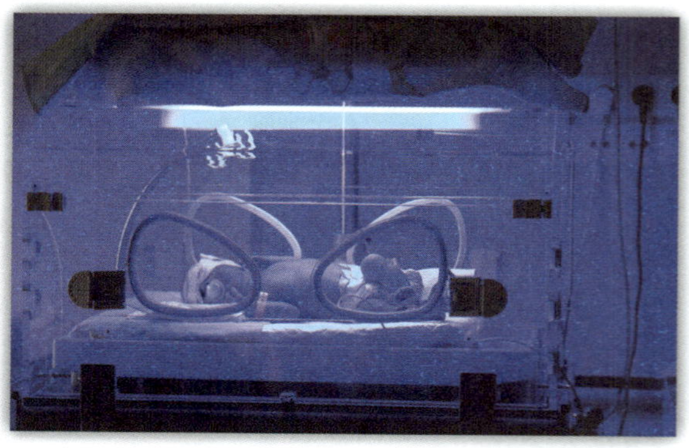

CHAPITRE 6 Accompagner l'enfant de 0 à 3 ans dans ses découvertes et ses apprentissages

https://qrcode.link/a/hPbWtj

Exemple de situation professionnelle

ACTIVITÉ 1 Une vision globale du développement de l'enfant

DOC. 1 Les sphères du développement de l'enfant

L'enfant évolue de façon impressionnante pendant ses premières années de vie. Son évolution se constate à mesure que celui-ci commence à sourire, à se retourner, à marcher, à parler, à dessiner, à se faire des amis... En grandissant, il développe toutes sortes d'habiletés de plus en plus complexes.

Le développement de l'enfant est défini comme un processus global qui fait appel à 5 dimensions : affective, physique et motrice, sociale, cognitive et langagière. Ces dimensions sont inséparables et interdépendantes. Elles interviennent à des degrés divers selon les apprentissages de l'enfant et les activités auxquelles il s'adonne.

- **La sphère affective et émotionnelle :** satisfaire les besoins affectifs de l'enfant est essentiel pour son bien-être. L'adulte va devoir créer une relation affective stable et sécurisante avec l'enfant afin de l'aider à construire son estime de soi, à développer sa capacité pour exprimer, comprendre et contrôler ses émotions.
- **La sphère sociale :** l'enfant développe ses capacités à établir des relations avec les autres, à agir et à communiquer de façon adaptée.
- **La sphère cognitive :** l'enfant va découvrir puis comprendre le monde qui l'entoure. Il va acquérir diverses connaissances et développer sa pensée et son raisonnement à travers les stimulations de son entourage et ses expériences.
- **La sphère physique et motrice :** elle correspond aux besoins physiologiques, physiques, sensoriels et moteurs. L'enfant va progressivement découvrir son corps, développer ses sens et ses habiletés motrices. Il va développer sa motricité globale et sa motricité fine.
- **La sphère langagière :** l'enfant développe ses habiletés de communication. Il va apprendre à s'exprimer en utilisant des sons, des gestes et des mots.

Chaque enfant évolue à son propre rythme. Les enfants ne maîtrisent pas les mêmes habiletés au même âge, mais ils passent par les mêmes étapes pour y arriver. Les stimulations qu'ils reçoivent ont une forte influence, que ce soit en lien avec le jeu ou les activités de la vie quotidienne (ex. : se laver, s'habiller). En effet, le jeu est source de développement des enfants, sur le plan affectif, social, physique, intellectuel. C'est un outil formidable pour accompagner l'enfant dans son développement et stimuler ses apprentissages.

1 Surligner dans le DOCUMENT 1, la définition du développement global de l'enfant.

2 Relier les étapes du développement à leur description.

Dimensions du développement

- Affective et émotionnelle
- Physique et motrice
- Sociale
- Cognitive
- Langagière

- Le nourrisson utilise les muscles de son cou pour tourner, soulever et tenir sa tête.
- Les échanges de regards et de sourires entre un bébé et ses parents sont les premières interactions sociales de l'enfant.
- L'enfant apprend à exprimer, à reconnaître et à maîtriser ses émotions ainsi qu'à décoder celles des autres.
- Le nourrisson a parfois peur des inconnus mais cette crainte disparaît peu à peu grâce à la sécurité affective que lui apporte ses parents.
- En grandissant, l'enfant améliore son équilibre, sa coordination et son agilité. Ces mouvements sont de plus en plus complexe.
- L'enfant prononce ses premiers mots vers 12 mois à 16 mois.
- En secouant son hochet qui fait du bruit, bébé réalise que c'est son action qui entraîne cette réaction. Il va donc faire exprès de recommencer. C'est le début du raisonnement.
- Un bébé commence par gazouiller « aaa », « eee », puis il babille « bababa », « papapa ».
- Dès sa naissance, un enfant développe petit à petit ses capacités intellectuelles, comme la mémoire, l'attention, le raisonnement.

Définitions

La motricité globale réfère principalement aux déplacements et aux changements de position.

La motricité fine correspond essentiellement aux mouvements fins des doigts qui permettent de prendre les objets et de les manipuler.

Activité 2 Les indicateurs de croissance

DOC. 2 Suivre la croissance de l'enfant : comment ? pourquoi ?

La croissance d'un enfant est suivie grâce à la mesure de sa taille (en centimètre), de son poids (en kilogramme), de son tour de tête (périmètre crânien en centimètre) et du calcul de son IMC (Indice de Masse Corporelle). Ces mesures sont inscrites dans le carnet de santé de l'enfant, sur les courbes de croissance afin d'en garder une trace et de les comparer aux valeurs de références de « normalité ».

Comprendre la courbe d'évolution

- La ligne du haut représente une limite de référence, l'enfant qui se situe au-dessus connaît une croissance ou une prise de poids rapide. On parle de surcharge pondérale lorsque celle-ci est durable dans le temps.
- La ligne du bas représente également une limite de référence, l'enfant qui se situe en dessous de la ligne présente un ralentissement de la croissance ou une prise de poids insuffisante.

https://qrcode.link/a/9dNm8p

Le suivi de la croissance générale de l'enfant apporte des indications sur son état de santé. Une mesure située hors de la zone de référence peut donc être considérée comme inhabituelle. Ces repères permettent de détecter précocement d'éventuelles anomalies ou pathologies qui freineraient la croissance, ou une dérive vers l'excès de poids qui augmente le risque d'obésité à l'âge adulte, et d'agir en conséquence le plus tôt possible.

L'essentiel est que la croissance de l'enfant soit harmonieuse, qu'il grandisse et prenne du poids régulièrement.

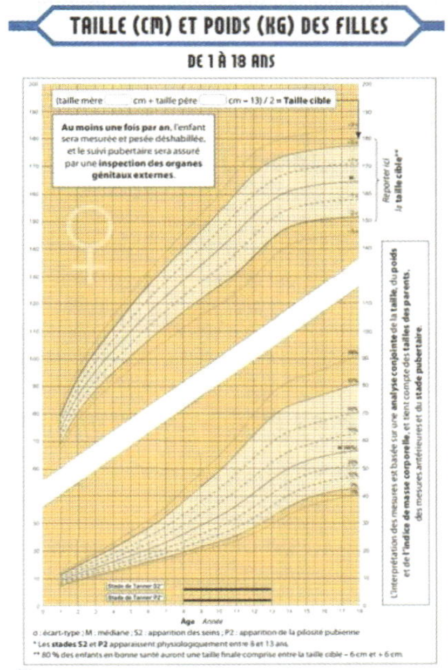

Courbe de croissance extraite du carnet de santé

3 Relever les indicateurs de croissance.

4 Indiquer l'intérêt de suivre la croissance d'un enfant.

Pour aller plus loin

Télécharger la courbe fille.

Tracer les courbes de la taille, du poids de Lola. Puis comparer ses courbes avec les mesures moyennes.

https://qrcode.link/a/T4iMKt

Âge	Taille	Poids
Naissance	52 cm	3,6 kg
1 mois	54 cm	4,5 kg
6 mois	69 cm	8 kg
9 mois	73 cm	9,5 kg
12 mois	78 cm	10 kg
1 an et demi	84 cm	12 kg
2 ans	91 cm	14 kg

ACTIVITÉ 3 L'évolution des capacités posturales et motrices durant ses trois premières années

DOC. 3 L'évolution des capacités posturales et motrices de 0 à 3 ans

Au cours de sa première année de vie, l'enfant acquiert diverses habiletés psychomotrices qui lui permettront de gagner de plus en plus de liberté dans ses mouvements, ses postures et ses déplacements. Connaître les étapes de son développement psychomoteur permet de guider harmonieusement l'enfant dans son développement et d'identifier rapidement d'éventuelles difficultés dans l'apprentissage de nouvelles habiletés motrices.

Les étapes du développement moteur

À la naissance, le nouveau-né ne maîtrise pas ses gestes. Ses mouvements sont contrôlés par des réflexes archaïques et sa tête a besoin d'être soutenue.
Au niveau de la préhension manuelle (motricité fine), on observe le réflexe de grasping.

Vers 2-3 mois, ses muscles se tonifient. Le nourrisson va apprendre à redresser sa tête en prenant appui sur ses avant-bras.
Les réflexes archaïques disparaissent progressivement.
Le réflexe de grasping se transforme en préhension involontaire au contact d'un objet placé dans sa main.

Vers 4-6 mois, le corps de bébé est de plus en plus tonique, il relève la tête et les épaule à la force des bras, il aime faire des mouvements de pédalage avec les jambes et commence à se tenir assis avec appui.

Ses gestes sont plus précis, il peut saisir un objet à pleine main : c'est la préhension volontaire palmaire.

Vers 7-8 mois, le bébé peut rester assis sans soutien plus longtemps et se retourner. Il commence à ramper. Il tend les bras pour attraper des objets. La préhension en pince inférieure apparaît : il peut saisir un objet entre son pouce et le petit doigt. Il acquiert également le relâchement volontaire de l'objet.

De 9 mois à 12 mois, l'enfant tient assis et se déplace à quatre pattes. Il se met debout en s'appuyant aux meubles puis seul. Il commence à faire quelques pas avec soutien. Il peut saisir un objet entre la base du pouce et l'index, c'est la préhension en pince supérieure. Il apprend à tendre un objet, il aime jeter des objets et peut commencer les jeux à encastrement.

De 12 à 18 mois, l'enfant marche tenu d'une main, puis seul. Il commence à monter les marches avec aide et à pointer l'index vers les objets. Il manifeste une vitalité débordante, il a besoin d'espace.
La préhension s'affine (pince pouce - index). Il peut manger et boire seul vers 14-15 mois.

De 18 mois à 2 ans, l'enfant commence à courir mais chute souvent, il manque encore d'équilibre. Il monte un escalier mais main tenue et participe à son déshabillage puis à l'habillage. Il grimpe sur une chaise pour s'asseoir.

De 2 à 3 ans, l'enfant est toujours en mouvement et recherche l'équilibre. Il aime grimper, monte et descend les escaliers, saute à pieds joints. Il commence à faire du tricycle et tape dans un ballon avec plus de précision.

Définition

Réflexe de grasping : acte réflexe d'agrippement.

5 **Indiquer l'intérêt de connaître les étapes du développement moteur de l'enfant.**

6 **À partir de la vidéo ci-contre, indiquer comment encourager Lilas, 5 mois, à se mouvoir.**

Visionner cette vidéo

https://qrcode.link/a/eE1ypP

7 **Pour chaque illustration, indiquer l'âge de l'enfant et décrire les capacités posturales et motrices de l'enfant.**

	Âge de l'enfant : Capacités posturales et motrices :
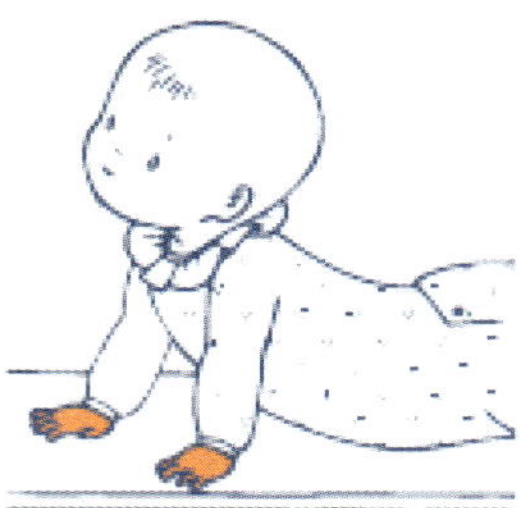	Âge de l'enfant : Capacités posturales et motrices :
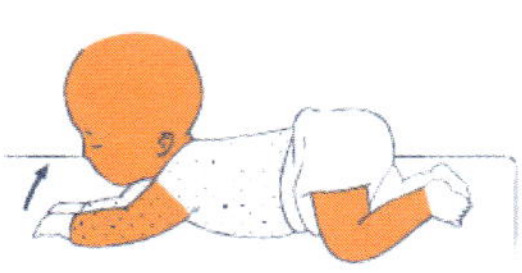	Âge de l'enfant : Capacités posturales et motrices :
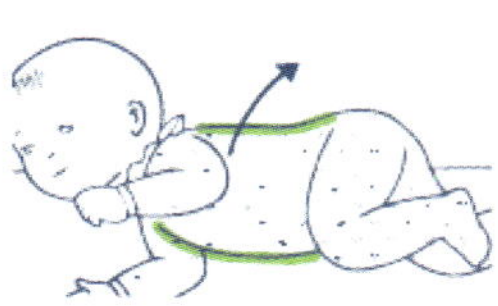	Âge de l'enfant : Capacités posturales et motrices :
	Âge de l'enfant : Capacités posturales et motrices :

	Âge de l'enfant : .... Capacités posturales et motrices : ....
	Âge de l'enfant : .... Capacités posturales et motrices : ....

8 **Pour chaque illustration, indiquer le stade d'acquisition de la préhension manuelle et préciser l'âge de l'enfant.** Réflexe de grasping - préhension involontaire au contact - préhension volontaire palmaire - préhension en pince inférieure - préhension en pince supérieure.

Illustration	Âge de l'enfant	Stade de l'acquisition de la préhension
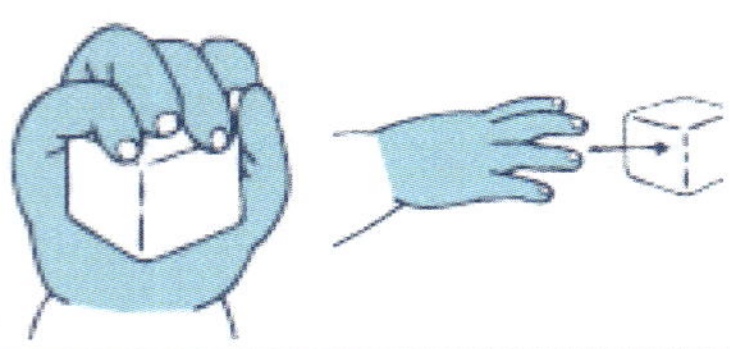		
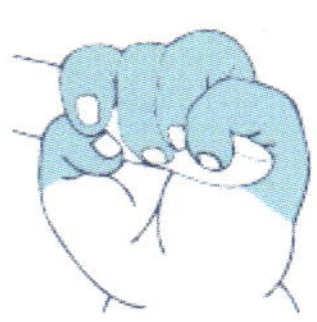		

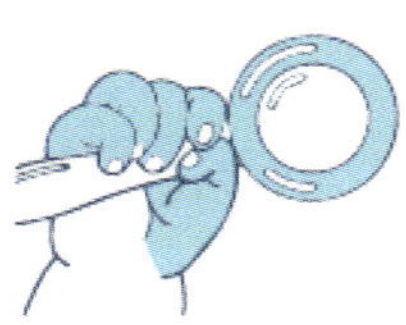		

POUR ALLER PLUS LOIN

Accompagner l'enfant dans sa motricité : proposer une activité favorisant le développement des capacités motrices.

https://qrcode.link/a/zh0m2Z

ACTIVITÉ 4 L'évolution des capacités sensorielles

DOC. 4 Le développement des sens

C'est à l'aide de ses sens (le toucher, l'ouïe, la vue, l'odorat, le goût) que l'enfant découvre le monde et réalise des apprentissages fondamentaux qui lui permettront de se développer.

Dès la naissance, l'enfant dispose déjà de plusieurs capacités sensorielles de base qui vont se perfectionner tout au long de son enfance. Par la suite, la croissance rapide de son système nerveux, c'est-à-dire de son cerveau et de son système perceptif, lui permettra d'acquérir une maîtrise plus assurée et plus fine de ses sens.

9 **Indiquer le sens du nouveau-né correspondant à chaque étape de l'évolution des capacités sensorielles.**

Âge de l'enfant		Capacité sensorielle
0 à 2 mois	....	• Il distingue ce qui est agréable (textures douces, caresses, massages) de ce qui est désagréable (textures rugueuses, mains froides). • À la naissance, le bébé possède plus de papilles gustatives qu'un adulte. Il perçoit donc les saveurs (sucré, salé, acide, amer) de façon plus intense. • Le bébé reconnaît la voix de sa mère et réagit aux bruits. • Le nouveau-né voit flou et distingue surtout les contours. Il ne voit pas en couleurs, mais en noir et blanc. Il peut fixer et suivre un objet s'il est près de son visage. • Le bébé distingue plusieurs odeurs et montre certaines préférences. Sa sensibilité aux odeurs augmente dans les premiers jours.
Vers 3-4 mois	....	• Le bébé porte ses mains à la bouche. Il joue avec ses doigts. • Il perçoit davantage les détails, aime observer attentivement ses mains et il peut suivre des yeux une personne qui se déplace. • Vers quatre mois, il perçoit les couleurs. • Il tourne sa tête en direction d'un bruit et réagit à certains bruits familiers.
Vers 6 mois	....	• Il voit bien les petits objets et perçoit le relief. Il découvre les détails de son environnement. • Il réagit à certains mots courants, comme « maman », « papa », son prénom. • Il découvre de nouvelles saveurs à mesure que l'on introduit de nouveaux aliments à ses repas. • Le bébé essaie d'attraper des choses de la main. Il aime manipuler des objets.
Vers 12 mois	....	• Il manifeste ses préférences alimentaires, ses goûts se développent. S'il ne souhaite pas manger toute sa purée, il a tout de même droit à son dessert (l'alimentation ne doit pas être perçue comme une punition). • Sa vision de loin est bien meilleure, il reconnaît les gens à plus de cinq mètres. • Il répond aux caresses et autres marques d'affection en faisant des câlins.

DOC. 5 Développer la sensorialité de mon enfant en s'amusant

L'éveil sensoriel joue un rôle important dans le développement de l'enfant et de son rapport au monde. Grâce à des activités ludiques votre enfant peut développer, en s'amusant, son sens du toucher, de l'ouïe, du goût, de la vue ou de l'odorat !

Les massages et chatouilles pour développer la sensorialité de votre enfant

Les massages sont une excellente façon de faire prendre conscience à votre enfant de son corps et de ses différentes parties. Dès tout petit, vous profitez d'un moment de calme, sur une musique douce, pour masser ou chatouiller votre enfant en citant à voix haute les parties de son corps (« le nez », « les pieds », « le bras »...). Plus tard, lorsque votre enfant grandit, réalisez avec lui le jeu de la plume (ou des chatouilles) : il fermera les yeux et devra dire stop quand vous passerez sur une zone déterminée comme le creux du coude. Une méthode douce pour développer la sensorialité de votre petit. [...]

Les bacs sensoriels : créez un bac (à bords bas) dans lequel vous disposerez des objets de différentes tailles, textures, couleurs, faciles ou non à appréhender etc. Attention, évitez de disposer des objets trop petits avec des enfants en bas âge ! [...] Glissez-y par exemple des petites balles, l'une à picots, l'autre lisse ; des pompons, des cubes, un râteau (pour transvaser), du sable (ou des lentilles par exemple), de la pâte à modeler, coquillages, verre en plastique, éponge, personnages ou encore tout un tas de tissus... soit autant de protagonistes que de formes et de textures ! Demandez-lui par exemple de transvaser les balles dans un bol à côté, de vous montrer les petits cubes, de trouver un objet de couleur "rouge". Au début, votre enfant aura besoin d'être guidé puis, petit à petit, il s'appropriera parfaitement ce jeu en étant autonome. Une riche idée pour l'éveiller et l'occuper !

« Développer la sensorialité de mon enfant en s'amusant » (extraits), mapiwee.com

10 **Repérer le sens stimulé lors d'une activité massage. Justifier.**

11 **Indiquer l'intérêt de disposer des objets de différentes tailles, textures, couleurs… lors d'une activité « bac sensoriel ».**

DOC. 6 Les signes indicateurs de trouble sensoriel

Les troubles sensoriels sont des anomalies des capacités sensorielles qui se caractérisent par une réponse exagérée ou absente aux stimulations sensorielles. Ces troubles peuvent avoir des répercussions importantes sur la vie quotidienne et le développement de l'enfant. Un dépistage précoce permet une prise en charge plus efficace, réduisant considérablement leur impact sur le développement de l'enfant.

Les signes qui doivent alerter :

- **les troubles de l'audition :** l'enfant ne réagit pas aux stimulations sonores, il ne tourne pas la tête lorsqu'on lui parle, il ne produit aucun son vers 4 mois ou présente un retard de langage, il ne se réveille pas s'il y a un bruit très fort ;
- **les troubles de la vue :** l'enfant ne suit pas du regard des jouets mobiles, il louche (après 6 mois), il cligne souvent des yeux et semble hypersensible à la lumière, il se cogne fréquemment et a souvent des maux de tête.

Dans tous les cas, lorsqu'un enfant présente ce type de symptômes, il est essentiel de consulter le médecin de l'enfant afin de poser rapidement un diagnostic et de mettre en place une prise en charge adaptée.

12 **Surligner les signes pouvant évoquer une anomalie du développement sensoriel.**

13 **Indiquer l'intérêt d'une correction précoce des anomalies de développement sensoriel.**

À l'aide de ces 2 tutoriels, préparer une activité d'éveil sensoriel.

POUR ALLER PLUS LOIN

DIY : créer une bouteille sensorielle.

Visionner cette vidéo

https://qrcode.link/a/4jYKXq

Peinture propre, découverte sensorielle à faire avec les enfants.

Visionner cette vidéo

https://qrcode.link/a/Zx0pXf

ACTIVITÉ 5 Le développement cognitif du jeune enfant

DOC. 7 Les phases du développement intellectuel de l'enfant de 0 à 3 ans

De 0 à 18 mois : l'intelligence sensorimotrice
Le bébé s'intéresse à ce qui l'entoure ; il découvre son environnement par le biais de ses sens. Des signaux sensoriels vont éveiller son intérêt, stimuler son envie de se déplacer, d'attraper, de mettre en bouche. Il découvre tout d'abord son corps puis les objets.
À partir de 6 mois, il commence à comprendre la relation de cause à effet (si je lâche l'objet qui est dans ma main, il tombe au sol).
Vers 10 mois, les actions de bébé deviennent volontaires. Peu à peu, il va acquérir la « permanence de l'objet », c'est-à-dire qu'il va comprendre que ce qu'il ne voit plus existe quand même.

Entre 18 mois et 2 ans : l'intelligence symbolique
C'est le début des représentations mentales, c'est-à-dire qu'il est en capacité d'évoquer des objets, des situations ou des personnes même s'il ne les voit pas. L'enfant est capable de reconnaître son image dans le miroir et montre les parties de son corps. C'est le début des jeux symboliques, c'est-à-dire que l'enfant va s'amuser à faire « semblant » en imitant des situations de la vie courante.

Vers 3 ans : l'intelligence intuitive
L'enfant vit dans le monde de l'imaginaire, il peut donc lui arriver d'éprouver quelques difficultés à distinguer le réel de l'imaginaire. Il commence à inventer des histoires abracadabrantes et les croire. Il va alors poser beaucoup de questions pour connaître la réalité. À ce stade, il réfléchit pour trouver une solution.

14 Relier les phases du développement intellectuel de l'enfant à la période correspondante.

De 0 à 18 mois	•	•	Intelligence intuitive
De 18 mois à 2 ans	•	•	Intelligence sensorimotrice
À 3 ans	•	•	Intelligence symbolique

15 Indiquer pour chaque situation, le stade de développement intellectuel. Justifier votre réponse.

a.	À son réveil, Lucas, 3 ans, raconte à sa maman qu'il volait avec les oiseaux et qu'il a eu peur car c'était un peu dangereux et qu'il volait très vite. Sa maman lui explique qu'il a fait un rêve mais Lucas lui rétorque « non maman, c'est vrai ! »	Stade : ... Justificatif : ...
b.	Maiwenn, 20 mois, est dans son bain. Sa maman lui demande « on va frotter ton ventre, où est ton ventre ? », Maiwenn pointe du doigt son ventre. « Maintenant, on va frotter tes bras, où sont tes bras ? ». Maiwenn montre ses bras.	Stade : ... Justificatif : ...
c.	Emma, 2 mois, est très curieuse. Elle explore visuellement son environnement et apprécie tout particulièrement les couleurs vives.	Stade : ... Justificatif : ...
d.	Maria, 2 ans, joue à la maman, elle « prépare un gâteau au chocolat » pour donner à manger à « son bébé ».	Stade : ... Justificatif : ...
e.	Hugo, 1 an, apprécie beaucoup les jeux de « coucou » et aime que sa maman s'amuse à cacher son doudou sous un tissu. Même s'il ne le voit pas, il comprend que l'objet est toujours là.	Stade : ... Justificatif : ...
f.	Gabriel, 10 mois, laisse sans cesse tomber sa cuillère depuis sa chaise haute et la regarde par terre, admiratif. Il comprend que s'il lâche sa cuillère, celle-ci tombe.	Stade : ... Justificatif : ...

DOC. 8 Les jeux de construction: l'occasion de faire de nombreux apprentissages

À partir du moment où l'enfant va acquérir une certaine capacité de préhension, il va pouvoir prendre plaisir à jouer aux jeux de construction. Et cela va entraîner un certain nombre d'apprentissages.

- **L'habileté manuelle :** que ce soit au niveau de la prise de l'objet ou du relâchement de ce dernier, l'enfant va entraîner l'habileté de ses mains. Il va d'ailleurs exercer la coordination de ses deux mains (il se saisit d'un objet avec une main pendant que l'autre réceptionne autre chose) pour arriver à un but.
- **La coordination entre l'œil et la main :** « il n'y a pas de construction possible sans attention visuelle soutenue » rappelle Fabienne Agnès Levine. Pour que l'enfant assemble, superpose, agence de telle ou telle façon sa construction, sa vision doit être mobilisée par l'action qu'il est en train de faire. Il doit donc être en mesure de rester quelques secondes/minutes selon son âge sur l'action en question. Cela développe alors des aptitudes intellectuelles telles que la persévérance et l'attention. Et comme le fait remarquer Fabienne Agnès Levine : « on est passé ainsi de fonctions motrices à des fonctions mentales ». Et c'est bien là toute la richesse des jeux de construction.
- **La prise d'initiatives :** dans un jeu de construction, l'enfant est libre de faire ce qu'il veut. Il se laisse aussi guider par le hasard mais assez vite, un projet émerge. Il place trois cubes les uns à côté des autres et décide d'en empiler un quatrième... L'enfant prend alors des décisions en plaçant les éléments tel qu'il l'entend. Il exerce ainsi son pouvoir sur le monde et fait l'expérience de « sa puissance ». Il construit... et peut aussi tout détruire : « j'ai le pouvoir de faire et de défaire ». Quelle jubilation !
- **La conséquence de ses actes :** l'enfant peut aussi faire l'expérience de la relation de cause à effet : « je suis allé trop vite en empilant mes cubes : tout dégringole ». Il va alors apprendre de ses actions, corriger sa façon de faire, perfectionner sa méthode, etc.
- **La créativité, l'imagination :** à partir de 15/18 mois, l'enfant est capable d'avoir des représentations mentales. Il peut voir ainsi un train dans trois briques de Lego alignées. Les jeux de construction offrent alors la possibilité de stimuler la créativité et l'imaginaire à travers les constructions que les enfants vont créer et les histoires qu'ils vont inventer.

À chaque âge ses jeux de construction

À partir de 8 mois : à cet âge, Fabienne Agnès Levine préconise de donner un contenant à chacun des enfants avec quelques éléments de jeux de construction identiques et de les laisser s'adonner au transvasement. C'est un de leurs jeux favoris à cet âge ! « L'enfant va commencer à prendre des éléments, à les enlever, à les poser... et peu à peu il va s'apercevoir qu'ils vont ensemble, qu'ils peuvent par exemple s'empiler », explique-t-elle.

À partir d'1 an : l'enfant a une préhension et un relâchement suffisamment précis à cet âge pour lui permettre de commencer à assembler des éléments. L'idéal pour les bébés ? Les cubes mous ou en tissu. Ils sont légers et peuvent donc facilement être soulevés et déplacés. De plus, certains modèles intègrent des textures différentes sur les faces des cubes. Et chez le bébé, les plaisirs de toucher et de prendre vont ensemble. Ils seront donc ravis !

À partir de 18 mois : l'enfant associe des images à ses constructions. Il voit alors des maisons, des bonshommes, des trains... Vous pouvez par exemple proposer des cubes avec des figurines (animaux, personnages) pour qu'ils inventent leurs premières histoires.

À partir de 2 ans : « À ce stade, l'enfant a besoin d'un certain nombre d'éléments pour réaliser son projet : choix de formes, différentes couleurs... » explique Fabienne Agnès Levine. C'est l'âge où les barils de Duplo, Clipo, Lego prennent vie ! Il y a aussi les grosses briques en carton ou en plastique qui sont propices à la collaboration entre enfants. Ils jouent en effet rarement seuls avec ces gros éléments. Ensemble, ils construisent un mur, une cabane.

« Le jeu de construction : un jeu à la fois manuel et intellectuel » (extraits), Laure Marchal, 08/2016, lesprosdelapetiteenfance

16 Relier chaque jeu de construction à l'âge correspondant.

Des gros cubes et des figurines •

Des cubes mous en tissus •

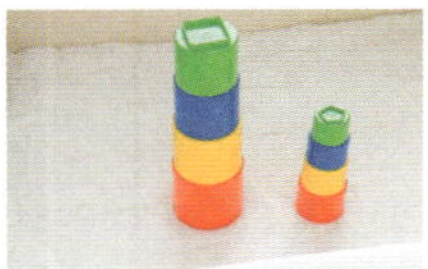

Des gobelets gigognes •

Une boîte de jeu de construction de différentes formes et couleurs •

• À partir de 1 an

• À partir de 8 mois

• Vers 2 ans

• À partir de 18 mois

ACTIVITÉ 6 L'évolution des capacités langagières

Visionner cette vidéo

https://qrcode.link/a/gYSb3k

DOC. 9 L'acquisition du langage oral

L'acquisition du langage est un apprentissage qui s'effectue et se construit sur plusieurs années. Dès sa naissance, le nourrisson communique avec son entourage soit par des pleurs, des cris, des mouvements du corps, des regards ou des expressions faciales. Puis, petit à petit, l'acquisition du langage s'amorce.

Étapes du langage	Âge de l'enfant	Les stades de développement du langage et ses caractéristiques
Étape pré-linguistique	**De 2-4 mois**	**Vocalise :** le nouveau-né va se mettre à faire des premiers bruits avec sa bouche puis de « aaa, eee ».
	De 5 à 9 mois	**Babillages :** le bébé prononce des syllabes « ba, da, ma… » pour s'exprimer qu'il va progressivement doubler ses syllabes « papa, mama, dada… ».
Transition vers l'étape linguistique	**Vers 1 an**	**Mots-phrases :** l'enfant utilise des mots pour exprimer une situation tel que « doudou » pour dire qu'il veut son doudou. Il communique davantage avec des gestes comme faire au revoir de la main et il utilise le pointage pour désigner un objet qu'il désire.
	Entre 15 et 18 mois	**Langage global significatif :** petit à petit, il va juxtaposer 2 mots puis 3 pour résumer une phrase.
Étape linguistique	**Vers 2 ans**	**Phrase explicite :** l'enfant enrichit rapidement son vocabulaire et ajoute des verbes à ses phrases.
	Vers 3 ans	**Maîtrise du langage :** il utilise le « je » et il améliore la structure des phrases.

17 **Relier chaque bande sonore au stade du langage. Indiquer l'âge de l'enfant.**

Visionner cette vidéo (30 premières secondes)
https://qrcode.link/a/5hwEcH
Bébé qui parle

Visionner cette vidéo (à partir de 0'28")
ttps://qrcode.link/a/gscjuE
Bébé Édouard babille

Visionner cette vidéo (20 premières secondes)
https://qrcode.link/a/xMsSpF
Bébé gazouille

Babillages • Âge :	Babillages • Âge :	Babillages • Âge :	Babillages • Âge :	Babillages • Âge : ....

Visionner cette vidéo (de 0'58" à 1'30")
https://qrcode.link/a/qsw3yf
L'imagination de ma petite puce de 2 ans ½

Visionner cette vidéo (38 premières secondes)
https://qrcode.link/a/EXXwwM
Enfant et son chat

18 **Le loto sonore est une activité qui stimule à la fois les fonctions sensorielles, cognitives et langagières. À partir du lien ci-dessous, préparer puis animer le jeu du loto sonore des cris des animaux auprès d'un groupe d'enfant âgé de 18 mois à 3 ans.**

https://qrcode.link/a/s34gsz

Activité 7 Le développement affectif et émotionnel

DOC. 10 Le développement affectif de l'enfant : grandir et s'épanouir !

C'est quoi le développement affectif de l'enfant ?

Il s'agit de tout ce qui se rapporte à l'affectivité. Le développement affectif de l'enfant fait donc référence à ses émotions, ses sentiments, tout ce qui touche à son bien-être émotionnel et donc, de la psychologie. [...] Le développement affectif du nouveau-né et de bébé est intimement lié à ses besoins primaires : manger, dormir et être cajolé. À cela s'ajoute l'un des plus grands besoins émotionnels : la sécurité affective. La naissance est une importante transition pour lui : il doit dorénavant apprendre à vivre en dehors du ventre de sa maman. Cette séparation physique va être comblée dans la construction de liens affectifs pour lui permettre de grandir à ses côtés et avec d'autres personnes. C'est ce que les spécialistes appellent la « théorie de l'attachement ».

[...] Son développement affectif se construit dans la relation avec les autres et reste lié à son évolution psychomotrice. [...] Pour oser s'aventurer plus loin de vous et développer son intellect, il devra se sentir en confiance et aura besoin de votre approbation pour se sentir libre d'expérimenter. [...] Son développement affectif passera également par cette « phase d'affirmation » de son moi et la construction de son identité : il crie et se fâche pour faire comprendre ses souhaits et ses émotions deviennent plus fortes.

C'est aussi la période au cours de laquelle il va commencer à aller vers les autres. Son besoin de se sentir en contact avec autrui grandit et il découvre à cette période le sexe opposé (différence fille/garçon). Il grandit en découvrant la notion de familier (associée au sentiment de sécurité) et la notion de l'étranger (nouvelles personnes, peur de l'inconnu, angoisse...) : ses émotions oscillent entre curiosité, soif de découverte, timidité et l'**angoisse de la séparation**.

D'autres sentiments font leur arrivée : la fierté (de manger seul, de s'habiller seul, de se déplacer), la honte, les grosses colères (le refus des premières règles, les « non » et la recherche des limites parentales) et la peur (du noir, la peur liée aux histoires).

Cette période de contradiction laisse souvent entrevoir des troubles du sommeil tels que les terreurs nocturnes, mais elles sont normales et passagères et font partie de son développement affectif.

« Le développement affectif de l'enfant : grandir et s'épanouir ! » (extraits), pass-santejeunes-bourgogne-franche-comte.org

Définition

L'angoisse de séparation est une étape qui survient vers l'âge de 8 mois. Elle se manifeste par une peur de l'inconnu et une réaction de détresse en cas de séparation physique avec sa (ou ses) figure(s) d'attachement(s), c'est-à-dire les personnes qui prennent soin de lui et auxquelles il est attaché (maman et/ou papa).

19 **Surligner, dans le DOCUMENT 10, la définition du développement affectif.**

20 **Définir la notion d'attachement.**

Pour aller plus loin

Qu'est-ce que la sécurité affective ?

https://qrcode.link/a/4T4KUH

ACTIVITÉ 8 Le développement social

DOC. 11 Comment votre enfant apprend-il à se socialiser ?

Dès les premiers jours de vie, le bébé établit une relation privilégiée avec sa maman. En revanche, cela va prendre un peu plus de temps pour le reste de son entourage et pour se faire des petits camarades de jeu.[…]

Au cours des trois premiers mois de vie, bébé établit une relation particulière, un code de communication, avec sa maman. À travers les pleurs, les mouvements du corps, les sourires ou les cris, il exprime ses besoins et manifeste ses désirs. À cette étape, tous les sens sont déjà développés, excepté la vue.

Entre le troisième et le sixième mois de vie, bébé commence à reconnaître sa maman, son papa et, en général, toutes les personnes qui forment son entourage direct. Sa vision s'améliore, mais bébé ne se perçoit pas encore comme un individu autonome : il forme toujours une « entité indivisible » avec sa maman. Pour l'instant, cela facilite sa relation avec le monde extérieur.

De 6 à 9 mois, bébé se rend compte peu à peu que sa maman est une entité différente et commence à manifester de l'inquiétude lorsqu'elle s'éloigne. C'est la phase où il a « peur des autres », une étape qui peut se prolonger jusqu'à l'âge de deux ans ou plus. Il est indispensable que les parents aident leur enfant à surmonter sa peur en l'habituant, progressivement, à être en contact avec les autres.

De 9 à 12 mois : à cet âge, bébé passe par une étape cruciale de son développement : il commence à se déplacer, souvent à quatre pattes. Maintenant, c'est lui qui se détache volontairement de sa maman. Il devient conscient de sa propre individualité et les premiers « désaccords » avec ses pairs apparaissent. Dans ce cas, une règle d'or : regarder et essayer de ne pas trop intervenir.

Entre 18 et 24 mois, l'enfant a presque totalement acquis la pleine conscience de lui-même. Il se reconnaît dans le miroir et est capable d'exprimer de l'empathie envers les autres ; ainsi, il n'est pas rare à cet âge de voir un enfant aller en consoler un autre qui pleure.

Entre 2 et 3 ans, l'enfant fait d'énormes progrès en matière de socialisation. Le jeu n'est plus une activité solitaire : l'enfant implique d'autres enfants, les appelle par leur nom et partage ses jouets avec eux. Il sait aussi parfaitement défendre son espace personnel : ainsi, si un autre enfant essaie de lui prendre un jouet ou l'embête d'une façon ou d'une autre, il peut réagir violemment.

« Comment votre enfant apprend-il à se socialiser ? », bebesetmamans.com

21 Relier chaque jeu de construction à l'âge correspondant.

C'est l'heure de la sieste, la maman de Théo l'appelle mais celui-ci file à 4 pattes

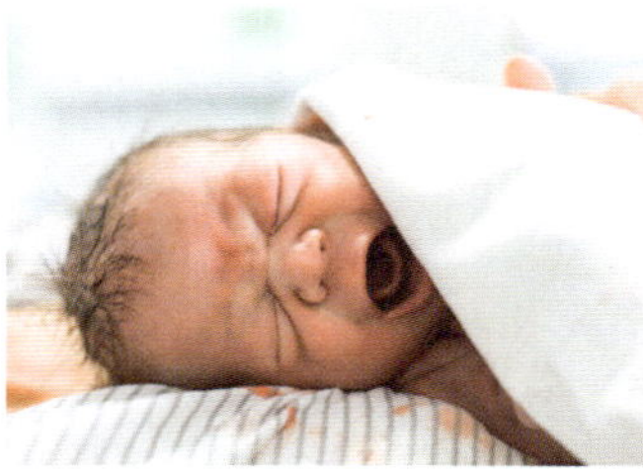

Chloé pleure pour exprimer qu'elle a faim

Ella joue à la dînette avec sa copine

Timéo fait des sourires à ses parents et sa grande sœur

Titouan voit Orélia pleurer, il s'approche d'elle pour la consoler

Inès pleure en voyant sa maman s'éloigner d'elle

- Entre 18 et 24 mois, l'enfant est capable d'exprimer de l'empathie envers les autres.
- Entre 2 et 3 ans, l'enfant joue avec ses paires, il les appelle par leur nom et partage ses jouets avec eux.
- De 9 à 12 mois, bébé peut se déplacer seul. C'est lui qui décide de s'éloigner de ses parents.
- À la naissance, bébé communique à travers les pleurs, les mouvements du corps, les sourires ou les cris, pour exprimer ses besoins et ses désirs.
- Entre le 3e et le 6e mois, bébé commence à reconnaître sa maman, son papa et les personnes qui forment son entourage direct.
- De 6 à 9 mois, bébé se rend compte peu à peu que sa maman est une entité différente et commence à manifester de l'inquiétude lorsqu'elle s'éloigne.

ACTIVITÉ 9 L'acquisition de la propreté

DOC. 12 Acquisition de la propreté

Étape essentielle de l'autonomie de l'enfant, l'acquisition de la propreté s'effectue en général au cours de la 2e ou la 3e année pour la propreté de jour et entre 2 et 4 ans, selon les enfants, pour la propreté nocturne. Elle relève d'un processus naturel : à un stade de son développement, l'enfant est apte à devenir propre « de lui-même » sans devoir être contraint à un apprentissage.

L'acquisition de la propreté requiert trois facteurs conjugués : une maturation physiologique (maturation des nerfs moteurs qui contrôlent les sphincters et des nerfs sensitifs permettant à l'enfant de sentir que sa vessie est pleine ou que son intestin contient des selles), une maturation intellectuelle (l'enfant doit pouvoir prendre conscience de son besoin et pouvoir communiquer avec l'adulte pour demander son aide), une maturation affective (l'enfant doit désirer s'identifier à l'adulte).

La maîtrise du sphincter anal s'obtient avant celle du sphincter vésical. Par ailleurs, l'acquisition de la propreté de jour précède celle de la propreté de nuit, plus difficile à contrôler. Cette progression peut être marquée par quelques retours en arrière, notamment à l'occasion de la survenue d'événements à forte charge affective tels que la naissance d'un frère ou d'une sœur ou encore une séparation avec les parents.

« Acquisition de la propreté » (extraits), larousse.fr

22 Surligner, dans le DOCUMENT 12, les périodes d'acquisition de la propreté diurne et de la propreté nocturne.

23 Énoncer les facteurs favorables à l'acquisition de la propreté et indiquer les facteurs de régression possibles.

Les facteurs favorables à l'acquisition de la propreté sont :

Les facteurs de régression possibles sont :

POUR ALLER PLUS LOIN

L'acquisition de la propreté. Comment accompagner l'enfant dans l'acquisition de la propreté ?

https://qrcode.link/a/ABEdaU

ACTIVITÉ 10 Stimuler le développement global de bébé au quotidien

DOC. 13 Comment stimuler un bébé et un tout-petit au quotidien ?

Toutes les expériences que votre enfant vit en bas âge servent de base à ses futurs apprentissages. Grâce à elles, son cerveau se développe sur tous les plans (langagier, cognitif, moteur, social et affectif). C'est pourquoi il est important de stimuler votre tout-petit. Et pas besoin d'accessoires ou de jouets particuliers : les stimulations sont partout.

Tout ce que vous faites au quotidien nourrit le cerveau de votre enfant et fait travailler ses neurones. Par exemple, quand vous parlez à votre bébé, quand vous montrez du doigt des objets et nommez des choses, cela développe les régions de son cerveau reliées au langage. Cela stimule aussi son développement social parce que vous avez un échange avec lui.

Donner le bain à votre bébé et l'amener au parc en poussette lui permettent aussi de découvrir plein de nouvelles choses, comme voir des jouets colorés, entendre de nouveaux sons, toucher à l'eau, au sable, au gazon, etc.

Idées de jeux pour stimuler votre tout-petit

Avant 6 mois - **Les chansons à gestes**
Les chansons à gestes sont excellentes pour stimuler bébé. D'abord, il regarde l'expression de votre visage (stimulation visuelle), il vous écoute (stimulation auditive) et il ressent vos chatouilles ou vos petites caresses (stimulation physique). Ces chansons stimulent aussi son langage et sa motricité parce que votre bébé vous regarde faire des gestes.
Des exemples : la bébête qui monte, la comptine Tape-tape-tape, pique-pique-pique, roule-roule-roule…

De 6 mois à 1 an - **La course à obstacles**
Placez au sol des jouets qui font du bruit, des tapis et des coussins de différentes textures que votre tout-petit doit escalader ou contourner. Cela développe ses habiletés motrices et mentales, car il doit réfléchir pour décider par où passer.

De 18 mois à 2 ans - **La cuisine des chefs**
Avec votre enfant, sortez des accessoires de cuisine puis jouez à « préparer » et à « goûter » des recettes. Vous pouvez faire semblant de boire quelque chose de chaud, de manger un aliment froid ou un plat que vous n'aimez pas. Cela amuse votre enfant de voir votre réaction et l'encourage à faire comme vous. Ce jeu stimule son sens de l'observation et favorise son développement social.

De 2 ans à 3 ans - **Incroyable moi !**
Tracez le contour du corps de votre enfant sur une grande feuille de papier. Avec lui, nommez les parties de son corps et dessinez des détails à certains endroits. Votre enfant peut ajouter des autocollants sur le dessin. Grâce à cette activité, votre enfant développe sa motricité fine et son langage en plus de prendre conscience de son corps.

« La stimulation précoce par le jeu » (extraits), 09/2016, naitreetgrandir.com

24 **Surligner, dans le DOCUMENT 13, pourquoi il est important de stimuler l'enfant au quotidien.**

25 **Nommer, pour chaque idée de jeu proposé, la (les) habiletés(s) du développement de l'enfant stimulée(s).**

Idée de jeu	Habiletés de l'enfant stimulées
Les chansons à gestes	
La course à obstacles	
La cuisine des chefs	
Incroyable moi !	

CHAPITRE 7 Accompagner l'enfant de 3 à 6 ans dans ses découvertes et ses apprentissages

https://qrcode.link/a/GOv4wr

Exemple de situation professionnelle

ACTIVITÉ 1 Le développement moteur : vers une plus grande maîtrise de son corps

DOC. 1 Le développement global moteur de 3 à 5 ans

Maintenant âgé de 3 ans, votre enfant marche, court, saute et aime bouger. Le développement de la motricité globale peut sembler moins significatif à cet âge puisque les acquisitions majeures telles que la marche sont déjà faites. Cependant, l'enfant continue de développer des habiletés importantes : il affine ses mouvements et améliore sa coordination motrice, ce qui l'amène progressivement vers des activités sportives plus complexes. L'acquisition de la coordination est très importante à cet âge pour le développement moteur futur et les apprentissages scolaires à venir. L'enfant découvre qu'il est de plus en plus habile avec son corps. […]

À 3 ans, l'enfant devrait :
- grimper agilement sur les modules de jeux […] ;
- sauter à pieds joints, commencer les sauts sur un pied, sauter en hauteur et en longueur ;
- attraper un ballon avec les mains ;
- conduire un tricycle et pédaler habilement.

À 4 ans, l'enfant devrait :
- marcher sur des surfaces plus étroites (chaîne de trottoir, poutre, ligne) ;
- se tenir en équilibre sur un pied sans appui (5 à 6 secondes) ;
- marcher sur les talons […] ;
- faire six sauts consécutifs dans des cerceaux, trois à cinq sauts sur un pied et jouer à la marelle ;
- monter et descendre l'escalier sans appui, en alternant les pieds.

À 5 ans, l'enfant devrait :
- faire deux roulades consécutives et avoir une meilleure coordination dans ses sauts ;
- être plus habile dans les jeux de balles et de ballons : commencer à dribbler, lancer une balle sur une cible près de lui, commencer à attraper une balle, frapper le ballon avec ses pieds sur une longue distance […] ;
- commencer à faire de la bicyclette sans roues stabilisatrices.

« Le développement moteur global de 3 à 5 ans » (extraits), enoya.qc.ca

1 **Indiquer l'intérêt de proposer des activités motrices aux enfants de 3 à 6 ans alors que les acquisitions majeures telles que la marche sont déjà faites.**

2 **Proposer, pour chaque situation, une activité de motricité adaptée.**

Maria, 4 ans, est dans la cour de récréation avec ses copines Anaïs et Sonia. L'école est terminée mais elles restent à la garderie périscolaire jusqu'à 17 h 30. Elles s'ennuient... Elles vous demandent si vous n'avez pas des idées d'activités à leur soumettre.	
Hugo, 3 ans, regarde avec envie des adolescents qui s'entraînent à faire des sauts avec leurs VTT. Il vous dit « moi aussi je veux faire comme les grands ! »	

Situation professionnelle 1

Angèle est animatrice à l'accueil périscolaire. Les mercredis matin, elle propose un atelier de motricité pour les enfants de 5-6 ans. Elle anime cet atelier dans la salle de motricité de l'école maternelle. Celle-ci est équipée de modules de motricité en mousse (des tapis, des cylindres, des plans inclinés, des cubes, un escalier de deux et trois marches, un tunnel et une poutre), il y a également des cerceaux, des balles et des ballons, des plots, des anneaux et des seaux.

3 **À partir de la situation ci-dessus, proposer un parcours de motricité qu'Agnès pourrait animer lors de son atelier de motricité.**

DOC. 2 La motricité fine chez les enfants de 3 à 6 ans

Le développement de la motricité fine signifie que l'enfant utilise de mieux en mieux ses doigts et ses mains pour faire des mouvements précis et manipuler de petits objets.

Vers 3-4 ans : la latéralité est définie, l'enfant est droitier ou gaucher. Il est maintenant capable de découper des bandes de papier et sait tenir un crayon. Ses gestes sont plus précis, il dépasse moins lorsqu'il colorie.

À 4-5 ans : il découpe des formes plus complexes comme un carré ou un triangle. Il colorie des formes simples sans dépasser les contours.

À partir de 5 ans, il commence à faire ses lacets à l'aide d'un nœud et d'une boucle. Vers 6 ans il est capable d'y arriver seul. Il peut couper des aliments et tartiner son pain en utilisant un couteau à bout rond.

Pour favoriser le développement de la motricité fine, proposez à l'enfant des activités qui lui permettront de faire des mouvements pour visser, déboutonner, empiler, assembler... Les activités manuelles comme le dessin, la peinture ou encore les jeux de construction, la confection de collier de perles sont d'excellents moyens pour travailler la motricité fine.

4 **Relever la définition de la motricité fine.**

5 **Définir la latéralité.**

6 **Surligner dans le DOCUMENT 2, des activités que vous pourriez proposer à un enfant stimulant le développement de sa motricité fine.**

ACTIVITÉ 2 Le développement de la dimension cognitive

DOC. 3 Le développement intellectuel chez l'enfant de 3 à 6 ans

Le développement cognitif de l'enfant est un processus complexe dont le professionnel, en charge d'enfants, doit en connaître les étapes majeures afin de proposer un accompagnement adapté.
Vers 3 ans, l'enfant veut comprendre la réalité du monde qui l'entoure et pose beaucoup de questions. Il est également très égocentrique, il ne peut pas concevoir qu'une chose ait une existence indépendante ou différente de la sienne.
À partir de 4 ans, sa pensée devient « intuitive ». Par exemple, si l'on présente à l'enfant deux rangées de 8 jetons chacune mais que sur la deuxième rangée on espace plus les jetons. Et bien si l'on demande à l'enfant quelle rangée contient le plus de jetons, l'enfant désignera sans hésitation la deuxième rangée ! L'enfant est centré sur l'apparence des choses, il n'a pas de raisonnement logique.
Le développement intellectuel de l'enfant se fait progressivement, il incombe donc au professionnel de tout mettre en œuvre pour lui offrir un environnement riche et stimulant facilitant, le plus efficacement possible, son évolution. Par exemple, certains jeux de stratégie peuvent être proposés aux enfants dès l'âge de 4/5 ans. À travers des défis adaptés à leur niveau, l'enfant va prendre plaisir à résoudre des énigmes. Apprendre en s'amusant est une méthode très efficace !

7 **Relever l'intérêt, pour le professionnel en charge de l'enfant, de connaître les étapes du développement cognitif.**

8 **Surligner dans le DOCUMENT 3, ce qu'est la « pensée intuitive ».**

9 **Indiquer pourquoi les activités ludiques et les jeux sont plus efficaces pour stimuler l'apprentissage.**

Situation professionnelle 2

Noëline, ATSEM en école maternelle, anime une activité auprès d'un groupe d'enfants de moyenne section. Elle dispose devant elle trois gobelets de tailles différentes : un petit, un moyen et un grand. Elle dispose 5 boutons dans chaque gobelet.
Lorsqu'elle demande aux enfants quel gobelet contient le plus de boutons, ils désignent le plus grand gobelet.

10 **Expliquer pourquoi les enfants désignent le grand gobelet comme étant celui qui contient le plus de boutons dans la situation professionnelle ci-dessus.**

DOC. 4 Comprendre la notion du temps

La notion du temps correspond à la construction de repères temporels et la sensibilisation aux durées (les minutes, les heures, les jours, les mois...). Le temps est une notion abstraite et difficile à appréhender pour les jeunes enfants. Il peut donc être important d'introduire suffisamment tôt des repères qui permettront à l'enfant d'acquérir progressivement les moments de la journée (matin, après-midi, soir), les jours de la semaine...

L'acquisition de cette notion commence principalement à l'école au travers de l'apprentissage des repères temporels par la répétition, sous la forme d'activités ritualisées comme la date, le planning d'activités mais également à travers l'apprentissage de comptines et divers jeux et activités de réparage temporel tel que remettre des images dans l'ordre...

Vers 3 ans, l'enfant commence par prendre des repères dans la journée. Il comprend les mots « matin », « après-midi », « soir » et commence à comprendre les notions « avant » et « après ». À partir de 4 ans, il commence à se repérer dans la semaine ; il comprend mieux les mots « hier », « aujourd'hui » et « demain ». Il commence à concevoir la succession d'événements et peut compter jusqu'à 20. Ce n'est que vers l'âge de 6 ans que l'enfant nomme et comprend les jours de la semaine et les saisons.

11 Définir l'acquisition de la notion du temps.

12 Surligner dans le DOCUMENT 4, les moyens mis en place à l'école permettant d'accompagner l'enfant dans l'acquisition de la notion du temps.

13 Rechercher une comptine qui permet de mémoriser les jours qui composent la semaine, adaptée à des enfants de 3-4 ans.

DOC. 5 L'orientation dans l'espace

Grâce à une meilleure conscience de son corps dans l'espace, l'enfant est désormais capable de comprendre et d'apprendre les notions d'orientation spatiale. Progressivement, il va utiliser les termes qui lui permettront de se situer et de s'orienter dans un espace. Vers 3 ans, l'enfant comprend et utilise des mots simples d'orientation spatiale tel que « devant », « derrière », « dessus », « dessous ».

Vers 4 ans, il saisit de mieux en mieux les termes plus complexes comme « en avant », « en arrière » et « au milieu ». Les termes « gauche » et à « droite » sont généralement maîtrisés vers l'âge de 6 ans.

Le jeu est un excellent moyen pour apprendre à l'enfant à s'orienter tout en s'amusant : des chasses aux trésors, un labyrinthe, des jeux de cache-cache avec un jouet où l'enfant doit trouver l'objet en utilisant les mots « à côté de », « au-dessus de », « en dessous de »...

14 Expliquer l'intérêt d'acquérir les notions d'orientation spatiale.

15 Indiquer par quel moyen l'adulte peut stimuler l'apprentissage des repérages dans l'espace.

Situation professionnelle 3

Amélie, auxiliaire puéricultrice en jardin d'enfants, intervient auprès d'un groupe d'enfants âgés de 3 à 6 ans. Elle a constaté que certains d'entre eux présentent des difficultés à se repérer et s'orienter dans l'espace. Par exemple, Alexis, 5 ans, cherche le camion rouge. Il demande à Maxime qui est le dernier à l'avoir utilisé. Maxime, 4 ans, occupé à dessiner, tente d'expliquer où se trouve le jouet mais il ne trouve pas le vocabulaire adéquat pour indiquer la localisation exacte du camion rouge.

16 D'après la situation professionnelle ci-dessus, rechercher une activité qu'Amélie pourrait proposer aux enfants afin de les accompagner dans l'acquisition de l'orientation spatiale.

ACTIVITÉ 3 L'évolution de l'expressivité

DOC. 6 Les stades d'évolution du graphisme

Tout commence par des gribouillis, puis apparaît un « bonhomme têtard » qui, progressivement, laisse sa place à un bonhomme de plus en plus détaillé. La scolarisation contribue à l'évolution du graphisme ; à travers des activités de coloriage et de dessin, l'enfant va acquérir les capacités nécessaires pour entrer dans l'apprentissage de l'écriture.

Vers 3 ans : le stade du réalisme manqué : l'enfant cherche à représenter des objets, des personnes. Cependant il y a un écart entre ce qu'il cherche à représenter et sa réalisation. Ses dessins se composent d'éléments simples : le soleil, un personnage, une maison… Ces personnages, appelés « bonhommes têtard », se composent d'un rond pour la tête et le corps, et de 2 à 4 bâtons pour les membres.

À partir de 4 ans (jusqu'à 8 ans) : le stade du réalisme intellectuel : l'enfant a une meilleure précision du geste et les formes géométriques simples sont principalement utilisées pour dessiner (le carré, le rectangle et le triangle). La structure du bonhomme se rapproche de la réalité. Le visage se complexifie et les détails comme les yeux, la bouche, le nez et le nombril apparaissent. Plus il prend conscience de son corps, plus il est capable d'en représenter les détails. Vers 5 ans, les formes sont plus élaborées, les détails se multiplient (doigts, pieds, cheveux). La longueur des cheveux permet de différencier les filles des garçons et la bouche traduit l'expression.

Apparaissent les premiers dessins par « transparence », l'enfant dessine une maison avec ce qui se trouve à l'intérieur.

Progressivement, les dessins deviennent plus identifiables mais sont encore disproportionnés.

Son intérêt pour l'écriture se développe rapidement, même si les lettres ne sont pas toujours bien formées, il peut écrire et recopier des mots simples.

17 Indiquer l'intérêt de proposer des activités de dessin et de coloriage en milieu scolaire.

Situation professionnelle 4

Martine, animatrice en jardin d'enfants, vient de terminer l'animation de l'atelier dessin. La thématique du jour était « dessine ta famille ». Mélanie, 6 ans, Gabriel, 5 ans et Hugo, 3 ans ont participé à l'atelier. Martine prend les dessins pour les distribuer aux enfants mais constate qu'elle n'a pas inscrit les prénoms au dos.

18 D'après la situation professionnelle ci-dessus, indiquer sous chaque dessin s'il s'agit de celui de Mélanie, Gabriel ou Hugo. Justifier la réponse à l'aide du document 6.

	Dessin réalisé par : ... Éléments justificatifs : ...
	Dessin réalisé par : ... Éléments justificatifs : ...
	Dessin réalisé par : ... Éléments justificatifs : ...

Pour aller plus loin

Relever l'élément fondateur facilitant le passage entre le dessin et l'écriture que l'adulte doit respecter.

Visionner cette vidéo

https://qrcode.link/a/r2JGpy

DOC. 7 L'évolution du langage oral : des phrases de plus riches !

La maîtrise du langage est un élément fondamental du développement de la personnalité de l'enfant, de sa réussite scolaire et de son intégration sociale.

À son entrée à l'école, vers 3 ans, l'enfant s'exprime bien et formule des demandes directes. Toutefois, il fait encore des erreurs et il peut lui arriver d'oublier quelques mots.

À partir de 4 ans, l'enfant formule des phrases complètes et il peut décrire un événement vécu récemment. Il conjugue les verbes et utilise correctement les pronoms personnels « je », « tu » et « il ». Il commence à s'intéresser au langage écrit, c'est donc le bon moment pour introduire l'apprentissage de mots simples.

Vers 5-6 ans, l'enfant s'exprime clairement même s'il fait encore des erreurs de conjugaison. Il prononce correctement pratiquement tous les sons. Il nomme les couleurs et les formes. Il comprend les consignes doubles telles que « Va te laver les mains et viens ensuite prendre ton goûter ». Ses phrases sont de mieux en mieux construites et son vocabulaire s'enrichit.

Le langage oral se développe progressivement en fonction des capacités de l'enfant, mais surtout en fonction de son environnement. Il est donc nécessaire que l'adulte interagisse avec l'enfant, se montre à l'écoute, réagisse à ces efforts communicationnels, l'encourage, corrige en reformulant mais sans faire répéter... Le bain langagier dans lequel l'enfant évolue et ses interactions avec l'adulte constituent des ressources enrichissantes. Une multitude de jeux et d'activités simples et quotidiennes, adaptées selon l'âge de l'enfant, stimuleront également ses capacités langagières.

Par exemple :

- raconter des histoires de plus en plus longues. Donner l'occasion à l'enfant de s'exprimer en lui posant des questions sur les personnages... ;
- lire le début d'une histoire connue et demander à l'enfant de raconter la suite ;
- proposer des chansons, des comptines ;
- inviter l'enfant à utiliser le langage oral pour exprimer ce qu'il ressent et ce qu'il veut ;
- proposer des jeux permettant de nommer et reconnaître les lettres de l'alphabet ;
- jouer avec l'enfant en commentant les faits, introduire des nouveaux mots ;
- proposer et partager des parties de jeux de société (adaptés à son âge, bien évidemment !).

Si l'enfant prend du plaisir dans l'interaction partagée autour de ces jeux et activités, il désirera davantage communiquer ! Et n'oubliez pas que pour l'enfant, l'adulte est un modèle. Il est donc important de lui montrer l'exemple. En écoutant, l'enfant apprend !

19 Indiquer l'importance de la maîtrise du langage pour l'enfant.

20 Relever les attitudes favorables au bon développement langagier de l'enfant.

21 Relier l'âge de l'enfant dans les situations décrites ci-dessous.

Titouan raconte sa journée d'hier. Il fait des phrases complètes et utilise correctement les pronoms singuliers. •	• Vers 4 ans
Léa s'exprime correctement mais il lui arrive de faire quelques erreurs : elle dit « c'est la poupée à Léa » au lieu de « c'est ma poupée ». •	• Vers 5-6 ans
Thibault reconnaît et nomme les couleurs et les formes géométriques. La maîtresse lui demande d'aller chercher les crayons de couleurs puis de colorier les carrés en bleu et les triangles en jaune. •	• Vers 3 ans

Visionner cette vidéo

https://qrcode.link/a/9nePcv

22 Repérer, dans la vidéo, les intérêts de proposer cette lecture à des enfants de 3 ans.

DOC. 8 Les troubles du langage

Le langage oral se développe petit à petit chez l'enfant. Cependant, des difficultés peuvent parfois apparaître et freinent le bon développement langagier. Les principaux troubles du langage oral chez l'enfant sont les troubles de l'articulation, le retard de parole (ou du langage), le bégaiement et la dysphasie.

Les troubles de l'articulation : l'enfant n'arrive pas à prononcer certains « sons », par exemple il prononce « âteau » pour dire « château ». Ou le son sera remplacé par un autre, par exemple « un sat » au lieu de dire « un chat ». L'anomalie concerne surtout certaines consonnes comme les f/v, ch/j, s/z...

Le retard de parole : l'enfant éprouve des difficultés dans l'enchaînement des mots dans la phrase. On l'appelle « retard » dans la mesure où il existe un décalage entre l'âge de l'enfant et sa production orale, c'est ce que l'on appelle le « parler bébé ». Le vocabulaire est généralement pauvre, certains verbes ne sont pas conjugués, des mots sont oubliés et les mots de liaison sont rarement utilisés (dans, parce que...).

Le bégaiement : c'est un trouble de l'élocution caractérisé par une mauvaise articulation des sons et des répétitions d'une même syllabe qui peuvent être accompagnées d'hésitation ou même de blocages de la parole. Ce trouble débute le plus souvent entre 2 et 5 ans et touche majoritairement les garçons. Son évolution est généralement favorable. Une rééducation peut être nécessaire.

La dysphasie : c'est un trouble neurodéveloppemental du langage oral. La dysphasie affecte l'expression orale et la compréhension orale. Lorsque l'enfant parle, il est difficile de le comprendre. Son langage oral est limité et son vocabulaire est pauvre. Contrairement aux autres troubles, la dysphasie est durable et entraîne des réelles difficultés dans les apprentissages scolaires. C'est pourquoi une rééducation doit être entreprise le plus tôt possible.

S'ils ne sont pas pris en charge à temps, les troubles du langage peuvent être à l'origine de difficultés scolaires et perturber le comportement de l'enfant. Il est donc essentiel de repérer ces troubles le plus tôt possible. Un dépistage précoce permet de réduire les difficultés d'apprentissage grâce à une prise en charge précoce et spécifique aux besoins de l'enfant. Cette prise en charge permet également de minimiser les atteintes à l'estime de soi qui sont associées à l'échec.

23 Relier chaque trouble du langage à sa définition.

Les troubles de l'articulation •	• Atteinte neurologique qui affecte l'expression et la compréhension du langage.
Le retard de parole •	• Répétition involontaire des parties de mots.
Le bégaiement •	• L'enfant simplifie le son trop difficile à prononcer, inverse des syllabes… Persistance du « parler bébé ».
La dysphasie •	• Déformation de la prononciation de certaines lettres, par exemple « zozoter ».

24 Justifier l'intérêt d'une prise en charge précoce de ces troubles.

…………………………………………………………………………

…………………………………………………………………………

…………………………………………………………………………

…………………………………………………………………………

…………………………………………………………………………

…………………………………………………………………………

POUR ALLER PLUS LOIN

Préparer une activité lecture pour un groupe de 8 enfants de 3-5 ans.

BLOC DE COMPÉTENCES 1

COMPÉTENCE 3

ACTIVITÉ 4 L'évolution des habilités sociales

DOC. 9 Le développement social de l'enfant de 3 à 6 ans

L'entrée à l'école maternelle est un événement important pour l'enfant, il va intégrer un nouveau groupe social et découvrir de nouvelles règles de vie.

À 3 ans, l'enfant s'affirme en voulant faire les choses tout seul. Il veut être l'objet de l'attention et imposer son point de vue. Ce qui peut créer des formes de rivalité, l'enfant entre facilement en contact physique avec ses paires. Il commence tout de même à comprendre les règles et les interdits si on lui explique.

Vers 4 ans, il devient moins égocentrique et s'ouvre aux autres. Il va développer des amitiés plus ou moins stables avec des enfants de son âge. Il commence à comprendre que les autres peuvent ne pas penser comme lui et gère bien les tours de parole.

Vers 5 ans, l'enfant accorde de l'importance à ce que les autres ressentent et tient compte des réactions d'autrui. Il coopère mieux et peut donc participer à des jeux collectifs de collaboration. Toutefois, il se compare souvent aux autres, ce qui peut nuire à sa confiance et créer des conflits. Il est donc important d'expliquer aux enfants que chacun est unique et différent.

C'est à cette période que se développe la conscience morale. Il est capable d'évaluer les conséquences de ses actes et de comprendre si ce qu'il fait est bien ou mal. Il est capable de proposer des solutions pour « réparer » ses actes. La sanction est nécessaire, elle mènera l'enfant à devenir responsable de ses actes.

25 Indiquer l'événement important de la vie de l'enfant qui va impacter son développement social. Justifier la réponse.

26 Indiquer l'âge auquel l'enfant est capable de participer à des jeux collectifs. Justifier la réponse.

27 Expliquer ce qu'est la « conscience morale ».

28 À partir de la vidéo, définir le développement social de l'enfant. Illustrer par un exemple.

Visionner cette vidéo

https://qrcode.link/a/t9BzjW

29 Indiquer comment accompagner le développement social de l'enfant grâce aux livres.

ACTIVITÉ 5 Les troubles de la propreté

DOC. 10 Les troubles du contrôle sphinctérien

L'apprentissage de la propreté se fait naturellement vers les 2, 4 ans de l'enfant, aidé d'un accompagnement bienveillant de l'adulte. Mais il arrive que des troubles de la propreté apparaissent : l'énurésie et l'encoprésie.

L'énurésie est une miction active, complète, inconsciente et involontaire, pendant le sommeil, à partir de 5 ans. C'est le terme médical pour désigner le fait de faire « pipi au lit ». On distingue l'énurésie primaire (enfant qui n'a pas connu de période de propreté) et l'énurésie secondaire (elle survient après une période de propreté d'au moins 6 mois).

L'encoprésie est une émission fécale, généralement involontaire, dans des endroits non appropriés, chez un enfant d'au moins 4 ans. Ce trouble survient de façon durable (depuis au moins 6 mois) et répétée. Tout comme l'énurésie, l'encoprésie peut être primaire ou secondaire.

Quelles sont les causes ? Dans la majorité des cas, des facteurs psychologiques sont à l'origine de l'énurésie et de l'encoprésie. Ces troubles peuvent survenir après un choc émotionnel ou un changement important dans la vie de l'enfant (départ d'un proche, maladie dans la famille, la naissance d'un enfant, des conflits dans le couple...). Une éducation à la propreté inadaptée peut également être en cause (une mise au pot trop précoce, des parents obsessionnels...).
Dans de rares cas, ces troubles sont causés par des facteurs physiologiques (ex. : vessie trop petite, fissure anale...) ou génétiques. Des examens médicaux permettront d'écarter ces causes.

Qui et quand consulter ? Plus l'âge de l'enfant est important, plus les symptômes risquent de persister. Une rééducation précoce est donc plus efficace pour les éliminer.

Les troubles de l'acquisition de la propreté chez l'enfant relèvent de la pédiatrie. Une consultation médicale permettra de poser un diagnostic et de mettre en place un traitement spécifique adapté. Un suivi auprès d'un pédopsychiatre peut être indiqué.

Comment accompagner l'enfant ? Ces troubles se corrigent par une rééducation, dans un environnement rassurant. Il est donc nécessaire de dédramatiser la situation. Punir l'enfant ou l'accabler n'a aucun intérêt et pourrait même aggraver la situation. Il ne faut pas oublier que celui-ci se sent déjà assez humilié. Son estime de lui est fragile. Il est donc important de le soutenir dans sa rééducation, de lui redonner confiance en lui. Il est important de responsabiliser l'enfant en l'impliquant dans sa prise en charge : il peut aider à changer ses draps, participer au lavage de ses sous-vêtements... Ces tâches ne doivent pas être présentées comme une punition mais bien comme un acte responsable !

30 **Dans le DOCUMENT 10, souligner en bleu la définition de l'énurésie.**

31 **Souligner en vert la définition de l'encoprésie.**

32 **Identifier les principales causes des troubles de la propreté.**

33 **Indiquer l'intérêt d'une rééducation précoce des troubles de la propreté.**

34 **Proposer des attitudes à adopter en cas de troubles de la propreté chez l'enfant.**

Activité 6 Accompagner l'enfant dans sa recherche d'autonomie

DOC. 11 La quête de l'autonomie

L'autonomie ne se résume pas qu'aux actes de la vie courante. Elle concerne le développement global de l'enfant : la dimension affective, la dimension physique et motrice, la dimension sociale et morale, la dimension cognitive et la dimension langagière. Par exemple, lorsque l'enfant apprend de nouveaux mots, classe des objets par couleur, poses des questions… il façonne son autonomie cognitive et langagière. Quand il commence à comprendre et respecter des consignes données, à créer des liens amicaux avec d'autre enfant, il construit son autonomie sociale et affective.

Le professionnel de la petite enfance joue un rôle important dans la construction de l'autonomie de l'enfant. Ainsi, il doit stimuler les élans d'autonomie qui permettront à l'enfant d'apprendre petit à petit à faire des choix et décider par lui-même. Progressivement, l'enfant va comprendre qu'il est capable de prendre ses propres décisions et de contrôler ses actions. L'apprentissage de l'autonomie est indispensable au bon développement de l'enfant, il se fait à coups d'essais, d'erreurs, de maladresses et de réussites.

Même si parfois l'enfant éprouve des difficultés à réaliser certaines tâches, il doit croire en ses capacités car si l'adulte se montre impatient et fait à sa place, l'enfant risque de se sentir honteux et de ne pas croire en lui. Il est donc essentiel d'encourager ses efforts et de lui laisser le temps de faire par lui-même. Un nouvel apprentissage demande du temps et beaucoup de répétitions. L'enfant a besoin de sentir que l'adulte croit en ses capacités pour persévérer dans ses efforts et ainsi gagner de l'autonomie.

Quelques conseils pour accompagner l'enfant à construire son autonomie

- Respectez le rythme de l'enfant et être attentif à ce qu'il exprime. Par exemple, s'il veut aider à nettoyer le matériel après un atelier peinture, laissez-lui la possibilité de participer aux tâches même si cela prend plus de temps et que le résultat n'est pas parfait.
- Stimulez sa participation. L'enfant doit avoir la possibilité de participer à des tâches de la vie courante, adaptées à son âge et à ses capacités. Confiez-lui des tâches qu'il est capable de réaliser tel qu'aider à mettre la table.
- Offrez-lui la possibilité de faire des choix et prendre des décisions. Par exemple, proposez-lui de choisir l'atelier pâte à modeler ou à l'atelier peinture ou de choisir les vêtements qu'il souhaite porter.
- Enseignez à l'enfant comment faire. Par exemple, montrez-lui les gestes à faire pour boutonner et déboutonner un pantalon puis laissez l'enfant essayer, en restant à ses côtés pour l'aider s'il le demande.
- Acceptez les erreurs et que le résultat ne soit pas parfait. Si l'enfant renverse de l'eau en remplissant son verre, dédramatisez et proposez-lui d'aider à nettoyer. L'enfant doit comprendre qu'il a le droit de faire des erreurs et que le nettoyage n'est pas une punition, mais un geste de réparation.
- Encouragez-le à trouver des solutions par lui-même. Par exemple, si l'enfant n'arrive pas à mettre ses chaussures parce que celles-ci sont à l'envers, amenez-le à réfléchir à la façon de faire au lieu d'intervertir vous-même les chaussures.
- Félicitez-le. Valorisez les efforts même si la tâche n'est pas totalement réussie afin d'améliorer son estime de soi et sa confiance en ses capacités. Ceci le poussera à persévérer.

35 **Surligner dans le DOCUMENT 11, les attitudes favorisant l'apprentissage de l'autonomie de l'enfant**

CHAPITRE 8

Accompagner l'enfant de 6 à 12 ans dans ses découvertes et ses apprentissages

https://qrcode.link/a/5gd4OE
Exemple de situation professionnelle

ACTIVITÉ 1 L'évolution des habilités motrices

DOC. 1 La construction d'une motricité épanouie

L'enfant va continuer de parfaire les habiletés motrices qu'il a commencé à acquérir au fil des années.

Progressivement, ses capacités motrices s'affinent ; l'enfant devient plus habile et plus rapide dans l'exécution d'activités physiques, ses mouvements deviennent plus souples et plus précis. La coordination motrice et l'équilibre s'améliorent.

Sur le plan physique, durant cette période, la croissance de l'enfant ralentie, mais reste régulière jusqu'à la puberté. Sa force musculaire de même que son endurance continuent de s'accroître.

Au niveau de la motricité fine, on constate également un changement important. Progressivement, l'enfant va maîtriser les mouvements de ses doigts et de ses mains ; il apprend l'écriture capitale puis cursive, à découper des formes complexes, à manipuler des petits objets... Il peut même apprendre à jouer d'un instrument de musique.

Grâce à l'acquisition de ses habilités motrices, l'enfant va devenir plus autonome dans l'exécution de certaines tâches de la vie courante.

1 **Dans le DOCUMENT 1, surligner en bleu l'évolution de la motricité globale et en vert l'évolution de la motricité fine.**

2 **Relever l'intérêt de l'acquisition des habilités motrices pour l'enfant.**

DOC. 2 Motricité globale et motricité fine

<table>
<tr><th></th><th>6 ans</th><th>7 ans</th><th>8 ans</th><th>9 ans</th><th>10 ans</th><th>11 ans</th><th>12 ans</th></tr>
<tr><td rowspan="3">Motricité globale</td><td colspan="7">- Plus grande aisance corporelle, meilleure coordination et meilleur équilibre qu'à la période préscolaire.
- Augmentation de la masse corporelle, de la force musculaire et de l'endurance à l'effort.
- Besoin d'au moins une heure d'activité physique tous les jours.
- Période importante pour développer la coordination et apprendre des techniques d'étirement.
- Meilleure motricité globale chez les garçons.</td></tr>
<tr><td rowspan="2">- Saute à pieds joints et à cloche-pied.
- Court en franchissant des obstacles et en changeant brusquement de direction.
- Fait bondir un ballon et commence à dribbler.
- Apprend à conduire un vélo.</td><td rowspan="2">- Marche sur une ligne droite, le talon gardant contact à chaque pas avec l'autre pied.</td><td rowspan="2">- Saute sur un pied plus de 20 fois.</td><td colspan="2">- Fait un saut en longueur sans élan de 1 mètre à 1,50 mètre.
- Court à une vitesse de 5 m/s.</td><td colspan="2"></td></tr>
<tr><td></td><td colspan="3">- Lance une balle 2 fois plus loin qu'à 6 ans.
- Peut circuler à vélo dans la circulation.
- A une pratique sportive plus soutenue.</td></tr>
<tr><td rowspan="2">Motricité fine</td><td colspan="7">- Motricité fine plus développée chez les filles.
- Plus de fluidité dans les gestes.
- Meilleure coordination.</td></tr>
<tr><td colspan="2">- Écrit des lettres de taille plus petite et plus uniformes qu'avant.
- Peut apprendre à faire de l'origami.
- Découpe des formes plus complexes comme un losange.</td><td colspan="5">- Peut apprendre les rudiments de la jonglerie et des tours de magie.
- Maîtrise l'écriture cursive.
- Utilise de nouveaux outils : agrafeuse, marteau, aiguille à coudre, à tricoter.
- Fait des constructions plus complexes requérant l'utilisation d'écrous et de vis.</td></tr>
</table>

Situation professionnelle 1

Mélanie, lycéenne en classe de seconde ASSP, effectue sa première période de formation en milieu professionnel au sein d'une école primaire. Les mercredis, elle participe aux animations mises en place par les animateurs du centre de loisirs communal. Cet après-midi, elle doit soumettre à son tuteur de stage, deux propositions d'activités qu'elle souhaite animer.

3 À l'aide du DOCUMENT 2, indiquer si les activités proposées par Mélanie sont adaptées ou non aux enfants. Justifier la réponse.

1re proposition : une sortie à vélo avec un groupe de six enfants de 6 ans. Le départ de l'école est prévu à 10 heures. Les enfants, accompagnés de deux animateurs, devront traverser la ville puis rouler encore 3 km pour se rendre au bord d'un lac où ils pique-niqueront. Le retour se ferait par le même trajet.

- ☐ Activité adaptée
- ☐ Activité non adaptée

Justification : ....

....

2e proposition : une activité couture pour les enfants à partir de 10 ans dont la finalité serait de fabriquer des poupées de chiffon à partir de chutes de tissus et de ouate de rembourrage.

- ☐ Activité adaptée
- ☐ Activité non adaptée

Justifications : ....

....

....

....

....

....

POUR ALLER PLUS LOIN

Visionner la vidéo « Le sport ça sert à quoi ? ».

Visionner cette vidéo

https://qrcode.link/a/RJQ8rk

ACTIVITÉ 2 L'évolution des capacités cognitives

DOC. 3 Je construis mon intelligence : le stade des « opérations concrètes »

Pendant la période d'âge scolaire, les capacités cognitives de l'enfant progressent de manière importante.
Vers 7 ans, l'enfant entre dans ce que l'on appelle en psychologie, le stade « des opérations concrètes » selon Piaget. Cette période s'étend jusqu'à l'âge de 11, 12 ans environ.
Ce stade se caractérise par le développement d'une pensée logique et concrète. C'est-à-dire que, progressivement, l'enfant va penser d'une façon plus logique ; il se basera moins sur l'apparence des objets et va utiliser davantage des opérations mentales pour comprendre et résoudre des problèmes.
À partir de 7 ans, l'enfant manipule les nombres et les classes. Ainsi il peut résoudre des problèmes simples comme les additions et soustractions. Il comprend mieux les notions de temps, il peut apprendre à lire l'heure. Progressivement il va acquérir la notion de l'espace géographique, il pourra ainsi localiser un lieu inconnu sur une carte et comprendre ce que cela représente.

Son raisonnement devient de plus en plus logique. Il comprend le principe de conservation de la quantité ; c'est-à-dire qu'il comprend qu'un objet peut rester le même malgré les changements d'apparence. Il va également comprendre la notion de catégorisation ; c'est-à-dire qu'il est capable de classer des objets en fonction de leurs caractéristiques.
Vers 9 ou 10 ans, la mémoire, la concentration et l'attention augmentent. L'enfant assimile la conservation du poids. Celle du volume suit généralement vers 11 ou 12 ans, au début du stade de la pensée abstraite.

Histoire

Jean Piaget (1896-1980) est un des psychologues les plus connus de l'Histoire grâce à ses découvertes sur l'enfance et le développement de l'intelligence chez l'enfant.

4 **Surligner, dans le DOCUMENT 3, la définition du stade « des opérations concrètes » selon la théorie de J. Piaget.**

5 **Indiquer l'âge auquel l'enfant est capable d'apprendre à lire l'heure. Justifier la réponse.**

Situation professionnelle 2

Anna est animatrice au centre d'accueil du périscolaire. Ce matin, elle a lu un article qui présentait les expériences créées par J. Piaget pour étudier les enfants à différents stades de leur développement cognitif. Afin de mieux comprendre certains concepts et de vérifier ces théories, Anna décide d'expérimenter deux de ces expériences avec Mathéo, 8 ans.
1re expérimentation : Anna présente un bloc de pâte à modeler à Mathéo. Elle divise ce bloc en deux parts égales, qu'elle roule pour former deux boules identiques. Elle aplatit ensuite une des deux boules. Puis elle demande à Mathéo « D'après toi, qui de la boule ou de la galette, contient le plus de pâte à modeler ? ». Mathéo répond que les deux contiennent la même quantité de pâte à modeler.

6 **Expliquer le principe qui permet à Mathéo de comprendre que les deux morceaux contiennent la même quantité de pâte à modeler.**

2e expérimentation : Anna présente à Mathéo, un panier contenant 4 pommes et 2 bananes. Elle lui demande « À ton avis, le panier contient-il plus de pommes ou plus de fruits ? ». Mathéo répond qu'il y a plus de fruits.

7 **Expliquer la notion qui permet à Mathéo de comprendre que le panier contient plus de fruits que de pommes.**

POUR ALLER PLUS LOIN

Préparer une activité pour apprendre à lire l'heure à des enfants de 7-8 ans.

https://qrcode.link/a/mfPmmR

ACTIVITÉ 3 L'évolution de la dimension langagière

DOC. 4 Le développement du langage, de la lecture et de l'écriture

Vers l'âge de six ans, l'enfant maîtrise suffisamment le langage oral pour aborder l'apprentissage de la lecture et de l'écriture. Toutefois, si l'évolution du langage oral s'effectue de façon naturelle, l'apprentissage de la lecture et de la langue écrite résulte quant à elle d'un apprentissage progressif, régulier et fréquent.

À 6 ans : l'enfant s'exprime à travers des phrases plus longues et plus complexes et prononce bien tous les sons. Il peut faire des liens de cause à effet dans un récit (expliquer ce qui a provoqué telle situation). Il commence les apprentissages de l'écriture et de la lecture.

Vers 7-8 ans : il possède un langage proche de celui d'un adulte. Il développe graduellement une lecture plus fluide. Il comprend la logique d'une histoire et anticipe la suite.

Le tracé des lettres manque encore d'assurance, l'enfant fait des arrêts fréquents lorsqu'il écrit.

À partir de 9 ans : l'enfant est capable de raconter et d'écrire une véritable histoire. Il comprend la syntaxe. Au niveau du graphisme, son écriture est efficace et lisible.

Soutenir le développement du langage, de la lecture et de l'écriture de l'enfant

Le langage se construit surtout dans les échanges et par le plaisir de communiquer. L'évolution du langage est donc directement influencée par la fréquence et la qualité des interactions entre l'enfant et l'adulte. L'enfant doit pouvoir disposer d'un environnement suffisamment stimulant pour enrichir ses capacités langagières. Par exemple, l'adulte peut lui mettre à disposition des crayons et du papier, l'encourager à écrire des lettres, inventer des histoires à partir d'images, proposer des livres intéressants et des magazines, fréquenter des bibliothèques et librairies, encourager l'enfant à mettre des mots sur ce qu'il fait, s'amuser à faire des devinettes…

Toute une gamme d'activités et de jeux permet de mobiliser des habiletés langagières complexes qui aideront l'enfant à développer son discours, sa capacité à expliquer et à poser des questions ou encore à décrire des objets, des situations… Une approche ludique sera généralement amusante, récréative ou divertissante. Il est toujours plus facile d'apprendre en s'amusant !

8 **Indiquer à quel âge l'enfant commence à apprendre à lire et à écrire. Justifier la réponse.**

9 **Indiquer l'intérêt d'utiliser le jeu comme support d'apprentissage.**

Situation professionnelle 3

L'école est terminée, les enfants des classes du CE2 au CM2 qui restent au service de garderie du périscolaire, se regroupent sous le préau après s'être lavé les mains et attendent la distribution du goûter. Pour les faire patienter, Magali, animatrice, organise une activité : « l'histoire trouée ».
Un enfant raconte une histoire et lorsque Magali frappe dans les mains, il s'arrête et c'est à un autre enfant de la poursuivre. Magali choisit la thématique de l'histoire. Et comme beaucoup d'enfants lui ont raconté avoir regardé le film diffusé hier relatant les aventures d'un grand pirate...elle décide de mettre ce thème à l'honneur. De plus, elle sait que les enfants de cet âge affectionnent les histoires d'aventure qui font peur.

10 **Expliquer l'intérêt de proposer ce type d'activité à des enfants de 8-10 ans.**

11 **Justifier le choix de la thématique de l'histoire de Magali.**

12 **Citer une autre activité ludique stimulant les capacités langagières, que Magali aurait pu proposer pour faire patienter les enfants.**

Pour aller plus loin

Des jeux de société stimulant les capacités langagières de l'enfant de 6 à 12 ans.

ACTIVITÉ 4 Le développement affectif et social de l'enfant de 6 à 12 ans

DOC. 5 Les relations de l'enfant avec son entourage

Le développement affectif et social est un processus continu qui dépend fortement du développement cognitif de l'enfant.

La tranche 6-12 ans marque la fin de la petite enfance et la préparation à l'adolescence. L'enfant continue de grandir, de se construire… il n'est plus un tout petit enfant mais n'est pas encore un adolescent. Durant cette période, progressivement, l'enfant se forge ses propres idées et sa morale. Il intègre des valeurs, des règles et va prendre quelques responsabilités. Par ailleurs, il se socialise en dehors de la famille et du milieu scolaire. Il s'identifie aux adultes qui l'entourent et plus seulement à ses parents. Cependant, la présence des parents reste indispensable durant cette période. C'est à travers le regard de sa mère et de son père que l'enfant construit sa personnalité. Par l'approbation de ses parents, il saura qu'il peut faire cela et non ceci. La reconnaissance des parents permet à l'enfant de s'affirmer et s'épanouir.

À 6 ans, l'enfant présente des comportements socialisés, il comprend et respecte les règles sociales. Ses liens d'amitié sont rapidement changeants et essentiellement déterminés par la proximité physique et des activités communes. L'enfant est moins égocentrique, il respecte plus les autres et se préoccupe davantage d'autrui.

7-8 ans est l'âge de l'autonomie. L'enfant veut apprendre à se débrouiller seul, il s'affirme. Il se réfugie dans des endroits tranquilles.

Les réactions émotionnelles sont plus modérées, il extériorise moins ses sentiments et les vrais mensonges apparaissent.

Ses liens d'amitié se transforment ; l'enfant a tendance à se lier d'amitié avec ses paires du même sexe que lui. Les filles et les garçons se séparent, ils n'ont plus les mêmes centres d'intérêt et ne veulent plus jouer ensemble.

L'enfant différencie ses amis et les considère comme « copains » ou « meilleurs amis pour la vie ». Ces relations oscillent alors entre harmonie et conflits. Il commence à apprécier de faire partie d'un groupe mais il est facilement influençable et peut se laisser entraîner, dans le but de se faire accepter par ses pairs !

Vers 9 ans, l'enfant préfère discuter avec ses copains (de même sexe), plutôt que de jouer. Il s'identifie à ses paires et commence à se détacher de sa famille.

Il condamne le mensonge et la tricherie, il a le sens de la justice.

L'enfant entre dans « l'âge du groupe social » (la bande). Des groupes se forment selon les affinités, avec des codes et des règles à respecter par tous sous peine d'être exclu de la bande. Il porte une plus grande importance à son apparence et devient plus sensible aux jugements des autres.

Vers 10 ans, les filles commencent à rechercher des relations plus étroites, en dualité avec une « meilleure amie » alors que les garçons préféreront rester en groupe.

Vers 11 ans, les premières marques de révoltes contre les parents arrivent… l'adolescence approche.

13 **Indiquer l'importance de la présence des parents durant la période de 6-12 ans.**

14 **Relier chaque caractéristique du développement social et affectif à l'âge correspondant.**

Âge de l'enfant	Caractéristique du développement social et affectif
	• Apparition d'une séparation entre les filles et les garçons.
	• L'enfant laisse plus de place à la discussion avec ses copains plutôt qu'au jeu.
Vers 6 ans •	• Les filles sont à la recherche d'une relation duelle avec une meilleure amie.
	• Il exprime moins ses sentiments et recherche plus d'intimité.
À partir de 7-8 ans •	• L'enfant commence à se révolter contre ses parents.
	• L'enfant veut apprendre à se débrouiller seul.
Vers 9 ans •	• Les liens d'amitié sont rapidement changeants.
	• L'enfant commence à différencier les « copains » des « meilleurs amis ».
Vers 10 ans •	• Le jugement d'autrui et sa propre apparence deviennent importants aux yeux de l'enfant.
Vers 11 ans •	• L'enfant fait partie d'une bande où il se doit de respecter les règles et les codes.

Pour aller plus loin

Relever les intérêts de la punition.

https://qrcode.link/a/GCfY6w

CHAPITRE 9 Préparer et animer une activité

https://qrcode.link/a/eHA1wh
Exemple de situation professionnelle

ACTIVITÉ 1 L'activité comme support d'accompagnement

DOC. 1 La place des activités dans notre champ professionnel

Le professionnel du secteur social, sanitaire et médico-social a pour mission principale d'accompagner des personnes qui ont besoin d'une aide extérieure pour leur vie quotidienne, que ce soit des enfants, des personnes âgées en perte d'autonomie, des individus atteints de maladie ou encore handicapés.

Cet accompagnement se fait tout au long de la journée, au travers d'activités de la vie quotidienne, d'activités de loisirs, d'activités d'éveils, des jeux… favorisant l'acquisition ou le maintien de l'autonomie et de la vie sociale de la personne. Dans une démarche de personnalisation de l'accompagnement, le professionnel va partir de ce qu'il connaît de la personne (ses besoins, son état de santé, ses capacités, son autonomie… mais également ses goûts, ses aspirations), pour proposer des activités individuelles ou/et collectives adaptées, qui ont du sens.

Dans son « rôle d'animateur », le professionnel se doit d'adopter une posture bienveillante, sécurisante et soutenante. Il doit stimuler la participation de l'ensemble des membres d'un groupe, favoriser l'intégration de chacun et impulser une dynamique de groupe. Cela implique la maîtrise de méthode d'animation et la connaissance du public en charge, dans un contexte défini.

1 Indiquer comment le professionnel du secteur social et médico-social favorise l'acquisition ou le maintien de l'autonomie et de la vie sociale auprès des personnes dont il a la charge.

2 Expliquer la démarche de personnalisation de l'accompagnement. Préciser son intérêt.

3 Surligner, dans le DOCUMENT 1 le rôle du professionnel pendant l'animation d'une activité.

DOC. 2 Animations, activités, ateliers, projets : quelles différences ?

L'animation fait partie intégrante du quotidien des usagers. Mais avant de se lancer dans la conception et l'animation de vos activités, il est nécessaire de définir quelques terminologies :

- **l'animation :** elle est définie comme un ensemble de moyens et de méthodes mis en œuvre pour faire participer activement une personne ou un groupe donné à des activités, dans le but de promouvoir une nouvelle compétence. Elle s'adresse à tout type de publique, de tout âge ; enfants, adolescents, adultes, personnes âgées ;
- **l'activité :** elle caractérise ce qui est actif, c'est une action que l'on fait pendant un temps court. Il peut s'agir par exemple d'un jeu, d'une lecture, la préparation du repas, un dessin... ;
- **l'atelier :** c'est un ensemble d'activité de même type. Par exemple, durant l'atelier cuisine, les participants confectionnent un gâteau au chocolat (première activité), et la semaine suivante ils font des crêpes (deuxième activité). Cet atelier comporte donc deux activités ;
- **le projet :** le projet est le plus grand, il contient plusieurs ateliers, qui contiennent plusieurs activités. Il se déroule sur une durée définie et longue.

4 **Surligner, dans le DOCUMENT 2, la définition de l'animation.**

5 **Compléter les phrases ci-dessous en indiquant s'il s'agit d'une activité, d'un atelier ou d'un projet.**

a	L'équipe de l'accueil périscolaire va bientôt débuter le .... « carnaval ». Planifié sur 3 semaines, il est composé d'un atelier « création de costumes », d'un atelier « cuisine » et d'un atelier « chant ».
b	Jennifer, éducatrice sportive, anime tous les mercredis matin, un .... gym douce au sein d'un EHPAD. Cette semaine elle a prévu une activité de lancer de ballon. La semaine prochaine, elle proposera une activité d'équilibre.
c	Bastien, éducateur spécialisé en foyer occupationnel, installe son matériel pour .... peinture sur soie qu'il a prévu pour cet après-midi.

ACTIVITÉ 2 Quel type d'activité choisir ?

DOC. 3 Les types d'activités

En fonction de vos objectifs, vous allez devoir choisir le type d'activité adéquat. Elles peuvent prendre des formes variées. En voici quelques exemples :

- **activité motrice :** proposer un parcours de motricité, de la gym douce, le jeu du chef d'orchestre, l'expression corporelle, etc. ;
- **activité sportive :** pratiquer un sport tel que le football, le tennis, la course, la gymnastique, etc. ;
- **activité manuelle :** faire de la peinture, du dessin, du collage/découpage, du tricot créatif, plier du linge, etc. ;
- **jeux :** faire un jeu de société, des jeux de cartes, un loto, un quiz, etc. ;
- **jeux symboliques :** proposer un jeu de déguisement, jouer à la poupée, à la dînette, etc. ;
- **activité culturelle :** faire une sortie cinéma, théâtre, visiter un musée, etc. ;
- **activité soins et bien-être :** faire un massage, un bain de pieds, une manucure, une séance de maquillage, etc. ;
- **activité cuisine/culinaire :** confectionner des plats, des goûters, etc. ;

- **activité jardinage :** faire l'entretien et la plantation d'un potager et des fleurs, etc. ;
- **activité sensorielle :** faire un jeu Kim goût ou Kim odeur, jouer à reconnaître des cris d'animaux, etc. ;
- **activité d'expression :** faire du théâtre, écriture de poésie, etc. ;
- **activité intellectuelle/cognitive :** faire un puzzle, jouer au scrabble, faire un jeu de construction, des jeux des devinettes, des mots croisés, etc. ;
- **activité lecture :** lire une histoire, un conte, un article de presse, etc. ;
- **activité libre :** c'est un temps libre, la personne choisit elle-même ce qu'elle veut faire.

Il est important de savoir donner de la place à chaque type d'activités en tenant compte de la spécificité du public, de leur rythme et du moment de la journée. Si les activités proposées sont trop simples, trop compliquées ou répétitives les participants se détourneront de vos activités.

6 **Indiquer ce qu'il risque de se passer si les activités proposées sont répétitives, trop simples ou trop compliquées.**

7 **Proposer un type d'activité adapté à chaque situation. Justifier la réponse.**

Situations	Type d'activité
En foyer occupationnel, Ophélie, 22 ans, a des difficultés à exécuter des gestes précis et coordonnés de ses mains. Ce qui complique certains actes de la vie courante comme boutonner ses vêtements, faire ses lacets, écrire, manipuler des ciseaux…	Type d'activité : Justifications :
Au sein de l'unité Alzheimer, Colette, 76 ans, discute avec un aide-soignant lors d'un pédiluve. Elle lui explique qu'elle a été mariée durant plus de quarante ans et qu'elle a trois enfants mais ne se souvient plus de leurs prénoms.	Type d'activité : Justifications :
En crèche, Mélanie, auxiliaire puéricultrice, observe un petit groupe d'enfants de 2/3 ans qui joue dans la cour. Elle constate qu'ils trébuchent souvent lorsqu'ils courent, manquent encore d'équilibre et de coordination.	Type d'activité : Justifications :
Le matin, en école maternelle, chaque enfant est accompagné par un parent jusque dans sa classe. Ce temps d'accueil est possible de 8 h 00 jusqu'à 8 h 30. C'est le moment où l'enfant doit se séparer de la cellule familiale pour intégrer le milieu scolaire. Pour faciliter ce temps d'adaptation, les enfants ont la possibilité de circuler librement dans tout l'espace réservé à la maternelle. Ils peuvent choisir leur activité à partir de l'environnement aménagé par les enseignants.	Type d'activité : Justifications :
En ESAT*, Karine, 24 ans néglige son apparence physique. Ses cheveux sont gras et emmêlés. Elle porte des vêtements trop larges pour elle et ceux-ci sont souvent tachés. Elle émet une forte odeur.	Type d'activité : Justifications :

** ESAT : Établissement et service d'aide par le travail.*

ACTIVITÉ 3 Quels modes d'animation choisir ?

DOC. 4 Les modes d'animation

Le professionnel doit savoir choisir son mode d'animation en fonction des objectifs à atteindre et du type d'activité. Il doit également prendre en compte le public ciblé, c'est-à-dire son âge, ses capacités, son état de santé, son degré d'autonomie.

On distingue **4 principaux modes d'animation** :

- **le mode directif :** l'animateur dirige l'activité, donne des directives, décide du déroulement. Les participants exécutent les consignes.

  Ce mode d'animation répond à des objectifs précis, avec des règles et des contraintes à respecter. Ce mode est rassurant car le cadre est précis et chacun sait ce qu'il doit faire. Mais il peut aussi générer une certaine frustration car la liberté d'action est très limitée ;
- **le mode semi-directif :** l'animateur dirige partiellement l'activité mais laisse une part de liberté. Il propose l'activité, c'est-à-dire que les résidents sont libres d'y participer ou non. L'animateur aménage l'espace afin de mettre à la disposition du public un cadre défini qui va susciter l'activité. Il n'y a pas de consignes précises. Ce mode d'animation favorise les échanges, la participation, la prise d'initiative et l'autonomie ;
- **le mode non-directif :** les participants sont en autonomie, l'animateur n'intervient pas mais reste disponible. Il les laisse agir tout en observant, écoutant et analysant ce qu'il voit. Ce mode d'animation correspond aux activités libres. Il permet de satisfaire le libre choix du public ;

- **le mode participatif ou collaboratif :** l'animateur participe à l'activité de manière active, au même titre que les membres du groupe participants. Il devient partenaire de jeu. Ce mode est propice aux interactions. L'animateur partage l'instant ludique avec les usagers, un lien de complicité se crée.

Il est important de tenir compte des rythmes du public en charge afin d'ajuster le mode d'animation au moment de la journée. Il est également bon de savoir que, pour une même activité, qu'il est possible de passer d'un mode à l'autre, et même si cela n'était pas prévu. Il faut savoir s'adapter !

8 **Retrouver pour chaque situation le mode d'animation utilisé. Justifier la réponse.**

Situations	Mode d'animation et justifications
Agnès, aide-soignante en EHPAD, anime un atelier culinaire tous les jeudis. Les résidents proposent les plats qu'ils souhaitent confectionner d'une semaine à l'autre. Ils ont même la possibilité de partager leur propre recette. Aujourd'hui, c'est Martine, une résidente de 78 ans, qui a émis l'idée de préparer une tarte aux pommes pour le goûter. Agnès participe pleinement, elle aide à préparer la pâte, à éplucher les pommes…	Mode d'animation : …… Justifications : ……
Béatrice est ATSEM au sein d'une classe de grande section de maternelle. L'enseignante lui présente l'activité graphisme qu'elle va animer après la récréation, auprès d'un groupe d'enfants. Béatrice installe le matériel nécessaire puis, après la récréation, invite les enfants concernés à la suivre. Béatrice présente l'activité aux enfants puis leur donne les consignes qu'ils devront appliquer.	Mode d'animation : …… Justifications : ……
David est animateur BAFA en centre de loisirs. À la sortie du déjeuner, c'est « quartier libre » pendant 30 minutes. Un groupe d'une dizaine d'enfants se forme rapidement, jouant spontanément au football. D'autres se dirigent vers la salle de jeux et quelques-uns s'installent dans le coin lecture.	Mode d'animation : …… Justifications : ……

Tous les mardis après-midi, Laurent, éducateur spécialisé, en foyer occupationnel, anime un « atelier d'expression peinture » aux résidents. Il prépare le matériel et les produits qu'il dispose dans l'espace dédié à l'atelier. Cet atelier est ouvert à l'ensemble des résidents du foyer, chacun est libre d'y participer.	Mode d'animation : .... Justifications : ....

ACTIVITÉ 4 Comment préparer mon activité ?

DOC. 5 La fiche d'activité, un outil indispensable !

Avant de proposer une activité à une personne ou un groupe, le professionnel élabore une **fiche d'activité**, à partir du cadre fixé par le projet d'animation de la structure.

La fiche d'activité est une trace écrite qui précise, de manière concrète, le fonctionnement d'une activité, étape par étape.

Elle permet de rédiger des objectifs atteignables, la consigne, le déroulement de l'activité, le rôle de l'animateur, de dresser la liste du matériel et des ressources nécessaires... Cette phase d'écriture est très importante, elle permet d'apporter un premier regard sur l'activité et de vérifier si l'idée est réalisable. Prendre le temps d'élaborer une fiche par activité est un élément déterminant de sa réussite. Ce travail va permettre au professionnel d'approfondir davantage de questionnements autour de son rôle, de sa posture et des tâches à réaliser.

De plus, la fiche d'activité a l'avantage de permettre à n'importe quelle autre personne de reprendre l'animation.

9 **Souligner ce qu'est une fiche d'activité.**

10 **Surligner l'importance d'élaborer une fiche d'activité avant de la proposer au public.**

Situation professionnelle

L'équipe d'animation de l'accueil du périscolaire se réunit la semaine prochaine afin d'organiser la planification des activités des mercredis du mois d'octobre. Durant cette réunion, chaque animateur va devoir soumettre, à l'équipe et au directeur, une activité qu'il souhaite proposer aux enfants. À l'approche de la fête d'Halloween, le directeur souhaite que les activités soient orientées vers cette thématique.

Anaïs, animatrice, a constaté que les enfants de 6-8 ans éprouvent des difficultés à utiliser leurs doigts et leurs mains pour faire des mouvements précis. Ils manquent également de coordination et d'habilité lorsqu'ils utilisent leurs deux mains en même temps pour effectuer des tâches manuelles. À partir de ce constat et de ses connaissances, Anaïs souhaite proposer à ces enfants, une activité stimulant le développement de la motricité fine et la dextérité. Il lui semble donc pertinent d'orienter ses recherches autour d'une activité manuelle.

Après quelques « clics » sur Internet, l'activité « la chauve-souris d'Halloween » lui semble adaptée à la situation. Anaïs peut maintenant rédiger sa fiche d'activité.

Fiche d'activité vierge

https://qrcode.link/a/G7Plop

11 Consulter le guide suivant : Guide d'élaboration de la fiche d'activité. Construire la fiche d'activité d'Anaïs « La chauve souris d'Halloween ».

POUR ALLER PLUS LOIN

Réaliser le support de l'activité « La chauve-souris d'Halloween ».

Guide d'élaboration de la fiche d'activité

<table>
<tr><td>Nom de l'activité</td><td>Donner un nom attrayant à l'activité.</td></tr>
<tr><td colspan="2">Type d'activité Indiquer le type d'activité proposée (manuelle / motrice/ sensorielle...) Il est possible de préciser si c'est une activité individuelle (chaque participant fait sa propre activité) ou collective (les participants partagent la même activité, le même support, ils font ensemble).</td></tr>
<tr><td>Public ciblé
Indiquer le public qui est concerné par l'activité. Préciser ses particularités.</td><td>Effectif
Combien de personnes peuvent participer ?</td></tr>
<tr><td>La date et l'heure
Noter la date, l'heure et la durée de l'activité.</td><td>Lieu de l'activité
Indiquer le lieu où se déroule l'activité.</td></tr>
<tr><td colspan="2">Objectifs de l'activité Citer les objectifs ciblés, le but à atteindre. Formuler les objectifs sous forme de « 'verbe » '(ex. : stimuler, développer, favoriser...). Les objectifs doivent être adaptés, réalistes et atteignables !</td></tr>
<tr><td>Les moyens humains Indiquer le nombre d'animateurs requis pour animer et encadrer l'activité.</td><td rowspan="3">Les moyens matériels
Lister le matériel et produits nécessaire. Il doit être en nombre suffisant !
Vérifier si le matériel est en stock, ou faut-il prévoir des achats.</td></tr>
<tr><td>Les moyens financiers Chiffrer le budget nécessaire en cas d'éventuels achats ou dépenses (matériels spécifiques, location de bus...).</td></tr>
<tr><td>Les partenaires Lister les éventuels partenaires.</td></tr>
<tr><td>AVANT l'activité</td><td>Le rôle de l'animateur</td></tr>
<tr><td>Cette partie présente les tâches à faire avant l'arrivée du public : l'aménager l'espace, installer le matériel, réaliser un modèle ou un support...</td><td rowspan="5">Cette partie permet d'identifier ce que fait l'animateur du début jusqu'à la fin.
Présenter le rôle de l'animateur auprès des participants, pendant toute la durée de l'activité.</td></tr>
<tr><td>PENDANT l'activité</td></tr>
<tr><td>Cette partie présente les actions à mener dès l'arrivée des participants : présenter l'activité aux usagers, leur expliquer les consignes... décrire toutes étapes du déroulement de l'activité jusqu'à ce qu'elle prenne fin.</td></tr>
<tr><td>APRÈS l'activité</td></tr>
<tr><td>Prévoir un temps pour ranger et remettre en état les lieux. Les usagers peuvent participer à cette tâche !</td></tr>
<tr><td colspan="2">Évaluation de l'activité Elle permet de mesurer la façon dont s'est déroulée l'activité, comparer le résultat (ce qui s'est passé) avec les prévisions (ce qui était prévu).
<u>1re étape, avant l'animation de l'activité</u> : Préparer l'évaluation, fixer des critères de réussite qui doivent être observable et mesurables (l'activité est réussie si...). Il est possible de préparer des questions tel que : Combien de personnes ont participés à l'activité ? Est-ce que les usagers ont été satisfaits ? L'activité a-t-elle permis d'atteindre les objectifs fixés ? Les usagers ont-ils échangé entre eux ?...
<u>2e étape, après l'animation de l'activité</u> : Évaluer le déroulement de l'activité à partir des réponses des questions.</td></tr>
<tr><td colspan="2">Réajustement Cette partie est à rédiger après l'animation, elle a pour but d'améliorer l'activité pour la suite (Que pourrais-je proposer pour améliorer, ajuster, enrichir... l'activité ? Que dois-je modifier ?...)</td></tr>
</table>

ACTIVITÉ 5 Définir le rythme de mon activité !

DOC. 6 La courbe d'intensité

Afin de mener à bien une activité, il est important de respecter une courbe d'intensité. En effet, définir le rythme de votre animation favorise son bon déroulement.

Cette courbe d'intensité tient compte des efforts fournis par les participants tout au long de l'activité mais également de leurs capacités d'attention. En suivant cette courbe, vous pourrez ainsi commencer votre activité progressivement et la terminer par un retour au calme. Si vous ne respectez pas celle-ci, vous risquer de perdre l'attention de votre public ou de le démotiver à participer la prochaine fois.

La courbe d'intensité se découpe en 4 phases :

- **phase dynamisante :** elle commence dans le calme, par l'accueil et l'installation des participants. Puis elle comprend la présentation de l'activité et l'explication des règles. Il est donc important de donner des consignes claires. Cette phase est importante car elle va donner une « ambiance » à votre activité ou jeu. C'est le moment de capter l'attention des participants ;
- **phase constante :** les participants sont pris dans le jeu ou l'activité. L'intensité doit être à son maximum, ce rythme doit être constant afin de garder l'implication des participants. Veillez à ce que chaque participant soit bien intégré au jeu ou à l'activité et s'amuse. Si vous animez un jeu, il est indispensable d'en connaître les règles et de les adapter au besoin. Si c'est une activité que vous animez, vous devez maîtriser les techniques que vous proposez et connaître les étapes de réalisation ;
- **point culminant :** c'est le moment de mettre fin à votre activité. Les participants doivent connaître à l'avance le moment où l'activité se termine. Vous devez progressivement préparer le retour au calme en captant l'attention de chacun pour reprendre le groupe en main ;
- **phase descendante :** elle indique la fin de votre activité. C'est le moment de ranger et de remettre les lieux en état. Vous pouvez solliciter la participation du public.

Respecter la courbe d'intensité lors de l'animation de votre activité, c'est la clé d'une animation réussie !

12 **Positionner les 4 phases de la courbe d'intensité les 4 phases sur le schéma ci-dessous.**

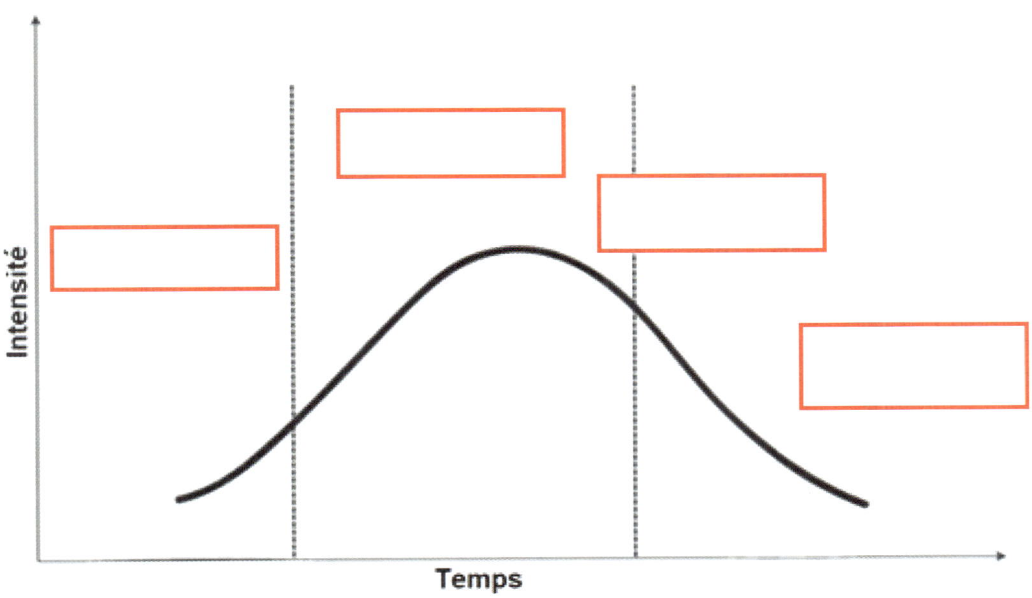

13 **Relier chaque phase à sa description.**

Phase constante	•	•	Maintient le dynamisme et l'intensité.
Phase descendante	•	•	Un peu avant la fin de l'activité, l'attention des participants commence à se relâcher.
Point culminant	•	•	Prépare à entrer dans le jeu ou l'activité.
Phase dynamisante	•	•	L'intensité redescend, c'est le retour au calme.

ACTIVITÉ 6 Produits et matériels d'activités et de jeux : quelques règles à connaître pour bien choisir !

DOC. 7 Pour que jouer reste un plaisir…

Intoxications, brûlures, asphyxies… De simples jouets ou objets, a priori inoffensifs, peuvent provoquer l'accident. Si les normes en matière de fabrication et de distribution des jouets évoluent pour la sécurité des enfants, la vigilance des parents reste leur meilleure protection.

Bien acheter

Avant d'arrêter son choix sur un jouet, la prudence impose de vérifier qu'il répond aux exigences de sécurité imposées par la loi. Il est donc important de s'assurer des points suivants :
- pour les jouets : vérifiez que le jouet comporte bien le marquage CE et NF. Lisez attentivement les avertissements sur les emballages. Le jouet doit comporter une notice d'utilisation ;
- achetez vos jouets dans des magasins connus. Ne cherchez pas forcément la bonne affaire et privilégiez la sécurité. Choisissez un jouet adapté à l'âge de votre enfant ;
- attention aux jouets comportant des piles ;
- testez le jouet et vérifiez que tous les éléments soient bien attachés.

Quelles sont les normes en matière de jouets ?

Le décret n° 2010-166 du 22 février 2010 définit les jouets comme « les produits qui sont conçus pour être utilisés, exclusivement ou non, à des fins de jeu par des enfants de moins de quatorze ans ou destinés à cet effet ».

Norme NF

La norme EN 71 fixe les exigences de sécurité auxquelles doit se soumettre le fabricant. Les propriétés mécaniques, physiques, chimiques du jouet doivent lui permettre :
- de résister aux contraintes liées à leur utilisation par un enfant ;
- d'être exempt de dangers en termes de toxicité et d'inflammabilité.

CE

Marquage CE

La mention « CE », obligatoire, doit être visible, lisible et indélébile.
La notice rédigée en français doit contenir toutes les indications sur les précautions à prendre lors de l'utilisation.

CE, NF, quelles différences ?

Le sigle « CE » est un marquage et non une certification. C'est une simple présomption de conformité qui permet de supposer que le fabricant ou l'importateur s'est engagé à respecter les exigences de sécurité visées par la norme européenne. Il s'agit donc d'un autocontrôle.
« NF » est une preuve d'exigence complémentaire sur la sécurité et la longévité du produit. Cela signifie que les jouets ont subi, à la demande du fabricant, des tests encore plus sévères que ceux prévus par la norme EN 71. De plus des contrôles réguliers sont effectués même après la certification du jouet afin de garantir une qualité sur la durée.

À savoir !

Un pictogramme signale les jouets qui ne conviennent pas aux enfants de moins de 36 mois. Il doit être accompagné de la raison qui motive son apposition. Par exemple : « Contient des petits éléments détachables susceptibles d'être avalés par des enfants de moins de 3 ans ».

« Jouets pour enfants : normes et prévention » (extraits), maif.fr

14 **Lister des critères de choix d'un jouet.**

- ....
- ....
- ....
- ....
- ....

Pour aller plus loin

Recherchez des jouets qu'il conviendrait d'acheter pour Léa (8 mois), Théodore (18 mois), Louane (30 mois), Fatou (3 ans), Mounire (5 ans) et Dave (8 ans).

15 **Surligner, dans le DOCUMENT 7, la définition d'un jouet.**

16 **Énoncer les normes en matière de jouet.**

....

DOC. 8 Quelle peinture choisir en fonction de l'âge des enfants ?

L'apprentissage des loisirs créatifs comme la peinture permet à l'enfant à la fois de sensibiliser les sens artistiques mais également de développer ses facultés psychomotrices. Décidé à faire découvrir la magie de cette activité à votre petit, il vous faudra lui procurer le pot de peinture adapté à son âge.

Avant 1 an : la peinture à doigt pour initier votre loulou

Avant 1 an, bébé est prédisposé à commencer à pratiquer la peinture. En effet, nul besoin d'outils pour s'y adonner avec de la peinture à doigt lavable. Il vous suffira de lui octroyer un produit spécial à doigt ou de la peinture fait maison comestible et non toxique, ainsi qu'un support (bois, papier, vitre, textile, etc.). L'essentiel est de lui donner un produit avec des couleurs chaudes et vives pour bien stimuler sa créativité.
Cette approche tactile permet à bébé de découvrir librement cette activité par le toucher, l'odorat, la vue et éventuellement le goût. Pratiquer à cet âge aide les tout-petits à : éveiller leur sens, cultiver leur imagination, découvrir les couleurs et les textures.

La gouache, référence pour tous les âges

La **gouache** est très prisée au sein des écoles et des crèches. Elle convient aux tout-petits pour sa texture épaisse, sa facilité d'utilisation et son caractère lavable. Il en existe des variantes **non toxiques**, dans l'éventualité où l'enfant en ingurgite. Parmi les types spéciaux, on dénombre : les **gouaches** liquides, les **gouaches** pailletées, les **gouaches** pastilles (ou en godet).
Ce produit [...] est conditionné en tube, en pot ou en bidon. Aussi, il peut être appliqué avec un outil spécifique (pinceau, rouleau, etc.) et avec les mains.

Les peintures adaptées aux enfants de 3 ans et plus

Initier l'enfant à la pratique de cette activité avant 1 an ou 2 ans lui permettra d'atteindre un bon niveau d'habilité à partir de 3 ans ou à son entrée en maternelle. Une fois qu'il saura manier un pinceau sans se tacher, vous pouvez lui proposer des peintures autres que la **gouache**. Par exemple, on cite :

- l'acrylique classique ou à effet (mat, brillant, nacré, pailleté, métallisé, phosphorescent, 3D, etc.) ;
- la peinture à doigt sur du textile et **non toxique**.

On recense un bon nombre de peintures adaptées aux enfants. Toutefois, le choix doit être défini en fonction de l'âge mais également du type de support utilisé. Un produit liquide prendra moins sur la céramique et les vitres qu'un produit à texture épaisse.

« Quelle peinture choisir en fonction de l'âge des enfants ? », coloriage-enfant.org

17 Indiquer le type de peinture adapté pour un enfant d'un an. Justifier la réponse.

....

18 Surligner, dans le **DOCUMENT 8**, les intérêts d'utiliser de la peinture en animation.

19 Relever les principales caractéristiques de la peinture pour enfant.

....

....

20 Indiquer à partir de quel moment il est possible de proposer de la peinture acrylique à un enfant.

....

21 Proposer un type de peinture adapté pour chaque situation illustrée.

....

....

....

....

....

....

DOC. 9 Les produits de modelage

Le modelage est une forme de sculpture qui consiste à façonner différentes matières : l'argile, la pâte à modeler, la pâte polymère, le sable magique ou encore la cire... Toucher, rouler, écraser, donner forme à la pâte stimule la créativité des petits comme des grands. Cette activité est également idéale pour améliorer la motricité fine et la dextérité.

Le modelage se pratique avant tout avec les mains mais il est possible d'utiliser divers accessoires et outils tels que des emporte-pièces, des rouleaux, des ébauchoirs ou de moules... L'essentiel et de proposer des outils de modelage qui soient adaptés à l'âge et aux capacités des participants. Pensez également à diversifier les supports afin de rendre vos activités plus intéressantes !

Il existe de nombreux produits destinés aux activités de modelage, et bien que ces produits vendus sur le territoire français ne présentent généralement pas de risques, il faut rester vigilant. Pour choisir en toute sécurité le produit de modelage adéquat vous devez vérifier sa composition et vous assurez qu'il réponde aux normes européennes en vigueur. Il convient de redoubler de vigilance envers les enfants de moins de 3 ans ; les enfants de cet âge mettent souvent la pâte dans leur bouche et... la mangent. L'idéal est de fabriquer des pâtes maison. L'avantage, c'est que vous saurez exactement ce qu'elles contiennent !

22 **Surligner, dans le DOCUMENT 9, les intérêts des activités de modelage.**

23 **Indiquer deux précautions à prendre avant d'acheter un produit de modelage.**

24 **À partir du DOCUMENT 9 et de vos connaissances, citer des outils et accessoires de modelage.**

25 **Effectuer des recherches puis proposer une recette de pâte à modeler que vous pourriez confectionner avec des enfants.**

POUR ALLER PLUS LOIN

Fabriquer un mobile « Étoile de mer ».

https://qrcode.link/a/3CW6n3

DOC. 10 Apprendre à utiliser des ciseaux

L'utilisation des ciseaux est une activité à la fois plus simple et plus complexe que le dessin. Comme la manipulation des ciseaux demande la coordination des deux mains pour faire des gestes différents (une main découpe et l'autre déplace le papier), le défi est plus grand pour l'enfant. […]

La taille des ciseaux devrait être adaptée à la taille de la main de l'enfant (petite main = petits ciseaux).

Vers 2 ans et demi, un enfant peut s'amuser à tenir à deux mains une paire de ciseaux à bouts ronds, à les ouvrir et à les fermer. Il découvre ainsi le fonctionnement des ciseaux. […]

Vers 3 à 4 ans, un enfant est souvent en mesure de faire les gestes complets du découpage : ouvrir et fermer les ciseaux et tenir le papier avec l'autre main. Il peut véritablement découper. […]

Un enfant gaucher devrait avoir à sa disposition des ciseaux spécialement conçus pour les gauchers.

Entre 4 et 6 ans, un enfant peut réussir à découper une feuille en suivant une ligne droite, puis une ligne courbe. Avec de la pratique, **il découpera de plus en plus facilement des formes rondes et des formes avec des angles comme des carrés**. Ses premières formes ne sont pas toujours bien découpées, car il a du mal à changer de direction pour suivre le contour de la forme. […]

Premiers ciseaux : il existe sur le marché des ciseaux en plastique qui ne coupent pas la peau ni les cheveux, mais qui coupent le papier et la pâte à modeler. Vous pouvez toutefois les remplacer par des ciseaux en métal dès que votre enfant commence à être à l'aise.

Ciseaux spécialisés : il existe sur le marché des ciseaux à ressort qui permettent la réouverture automatique des ciseaux. Ils peuvent être utiles pour un enfant qui ne comprend pas le mécanisme d'ouverture et de fermeture, car il n'a qu'à se concentrer sur la fermeture. […] Si votre enfant ne présente pas de difficultés particulières, mieux vaut qu'il s'exerce à découper avec des ciseaux ordinaires.

Il existe aussi des ciseaux qui permettent de faire des effets intéressants (zigzags, ondulations, etc.). Ces ciseaux plairont surtout à un enfant qui est déjà habile pour découper. Comme ils ont tendance à être plus gros et plus lourds que les ciseaux ordinaires, leur manipulation demande plus de force.

« Apprendre à utiliser crayons, pinceaux et ciseaux », 05/2018, naitreetgrandir.com

26 À l'aide du DOCUMENT 10 et de vos connaissances, indiquer pour chaque type de ciseaux, leurs avantages d'utilisation.

Examen réalisé	Objectif(s) de cet examen
 Ciseaux en plastique à bouts ronds.	
 Ciseaux ergonomiques 20 cm, pour adultes. Lames en titane.	
 Ciseaux cranteurs.	

Examen réalisé	Objectif(s) de cet examen
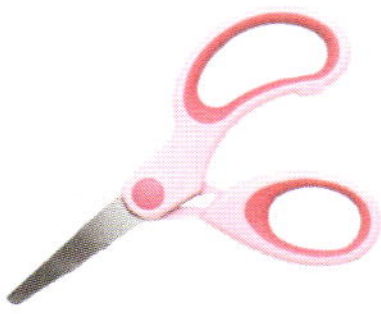 Ciseaux à bouts ronds avec poignet ergonomique. Lames de 5 cm.	
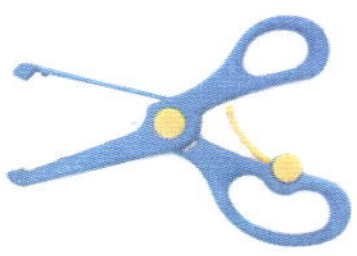 Ciseaux à ressort.	

POUR ALLER PLUS LOIN

Trucs et astuces pour aider un enfant à utiliser correctement des ciseaux. Visionner « Préhension des ciseaux : truc de l'autobus ».

Visionner cette vidéo

https://qrcode.link/a/T0b7vl

Attention

Pour choisir avec prudence des produits et du matériel adéquats, vous devez :
- vérifier qu'ils répondent aux normes européennes ;
- lire la composition ;
- suivre les instructions de la notice d'utilisation ;
- s'assurer qu'ils soient adaptés (au public et à l'activité).

Pensez également au matériel issu de la nature ; lors d'une balade par exemple, prélevez des éléments qui pourraient vous être utiles pour votre prochaine activité !

ACTIVITÉ 7 Aménager des espaces d'activités et de jeux

DOC. 11 Les espaces de jeux libres et d'activités

Les espaces de jeux et d'activités doivent répondre à 3 exigences : assurer la sécurité, respecter des conditions d'hygiène et permettre les apprentissages. Ces espaces sont aménagés et organisés par l'adulte. Il est conseillé d'y instaurer des règles de vie et de fonctionnement afin de cadrer l'utilisation des lieux et le comportement de chacun.

Les espaces d'activités

Les espaces d'activités sont composés de mobiliers, tels que des tables et des chaises, qui se doivent d'être adaptés à l'âge du public et à ses caractéristiques afin d'assurer sa sécurité et son confort.

Lors de l'aménagement de vos espaces d'activités, vous allez devoir prendre en compte trois aspects afin de proposer un cadre optimal :
- la sécurité et le bien-être des usagers ;
- le type d'activité proposé (par exemple, pour une activité lecture, privilégiez un espace au calme, permettant la détente et l'écoute. À l'inverse, pour une activité d'expression théâtrale, proposez un espace suffisamment grand invitant aux déplacements, aux mouvements...) ;
- les objectifs visés (par exemple, si vous souhaitez faciliter les interactions il vous faudra proposer un aménagement propice aux échanges !).

Les espaces jeux libres

Selon la superficie disponible, il est intéressant d'avoir plusieurs « zones de jeu » pour répartir l'attraction des usagers. Des zones de jeu délimitées par des meubles, des tapis sont plus attractives et permettent une activité plus calme. Ces espaces délimités facilitent les interactions. À l'inverse, des espaces plus ouverts incitent aux déplacements, les enfants se montrent plus dispersés, et cela peut créer des conflits.

Pour les enfants, une multitude d'espaces de jeux libres peuvent être proposés : coin dînette, coin petites voitures, coin dessin/coloriage ou encore jeux de construction…

Pour les adultes, vous pouvez proposer des espaces lecture, espace jeux de société, espace tricot, espace informatique, espace de jeux collaboratifs de type baby-foot, ping-pong…

27 **Surligner, dans le DOCUMENT 11, les exigences auxquelles doivent répondre les espaces de jeux et d'activités.**

28 **Repérer en quoi il est nécessaire de proposer un mobilier adapté à l'âge et aux caractéristiques du public.**

POUR ALLER PLUS LOIN

Visionner la vidéo « Animation en maison de retraite : la théorie des chaises ». Présenter la théorie des chaises.

Visionner cette vidéo

https://qrcode.link/a/k7zUQp

29 **À l'aide du DOCUMENT 11, proposer, pour chaque situation, un aménagement de l'espace adéquat.**

Maria, aide-soignante en EHPAD, propose une activité puzzle. 	
Le centre multi-accueil propose un espace lecture accessible à tout moment de la journée aux enfants. 	

Laika, éducatrice spécialisée en IME, anime un atelier d'expression artistique auprès de jeunes handicapés atteints de déficience intellectuelle. 	

ACTIVITÉ 8 Les règles en matière de sécurité et d'encadrement

DOC. 12 Réglementation, sécurité

Encadrement

Pour les **accueils avec hébergement** (séjour de vacances, séjour court, séjour spécifique), l'âge minimum est de 18 ans et 17 ans si stagiaire.

Pour les **accueils sans hébergement** (accueil de loisirs, accueil de jeunes), l'âge minimum est également de 18 ans et 17 ans si stagiaire.

Le taux d'encadrement pour ces différentes structures :

- 1 animateur pour 8 enfants (moins de 6 ans) ;
- 1 animateur pour 12 enfants (6 ans et +).

Taux d'animateurs formés :

- 50 % BAFA ;
- entre 0 % et 50 % de stagiaires selon la répartition de BAFA et de non qualifiés ;
- 20 % non qualifiés.

Composition d'une trousse à pharmacie :

- **pour les plaies :** compresses stériles en sachets individuels, ruban adhésif, pansements, bandes (5 à 10 cm), produit désinfectant, produit cicatrisant ;
- **pour les piqûres d'insectes :** Apaisil ;
- **pour les coups/petites entorses :** pommade antalgique, anti-inflammatoire ;
- **pour les coups de soleil/brûlures :** Biafine.

Matériel : pince à épiler, pince à échardes, ciseaux, gants à usage unique, thermomètre frontal, épingles de sécurité.

À ajouter dans la trousse :

- les médicaments des participants en cours de traitement et l'ordonnance ;
- des sacs plastiques, papiers hygiéniques ;
- stylo et carnet pour noter les soins et les médicaments utilisés.

« Réglementation - Sécurité - Animation » (extraits), 07/2020, coin-des-animateurs.com

30 Indiquer le nombre d'animateurs nécessaires pour encadrer un groupe de vingt-deux enfants âgés de 4 à 6 ans. Justifier la réponse.

Situation professionnelle 1

Maryse, auxiliaire puéricultrice en jardin d'enfants, doit vérifier le contenu de la trousse de secours avant son départ pour la bibliothèque qui est planifié ce matin, pour un petit groupe de trois enfants de 4/6 ans.

31 Lister les éléments manquants à la trousse de secours du jardin d'enfants.

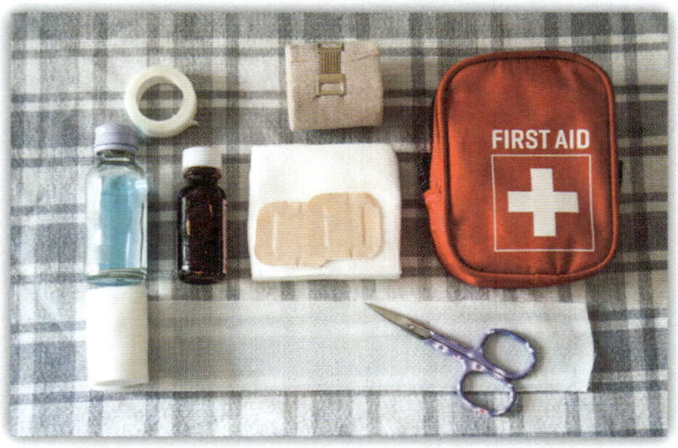

Pour aller plus loin

Maryse propose un atelier « découvrons la nature » tous les mercredis après-midi à un groupe de douze enfants de 4-6 ans. Élaborer la fiche d'activité de l'animation que vous pourriez proposer dans le cadre de cet atelier.

https://qrcode.link/a/oBivhP

Fiche technique d'activité vierge

CHAPITRE 10 Mettre en œuvre une démarche de soins

https://qrcode.link/a/zpVFfi

Exemple de situation professionnelle

ACTIVITÉ 1 Qu'est-ce qu'un soin ?

DOC. 1 Prendre soin de quelqu'un

Prendre soin de quelqu'un, c'est porter une attention particulière à une personne qui vit une situation particulière, et ce dans un but de contribuer à son bien-être, à son autonomie.

Un soin est une action ou un ensemble d'actions mis en place afin d'entretenir la vie, de maintenir, restaurer et promouvoir la santé. Un soin peut concerner l'hygiène, le confort, la sécurité.

Les professionnels dispensent des soins c'est-à-dire qu'ils mettent en œuvre une technique, un savoir-faire élaboré en fonction de critères nécessaires et obligatoires : sécurité, hygiène, confort, efficacité... La technique doit être maîtrisée (gestes, temps), réfléchie et organisée.

1 **Surligner les objectifs d'un soin.**

2 **Parmi les exemples suivants, indiquer s'il s'agit de soin d'hygiène, de confort ou de sécurité.**

	Hygiène	Confort	Sécurité
Mathilda, auxiliaire de puériculture, change la couche de Sylvain, 4 mois qui a fait une selle.	☐	☐	☐
Jeanne remonte la barrière de lit du petit Théo, 8 mois, qu'elle vient de mettre à la sieste.	☐	☐	☐
Marilyne, aide soignante à l'EHPAD Les Pinsons, installe M. Paul, 86 ans dans son fauteuil, pour qu'il lise son journal.	☐	☐	☐
Élodie, ATSEM à l'école maternelle Le Petit Prince, aide Valérie, 3 ans à boutonner son manteau pour sortir en récréation.	☐	☐	☐
Virgile, aide-soignant, nettoie la bouche d'Antoinette, 98 ans, après son repas au foyer de vie « Plénitude ».	☐	☐	☐
Aurore, ∑›, bloque les roues du fauteuil roulant de Stéphane, après l'avoir installé pour manger.	☐	☐	☐

ACTIVITÉ 2 Les étapes d'un soin

DOC. 2 **Change du bébé - Auxiliaire Puéricultrice**

Visionner cette vidéo (1'16 à 3')

https://qrcode.link/a/oyrL4H

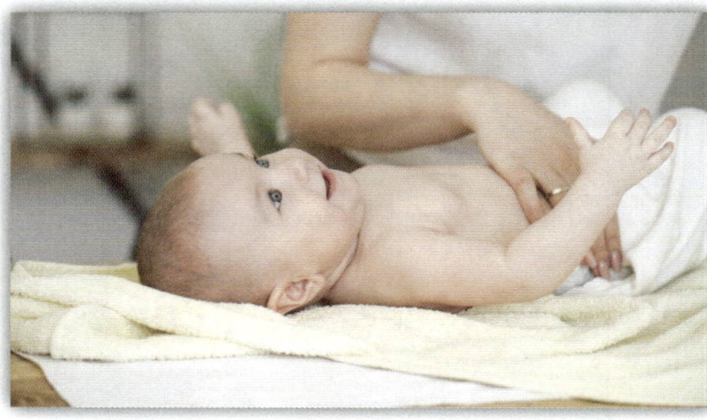

3 **À partir du DOCUMENT 2, établir une liste des étapes réalisées lors du soin. Attention, ne pas détailler les étapes du soin.**

- ....
- ....
- ....
- ....
- ....
- ....
- ....
- ....
- ....
- ....
- ....
- ....

4 **Souligner dans cette liste, en bleu, ce qu'il se passe AVANT le soin, en rouge ce qu'il se passe PENDANT le soin et en vert ce qu'il se passe APRÈS le soin.**

5 **Entourer parmi les mots suivants ceux qui correspondent à des <u>critères de qualité</u> mis en œuvre lors du soin : COMMUNICATION – PÉDAGOGIE – EXERCICE – SÉCURITÉ – RÉCONFORT – HYGIÈNE - SILENCE**

6 **Compléter la conclusion à l'aide des mots suivants :** démarche de soin ; étapes ; geste technique.

CONCLUSION :
Un soin auprès d'une personne ne se limite pas à un ....
Il prend en compte une série d' .... avant, pendant et après le geste technique.
C'est ce que l'on nomme la ....

ACTIVITÉ 3 Mise en situation

DOC. 3 Situation professionnelle

Vous êtes stagiaire à la crèche « Les Tiboutchoux ».

Ce mercredi 28 janvier, vous observez votre tutrice qui doit lever Laurie, 1 an, et lui changer sa couche.

Laurie est une petite fille timide qui se méfie des nouvelles têtes.

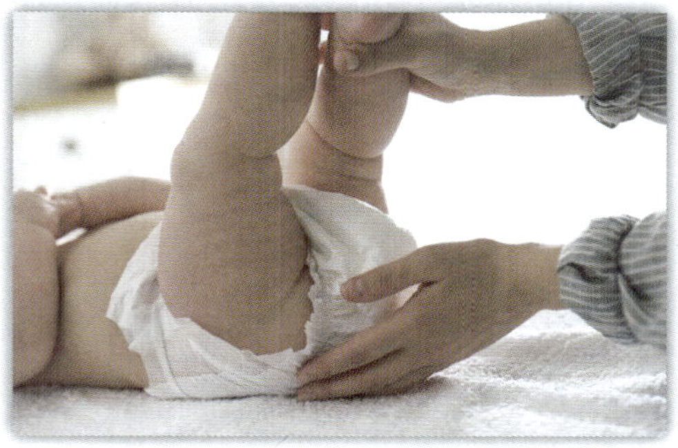

7 À partir du DOCUMENT 3, analyser la situation à l'aide de la méthode du QQOQCP.

Qu'est-ce que le QQOQCP ?

Le QQOQCP, appelé aussi méthode du questionnement, permet de récolter des informations précises et exhaustives d'une situation. Cette méthode permet de décrire une situation en répondant aux questions.

Qui fait Quoi ?	Identifier la/les personne(s) qui réalise l'action et le soin à réaliser.	
À Qui ?	Indiquer les caractéristiques de l'usager concerné par le soin : âge, pathologies, caractère, degré de dépendance…	
Où ?	Indiquer l'endroit précis où se réalise le soin : y a-t-il des choses à déplacer, des portes…	
Quand ?	Indiquer le moment de la journée lors duquel est réalisé le soin.	
Comment ?	Présenter les préparations nécessaires avant de réaliser le soin : nettoyage du plan de travail, préparation du matériel…	
Pourquoi ?	Indiquer le (ou les) besoin(s) à satisfaire.	

Maintenant, et seulement maintenant, vous êtes prêt(e) à effectuer le soin auprès de la personne. Il faut analyser la situation avant d'effectuer le soin.

DOC. 4 La démarche de soin

Avant le soin, il faut :
- se mettre en tenue ;
- se laver les mains.

Pendant le soin, il faut :

- communiquer avec la personne :
- l'informer sur le soin que l'on va effectuer ;
- veiller à son confort (la température de l'eau, son état de fatigue), sa sécurité ;
- respecter ses habitudes ;
- veiller à sa pudeur ;
- s'adresser à elle avec respect ;
- la solliciter, la stimuler pour qu'elle participe au soin.

- réaliser le soin :

Attention aux règles d'hygiène !
- veiller à l'économie de produits, au respect du matériel ;
- travailler en respectant les règles d'ergonomie.

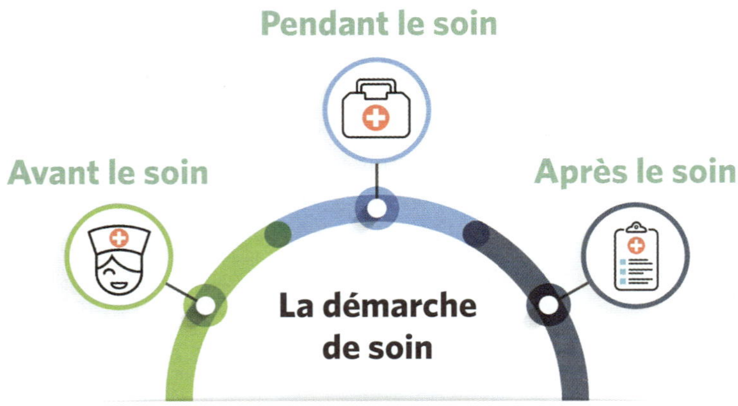

Après le soin, il faut :
- veiller à ce que la personne soit en sécurité ;
- ranger les produits et le matériel ;
- vérifier les stocks ;
- évacuer le linge sale/vider les poubelles ;
- se laver les mains ;
- réaliser la transmission ;
- évaluer son travail : se rendre compte de ses erreurs et les corriger.

8 **Replacer les étapes du soin (avant, pendant et/ou après le soin) qui conviennent sous les photos, à l'aide du DOCUMENT 4.**

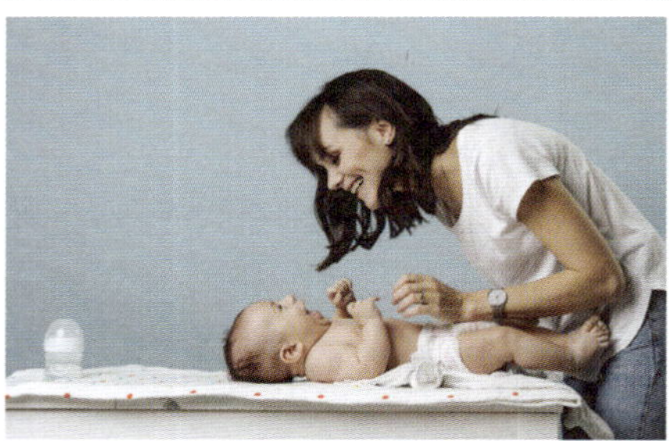

9 **Six critères de qualité se cachent dans la démarche de soin décrite dans les DOCUMENTS. Les retrouver en vous aidant des phrases entre parenthèses.**

- C .... (prévenir l'enfant)
- C .... (veiller à la température de l'eau)
- H .... (désinfecter le plan de change)
- E .... (éviter les allers-retours)
- É .... (ne pas faire couler l'eau inutilement)
- S .... (ne jamais laisser l'enfant seul)

10 **D'après vous, quels sont les intérêts de la démarche de soins ?**

CHAPITRE 11 Accompagner la mobilité de l'enfant

https://qrcode.link/a/G5dpNF
Exemple de situation professionnelle

ACTIVITÉ 1 Les principales techniques pour porter un nourrisson

DOC. 1 Comment porter mon bébé ?

Visionner cette vidéo

https://qrcode.link/a/01Oyv4

1 À partir du **DOCUMENT 1**, indiquer un intérêt des différents portés présentés sur les photos ci-dessous.

Repères :
- Vers 3 mois bébé tient sa tête
- Vers 6-8 mois bébé tient assis

Type de porté : en berceau
Intérêt : ....

Type de porté : relevé contre soi
Intérêt : ....

Type de porté : face au monde
Intérêt : ....

Type de porté : sur la hanche
Intérêt : ....

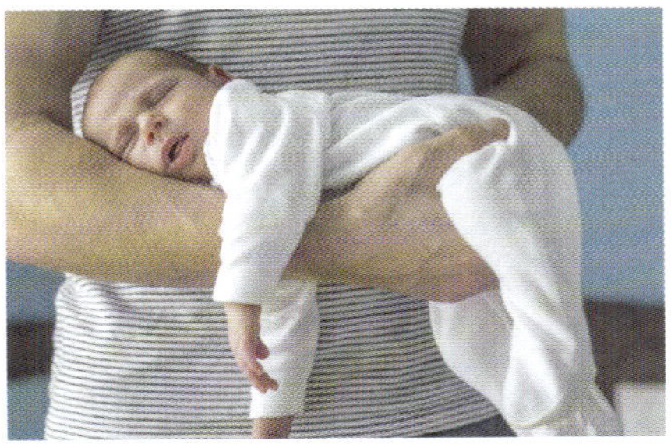

Type de porté : sur l'avant-bras
Intérêt : ....

2 **Indiquer la (ou les) position(s) conseillée(s) dans les situations suivantes. Justifier la réponse.**

	Situations	Position conseillée	Justification
a	Justine, 4 mois a fini son biberon.		
b	Phil porte la petite Noémie, 10 semaines, qui vient d'arriver à la crèche.		
c	Annabelle emmène Chloé, 4 mois, pour l'installer dans son transat.		
d	Cathy porte Vincent, 11 mois, pour l'emmener à la salle de jeux.		
E	Cyrielle, 5 mois, a fréquemment des coliques. Pauline, l'auxiliaire de puériculture, la porte pour la soulager.		

ACTIVITÉ 2 La mobilisation de l'enfant de 0 à 6 mois

DOC. 2 **La méthode pour poser un enfant entre 0 et 6 mois sur le plan de change**

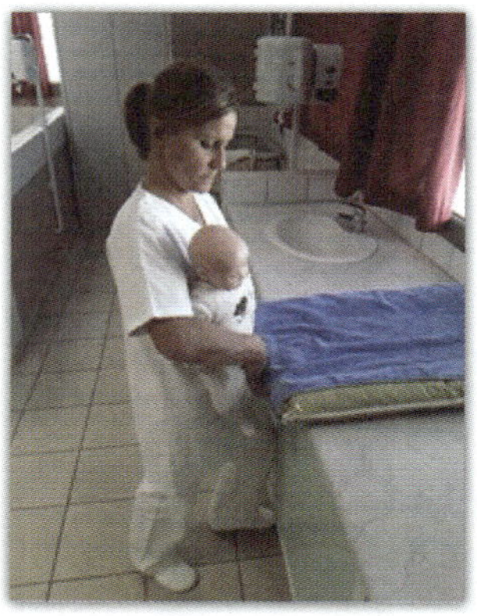

L'enfant est porté **en ceinture**. Se positionner en fente avant, la jambe avancée est la jambe opposée au bras passé sous la nuque.

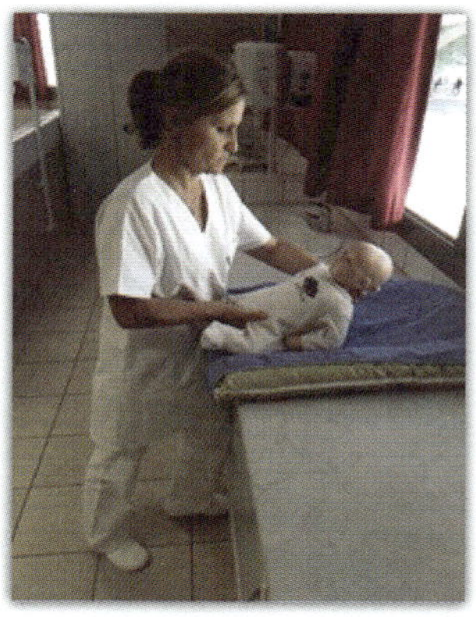

Placer la main libre en **« cuillère »** sous la nuque du bébé et le faire pivoter pour le poser sur le plan de change.

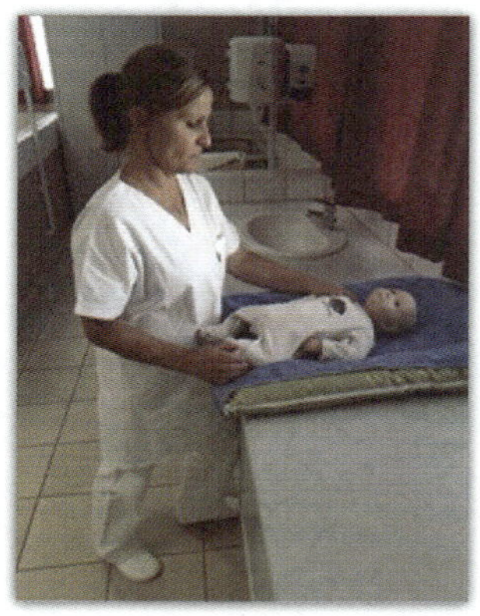

Dégager ses prises et **maintenir l'enfant**.

3 **Consulter le DOCUMENT 2 puis répondre aux questions suivantes.**

a) Que signifie l'expression « porté en ceinture » ?

b) Que signifie placer sa main en cuillère ?

c) Pourquoi faut-il maintenir l'enfant ?

DOC. 3 La méthode pour prendre un enfant de 0 à 6 mois sur le plan de change

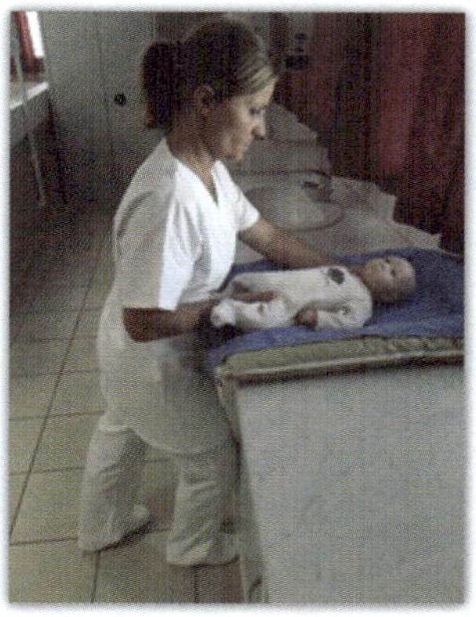

Placer une main entre les jambes de l'enfant et l'autre sous sa nuque.
Les jambes sont positionnées en fente avant, la jambe avancée est celle du même côté que le bras qui est passé sous la nuque.

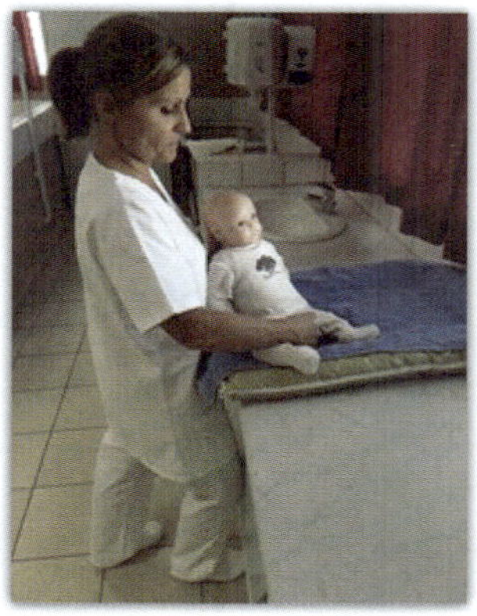

Faire pivoter l'enfant et le plaquer contre soi, le bras en ceinture maintenant l'enfant.

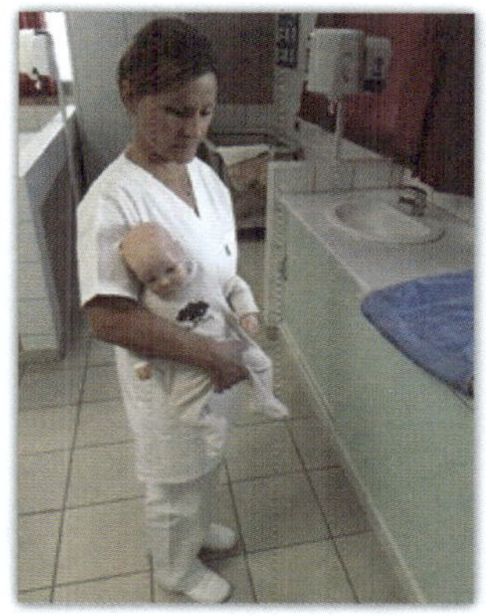

S'éloigner de la table en transformant sa fente avant en fente arrière.

4 Consulter le DOCUMENT 3 puis justifier la nécessité de placer une main entre les jambes de l'enfant et une autre sous sa nuque.

DOC. 4 La méthode pour installer un enfant de moins de 4 mois au transat

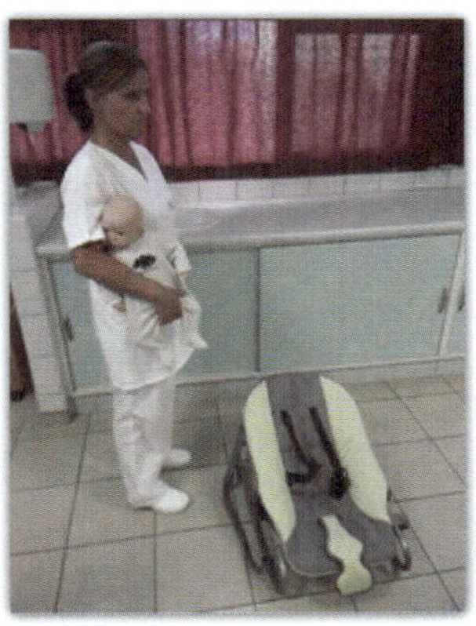

L'enfant est porté en ceinture. Se positionner en fente avant, la jambe avancée est la jambe opposée au bras passé sous la nuque.

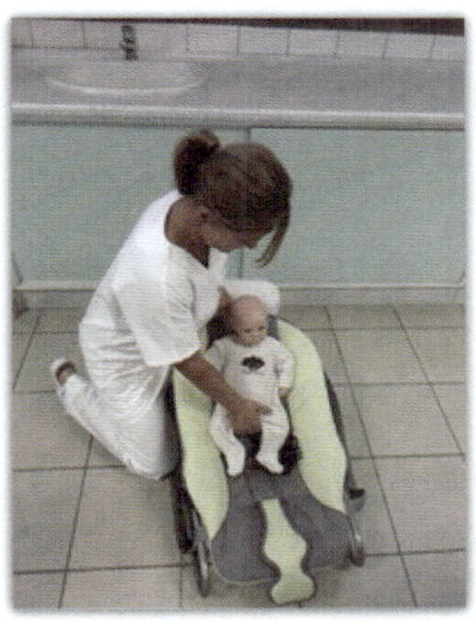

Se baisser, le genou derrière le transat levé et celui à côté du transat au sol.
Placer la main libre en cuillère sous la nuque du nourrisson et le déposer dans le transat confortablement.

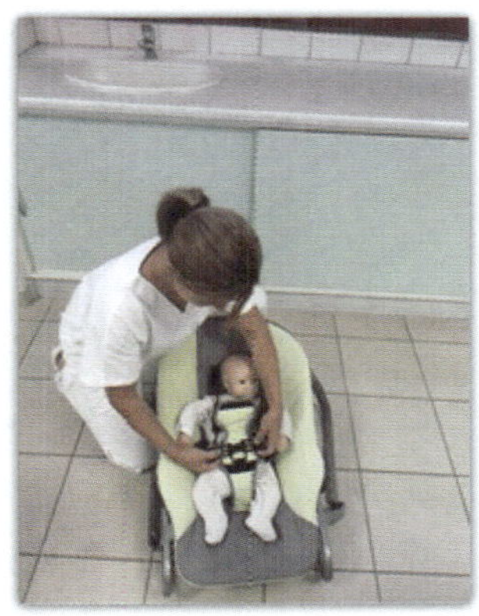

Attacher l'enfant avec la sangle de maintien.

5 Consulter le DOCUMENT 4 puis justifier la nécessité d'attacher l'enfant avec la sangle de maintien.

DOC. 5 La méthode pour prendre un enfant de moins de 4 mois installé dans un transat

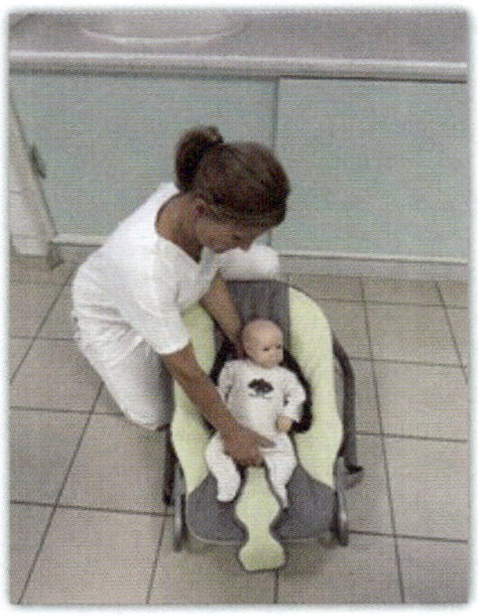

Se positionner **en chevalier servant** en encadrant le siège, le genou levé derrière le transat. Placer une main « en cuillère » entre les jambes de l'enfant et l'autre derrière la nuque.

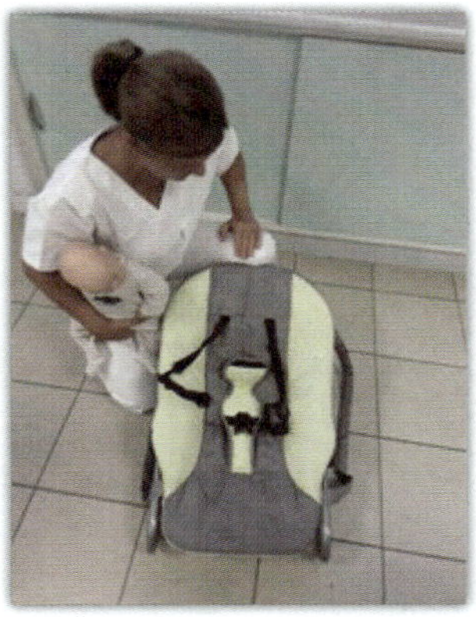

Amener l'enfant contre soi en le faisant glisser le long du dossier, un bras en ceinture.
Pour se relever, placer la main libre sur le genou de la jambe située derrière le dossier du transat et pousser sur les cuisses.

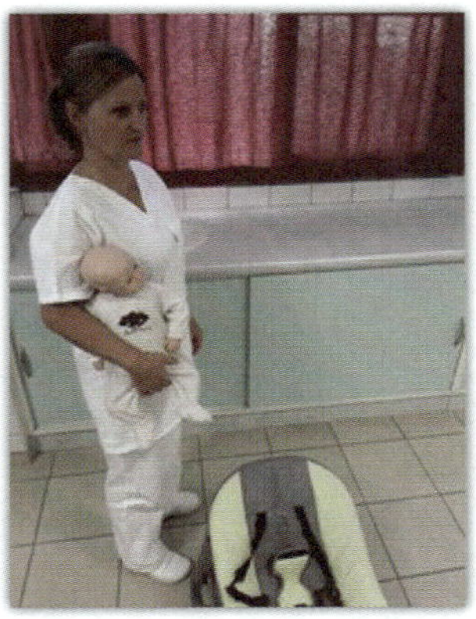

L'enfant est porté en ceinture.

6 Consulter le DOCUMENT 5 puis répondre aux questions suivantes.

a) Que signifie l'expression « en chevalier servant » ?

b) À quoi cela sert de placer la main libre sur le genou de la jambe située derrière le dossier du transat ?

POUR ALLER PLUS LOIN

Cocher la ou les proposition(s) qui convien(nen)t.

a) Prévenir l'enfant de ce que l'on va faire :

- ☐ permet d'enrichir son langage.
- ☐ permet d'éviter qu'il n'ait peur.
- ☐ ne sert à rien étant donné qu'il ne parle pas.

b) Les techniques de manutention de l'enfant permettent de :

- ☐ minimiser les risques de lésions pour le soignant.
- ☐ faire plaisir à son directeur.
- ☐ réduire les arrêts maladie.

Activité 3 La mobilisation du grand enfant (10-12 mois)

DOC. 6 Prendre et porter un enfant de 12 mois depuis le tapis de jeux

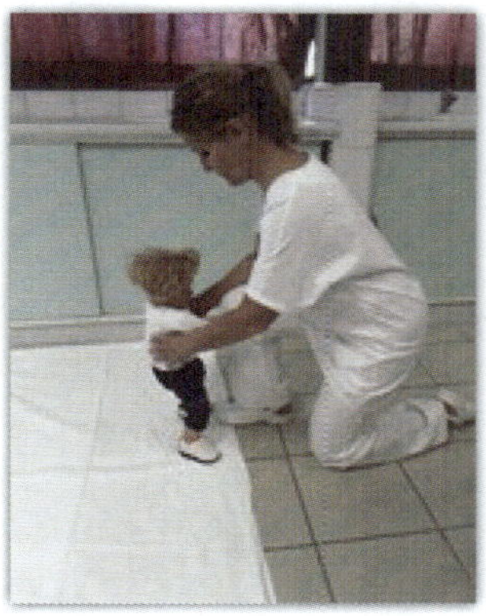

Se positionner en chevalier servant.
Soutenir l'enfant en mettant ses mains sous ses aisselles et l'inciter à se lever.

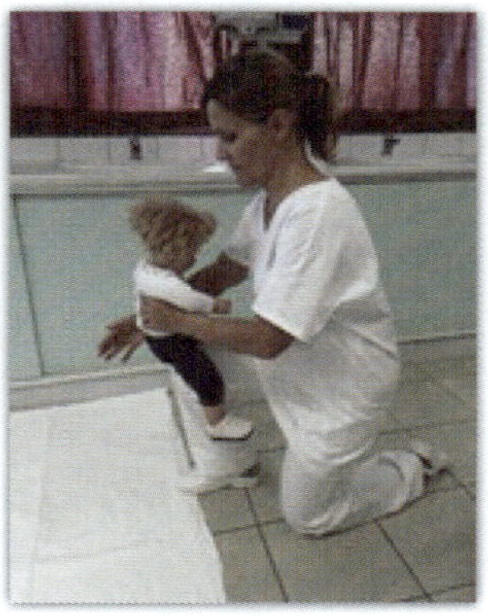

Soulever l'enfant et le positionner sur son genou levé.

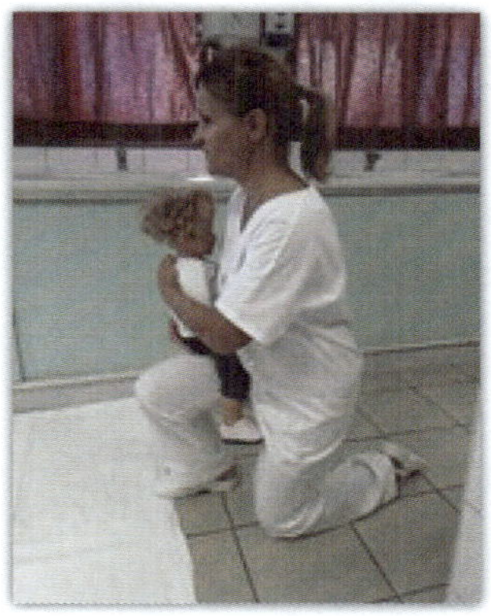

Avec une main à plat en bas du dos de l'enfant, rapprocher l'enfant de soi.

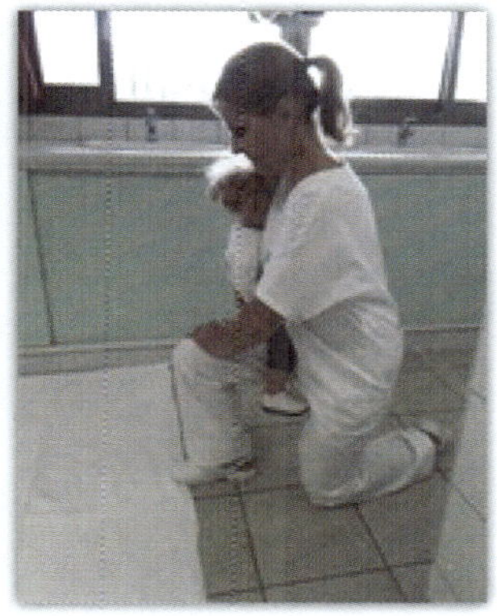

Se relever en prenant appui sur son genou levé avec sa main libre.

7 **Consulter le DOCUMENT 6 et indiquer la raison pour laquelle il est important de solliciter l'enfant.**

DOC. 7 Porter et poser sur un tapis de jeux un enfant de 12 mois

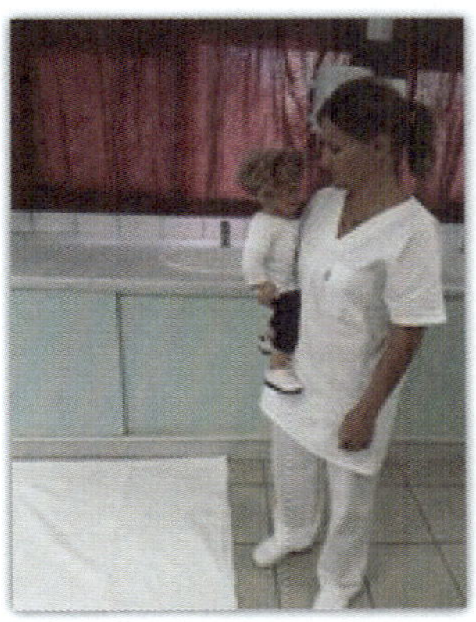

Informer l'enfant et se baisser en chevalier servant.

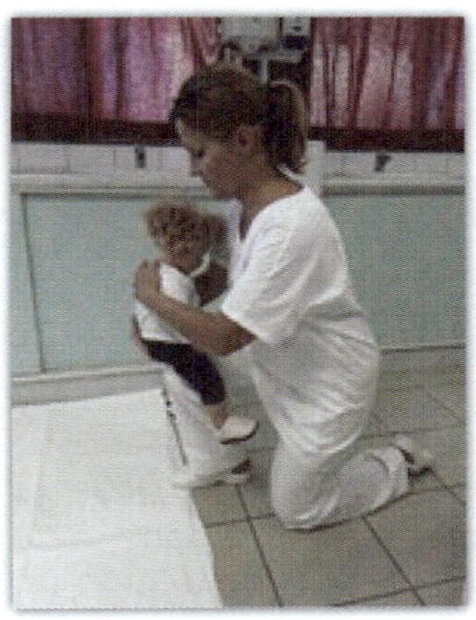

Poser l'enfant à califourchon sur sa cuisse.

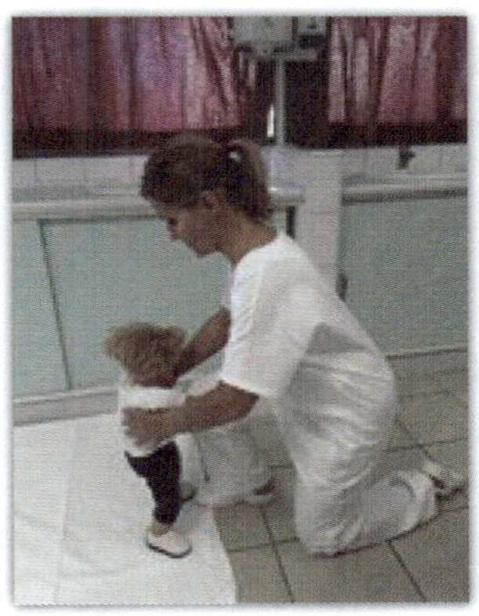

Placer ses mains sous les aisselles de l'enfant et le déposer debout sur le sol.

Aider l'enfant à s'installer au sol.

8 **Consulter le DOCUMENT 7 puis cocher la ou les bonnes définitions.**

À califourchon signifie que :

- ☐ **les jambes de l'enfant sont écartées.**
- ☐ **l'enfant est debout.**
- ☐ **l'enfant a une jambe de chaque côté.**

DOC. 8 Porter et poser sur la table à langer un enfant de 12 mois

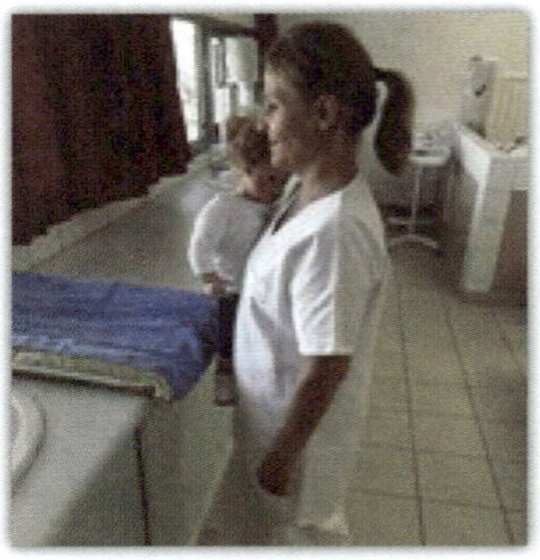

L'enfant est porté sur la hanche.
Aborder le plan de travail en faisant une fente avant du côté du porté de l'enfant.

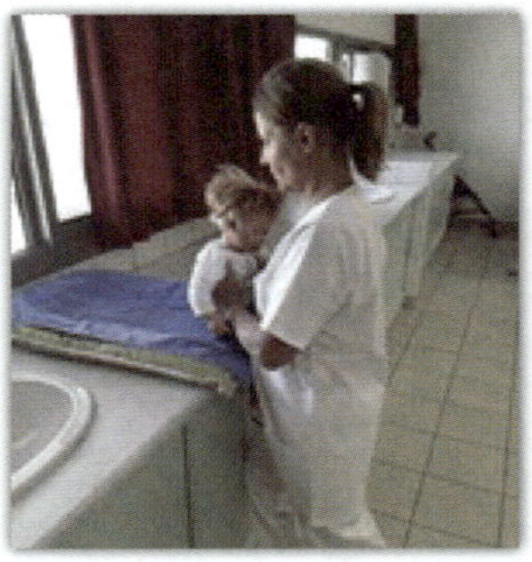

Placer ses mains sous les aisselles de l'enfant et le poser assis sur le plan de change.

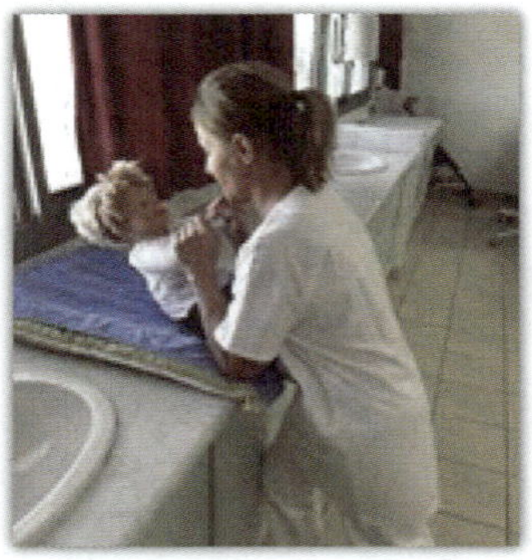

Poser ses coudes sur la table à langer et **présenter ses pouces** à l'enfant pour qu'il les attrape.

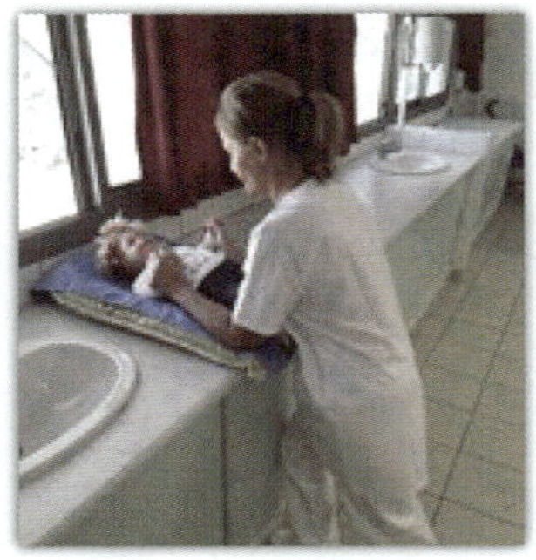

Refermer ses mains sur les siennes. Lui demander de s'allonger **en l'accompagnant**.

9 Consulter le DOCUMENT 8 puis :

a) Souligner la raison pour laquelle on présente ses pouces à l'enfant.

b) Que signifie « lui demander de s'allonger **en l'accompagnant** » ?

c) Que se peut-il se passer si l'on n'accompagne pas le mouvement de l'enfant lorsqu'il s'allonge ?

DOC. 9 Prendre depuis la table à langer et porter un enfant de 12 mois

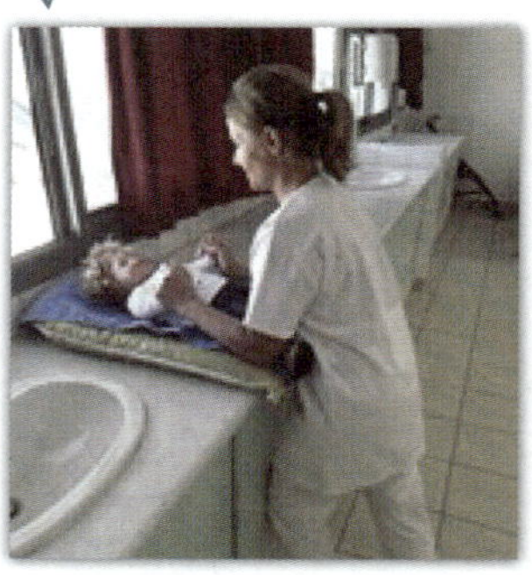

Se positionner en fente avant devant le plan de change.
Poser ses coudes sur le plan et présenter ses pouces à l'enfant en lui demandant de les attraper.

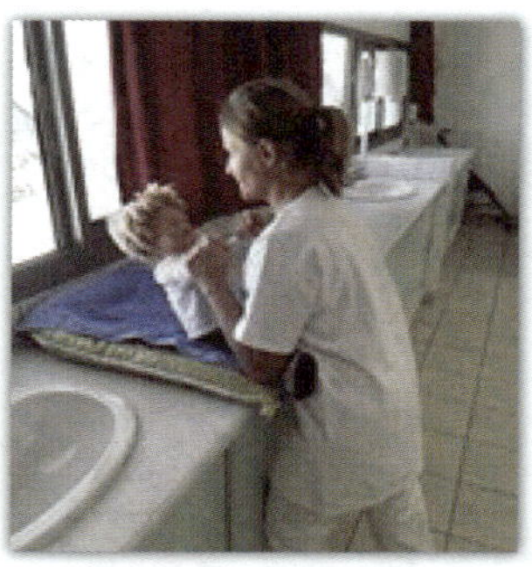

Refermer ses mains sur les siennes et lui demander de s'asseoir en tirant sur nos bras.

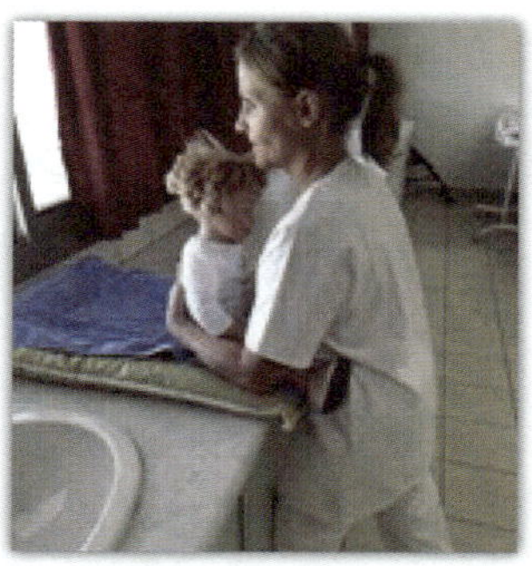

Rapprocher l'enfant de soi en positionnant sa main à plat en bas de son dos.

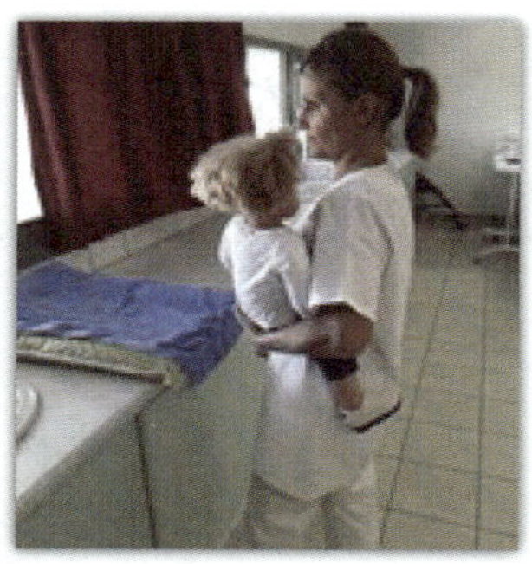

Positionner ses mains sous les aisselles de l'enfant et le porter en passant de fente avant à fente arrière.
Porter l'enfant sur la hanche.

10 Consulter le DOCUMENT 9 puis donner l'intérêt d'inciter l'enfant à s'asseoir seul.

CHAPITRE 12 Assurer la réfection du lit enfant et adulte

LC : https://qrcode.link/a/wTWV8q

Exemple de situation professionnelle

ACTIVITÉ 1 Les différents types de lits d'enfants en collectivité

DOC. 1 Les lits utilisés en collectivité

Le berceau de maternité

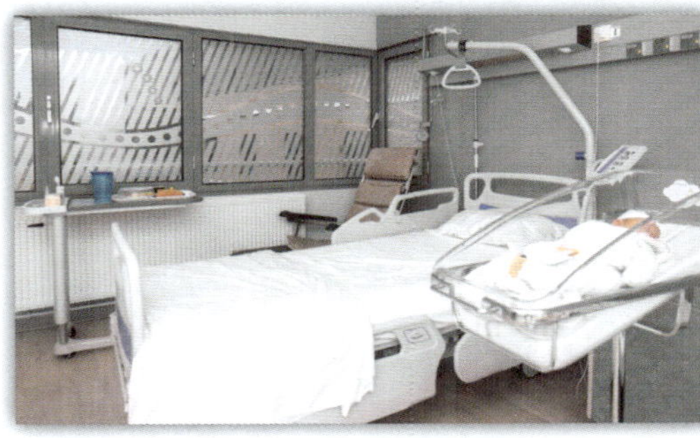

Le matériel répond aux normes de sécurité en vigueur (NF EN 1130).

En plexiglas, il est utilisé pendant le séjour à la maternité. Bébé ne peut y rester que jusqu'à 2 mois maximum. Les côtés mesurent au moins 20 cm de haut pour ne pas que l'enfant puisse passer par-dessus en gigotant. Le fond est plat et rigide. Facile d'entretien, il présente plusieurs avantages :

- la transparence permet de voir bébé ;
- il est monté sur roulettes, ce qui permet de transporter facilement bébé sans le réveiller ;
- il est inclinable pour les bébés qui ont des reflux gastriques.

Lit à barreaux

Il répond à la norme NF EN 716 définissant les caractéristiques des matériaux et de la structure (pas d'arêtes vives, bords arrondis, dimension des trous, etc.).

Utilisé jusqu'à 2-3 ans environ en crèche. La plupart ont des sommiers réglables en hauteur, ce qui permet d'éviter de trop se baisser, et d'un côté qui se descend. Certains possèdent des roulettes avec freins. Les barreaux sont espacés de 6,5 cm maximum.

Quel que soit le lit, le matelas doit être ferme (le bébé ne doit pas s'y enfoncer) et exactement ajusté à la taille du lit, afin que l'enfant ne puisse pas glisser et se coincer dans les espaces vides.

Lits empilables de collectivité

Utilisés en école maternelle et parfois dans les sections des grands en crèche, ces lits enfant empilables permettent un gain de place non négligeable pour l'utilisation de la pièce lorsqu'elle ne fait plus dortoir.

En aluminium et plastique sans phtalates, ils sont légers, résistants et faciles d'entretien. Ces lits sont bas, ce qui favorise l'autonomie de l'enfant en toute sécurité.

Conformes à la norme NFS 54 045.

1 À l'aide du **DOCUMENT 1**, compléter le tableau ci-dessous.

Type de lit	Âge de l'enfant	Lieu d'utilisation Caractéristique	Intérêts
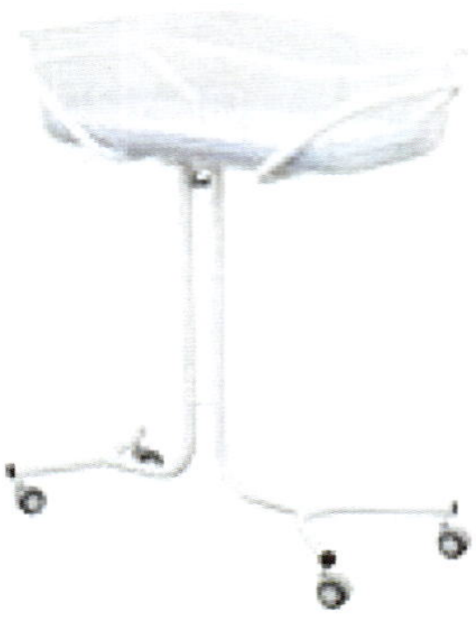 Nom :	....	....	....
 Nom :	....	....	....
 Nom :	....	....	....

2 **Indiquer les intérêts des pièces de linge de lit suivantes.**

Drap-housse	Lange de coton	Gigoteuse (ou turbulette)
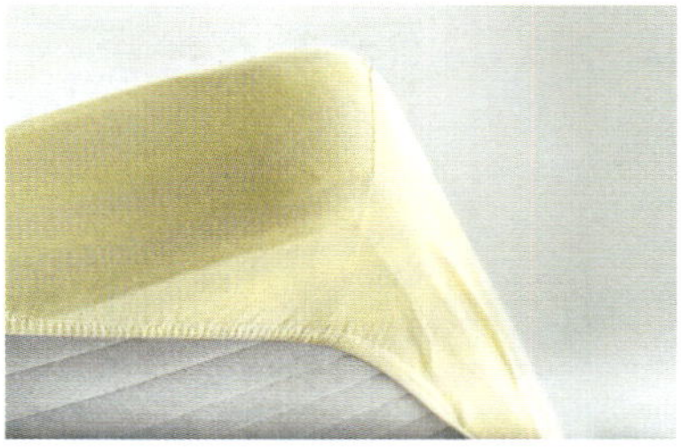		
Intérêt :	Intérêt :	Intérêt : ....

ACTIVITÉ 2 Technique de la réfection d'un lit enfant inoccupé

DOC. 2 L'entretien et la réfection d'un lit enfant

Avant

- Se mettre en tenue professionnelle, cheveux attachés, sans bijoux ni vernis.
- Se laver les mains.
- Analyser la situation en se posant les questions suivantes : **Q**ui fait Quoi ? À **Q**ui ? **O**ù ? **Q**uand ? **P**ourquoi ? **C**omment ?
- Préparer le matériel et les produits : lavette, détergent-désinfectant, drap-housse, gigoteuse, lange en coton pour le berceau maternité.

Pendant

Berceau de maternité	Lit à barreau ou petit lit bas
1. Enlever le linge de lit sale, le mettre dans le bac à linge sale. 2. Nettoyer et désinfecter le plan de change. 3. Nettoyer et désinfecter le recto du matelas dans le berceau et déposer cette face propre sur le plan de change propre. 4. Nettoyer et désinfecter le verso et les côtés du matelas. 5. Nettoyer et désinfecter l'intérieur de la nacelle puis l'extérieur. 6. Nettoyer et désinfecter le socle du berceau de haut en bas jusqu'aux roulettes. 7. Se laver les mains. 8. Placer le drap-housse sur le matelas sans faire de pli. 9. Positionner le lange de coton plié en deux sans faire de pli côté tête. 10. Border le lange sur les côtés. 11. Positionner la gigoteuse ouverte au centre du lit.	1. Enlever le linge de lit sale, le mettre dans le bac à linge sale. 2. Nettoyer et désinfecter le recto du matelas. 3. Relever le matelas et désinfecter le verso et les côtés. 4. Nettoyer et désinfecter le haut du lit, les barreaux, l'intérieur du lit et les pieds. 5. Se laver les mains. 6. Placer le drap-housse sur le matelas. 7. S'assurer qu'il n'y ait pas de pli. 8. Positionner la gigoteuse ouverte au milieu du lit. 9. Laisser la barrière baissée.

Après la réfection du lit

- Ranger le matériel.
- Évacuer le linge sale.
- Se laver les mains.
- Rédiger la transmission.
- ÉVALUER SON TRAVAIL : Confort - Communication - Hygiène - Ergonomie - Économie - Sécurité.

3 À l'aide de mots prélevés dans le **DOCUMENT 2**, légender les photos suivantes du matériel nécessaire à l'entretien et à la réfection d'un berceau ou d'un lit à barreau.

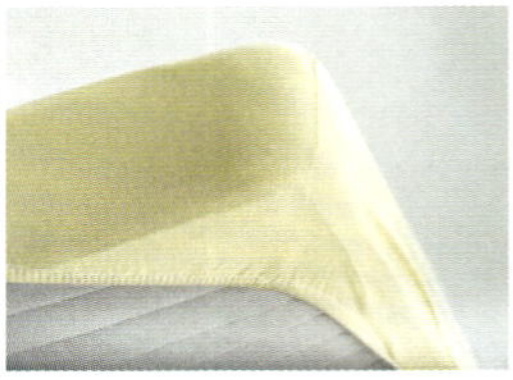

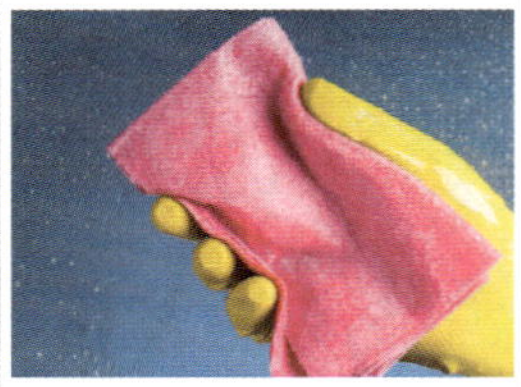

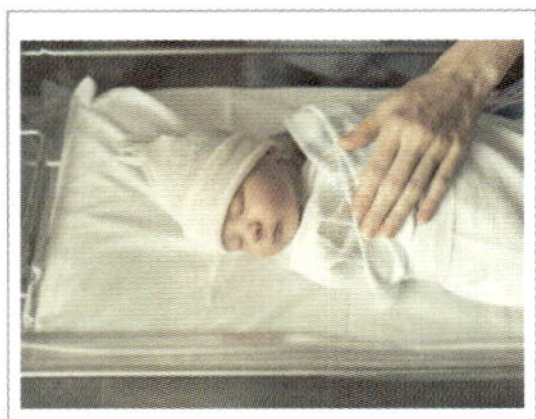

4 Souligner, dans le **DOCUMENT 2**, les étapes spécifiques pour :
- l'entretien et la réfection du berceau de maternité (en vert) ;
- l'entretien et la réfection du lit à barreau ou petit lit bas (en bleu).

ACTIVITÉ 3 Le couchage du nourrisson

DOC. 3 La mort inattendue du nourrisson

De quoi s'agit-il ?

C'est le décès incompréhensible à première vue et imprévisible, le plus souvent pendant le sommeil, d'un tout-petit qui semblait jusqu'ici en bonne santé apparente. La mort inattendue du nourrisson peut toucher un bébé de 0 à 24 mois, mais dans 8 cas sur 10, elle survient avant l'âge de 6 mois.

Visionner cette vidéo

https://qrcode.link/a/XGd4IV

Quelles en sont les causes ?

La ou les causes de la mort inattendue d'un nourrisson (MIN) ne sont souvent comprises qu'a posteriori : infections, accident de literie, maladies cardiaques, digestives, métaboliques... quand on ne trouve pas du tout d'explication, on conclut à une mort « subite » du nourrisson (MSN).

Quelles sont les précautions à prendre ?

- **Pas de tabac**
  Le tabac in utero puis un environnement fumeur sont un facteur de risque de mort subite, mais aussi d'infections respiratoires, d'aggravation d'un asthme, d'otites chroniques et de régurgitations. Autant de bonnes raisons pour ne pas fumer en sa présence.
- **Température sous contrôle**
  Dans une chambre, la température idéale est de 18 ou 19 °C, pas plus, dans les mois où du chauffage est nécessaire. Un petit bébé se débrouille beaucoup mieux s'il fait frais que s'il a trop chaud. Découvrez votre bébé en voiture ou dans les magasins s'il y a du chauffage, et les jours de grosses chaleurs.
- **Au coucher**
  La grande majorité des morts inattendues du nourrisson survenant pendant le sommeil, il est primordial de limiter au maximum les risques d'étouffement quand bébé est endormi. Voici quelques recommandations :
  - **toujours sur le dos à plat :** dès la naissance sur un matelas ferme, dans un lit rigide (par exemple, lit à barreaux) et sans rien qui puisse gêner la respiration durant son sommeil. Le couchage sur le dos a permis de réduire de 75 % les morts subites du nourrisson, passant de près 1 500 par an dans les années 1990 à 350 de nos jours en France ;

- **un matelas ferme et adapté au lit :** pas de cocon, réducteur de lit, cale-tête, cale-bébé, support mou, etc. Les barreaux du lit sont espacés de 6,5 cm maximum ;
- **dans une turbulette :** la turbulette doit être bien attachée, à la bonne taille, et adaptée à la saison ;
- **pas d'oreiller, ni coussin, ni couette, ni drap, ni couverture, ni tour de lit :** que ce soit pour dormir la nuit ou pour une simple sieste, Bébé doit être couché avec une gigoteuse ou une turbulette pour le couvrir, ou encore un surpyjama, seul dans son lit à barreaux et dans une pièce non surchauffée.

- **Mais aussi...**

Apprenez à votre bébé à jouer sur le ventre lorsqu'il est réveillé et laissez-le libre de ses mouvements.

« Prévention de la mort inattendue du nourrisson (MIN) » (extrait), 13/09/2021, www.chu-lyon.fr

5 **Surligner, dans le DOCUMENT 3, la définition de la mort inattendue du nourrisson.**

6 **Relever deux facteurs d'ambiance physique favorables à un bon sommeil pour le nourrisson.**

- ....
- ....

7 **Placer en face des flèches quatre conseils de prévention de la mort inattendue du nourrisson.**

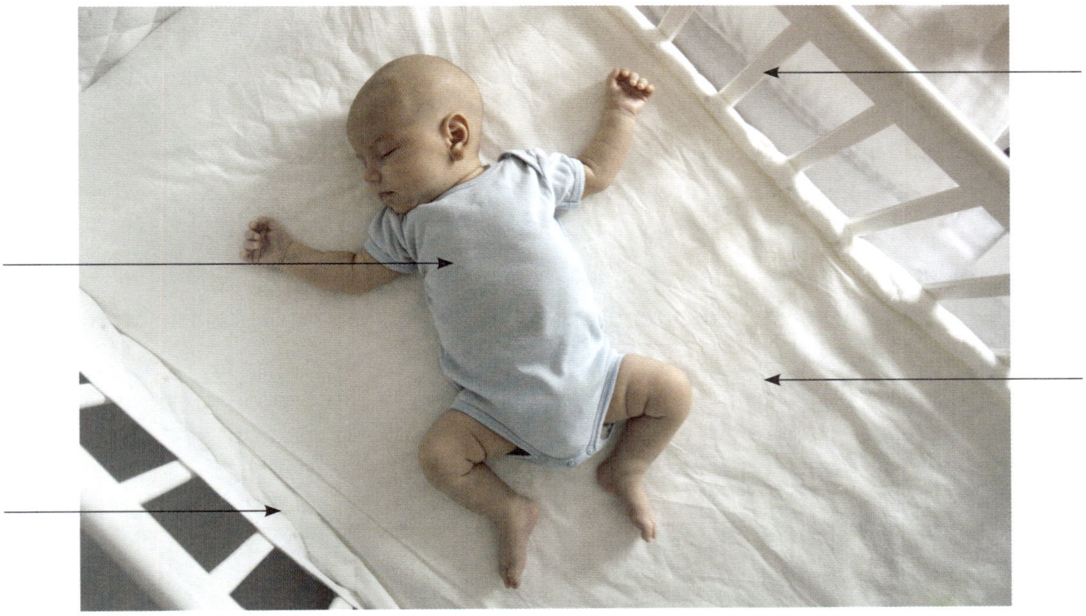

Activité 4 Technique de la réfection du lit adulte

DOC. 4 La réfection d'un lit adulte inoccupé

Avant de réaliser la réfection du lit

- Se mettre en tenue professionnelle, cheveux attachés, sans bijoux ni vernis.
- Se laver les mains.
- Analyser la situation en se posant les questions suivantes : Qui fait Quoi ? À Qui ? Où ? Quand ? Pourquoi ? Comment ?
- S'informer : produits à utiliser, contre-indications, état de la personne...
- Désinfecter le chariot.
- Préparer le matériel et les produits (solution hydroalcoolique, chariot à linge, chariot de soins inox, une alèse jetable, une taie d'oreiller, un drap plat et un drap-housse aux dimensions du lit).

Pendant la réalisation de la réfection du lit

- Allumer la présence.
- Prévenir la personne du soin, s'assurer que le résident est confortablement installé.
- Désinfecter la chaise, l'adaptable et la table de chevet.
- Monter le lit de sorte à ne pas se courber exagérément.
- Plier le couvre-lit puis la couverture en rabattant un tiers sur l'autre, sans les secouer.
- Poser la couverture puis le couvre-lit sur la chaise désinfectée sans les faire traîner par terre !
- Enlever la taie d'oreiller sans la coller à sa tenue et la poser sur le lit.
- Ne pas poser l'oreiller sur les draps sales !
- Mettre l'oreiller au dessus du couvre-lit sur la chaise désinfectée.
- Déborder le drap de dessus et le drap housse puis les évacuer avec la taie d'oreiller sale dans le chariot à linge sans le coller à sa tenue.
- Désinfecter le cadre de lit et le matelas par moitié en faisant un détourage et des « S ».
- Se désinfecter les mains avec du gel hydro-alcoolique.
- Positionner le drap housse sans faire de pli.
- Déplier l'alèse jetable et la mettre au centre du lit.
- Placer le drap de dessus à l'envers, le centrer et border le bas en réalisant les coins au carré.
- Pour réaliser les coins au carré :
  - border le drap bien à plat sous le sommier puis remonter la partie supérieure du drap sur le lit de sorte à former un triangle au niveau du pied du lit ;

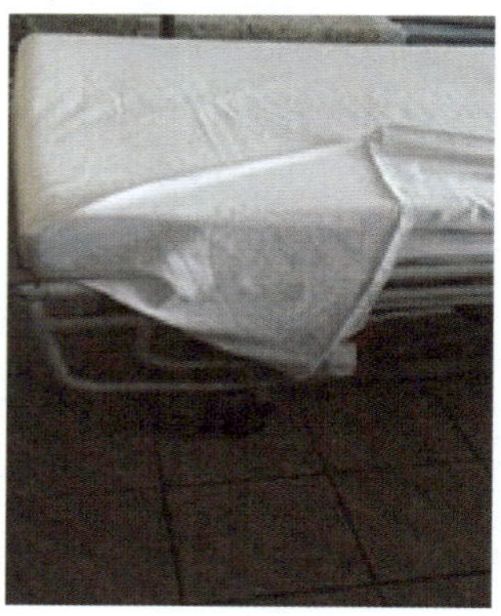

  - border la partie qui pend puis rabattre le haut du « triangle » vers le bas ;

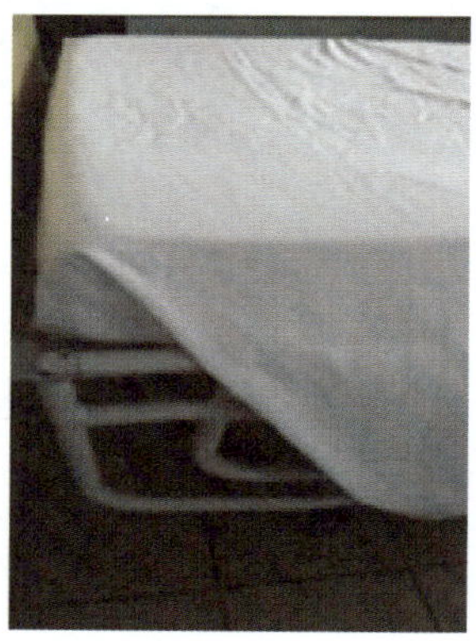

  - résultat :

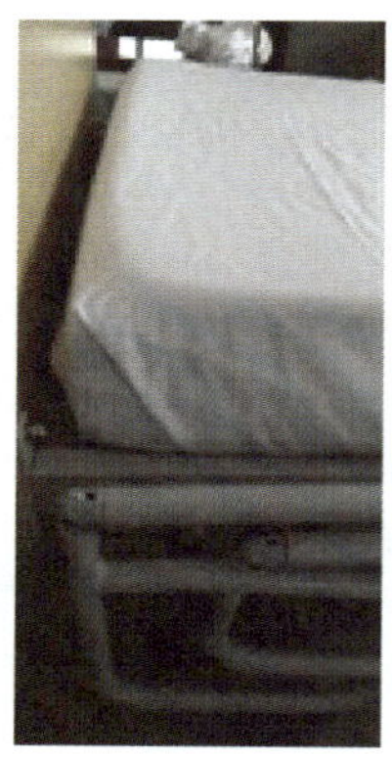

- Installer et centrer la couverture sur le drap de dessus en laissant l'espace suffisant pour l'oreiller côté tête.
- Border le bas de la couverture avec les coins au carré.
- Le drap de dessus est replié sur la couverture.
- Mettre l'oreiller dans la taie propre et le placer sur le lit.
- Déplier le couvre-lit et le centrer sur le lit sans faire de pli.
- Replier le haut du couvre-lit si besoin.
- Faire un pli d'aisance : soulever légèrement l'ensemble couvre-lit/couverture/drap de dessus au niveau des pieds.
- Baisser le lit.

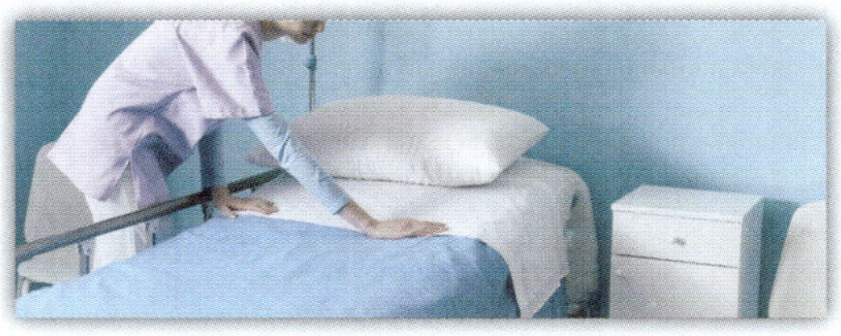

Après la réfection du lit

- S'assurer que la personne est en sécurité.
- Remettre la chambre en état.
- Évacuer le linge sale.
- Se laver les mains.
- Réaliser la transmission.
- ÉVALUER SON TRAVAIL : Confort - Communication - Hygiène - Ergonomie - Économie - Sécurité.

8 Justifier les actions suivantes.

- **Allumer la présence :**
- **Ne pas faire de pli avec le drap de dessous :**
- **Faire un pli d'aisance :**
- **Positionner le drap de dessus à l'envers :**
- **Désinfecter le matelas :**
- **Centrer le linge de lit :**

GRILLE D'ÉVALUATION FORMATIVE : LA RÉFECTION D'UN LIT INOCCUPÉ

<table>
<tr><th rowspan="2">Chronologie des opérations</th><th rowspan="2">Compétences</th><th rowspan="2">Indicateurs de réussite</th><th colspan="2">Évaluation</th></tr>
<tr><th>Oui</th><th>Non</th></tr>
<tr><td rowspan="3">AVANT</td><td>Se préparer</td><td>• Tenue complète (tunique, pantalon, chaussures)
• Tenue propre et repassée
• Lavage des mains rigoureux (6 étapes)
Pas de bijoux, ongles courts et sans vernis</td><td></td><td></td></tr>
<tr><td>Analyser</td><td>• A pris connaissance de la situation de travail (trajet à effectuer, tâches à accomplir, besoins à satisfaire...)</td><td></td><td></td></tr>
<tr><td>Organiser</td><td>• Préparation correcte du matériel et des produits : lavette, détergent-désinfectant, bassine, draps et taie de rechange, chariot de linge et chariot de soin, solution hydro-alcoolique, alèse jetable</td><td></td><td></td></tr>
<tr><td rowspan="2">PENDANT</td><td>Communiquer</td><td>• A allumé la présence
• A prévenu la personne âgée, lui parle
• S'est assuré que le résident est confortablement installé</td><td></td><td></td></tr>
<tr><td>Réaliser la technique</td><td><u>Maîtrise de la technique</u> :
• A ouvert la fenêtre
• A désinfecté la chaise, l'adaptable et la table de chevet
• A plié le couvre-lit et la couverture correctement sans les secouer, les a mis sur la chaise
• Ne fait pas traîner le linge par terre et ne le colle pas à sa tenue
• A enlevé la taie d'oreiller et posé l'oreiller sur la chaise
• A évacué le linge sale
• A désinfecté le cadre de lit et le matelas
• S'est désinfecté les mains
• A positionné le drap de dessous sans pli
• A mis l'alèse, le drap de dessus à l'envers, bordé le drap avec les coins au carré
• A installé et bordé le bas de la couverture
• Le drap de dessus est replié sur la couverture
• A replacé l'oreiller avec une taie propre
• A mis le couvre-lit correctement centré et replié
• A pensé au pli d'aisance
• A baissé le lit

• Ergonomie : jambes fléchies, dos droit, pas d'aller-retours inutiles, lit à bonne hauteur</td><td></td><td></td></tr>
<tr><td rowspan="4">APRÈS</td><td>Assurer la sécurité</td><td>• S'est assuré que la personne est en sécurité
• A refermé la fenêtre et éteint la présence</td><td></td><td></td></tr>
<tr><td>Remettre en état</td><td>• A remis la chambre en ordre
• A évacué les déchets, vérifié les stocks
• S'est désinfecté les mains</td><td></td><td></td></tr>
<tr><td>Transmettre</td><td>• A effectué une transmission claire et précise</td><td></td><td></td></tr>
<tr><td>Évaluer</td><td>• S'est rendu compte de ses erreurs et les a corrigées</td><td></td><td></td></tr>
</table>

ACTIVITÉ 5 Le matériel d'aide au repos

9 **Légender le schéma suivant d'un lit médicalisé avec les mots :** barrières de sécurité ; tête de lit ; pied de lit ; sommier articulé ; roulettes et freins ; potence ; poignée de traction.

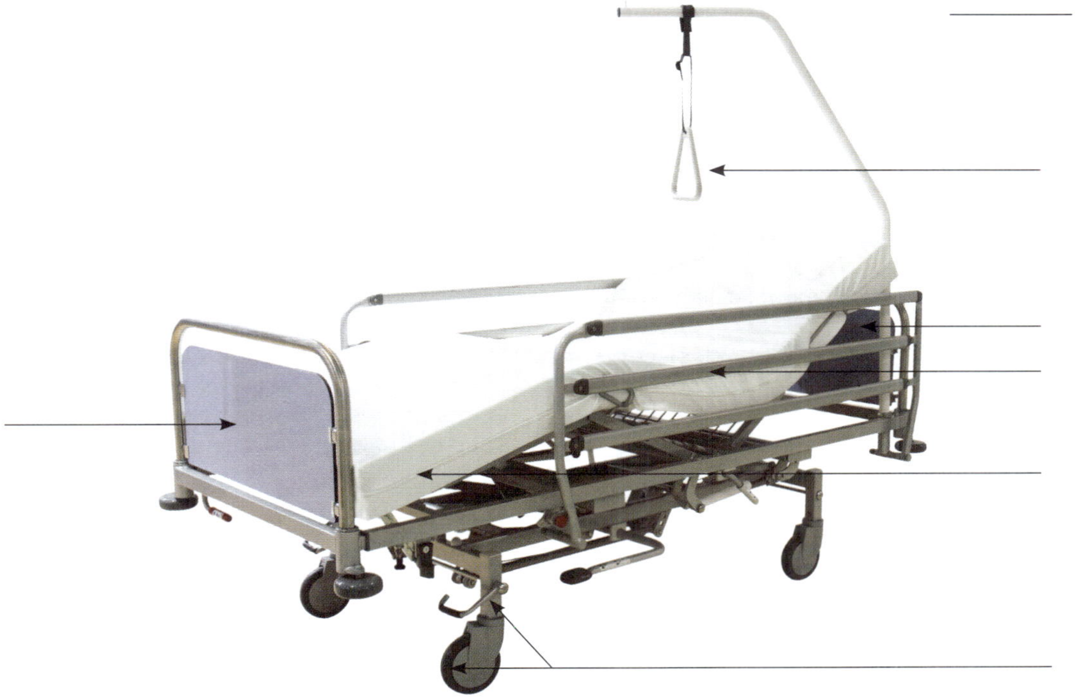

DOC. 5 Accessoires de literie

Réf. produit
TE-6290 59,90 €

Avantages

- Pied à sérum 4 crochets sur roulettes.
- Hauteur réglable de 1,17 à 2,08 m.
- Roulettes antistatiques de 5 cm dont 2 avec frein.
- Base d'un diamètre de 63 cm.
- Charge max supportée : 12 kg (maximum 6 kg aux crochets). Maxi 2,2 kg par crochet et max. 4 sachets de perfusion.

Caractéristiques techniques

Acier inoxydable chromé pour la partie haute. La base est en plastique.
Réglable en hauteur de 117 à 208 cm.
Ne suspendez pas de vêtements ou autres objets non destinés à être utilisés pour le soin du patient.
Vous ne devez pas vous tenir sur la base plastique avec un ou les deux pieds.
Les roues ne conviennent que pour des surfaces lisses et uniformes.
Stable à un angle d'inclinaison jusqu'à 6 degrés (sous charge max.). Une inclinaison de plus de 6° ou chargement partiel avec une répartition de charge défavorable entraîne un risque de basculement.

Fiche technique

CARACTÉRISTIQUES	DÉTAILS
POIDS MAX. SUPPORTÉ	12 kg
AVEC ROULETTES	Oui
FREINS	Avec freins

Réf. produit
TE-1190 19,90 €

Avantages

- Évite de supporter le poids des draps sur les jambes.
- Dimensions : 35 x 33 x 60 cm.
- Couleur : blanc.

Description

L'arceau de lit est idéal pour éviter de supporter le poids des draps et des couvertures sur vos jambes.
Flexible, sa structure permet de modifier la largeur facilement.
Léger, cet arceau sera facile à manipuler et à déplacer.

Caractéristiques techniques

Dimensions : 33 x 34 cm.

Largeur intérieure : de 50 à 64 cm.

Poids : 1,46 kg.

Poids max. supporté : 10 kg.

Matière : Acier.

Couleur : blanc.

Réf. produit
TE-893-9 99,00 € TTC

Avantages

- Plateau inclinable avec baguette de rétention.
- Hauteur plateau réglable : 72 à 110 cm.
- Inclinaison du plateau : 30°.
- Réglage de la hauteur et de l'inclinaison par molette.
- Poids maximum supporté : 10 kg.
- Piètement en U.
- Fabriquée en France.

Caractéristiques techniques

Parfaite pour les activités quotidiennes (repas, lecture, mots fléchés...) des personnes alitées, au fauteuil ainsi que des utilisateurs de fauteuil roulant.

- Hauteur réglable : 72 à 110 cm.
- Profondeur : 42 cm.
- Largeur réglable : 56 à 77 cm.
- Piètement en U réglable (intérieur) : 56 à 77 cm.
- Dimensions de la table : 40 x 70 cm.
- Plateau : 40 x 70 cm.
- Roues de diamètre 9 cm.
- Poids maximum supporté : 10 kg.

10 **À l'aide du DOCUMENT 5, compléter le tableau suivant avec :**
- **le nom des trois accessoires de lit A, B et C ;**
- **l'utilité de chacun.**

		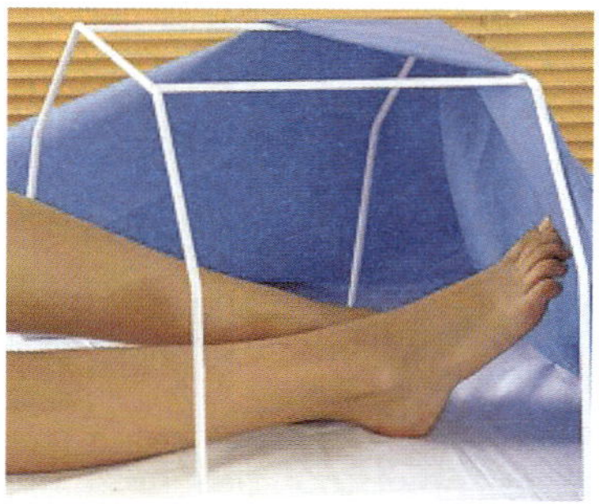	
Nom			
Utilité			

CHAPITRE 13 Accompagner l'habillage et le déshabillage de l'enfant et de l'adulte

https://qrcode.link/a/xvJytw

Exemple de situation professionnelle

ACTIVITÉ 1 L'habillage et le déshabillage du très jeune enfant (0-1 an)

DOC. 1 Les bons gestes pour habiller bébé

Visionner cette vidéo (4'58")

https://qrcode.link/a/suaCqe

1 À l'aide de la **vidéo** du **DOCUMENT 1**, identifier l'action préparatoire à accomplir avant de commencer l'habillage du très jeune enfant.

2 À l'aide de la **vidéo**, compléter le tableau ci-dessous :
- indiquer la (ou les) précaution(s) à prendre pour chaque action de l'habillage du très jeune enfant ;
- justifier ces précautions.

	Précaution(s) à prendre	Justification
Enfilage d'un vêtement par la tête		
Enfilage d'une manche ou d'une jambe de pantalon		
Enfilage des chaussettes		

3 **À l'aide de la vidéo, relier chacune des deux actions suivantes à l'image correspondante et à l'intérêt adéquat.**

Action du professionnel pendant l'habillage ou le déshabillage		Intérêt de cette action
Nommer les parties du corps de l'enfant pendant l'habillage ou le déshabillage. •	•  •	• Rendre le moment ludique pour éviter les pleurs de l'enfant.
Faire un coucou-caché lors de l'enfilage de vêtements par la tête. •	• 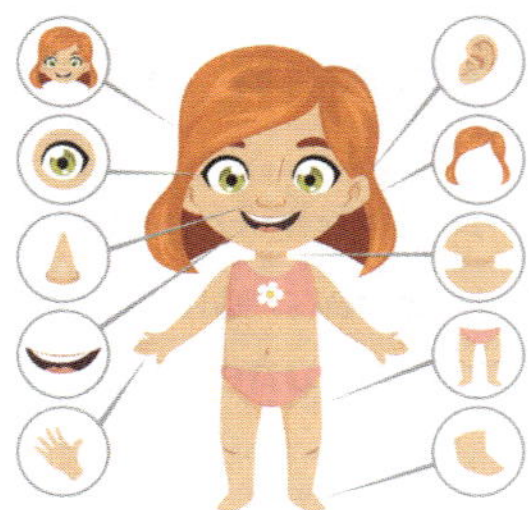 •	• Faciliter l'acquisition du schéma corporel.

DOC. 2 Le syndrome du tourniquet

Le syndrome du tourniquet, ou cheveu étrangleur, se caractérise par l'entortillement d'un cheveu ou d'une longue fibre textile autour d'un des doigts ou des orteils voire, dans de rares cas, autour de la langue, du cou ou des parties génitales du bébé (pénis, clitoris, grandes lèvres). Progressivement, le cheveu ou la longue fibre textile s'enroule autour du membre, le comprimant, coupant la circulation sanguine et finissant par faire comme un garrot. Le membre touché change progressivement de couleur, passant de la couleur chair à rouge puis rouge foncé.

Le syndrome du tourniquet ou cheveu étrangleur concerne les bébés et jeunes enfants qui ne sont pas encore en capacité de localiser ou d'exprimer leur douleur avec des mots. Ainsi, l'adulte doit penser à ce syndrome lorsqu'un bébé n'a pas la même attitude qu'habituellement, sans raison apparente (beaucoup de pleurs, bébé grognon, qui manifeste un inconfort...).

Une fois la présence d'un cheveu étrangleur ou tourniquet constatée, l'urgence est de retirer, en douceur, le cheveu ou la fibre textile à l'origine de la rougeur à la main ou avec une pince à épiler. En l'absence de réussite ou si le membre ne retrouve pas son aspect d'origine après avoir ôté le cheveu étrangleur ou tourniquet (couleur, œdème, température...), un médecin doit être consulté sans attendre.

Les conséquences du cheveu étrangleur ou tourniquet peuvent aller de la simple rougeur lorsqu'il est pris rapidement en charge à l'œdème inflammatoire voire à la nécrose pouvant entraîner une amputation du membre s'il n'est pas détecté à temps.

Il est assez simple de prévenir le syndrome du tourniquet :
- s'attacher les cheveux dès lors que l'on s'occupe d'un bébé ;
- ne pas mélanger les vêtements de bébé à ceux des adultes dans le lave-linge ou le sèche-linge ;
- observer régulièrement le corps de bébé et son environnement, ôter tout cheveu ou longue fibre textile présent sur le corps de bébé ou sur l'un de ses vêtements.

4 À l'aide du **DOCUMENT 2**, expliciter le syndrome du tourniquet en complétant le tableau ci-après.

Syndrome du tourniquet	
Autre nom de ce syndrome	
Description	
Public ciblé	
Traitement	
Conséquences	
Prévention	

ACTIVITÉ 2 L'habillage et le déshabillage du jeune enfant (1-4 ans)

DOC. 3 Apprendre à un enfant à s'habiller et se déshabiller en fonction de son âge

L'apprentissage de l'habillage et du déshabillage chez le jeune enfant se fait naturellement, au fil des jours, semaines et années, à partir du moment où l'adulte utilise ce moment pour communiquer avec l'enfant et assouvir son désir d'autonomie.

Dès le plus jeune âge, il est important de décrire chacune des actions accomplies auprès de l'enfant lors de son habillage ou de son déshabillage (« je vais t'enfiler ton pull », « je vais enlever tes chaussettes »...). Cette description des actions va permettre à l'enfant de savoir nommer ses vêtements et de connaître les différents gestes à accomplir pour s'habiller et se déshabiller.

En fonction de son âge et de ses capacités, l'adulte peut également inviter l'enfant à contribuer à son déshabillage, plus aisé pour l'enfant que l'habillage, puis à son habillage, une fois que le déshabillage est acquis (« enlève ton pantalon de pyjama », « mets ton bras dans la manche de ton gilet »...). Lorsque c'est possible, le fait de laisser le choix à l'enfant de choisir entre 2 ou 3 vêtements contribue également au développement de son autonomie.

Il est toutefois indispensable de prévoir du temps afin de ne pas brusquer l'enfant. Si le timing du matin est serré, l'organisation familiale peut être réétudiée pour gagner du temps sur d'autres routines : préparation des vêtements la veille après la douche, préparation de la table du petit-déjeuner la veille après le dîner...

Enfin, l'adulte peut utiliser le jeu pour favoriser cet apprentissage en proposant, par exemple, à l'enfant de se déguiser ; en effet, le fait de se déguiser permettra à l'enfant de s'entraîner, de manière ludique.

5 À l'aide du **DOCUMENT 3**, indiquer et justifier l'attitude que doit adopter le professionnel lors de l'habillage ou du déshabillage du jeune enfant (1-4 ans).

6 À l'aide d'une recherche internet, proposer une tenue favorisant l'autonomie lors de l'habillage ou du déshabillage pour le jeune enfant (1-4 ans) en illustrant le schéma ci-après.

ACTIVITÉ 3 L'aide à l'habillage et au déshabillage de l'adulte non autonome

DOC. 4 Accompagner à l'habillage ou au déshabillage d'une personne non autonome

Il est parfois nécessaire d'aider une personne à s'habiller et/ou se déshabiller en raison d'une perte d'autonomie temporaire ou définitive (âge, fatigue, handicap, maladie, suites d'intervention chirurgicale…).

Le professionnel a pour rôle d'encourager le patient dans le maintien ou le développement de son niveau d'autonomie ; ainsi, si le patient est en capacité de choisir ses vêtements (choix adapté à la météo et à ses activités de la journée), il est encouragé par le professionnel à le faire ; de même, si le patient est capable de mettre ou enlever une partie de ses vêtements, le professionnel encourage le patient à le faire, respecte son rythme (même si le professionnel « perd » du temps) et valorise ses efforts. Lorsque le patient n'est pas coopératif, qu'il refuse de se vêtir ou qu'il manifeste un désintérêt pour son apparence physique, le professionnel doit faire preuve de patience et toujours essayer de stimuler le patient pour susciter l'envie, la curiosité.

Le professionnel doit veiller à :

- respecter la pudeur et l'intimité du patient, que ce soit pendant le soin (fermer la porte de chambre, la fenêtre…) ou après (éviter les chemises d'hôpital qui ne ferment pas dans le dos…) ;
- déshabiller en dernier et habiller en premier un membre douloureux, handicapé ou paralysé pour lui éviter une sollicitation trop importante ;
- proposer au patient de porter ses propres vêtements, gage de sécurité émotionnelle, si son état de santé le permet ;

- proposer au patient une tenue propre (= changée régulièrement même en l'absence de tâche) et non tâchée, qui soit adaptée à sa corpulence (pour permettre une respiration et une digestion satisfaisantes et ne pas gêner la circulation sanguine, les mouvements, le sommeil et le repos), à son niveau d'autonomie, à la météo (afin d'éviter une transpiration excessive pouvant provoquer une déshydratation) et à ses activités de la journée. Le professionnel doit prendre en compte l'image corporelle et l'esthétique dans le choix des vêtements (couleurs, formes), ajuster les vêtements (le jupon ne dépasse pas de la jupe, les bas ne tire-bouchonnent pas, la braguette est bien fermée…). Les vêtements sales, s'ils sont entretenus par l'établissement, doivent être placés dans le sac à linge sale du chariot ; s'ils sont entretenus par la famille, ils doivent être placés dans l'armoire à vêtements, en veillant à les isoler du linge propre, ou dans la salle de bains de la chambre du patient ;
- recueillir les désirs et la satisfaction du patient ;
- veiller à la tenue vestimentaire du patient et à la tolérance de celle-ci tout au long de la journée (ajuster les vêtements et les chaussures pour éviter le risque de chute, ajouter ou enlever une couche de vêtements au patient en cas d'hypo ou d'hyperthermie…).

Enfin, le professionnel doit être en relation avec la famille afin qu'il s'assure que les vêtements fournis soient adaptés à la personne, à la météo, à sa pathologie et qu'ils soient en bon état (lui signaler les vêtements déchirés, troués, sur lesquels il manque des boutons…).

7 À l'aide du DOCUMENT 4, identifier les différentes raisons pour lesquelles un patient peut avoir besoin de l'accompagnement d'un professionnel pour l'habillage et/ou le déshabillage.

8 À l'aide du DOCUMENT 4, identifier les critères de qualité du soin représentés par chaque image en complétant le tableau.

Image	Critère de qualité du soin associé à l'image

Image	Critère de qualité du soin associé à l'image

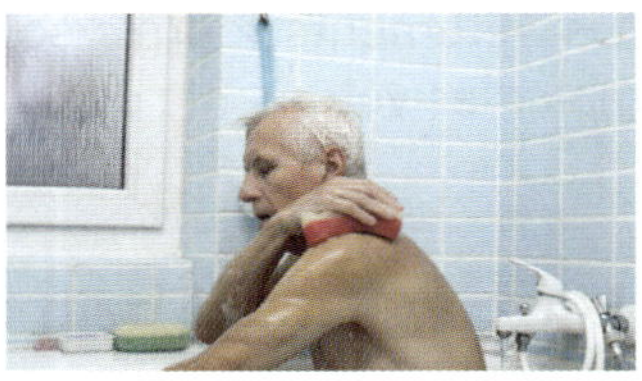	
 AVANT APRÈS	
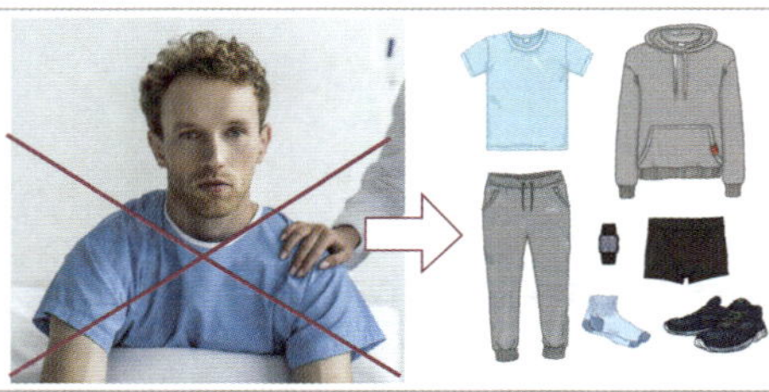	

DOC. 5 Les différentes aides à l'habillage

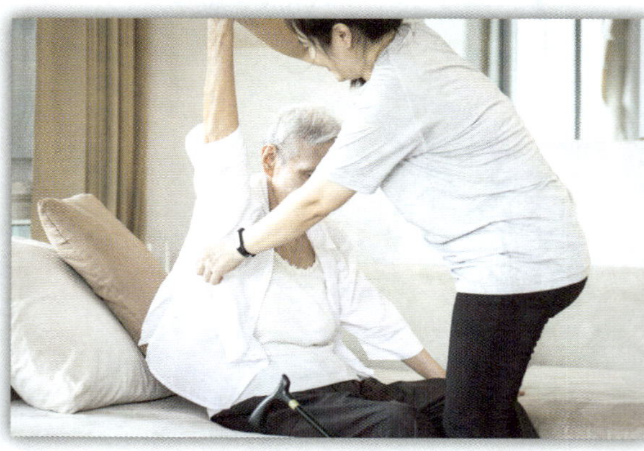

Il existe de très nombreux accessoires permettant aux personnes éprouvant des difficultés de mobilisation de certains membres de maintenir leur niveau d'autonomie en s'habillant et/ou se déshabillant seul.

Ces accessoires sont relativement peu coûteux, de quelques euros à une soixantaine d'euros selon l'accessoire et peuvent être achetés auprès des fournisseurs de matériel médical ou sur Internet.

Accessoires permettant le port des sous-vêtements :

- **enfile soutien-gorge** permettant à la personne éprouvant des difficultés de mobilisation des membres supérieurs d'enfiler son soutien-gorge en toute autonomie et intimité ;
- **enfile-slip** permettant à la personne éprouvant des difficultés de mobilisation des membres inférieurs d'enfiler son slip en toute autonomie et intimité.

Accessoires permettant d'enfiler ses vêtements :

- **crochet d'habillage** permettant à la personne éprouvant des difficultés de mobilisation des articulations de l'épaule et du coude de saisir à sa place l'encolure de sa veste ou de son gilet et de pouvoir le positionner puis l'ajuster sur son épaule sans mouvements de grande amplitude ni de douleurs ;
- **pince** d'aide à l'habillage permettant à la personne de maintenir un côté du pantalon pendant qu'elle manipule le second côté afin de pouvoir l'attacher. Elle comprend deux pinces reliées par une ficelle, l'une se positionnant sur la chemise et l'autre sur l'avant du pantalon.

Accessoires permettant de fermer ses vêtements :

- **boutons extenseurs** permettant d'agrandir les vêtements d'une demi-taille et donc à la personne d'avoir plus de souplesse pour fermer ses vêtements ;
- **boutons ferme-chemise** à scratch, en remplacement des boutons habituels, permettant à la personne éprouvant des difficultés de motricité fine de fermer sa chemise en la scratchant, sans bouton à fermer. Ils intègrent un faux-bouton permettant de conserver l'aspect esthétique du vêtement ;
- **enfile-bouton et enfile-crochet** de fermeture éclair permettant à la personne éprouvant de légères difficultés de motricité fine de fermer ses vêtements à boutons ou à fermeture éclair.

Accessoires permettant d'enfiler ses bas de contentions, chaussettes et chaussures :

- **enfile bas de contention ou enfile chaussette** permettant à la personne d'enfiler ses bas de contention ou ses chaussettes sans avoir besoin de se baisser ;
- **chausse-pied** extra-long téléscopique permettant à la personne d'enfiler ses chaussures sans avoir besoin de se baisser grâce à sa longueur extensible. Un support de maintien peut compléter le chausse-pied pour maintenir la chaussure droite lorsque la personne s'apprête à l'enfiler ou la retirer ;
- **lacets élastiques**, en remplacement des lacets habituels, permettant à la personne d'enfiler et retirer ses chaussures sans avoir besoin de se baisser pour les lacer et délacer à chaque fois.

Accessoires permettant de porter ses bijoux :

- **fermoirs** à bijoux aimantés, en remplacement des fermoirs habituels à mousqueton ou vis, permettant à la personne de fermer ses bracelets et colliers et, ainsi, de les porter sans risque de perte.

9 **À l'aide des DOCUMENTS 4 et 5 et des situations suivantes :**
• proposer une tenue adaptée ;
• identifier les accessoires permettant de favoriser l'autonomie.

Situation	Proposition d'une tenue adaptée	Accessoires permettant de favoriser l'autonomie du patient
Situation n° 1 *Un lundi matin au mois de janvier...* Ce matin, vous intervenez de 08 h 30 à 09 h 30 au domicile des parents de Ryan, âgé de 14 ans, en situation de handicap mental et moteur. Ryan vient de débuter un suivi par une orthophoniste car il ne parvenait plus à parler à la suite de son accident. Il commence à remarcher grâce à des séances quotidiennes de kiné mais il effectue encore la plupart de ses déplacements en fauteuil roulant. Vous devez l'aider à réaliser sa toilette et l'aider à s'habiller avant qu'un taxi ne vienne le chercher pour l'emmener à sa séance chez le kiné.		
Situation n° 2 *Un mardi matin au mois de mars...* Ce matin, vous intervenez de 10 h 30 à 13 h 15 chez Mme Giraud, âgée de 82 ans, qui aime particulièrement prendre soin d'elle et se divertir en compagnie de ses ami(e)s. Vous devez l'aider à réaliser sa toilette puis l'accompagner pour son rendez-vous chez son médecin traitant à 11 h 30. À l'issue du rendez-vous, vous la raccompagnez chez elle et lui faites réchauffer son plateau-repas livré par le CCAS. Juste après le repas, vous devrez l'accompagner au Club du 3e Âge où elle passera l'après-midi en compagnie de ses ami(e)s avant qu'une autre aide à domicile ne vienne la chercher.		
Situation n° 3 *Un mercredi matin au mois de mai...* Ce matin, vous intervenez de 07 h 30 à 08 h 30 chez Mme Durand, âgée de 78 ans, qui était, il y a quelques années, une véritable fée du logis et passait ses journées en blouse de ménage. Vous devez l'aider à réaliser sa toilette et l'aider à s'habiller sachant qu'aujourd'hui, Mme Durand n'a aucune sortie de prévue et restera donc chez elle.		
Situation n° 4 *Un jeudi matin au mois de juillet...* Ce matin, vous intervenez de 08 h 00 à 10 h 00 chez M. Huron, âgé de 83 ans et atteint de la maladie d'Alzheimer. Ces derniers temps, les signes cliniques de la maladie se sont nettement développés, une démence s'est installée, il ne peut plus rester seul à son domicile en toute sécurité et ses enfants sont dans l'attente d'une place en Unité Alzheimer pour leur papa. Vous devez l'aider à réaliser sa toilette et l'aider à s'habiller puis lui préparer à manger pour ce midi et ce soir.		

CHAPITRE 14 Réaliser le change du jeune enfant

https://eqrcode.co/a/eo2TTz
Exemple de situation professionnelle

ACTIVITÉ 1 Le change de l'enfant, à quelle fréquence et dans quels objectifs ?

DOC. 1 Le change du jeune enfant

Le change est un soin d'hygiène et de confort, qui vise à remplacer une couche souillée par une couche propre, tout en réalisant un nettoyage du siège. L'enfant est installé sur un matelas à langer, lui-même disposé sur un meuble à langer, généralement muni d'un évier, dans une pièce dédiée au change des enfants afin de préserver leur intimité et leur pudeur.

Ce soin est réalisé de la naissance de l'enfant jusqu'à l'acquisition de la propreté (diurne et nocturne), qui interviendra généralement entre ses 2 et ses 4 ans ; toutefois, la fréquence de réalisation décroît avec l'avancée en âge : en effet, plus l'enfant est jeune, plus ses organes sont immatures et de petite taille, ce qui entraîne des mictions et défécations plus fréquentes. De plus, leur peau étant plus fragile, la vitesse d'apparition d'un érythème fessier causé par le contact avec des urines ou des selles « acides » peut être surprenante ! Ainsi, alors qu'un enfant d'un mois devra être changé entre 8 et 10 fois par jour, un enfant de 18 mois ne devra être changé que 4 à 5 fois par jour...

Le change est généralement effectué avant chaque repas afin que l'enfant soit dans les meilleures dispositions pour manger ; néanmoins, le professionnel se doit de s'adapter aux besoins de l'enfant et devra changer sa couche dès qu'il se rend compte que celui-ci l'a souillée, sauf lorsque celui-ci dort sans manifester d'inconfort.

Le respect de la fréquence du change permet de répondre à plusieurs objectifs :

- maintenir une bonne hygiène du siège ;
- assurer le bien-être physique et moral de l'enfant ;
- surveiller son état cutané (vérifier l'absence d'érythème fessier) ;
- établir une relation entre l'enfant et le professionnel réalisant le soin.

Comme durant tous les autres soins, le bien-être, l'intimité et la pudeur de l'enfant doivent être respectés.

1 Surligner la définition du change de l'enfant dans le **DOCUMENT 1**.

2 À l'aide du **DOCUMENT 1**, indiquer la fréquence journalière du change du jeune enfant en fonction de son âge, en complétant le tableau ci-dessous.

Âge de l'enfant	Fréquence du change/jour
1 mois	
18 mois	

3 À l'aide du **DOCUMENT 1**, préciser les raisons pour lesquelles la fréquence du change doit être plus élevée chez les enfants les plus jeunes.

4 Identifier à quels moments les changes de l'enfant sont généralement effectués en les soulignant en bleu dans le **DOCUMENT 1**.

5 Identifier les objectifs du change de l'enfant en les soulignant en vert dans le **DOCUMENT 1**.

Activité 2 Les différents produits et matériels utilisés pour le change de l'enfant

6 **À l'aide de l'image de chaque produit, de leurs caractéristiques et de leur description :**
- **nommer chacun d'entre eux, en utilisant les mots suivants : gel lavant, lait de toilette, lingettes, liniment, savon en pain, solution nettoyante ;**
- **indiquer si chacun d'entre eux est adapté pour une utilisation quotidienne en cochant la bonne réponse ;**
- **justifier votre réponse.**

Nom du produit	Image du produit	Caractéristiques et description du produit	Produit adapté pour une utilisation quotidienne – Oui	Oui si…	Non
…………		Ce produit, bien que pratique d'utilisation, est à éviter lors du change de l'enfant, notamment dans le cadre d'une utilisation régulière. En effet, il contient de nombreux conservateurs parmi lesquels on retrouve, dans la composition de certains produits, du phénoxyéthanol qui, en plus d'être responsable d'irritations de la peau, présente une toxicité pour le foie et le sang. En outre, c'est un produit coûteux et nocif pour l'environnement.	☐ Justification de la réponse …………	☐	☐
…………		Ce produit, onctueux et doux, contient une base lavante douce qui préserve le film hydrolipidique de la peau ainsi que des huiles végétales qui permettent de maintenir l'hydratation cutanée de la peau de bébé. Il est facile d'utilisation puisqu'il suffit d'en imbiber un coton et de nettoyer la peau de bébé. Attention toutefois, la peau du siège étant fine et fragile, elle absorbe beaucoup plus les substances qui y sont déposées, il est donc préférable de rincer le produit afin d'éviter les allergies ou irritations. De plus, il est indispensable de fermer le flacon afin d'éviter la prolifération intense de micro-organismes.	☐ Justification de la réponse …………	☐	☐
…………		Ce produit contient un corps gras (huile d'olive, de coprah, de palme…) et de l'hydroxyde de sodium. Il peut irriter la peau fragile des bébés à cause des sels qu'il contient. Lorsqu'il est formulé spécialement pour les bébés, il est composé d'une base nettoyante végétale mais ne contient ni colorant ni parfum, il n'assèche et n'irrite donc pas la peau fragile des bébés. Attention toutefois, il faut rester vigilant aux micro-organismes qui peuvent rester sur le savon lors de son utilisation.	☐ Justification de la réponse …………	☐	☐
…………		Ce produit contient de l'huile de coco, d'olive, de chanvre ou de jojoba qui nettoient en douceur la peau sans en altérer le film hydrolipidique grâce à leurs tensioactifs naturels, de la glycérine végétale qui assure une hydratation de la peau longue durée et de l'acide citrique ou lactique pour s'approcher au plus près du pH de la peau des bébés et préserver le film hydrolipidique. Ce produit est peu coûteux mais il nécessite un point d'eau pour être utilisé puisqu'il doit être appliqué sur la peau ou les cheveux mouillés du bébé puis rincé.	☐ Justification de la réponse …………	☐	☐
…………		Ce produit contient une base aqueuse (eau florale, minérale…) ainsi que des micelles, qui sont des microparticules d'agents nettoyants doux capables d'emprisonner les impuretés situées sur l'épiderme. Il ne contient pas de savon ni d'alcool et respecte donc la barrière cutanée. Ce produit est coûteux mais facile d'utilisation puisqu'il suffit d'en imbiber un coton et de nettoyer la peau de bébé mais aussi parce qu'il ne nécessite pas de rinçage. Néanmoins, certains d'entre eux sont parfumés et peuvent, à ce titre, contenir des allergènes qui peuvent sensibiliser la peau des bébés. Il suffit alors de rincer l'eau nettoyante pour éliminer les allergènes.	☐ Justification de la réponse …………	☐	☐

		Ce produit, ancestral et naturel, contient un mélange tant pour tant d'eau de chaux et d'huile d'olive, qui élimine efficacement les urines et les selles, hydrate la peau de bébé et la protège de l'acidité des urines et des selles à venir grâce au film protecteur gras qui se forme à la surface de la peau du siège. Un conservateur, naturel ou chimique, et de la vitamine E peuvent éventuellement être ajoutés pour permettre une conservation plus longue du produit et éviter un rancissement de l'huile. Il est facile d'utilisation puisqu'il suffit d'en déposer sur un coton et de nettoyer la peau de bébé. Il ne nécessite pas de rinçage. C'est un produit qui peut être « fabriqué maison » en quelques minutes ou acheté dans le commerce, il faut alors veiller à sa composition.	☐	☐	☐
			Justification de la réponse		

7 Pour chacune des situations suivantes :
a) indiquer si l'usage des produits tel qu'il est décrit est conseillé ou déconseillé ;
b) justifier votre réponse.

Situations	Usage conseillé	Usage déconseillé	Justification
La maman de Sarah utilise du lait de toilette lors du change puis remet une couche et la rhabille immédiatement.	☐	☐	
Chaque mercredi et chaque samedi, la nounou de Benjamin l'emmène au parc. Comme elle n'a pas de point d'eau, elle utilise des lingettes pour le changer.	☐	☐	
Depuis 3 semaines, la maman de Nina utilise une solution nettoyante sans parfum pour effectuer le change de sa fille.	☐	☐	

8 Associer chaque couche à la description qui convient.

A	B	C

Lettre	Description
………………	La couche jetable est une protection tout en un, utilisable partout. Elle est pratique, surtout en cas de sortie, puisqu'il suffit de jeter la couche souillée à la poubelle et de la remplacer par une couche propre. Elle est généralement composée de 4 épaisseurs de différents matériaux, maintenues entre elles par de la colle : une couche de textile non tissé en contact avec la peau suivie d'une couche de rembourrage, d'une couche de cristaux anhydres qui se transforme en gel au contact du liquide et d'un tissu en film plastique pour imperméabiliser la couche. Elle existe en différentes tailles et formes et comporte également un entrejambe élastique ainsi qu'une fermeture auto-aggrippante souple et repositionnable permettant ainsi de s'adapter au poids et à la morphologie de l'enfant. Elle est coûteuse et polluante puisqu'il faut compter un coût moyen de 1 500 € pour 4 500 couches utilisées de la naissance à l'acquisition de la propreté vers les 3 ans de l'enfant. Ces 4 500 couches produiront environ 1 tonne de déchets… Certaines couches jetables sont qualifiées de biologiques ou d'écologiques quand elles sont fabriquées avec plus de 50 % de matériaux biodégradables et qu'elles ne sont pas blanchies au chlore. Elles contiennent moins de produits chimiques et ont donc pour avantage de réduire les risques d'allergie. Attention toutefois : seule leur fabrication entraîne un impact écologique amoindri car il n'existe aucune filière de recyclage spécifique à ce produit. Elles seront donc incinérées de la même manière que l'ensemble des autres déchets non recyclables.
………………	La couche lavable est une protection composée de trois ou quatre éléments à assembler : - un voile de protection en papier jetable, à placer au niveau des fesses de bébé et à jeter dans les toilettes ou la poubelle avec les éventuelles selles de bébé ; - une couche lavable absorbante en coton, de la même forme qu'une couche jetable et qui se ferme avec des pressions ou des scratchs ; - une doublure à rajouter éventuellement pour maximiser l'absorption ; - une culotte de protection qui maintient les différents éléments en place. La couche lavable et la culotte de protection sont généralement fabriquées avec du tissu qualifié de biologique, confortable et doux, qui protège la peau de bébé en réduisant les allergies et l'apparition d'érythème fessier et en laissant respirer la peau, les couches étant étanches à l'eau mais pas à l'air. L'utilisation des couches lavables évite au maximum la production de déchets. Attention toutefois : elles entraînent une consommation d'eau, de lessive et d'électricité pour leur entretien. L'investissement de départ est onéreux mais durable, sans nouvel achat autre que les voiles de protection sauf en cas de changement de taille.
………………	La culotte d'apprentissage, jetable ou lavable, s'enfile comme une culotte mais a la capacité d'absorption d'une couche de jour ou de nuit selon la référence choisie. Elle permet à l'enfant de l'aider et le motiver dans l'acquisition de la propreté puisqu'elle ressemble à « une culotte de grand » tout en étant adaptée aux petits : culotte imprimée de motifs enfantins, culotte imperméable avec zone absorbante… La culotte d'apprentissage jetable est composée des mêmes matériaux que la couche jetable classique mais coûte, bien souvent, un peu plus cher que cette dernière. Elle peut généralement se déchirer sur les côtés pour l'enlever sans déshabiller la totalité du bas de l'enfant. La culotte d'apprentissage lavable, quant à elle, est généralement en coton, issu ou non de l'agriculture biologique, doublée de microfibres ou de tissu-éponge et de PUL (pour assurer l'imperméabilité) et dotée de larges élastiques plats à l'entrejambe pour permettre à l'enfant de se mouvoir confortablement. L'investissement de départ est onéreux mais durable, sans nouvel achat sauf en cas de changement de taille.

9 Dans le tableau précédent, identifier, pour chaque type de couche :
- ses avantages, en les soulignant en vert ;
- ses inconvénients, en les soulignant en rouge.

ACTIVITÉ 3 Les différentes étapes du change de l'enfant

DOC. 2 Le protocole de change du jeune enfant

Avant :

- se mettre en tenue professionnelle, cheveux attachés, sans bijoux ni vernis ;
- se laver les mains ;
- analyser la situation en se posant les questions suivantes : Qui fait Quoi ? À Qui ? Où ? Quand ? Pourquoi ? Comment ?;
- désinfecter le plan de change ;
- préparer le matériel et les produits : 1 serviette de toilette, 1 rouleau de papier toilette, 2 gants de toilette, 1 flacon de gel lavant doux, 1 couche propre, 1 flacon de gel hydroalcoolique, 1 lavette, 1 flacon de détergent désinfectant, 1 bassine, 1 haricot, 1 panière à linge sale, 1 poubelle. Le professionnel doit également veiller à toujours prévoir des vêtements propres, utiles en cas de débordement de couche ainsi qu'un jouet, pour distraire l'enfant durant le soin et éviter qu'il ne pleure ;
- vérifier la température de la pièce ;
- se laver les mains ou effectuer une friction au gel hydroalcoolique ;
- dérouler la serviette de toilette sur le plan de change ;
- mouiller ses deux gants et mettre du gel lavant doux sur les deux faces de l'un d'entre eux.

Pendant :

- récupérer l'enfant qui doit être changé, le prévenir du soin et l'installer confortablement sur le plan de change ;
- déshabiller le bas de l'enfant et relever les vêtements situés sur le bas du ventre ;
- ouvrir la couche ;
- essuyer l'éventuel surplus de selles en utilisant le rouleau de papier toilette puis mettre le papier toilette usagé dans la couche ;
- replier la couche sous les fesses de l'enfant ;
- laver le siège de l'enfant en :
  - respectant l'ordre des étapes (du plus propre au plus sale : bas du ventre, pubis, plis inguinaux, haut des cuisses, pour une petite fille : grandes lèvres, petites lèvres et méat urinaire, pour un petit garçon : pénis et bourses, bas du dos, fesses, pli interfessier),
  - tournant son gant entre l'avant et l'arrière,
  - basculant l'enfant latéralement. Enlever la couche et la mettre dans le haricot avant de rebasculer l'enfant sur le dos ;
- rincer le siège de l'enfant en :
  - utilisant le deuxième gant de toilette,
  - respectant l'ordre des étapes (du plus propre au plus sale),
  - tournant son gant entre l'avant et l'arrière,
  - basculant l'enfant latéralement,
  - pliant la serviette de toilette sur elle-même avant de rebasculer l'enfant sur le dos ;
- sécher le siège de l'enfant en respectant l'ordre des étapes (du plus propre au plus sale) ;
- mettre une couche propre à l'enfant, en prêtant une attention particulière à son serrage (passage de deux doigts entre la couche et le ventre) ;
- rhabiller le bas de l'enfant (pantalon + chaussettes) en :
  - roulant chacune des jambières de pantalon et chaussettes sur elle-même,
  - attrapant le pied de l'enfant par la cheville et non par les orteils ;
- parler avec l'enfant, régulièrement, tout au long du soin : nommer les parties de son corps, le nom des vêtements utilisés, utiliser le jeu pour rendre le moment ludique... ;
- ne jamais laisser l'enfant sans surveillance sur le plan de change, toujours garder une main sur lui ;
- respecter, tout au long du soin, les règles d'ergonomie pour préserver sa santé : jambes fléchies, dos droit, pas d'allers-retours inutiles.

Après le change de l'enfant :
- mettre l'enfant en sécurité ;
- ranger le matériel ;
- évacuer le linge sale et la couche sale ;
- désinfecter le plan de change ;
- se laver les mains ;
- rédiger la transmission ;
- **évaluer son travail :** Confort - Communication - Hygiène - Ergonomie - Économie - Sécurité.

10 **Surligner, dans le DOCUMENT 2, les matériels et produits nécessaires à la réalisation du change du jeune enfant.**

11 **À l'aide du DOCUMENT 2, justifier la présence systématique de vêtements propres et d'un jouet sur le plan de travail lors du change du jeune enfant.**

....
....
....
....

12 **À l'aide du DOCUMENT 2, numéroter l'ordre de nettoyage du siège du jeune enfant.**

Chez la fille		Chez le garçon	

....	Le bas du dos	....	Le bas du dos
....	Le bas du ventre, le pubis	....	Le bas du ventre, le pubis
....	Le haut des cuisses	....	Le haut des cuisses
....	Le méat urinaire	....	Le méat urinaire
....	Le pli interfessier	....	Le pénis
....	Les cuisses	....	Le pli interfessier
....	Les fesses	....	Les cuisses
....	Les grandes lèvres	....	Les fesses
....	Les petites lèvres	....	Les plis inguinaux
....	Les plis inguinaux	....	Les testicules

13 À l'aide du DOCUMENT 2 et de vos connaissances, associer chacune des étapes ci-dessous à sa justification.

Basculer l'enfant sur le côté. •	• Éviter de brûler l'enfant.
Plier la serviette sous les fesses. •	• Éviter de lever les jambes de l'enfant, ce qui pourrait entraîner une luxation des hanches ou des problèmes de transit.
Respecter l'ordre du savonnage, retourner le gant entre le devant et le derrière, essuyer de l'avant vers l'arrière. •	• Éviter la prolifération de micro-organismes et les irritations de la peau.
Sécher en tapotant. •	• Éviter que l'enfant attrape froid.
Veiller à pouvoir passer deux doigts entre le ventre de l'enfant et sa couche. •	• Favoriser la digestion et les mouvements de l'enfant, éviter les irritations de la peau.
Vérifier l'aspect et la couleur des selles et des urines. •	• Progresser du plus propre au plus sale, éviter les contaminations entre les orifices et le développement d'une infection urinaire.
Vérifier la fermeture des fenêtres et la température de la pièce (20/22 °C). •	• Repérer les anomalies pour effectuer des transmissions complètes et ciblées.
Vérifier la température de l'eau (37 °C). •	• Séparer le propre et le sale.

Activité 4 Une pathologie fréquente chez le jeune enfant : l'érythème fessier

DOC. 3 L'érythème fessier

L'érythème fessier du nourrisson est une inflammation de la peau du siège liée à une irritation, qui peut apparaître, le plus souvent, durant la première année de vie. En effet, l'épiderme du nourrisson, couche superficielle de la peau, est 20 à 30 % plus fin que celui d'un adulte. De plus, la proximité immédiate des orifices naturels et de leurs excrétions (urines et selles) avec la peau du siège du nourrisson constitue une source intarissable d'infections et d'irritations. Cette zone de peau est donc particulièrement vulnérable à toutes les agressions extérieures...

L'érythème fessier peut être causé par de nombreux facteurs : allergie ou intolérance à une couche ou à un produit d'hygiène, changement de couche trop peu fréquent, frottement d'une couche souillée sur la peau, mode d'allaitement, poussée dentaire...

L'érythème fessier du nourrisson se traite facilement, en appliquant quelques règles d'hygiène locale : effectuer le change avec davantage de fréquence qu'habituellement, rincer et sécher en tamponnant soigneusement la peau du siège du nourrisson (ne pas frotter), laisser les fesses de bébé à l'air libre dès que possible. Enfin, le professionnel peut appliquer une crème réparatrice, à condition qu'elle ait été prescrite par un médecin et que le professionnel soit en possession de l'ordonnance.

14 Identifier la définition de l'érythème fessier en la surlignant dans le DOCUMENT 3.

15 À l'aide du DOCUMENT 3, relever les causes des érythèmes fessiers.

16 À l'aide du **DOCUMENT 3**, en déduire le principal moyen de prévention de l'érythème fessier.

17 À l'aide du **DOCUMENT 3**, relever les traitements possibles pour soigner un érythème fessier.

POUR ALLER PLUS LOIN

Télécharger la grille d'évaluation formative.

https://qrcode.link/a/AE9mQ3

CHAPITRE 15 Réaliser la toilette partielle (mains et visage) du jeune enfant

https://qrcode.link/a/XmoV0A
Exemple de situation professionnelle

ACTIVITÉ 1 La toilette du visage et des mains de l'enfant, à quelle fréquence et dans quels objectifs ?

DOC. 1 La toilette du visage et des mains du jeune enfant

La toilette du visage et des mains est un soin d'hygiène et de confort, qui vise à assurer les soins du visage ainsi qu'à laver le visage et les mains de l'enfant. L'enfant est installé sur un matelas à langer, lui-même disposé sur un meuble à langer, généralement muni d'un évier.

Ce soin est réalisé tout au long de la vie ; néanmoins, il va nettement évoluer en fonction de l'âge et du niveau d'autonomie de la personne.

Durant les premiers mois de bébé, la totalité de la toilette du visage et des mains du jeune enfant sera réalisée par l'adulte. Mais, dès ses 18 mois ou 2 ans, l'enfant, en quête d'autonomie, peut émettre la volonté de se laver lui-même le visage ou les mains, sans pour autant être capable de le faire intégralement (oubli de certaines zones du visage ou des mains...). L'adulte lui passe alors progressivement la main, l'encourageant à faire par lui-même, le guidant et complétant si besoin.

La toilette du visage et des mains de l'enfant permet de répondre à plusieurs objectifs :

- maintenir une bonne hygiène du visage et des mains, protéger ses téguments ;
- assurer le bien-être physique et moral de l'enfant ;
- établir une relation entre l'enfant et le professionnel réalisant le soin.

La toilette du visage et des mains du jeune enfant se décompose en plusieurs soins, effectués à différentes fréquences :

- la toilette du visage du jeune enfant est généralement effectuée concomitamment aux soins du visage ; elle est également effectuée après chaque repas. Elle nécessite simplement un gant de toilette humide, sans savon ; en effet, ce dernier risquerait d'agresser et assécher la peau ainsi que de dissoudre le film hydrolipidique protecteur ;
- les soins du visage du jeune enfant (yeux, oreilles, nez), hors période d'affection rhinopharyngée ou de conjonctivite, sont généralement effectués une fois par jour ;
- le lavage des mains du jeune enfant, quant à lui, est effectué après chaque activité salissante (activité à l'extérieur, peinture...), avant et après chaque repas et, plus généralement, dès que les mains de l'enfant sont sales.

1 **Surligner la définition de la toilette du visage et des mains de l'enfant dans le DOCUMENT 1.**

2 **Identifier les objectifs de la toilette du visage et des mains de l'enfant en les soulignant en vert dans le DOCUMENT 1.**

3 **À l'aide du DOCUMENT 1, indiquer les raisons pour lesquelles l'utilisation du savon est déconseillée sur la peau du visage.**

DOC. 2 Le soin des yeux

Le soin des yeux est un soin qui vise à nettoyer le dessous et le dessus de l'œil, de l'intérieur vers l'extérieur, à l'aide d'une compresse stérile non tissée humidifiée de sérum physiologique, changée à chaque geste et plus si nécessaire. L'objectif de ce soin est de nettoyer les sécrétions adhérant au coin de l'œil ou aux paupières afin d'éviter l'obstruction du canal lacrymo-nasal. Les larmes, liquide aqueux et salé, sont sécrétées par les glandes lacrymales de l'œil pour l'humidifier en surface et éliminer les poussières et micro-organismes.

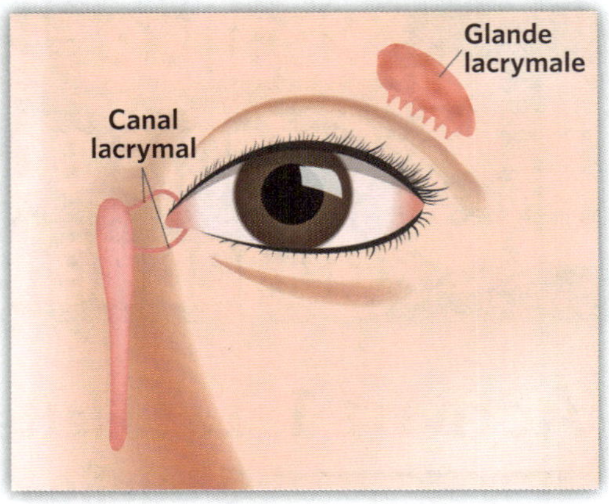

4 **Illustrer, sur le schéma du DOCUMENT 2, le nettoyage de l'œil.**

DOC. 3 Le soin des oreilles

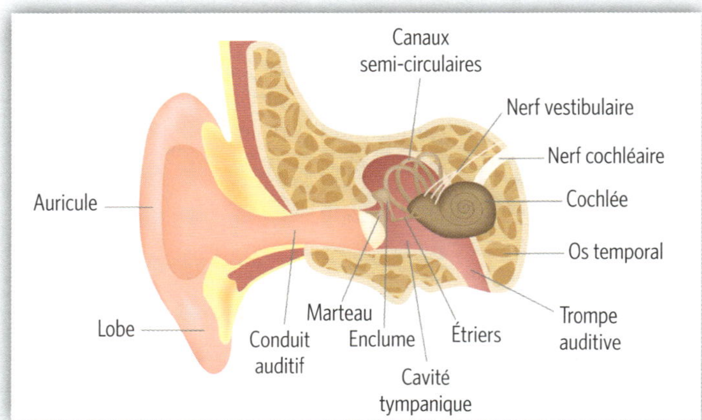

Le soin des oreilles est un soin qui vise à nettoyer le pavillon et le conduit auditif externe de l'oreille à l'aide d'une fusette de coton sèche, changée à chaque oreille et plus si nécessaire. L'objectif de ce soin est d'éviter la formation de croûtes sur le pavillon de l'oreille et à éliminer le cérumen en excès à proximité de la sortie du conduit auditif externe. Le cérumen est une substance grasse jaunâtre, sécrétée par les glandes cérumineuses et sébacées du conduit auditif externe, qui permet d'entretenir la souplesse du tympan (membrane qui sépare le conduit auditif externe et l'oreille moyenne), d'éviter la pénétration de corps étrangers mais qui peut, en s'accumulant, former un bouchon à l'origine de bourdonnements et/ou de surdité transitoire. L'utilisation d'un coton-tige est déconseillée et ce, d'autant plus chez le jeune enfant car, en cas de mouvements brusques, elle peut entraîner des blessures du tympan. Par ailleurs, il a tendance à repousser le cérumen dans le conduit auditif externe et risque ainsi de favoriser la formation d'un bouchon.

5 **À l'aide du DOCUMENT 3, indiquer les raisons pour lesquelles l'utilisation de cotons-tiges est déconseillée chez le jeune enfant.**

DOC. 4 Le soin du nez

Le soin du nez est un soin qui vise à nettoyer les narines à l'aide d'une fusette de coton humidifiée de sérum physiologique, changée à chaque narine ou plus si nécessaire. L'objectif de ce soin est d'éliminer les sécrétions nasales et de dégager les voies aériennes supérieures afin de faciliter la respiration. Le mucus nasal est une substance contenant de l'eau, des sels, des lipides et des glycoprotéines qui s'agglomèrent pour former une sécrétion nasale épaisse et collante, permettant de retenir puis évacuer les poussières et les micro-organismes.

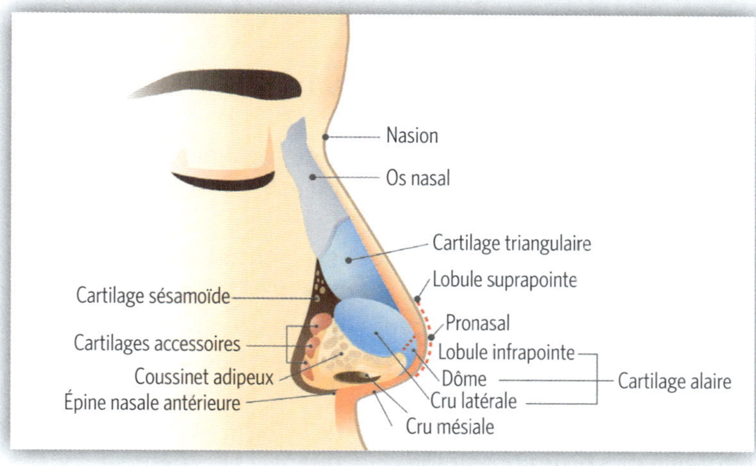

6 **À l'aide des DOCUMENTS 1 à 4, associer chaque soin à son objectif.**

Toilette du visage •	• Éviter la formation de croûtes sur le pavillon de l'oreille, éliminer le cérumen en excès à proximité de la sortie du conduit auditif externe.
Soin des yeux •	• Éliminer les cellules mortes, les salissures, les sécrétions afin de libérer les pores de la peau.
Soin des oreilles •	• Éliminer les sécrétions nasales et dégager les voies aériennes supérieures afin de faciliter la respiration.
Soin du nez •	• Nettoyer les sécrétions adhérant au coin de l'œil ou aux paupières afin d'éviter l'obstruction du canal lacrymo-nasal.

7 **À l'aide des DOCUMENTS 2 à 4, indiquer le rôle des différentes sécrétions en complétant le tableau ci-dessous.**

Sécrétions	Rôles
Larme	
Cérumen	
Mucus nasal	

8 **À l'aide des DOCUMENTS 2 à 4, identifier les soins dans lesquels le sérum physiologique est utilisé.**

Activité 2 Le sérum physiologique

DOC. 5 Le sérum physiologique

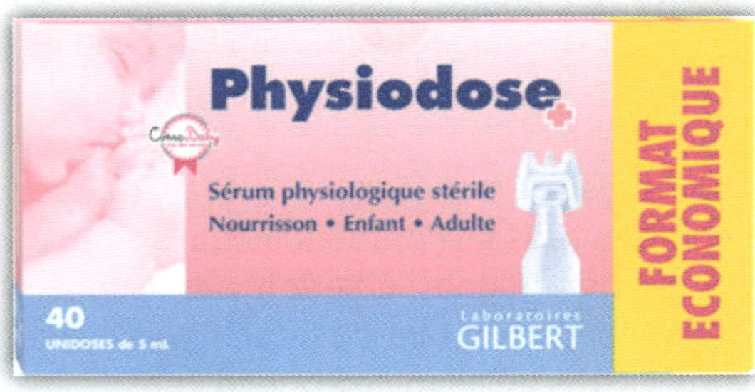

Le sérum physiologique est une solution saline composée de chlorure de sodium à 9 g/l et d'eau purifiée. Il sert à nettoyer les yeux et le nez des jeunes enfants mais également à laver les petites plaies grâce à ses propriétés antiseptiques. Il permet aussi de lutter contre la déshydratation et la baisse du taux de sodium dans l'organisme. Il est conditionné sous différents formats : en boîtes contenant des unidoses de 5 ml pour les particuliers, en flacons ou en poches de perfusions pour les professionnels de santé. Les unidoses de sérum physiologique sont stériles et doivent donc être utilisées dans les 24 heures après leur première utilisation ; la bouteille de sérum physiologique, quant à elle, peut se conserver durant 15 jours.

9 **À l'aide du DOCUMENT 5, relever la composition du sérum physiologique.**

10 **Identifier les différentes utilisations possibles du sérum physiologique en les surlignant dans le DOCUMENT 5.**

11 **À l'aide du DOCUMENT 5, proposer trois avantages au conditionnement du sérum physiologique en unidoses de 5 ml pour les particuliers.**

Activité 3 Les différentes étapes de la toilette du visage de l'enfant

DOC. 6 Le protocole de la toilette du visage du jeune enfant

Avant :

- se mettre en tenue professionnelle, cheveux attachés, sans bijoux ni vernis ;
- se laver les mains ;
- analyser la situation en se posant les questions suivantes : Qui fait Quoi ? À Qui ? Où ? Quand ? Pourquoi ? Comment ? ;
- désinfecter le plan de change ;
- préparer le matériel et les produits : 2 serviettes de toilette, 1 gant de toilette, des compresses stériles non tissées, des fusettes de coton, du sérum physiologique, 1 flacon de gel hydroalcoolique, 1 lavette, 1 flacon de détergent désinfectant, 1 bassine, 1 haricot, 1 poubelle. Le professionnel doit également veiller à toujours prévoir un jouet, pour distraire l'enfant durant le soin et éviter qu'il ne pleure ;
- vérifier la température de la pièce ;

- se laver les mains ou effectuer une friction au gel hydroalcoolique ;
- dérouler une serviette de toilette sur le plan de change ;
- mouiller son gant de toilette.

Pendant :

- récupérer l'enfant, le prévenir du soin et l'installer confortablement sur le plan de change ;
- nettoyer le visage de l'enfant en :
  - utilisant le gant de toilette mouillé,
  - respectant l'ordre des étapes (du plus propre au plus sale) : front, joues, menton/bouche, nez,
  - essuyant le visage en tapotant à l'aide de la seconde serviette de toilette ;
- nettoyer les yeux de l'enfant en :
  - utilisant une compresse non tissée humidifiée de sérum physiologique, changée pour chaque geste (ou plus si nécessaire),
  - respectant l'ordre des étapes (du plus propre au plus sale) : du coin intérieur de l'œil vers le coin extérieur de l'œil, le dessus de chaque œil en premier puis le dessous de chaque œil par la suite ;
- nettoyer les oreilles de l'enfant en :
  - utilisant une fusette de coton, changée pour chaque oreille (ou plus si nécessaire),
  - respectant l'ordre des étapes (du plus propre au plus sale) : pavillon puis conduit auditif externe,
  - répétant le protocole pour la 2e oreille ;
- nettoyer le nez de l'enfant en :
  - utilisant une fusette de coton humidifiée de sérum physiologique, changée pour chaque narine (ou plus si nécessaire),
  - introduisant le bout de la fusette de coton dans une narine et en lui faisant faire un quart de tour avant de la ressortir,
  - répétant le protocole pour la 2e narine ;
- parler avec l'enfant, régulièrement, tout au long du soin : nommer les parties de son visage, utiliser le jeu pour rendre le moment ludique ;
- ne jamais laisser l'enfant sans surveillance sur le plan de change, toujours garder une main sur lui ;
- respecter, tout au long du soin, les règles d'ergonomie pour préserver sa santé : jambes fléchies, dos droit, pas d'allers-retours inutiles.

Après la toilette du visage de l'enfant :

- mettre l'enfant en sécurité ;
- ranger le matériel ;
- évacuer le linge sale ;
- désinfecter le plan de change ;
- se laver les mains ;
- rédiger la transmission ;
- évaluer son travail : Confort - Communication - Hygiène - Ergonomie - Économie - Sécurité.

12 **Surligner, dans le DOCUMENT 6, les matériels et produits nécessaires à la réalisation de la toilette du visage du jeune enfant.**

POUR ALLER PLUS LOIN

Télécharger la grille d'évaluation formative de la réalisation de la toilette du visage du jeune enfant.

https://qrcode.link/a/De3gRc

13 **À l'aide du DOCUMENT 6, numéroter l'ordre de nettoyage du visage du jeune enfant.**

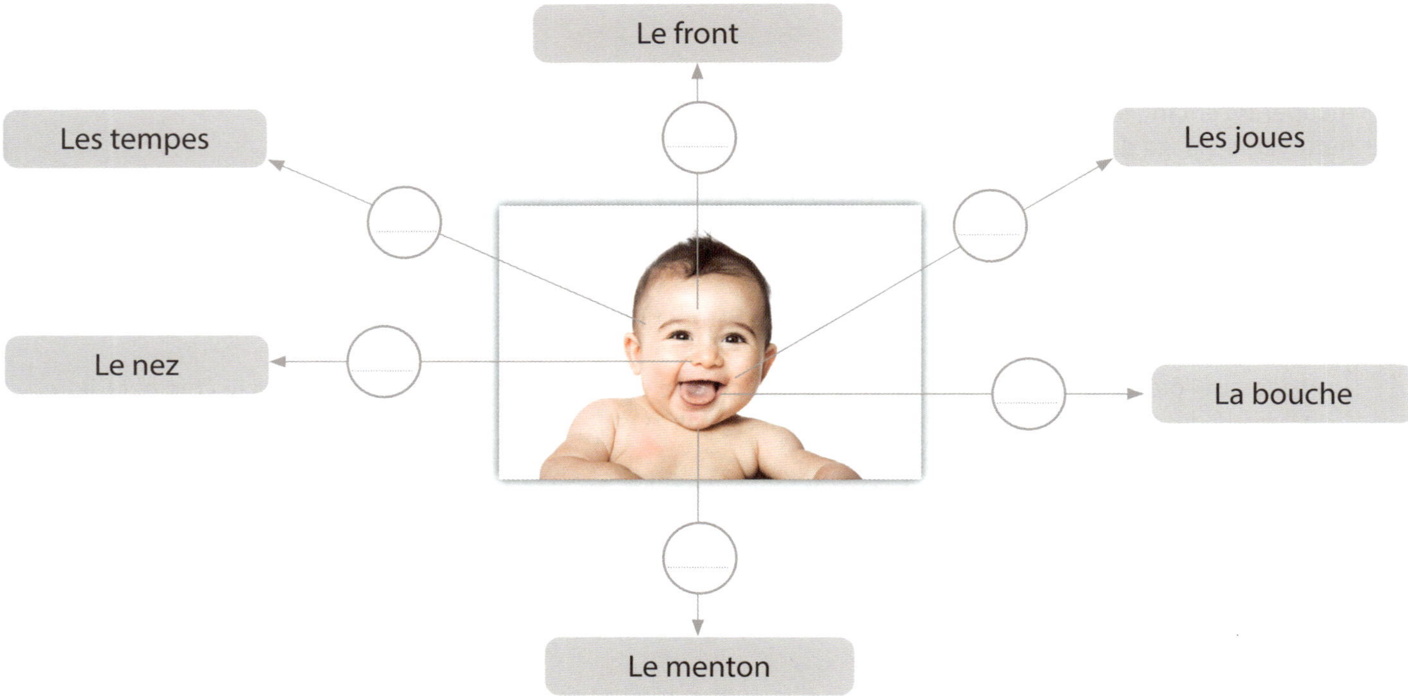

14 **À l'aide du DOCUMENT 6, décrire le soin réalisé dans chacune des situations suivantes en complétant le tableau ci-dessous.**

Situations	Description du soin réalisé
Tom, 3 mois, a le nez très encombré. L'infirmière de la crèche vous demande de lui faire un soin du nez.	
Alba, 5 mois, a de nombreuses sécrétions dans le coin interne des yeux au lever de la sieste. Vous l'accompagnez dans la salle de change pour lui faire un soin des yeux.	
Louis, 7 mois, vient de terminer son repas. La purée de carottes a laissé quelques traces sur son visage… Vous l'accompagnez dans la salle de change pour lui nettoyer le visage.	

ACTIVITÉ 4 Les différentes étapes du lavage des mains de l'enfant

DOC. 7 Le protocole du lavage des mains du jeune enfant

Avant :

- se mettre en tenue professionnelle, cheveux attachés, sans bijoux ni vernis ;
- se laver les mains ;
- analyser la situation en se posant les questions suivantes : Qui fait Quoi ? À Qui ? Où ? Quand ? Pourquoi ? Comment ? ;
- désinfecter le plan de change ;
- préparer le matériel et les produits : 2 serviettes de toilette, 2 gants de toilette, 1 flacon de gel lavant doux, 1 flacon de gel hydroalcoolique, 1 lavette, 1 flacon de détergent désinfectant, 1 bassine. Le professionnel doit également veiller à toujours prévoir un jouet, pour distraire l'enfant durant le soin et éviter qu'il ne pleure ;
- vérifier la température de la pièce ;
- se laver les mains ou effectuer une friction au gel hydroalcoolique ;
- dérouler une serviette de toilette sur le plan de change ;
- mouiller ses deux gants et mettre du gel lavant doux sur les deux faces de l'un d'entre eux.

Pendant :

- récupérer l'enfant, le prévenir du soin et l'installer confortablement sur le plan de change ;
- laver les mains de l'enfant en :
  - utilisant le gant de toilette humide + gel lavant,
  - respectant l'ordre des étapes (du plus propre au plus sale) : paume des mains, dos des mains, doigts et espaces interdigitaux, poignets ;
- rincer les mains de l'enfant en :
  - utilisant le deuxième gant de toilette,
  - respectant l'ordre des étapes (du plus propre au plus sale) : paume des mains, dos des mains, doigts et espaces interdigitaux, poignets ;
- sécher les mains de l'enfant en utilisant la seconde serviette de toilette ;
- parler avec l'enfant, régulièrement, tout au long du soin : utiliser le jeu pour rendre le moment ludique ;
- ne jamais laisser l'enfant sans surveillance sur le plan de change, toujours garder une main sur lui ;
- respecter, tout au long du soin, les règles d'ergonomie pour préserver sa santé : jambes fléchies, dos droit, pas d'allers-retours inutiles.

Après le lavage des mains de l'enfant :

- mettre l'enfant en sécurité ;
- ranger le matériel ;
- évacuer le linge sale ;
- désinfecter le plan de change ;
- se laver les mains ;
- rédiger la transmission ;
- évaluer son travail : Confort - Communication - Hygiène Ergonomie - Économie - Sécurité.

POUR ALLER PLUS LOIN

Télécharger la grille d'évaluation formative du lavage des mains du jeune enfant.

https://qrcode.link/a/bXh8Cw

15 À l'aide du DOCUMENT 7, lister le matériel nécessaire à la réalisation du lavage de mains du jeune enfant.

16 **À l'aide du DOCUMENT 7, numéroter l'ordre de nettoyage des mains du jeune enfant.**

Paume des mains ◯

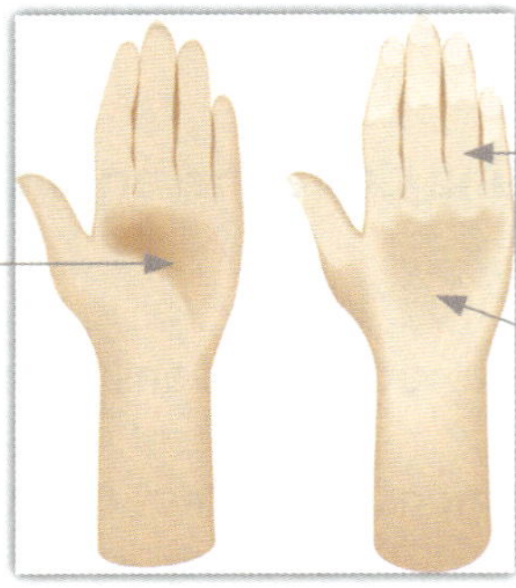

◯ Doigts et espaces interdigitaux

◯ Dos des mains

ACTIVITÉ 5 Une pathologie fréquente chez le jeune enfant : la conjonctivi

DOC. 8 La conjonctivite

La conjonctivite est une pathologie oculaire qui réside en l'inflammation de la conjonctive, membrane recouvrant la partie blanche de l'œil et l'intérieur des paupières.
La conjonctivite peut être d'origine allergique (liée à une allergie aux acariens, aux animaux, aux pollens par exemple), bactérienne (liée à une bactérie) ou virale (liée à un virus). Les conjonctivites bactériennes ou virales peuvent être unilatérales (qui ne touchent qu'un seul œil) ou bilatérales (qui touchent les deux yeux) ; la conjonctivite allergique, quant à elle, est très généralement bilatérale. Elle peut apparaître à tout âge de la vie mais plus fréquemment chez le bébé et l'enfant. En effet, l'épiderme du nourrisson, couche superficielle de la peau, est 20 à 30 % plus fin que celui d'un adulte. De plus, durant les premières années de vie, le canal lacrymo-nasal, reliant le coin interne de chaque œil et le nez, n'est pas très perméable, ce qui entraîne un phénomène de stagnation des larmes dans l'œil, favorisant les infections des membranes de l'œil.
La conjonctivite se traite en nettoyant fréquemment (plusieurs fois par jour) et précautionneusement les yeux de l'enfant, en partant de l'intérieur vers l'extérieur de l'œil, avec des compresses stériles non tissées humidifiées de sérum physiologique. Si la conjonctivite est d'origine allergique ou bactérienne, un collyre histaminique ou antibiotique pourra être prescrit par le médecin.

17 **Identifier la définition de la conjonctivite en la surlignant dans le DOCUMENT 8.**

18 **À l'aide du DOCUMENT 8, relever les différentes origines de la conjonctivite.**

19 **À l'aide du DOCUMENT 8 et de vos connaissances, expliquer comment doit être effectué le nettoyage des yeux du jeune enfant.**

20 **À l'aide du DOCUMENT 8, indiquer dans quels cas la prescription d'un collyre antihistaminique ou antibiotique par le médecin est nécessaire pour traiter la conjonctivite.**

CHAPITRE 16 Réaliser le bain du jeune enfant

https://qrcode.link/a/ohZMu4
Exemple de situation professionnelle

ACTIVITÉ 1 Le bain de l'enfant, à quelle fréquence et dans quels objectifs ?

DOC. 1 Le bain du jeune enfant

Le bain est un soin d'hygiène et de confort, qui vise à laver l'enfant tout en lui procurant un moment de bien-être et de détente puisqu'il va pouvoir s'étirer, se déplier, gesticuler.

Ce soin, et plus largement, la toilette, est réalisé tout au long de la vie ; néanmoins, il va nettement évoluer en fonction de l'âge et du niveau d'autonomie de la personne.

Le bain de l'enfant permet de répondre à plusieurs objectifs :
- maintenir une bonne hygiène du corps, protéger ses téguments ;
- assurer le bien-être physique et moral de l'enfant ;
- surveiller son état cutané (vérifier l'absence d'érythème fessier) ;
- établir une relation entre l'enfant et le professionnel réalisant le soin.

Durant les premiers mois de bébé, l'enfant est installé sur un matelas à langer, lui-même disposé sur un meuble à langer, pour être déshabillé puis savonné par l'adulte, préalablement au bain. Tant qu'il ne tient pas encore assis seul, il est allongé dans la baignoire (baignoire intégrée au meuble à langer, baignoire pour bébé ou baignoire classique), maintenu par les mains de l'adulte.

À partir de ses 6 à 8 mois, l'enfant commence à tenir assis seul et, quand il maîtrise suffisamment bien la position, le bain peut alors être pris assis, en se servant éventuellement parfois d'un anneau ou d'un transat de bain durant les premiers mois... L'enfant est soit lavé préalablement au bain, à l'issue du déshabillage, soit dans le bain. L'adulte le surveille avec attention.

Dès ses 2 ou 3 ans, l'enfant, en quête d'autonomie, peut émettre la volonté de se laver lui-même, sans pour autant être capable de le faire intégralement (oubli de certaines zones du corps, inaccessibilité d'autres zones du corps pour ses petites mains...). En plus d'un rôle de surveillance, l'adulte est présent pour le guider et compléter si besoin.

À partir de ses 5 ou 6 ans, l'enfant commence à être capable de se laver entièrement en toute autonomie. L'adulte n'assure alors plus qu'un simple rôle de surveillance.

Le bain peut être effectué quotidiennement si l'enfant apprécie particulièrement ce moment ; néanmoins, pour les nourrissons qui ne marchent pas encore, qui transpirent peu et se salissent peu, un bain tous les deux à trois jours est amplement suffisant (sauf cas exceptionnels de grosse chaleur, régurgitation abondante...). Le bain peut être réalisé à n'importe quel moment de la journée : certaines personnes préféreront le réaliser le matin afin que bébé soit bien éveillé et en forme tandis que d'autres personnes préféreront le réaliser le soir, pour détendre l'enfant et l'accompagner vers le sommeil.

Peu de professionnels, en dehors des professionnels hospitaliers (services de maternité et néonatalogie, services de pédiatrie), sont amenés à réaliser régulièrement le bain de l'enfant. En effet, ce soin, qui procure un moment de bien-être et de détente pour l'enfant, contribue aussi à créer un lien parent/enfant, il est donc, à ce titre et sauf cas exceptionnels (garde d'enfants le soir, grosse chaleur, régurgitation abondante ou vomissement...), laissé à la primeur des parents.

Comme durant tous les autres soins, le bien-être, l'intimité et la pudeur de l'enfant doivent être respectés.

1 **Surligner la définition du bain de l'enfant dans le DOCUMENT 1.**

2 **Identifier les objectifs du change de l'enfant en les soulignant en vert dans le DOCUMENT 1.**

3 **À l'aide du DOCUMENT 1, associer chaque enfant au type de bain qui lui correspond.**

- Raphaël, âgé de 4 mois •
- Thomas, âgé de 10 mois •
- Mathis, âgé de 4 ans •
- Mahée, âgée de 7 ans •

- • L'enfant émet le souhait de se laver seul mais n'y parvient pas forcément intégralement seul. En plus d'assurer un rôle de surveillance, l'adulte guide l'enfant et complète si besoin.
- • L'enfant est lavé par l'adulte préalablement au bain, à l'issue du déshabillage. Durant le bain, l'enfant est allongé dans la baignoire et maintenu fermement par l'adulte.
- • L'enfant est lavé par l'adulte soit préalablement au bain, à l'issue du déshabillage, soit dans le bain. Durant le bain, l'enfant est assis dans la baignoire.
- • L'enfant se lave intégralement seul. L'adulte assure un simple rôle de surveillance.

4 **À l'aide du DOCUMENT 1,**

a) **Indiquer la fréquence du bain du jeune enfant.**

b) **Justifier votre réponse.**

5 **À l'aide du DOCUMENT 1, relever les avantages respectifs à réaliser le bain de l'enfant le matin ou le soir, en complétant le tableau ci-dessous.**

Moment de réalisation du bain	Avantages
Matin	
Soir	

ACTIVITÉ 2 Les différents matériels de bain

DOC. 2 Les matériels de bain

Il existe de très nombreux matériels de bain, qui s'adaptent à l'âge de l'enfant, à son niveau d'autonomie et/ou de développement, à d'éventuelles pathologies et/ou handicaps et à la place disponible pour l'accueillir.

La baignoire existe sous différentes formes et matériaux :

- **la baignoire pour bébé, en plastique :** elle peut être utilisée pour le bain des bébés de moins de 6 mois. Elle présente l'avantage d'être transportable. Certaines d'entre elles sont munies de pieds permettant de rehausser la baignoire et de préserver le dos de l'adulte. D'autres sont incluses dans une table à langer et permettent alors de combiner bain et change sur un même espace. Elles sont plus ou moins encombrantes selon la forme de la baignoire ;
- **la baignoire « familiale », en acrylique ou en fonte émaillée :** elle peut être utilisée pour le bain de bébé, dès sa naissance, à condition d'y déposer préalablement un tapis antidérapant en son fond (risque de chute, de glissade) et de protéger la robinetterie (risque de coup, de brûlure). Par ailleurs, la hauteur d'eau ne doit pas dépasser quelques centimètres. L'avantage de cette baignoire est qu'elle favorise la motricité libre ; en revanche, la position de l'adulte qui surveille le bébé dans le bain ne peut pas respecter les règles d'ergonomie ;

- **le meuble de change de collectivité, avec baignoire en acrylique intégrée :** il peut être utilisé pour le change des enfants de tous âges et le bain des bébés de moins de 6 mois (parfois moins en cas de bébé potelé). Il permet de combiner bain et change sur un même espace, et, pour certains d'entre eux, de changer deux bébés simultanément grâce à la présence de deux tapis de change. Il est ergonomique et dispose de nombreux rangements. Il peut s'adapter aux personnes à mobilité réduite.

Le hamac de bain, en tissu léger et respirant, et le transat de bain, en plastique, sont des accessoires dédiés aux bébés de moins de 6 mois, qui ne savent pas encore s'asseoir ou tenir toute la durée du bain en position assise. Ils ont pour avantage de maintenir le bébé incliné grâce à leur forme de cocon, d'être réglable en hauteur et de libérer les mains de l'adulte. L'anneau ou siège de bain, en plastique, est un matériel qui prend immédiatement la suite du hamac et du transat de bain puisqu'il est destiné aux bébés de plus de 6 mois qui savent tenir toute la durée du bain en position assise. Il a pour avantage de proposer une ou plusieurs activités d'éveil au bébé (hochet, miroir, transvasement...), d'éviter la noyade de bébé au cas où il aurait une brève perte de tonus musculaire et de libérer les mains de l'adulte.

6 À l'aide du **DOCUMENT 2** :

a) nommer chaque matériel de bain ;
b) indiquer en quelle matière chacun d'entre eux est fabriqué ;
c) indiquer l'âge recommandé pour l'utilisation de chacun d'entre eux ;
d) relever leurs avantages et inconvénients respectifs.

			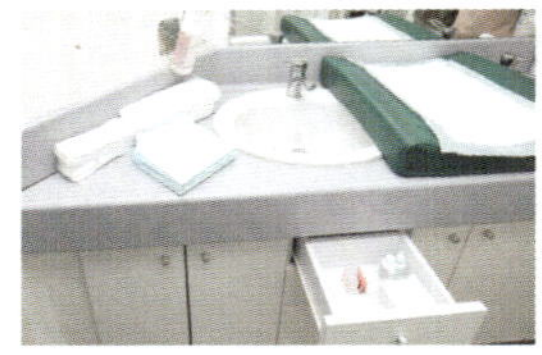
Matière			
Âge recommandé pour l'utilisation			
Avantages/ inconvénients			

	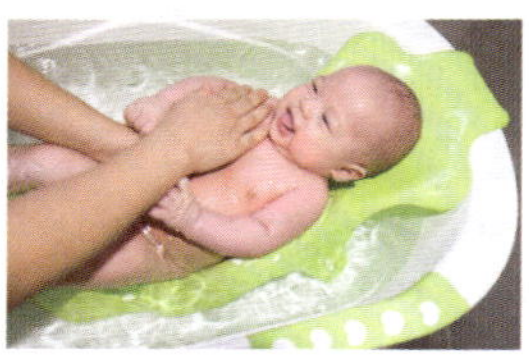		
Matière			
Âge recommandé pour l'utilisation			
Avantages/ inconvénients			

ACTIVITÉ 3 Les différentes étapes du bain de l'enfant

DOC. 3 Comment donner le bain à son bébé ?

Visionner cette vidéo (2'46")

https://qrcode.link/a/D4PNce

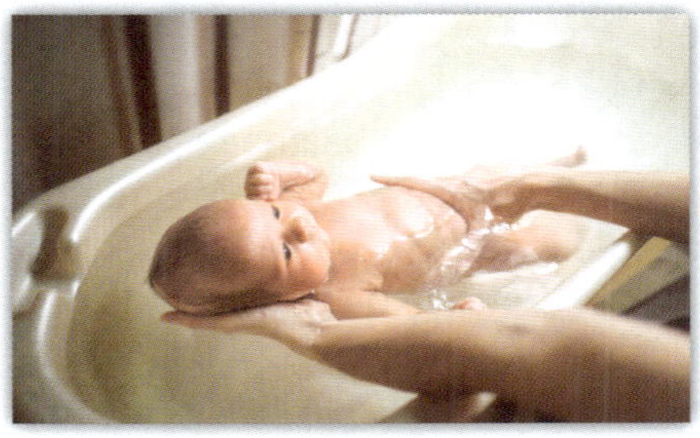

7 À l'aide du **DOCUMENT 3**, indiquer la température idéale de la pièce dans laquelle se déroule le bain de l'enfant.

8 À l'aide du **DOCUMENT 3** et de vos connaissances, indiquer la température idéale de l'eau du bain et justifier cette température.

9 À l'aide du **DOCUMENT 3**, indiquer de quelle manière l'enfant doit-il être tenu dans le bain.

10 À l'aide du **DOCUMENT 3**, indiquer de quelle manière l'enfant doit-il être rincé.

11 À l'aide du **DOCUMENT 3** et de vos connaissances, indiquer la durée du bain de l'enfant et justifier cette durée.

12 À l'aide du **DOCUMENT 3**, indiquer de quelle manière l'enfant doit-il être séché. Justifier votre réponse.

DOC. 4 Le protocole du bain du jeune enfant

Avant :

- se mettre en tenue professionnelle, cheveux attachés, sans bijoux ni vernis ;
- se laver les mains ;
- analyser la situation en se posant les questions suivantes : **Q**ui fait **Q**uoi ? À **Q**ui ? **O**ù ? **Q**uand ? **P**ourquoi ? **C**omment ? ;
- désinfecter le plan de change et la baignoire ;
- préparer le matériel et les produits : 1 thermomètre de bain, 2 serviettes de toilette, 1 rouleau de papier toilette, 1 gant de toilette, 1 flacon de gel lavant doux, 1 couche propre, des vêtements propres, 1 flacon de gel hydroalcoolique, 1 lavette, 1 flacon de détergent désinfectant, 1 bassine, 1 haricot, 1 panière à linge sale, 1 poubelle. Le professionnel doit également veiller à toujours prévoir un jouet, pour distraire l'enfant durant le soin et éviter qu'il ne pleure ;
- vérifier la température de la pièce ;
- se laver les mains ou effectuer une friction au gel hydroalcoolique ;
- dérouler une serviette de toilette sur le plan de change et rouler la seconde serviette de toilette « à la tête » du plan de change ;
- faire couler le bain à + /− 38 °C (pour atteindre une température du bain à 37 °C lors de l'immersion de l'enfant) ;
- mouiller son gant de toilette et mettre du gel lavant doux sur les deux faces de celui-ci.

Pendant :

- récupérer l'enfant qui doit être baigné, le prévenir du soin et l'installer confortablement sur le plan de change ;
- déshabiller le bas de l'enfant ;
- déshabiller le haut de l'enfant, en prêtant une attention particulière au passage d'éventuels vêtements par la tête ;
- ouvrir la couche ;
- essuyer l'éventuel surplus de selles en utilisant le rouleau de papier toilette puis mettre le papier toilette usagé dans la couche ;
- replier la couche sous les fesses de l'enfant ;
- laver l'enfant en :
  - respectant l'ordre des étapes (du plus propre au plus sale : plis du cou, aisselles, bras et mains, thorax, abdomen, dos, jambes et pieds pour finir par les organes génitaux [pour une petite fille : grandes lèvres, petites lèvres et méat urinaire, pour un petit garçon : pénis et bourses], fesses, pli interfessier),
  - tournant son gant après avoir lavé les organes génitaux et avant de laver le siège,
  - basculant l'enfant latéralement. Enlever la couche et la mettre dans le haricot avant de rebasculer l'enfant sur le dos ;
- porter l'enfant jusque dans la baignoire en le tenant correctement et fermement (une main sous les épaules, tenant le bras opposé à soi, l'autre main sous les fesses) ;
- immerger lentement l'enfant, en commençant par le bas du corps ;
- laver délicatement les cheveux de l'enfant en utilisant une noisette de gel lavant ;
- rincer l'enfant grâce à des filets d'eau, en veillant à ne pas mouiller son visage ;
- dérouler la serviette destinée à sécher l'enfant grâce à la main la plus proche du plan de change ;
- sortir l'enfant lentement du bain et le déposer délicatement sur la serviette de séchage ;
- sécher l'enfant en tamponnant et en respectant l'ordre des étapes (du plus propre au plus sale) ;
- mettre une couche propre à l'enfant, en prêtant une attention particulière à son serrage (passage de deux doigts entre la couche et le ventre) ;
- rhabiller le haut de l'enfant en :
  - élargissant l'encolure,
  - roulant chacune des manches sur elle-même,
  - attrapant la main de l'enfant par le poignet et non par les doigts ;
- rhabiller le bas de l'enfant (pantalon + chaussettes) en :
  - roulant chacune des jambières de pantalon et chaussettes sur elle-même,
  - attrapant le pied de l'enfant par la cheville et non par les orteils ;
- parler avec l'enfant, régulièrement, tout au long du soin : nommer les parties de son corps, le nom des vêtements utilisés, utiliser le jeu pour rendre le moment ludique... ;
- ne jamais laisser l'enfant sans surveillance sur le plan de change ou dans la baignoire, toujours garder une main sur lui ;
- respecter, tout au long du soin, les règles d'ergonomie pour préserver sa santé : jambes fléchies, dos droit, pas d'allers-retours inutiles.

Après le bain de l'enfant :

- mettre l'enfant en sécurité ;
- ranger le matériel ;
- évacuer le linge sale et la couche sale ;
- désinfecter le plan de change et la baignoire ;
- se laver les mains ;
- rédiger la transmission ;
- évaluer son travail : Confort - Communication - Hygiène - Ergonomie - Économie - Sécurité.

13 Surligner, dans le DOCUMENT 4, les matériels et produits nécessaires à la réalisation du bain du jeune enfant.

14 **À l'aide du DOCUMENT 4, numéroter l'ordre de nettoyage des différentes parties du corps lors du bain du jeune enfant.**

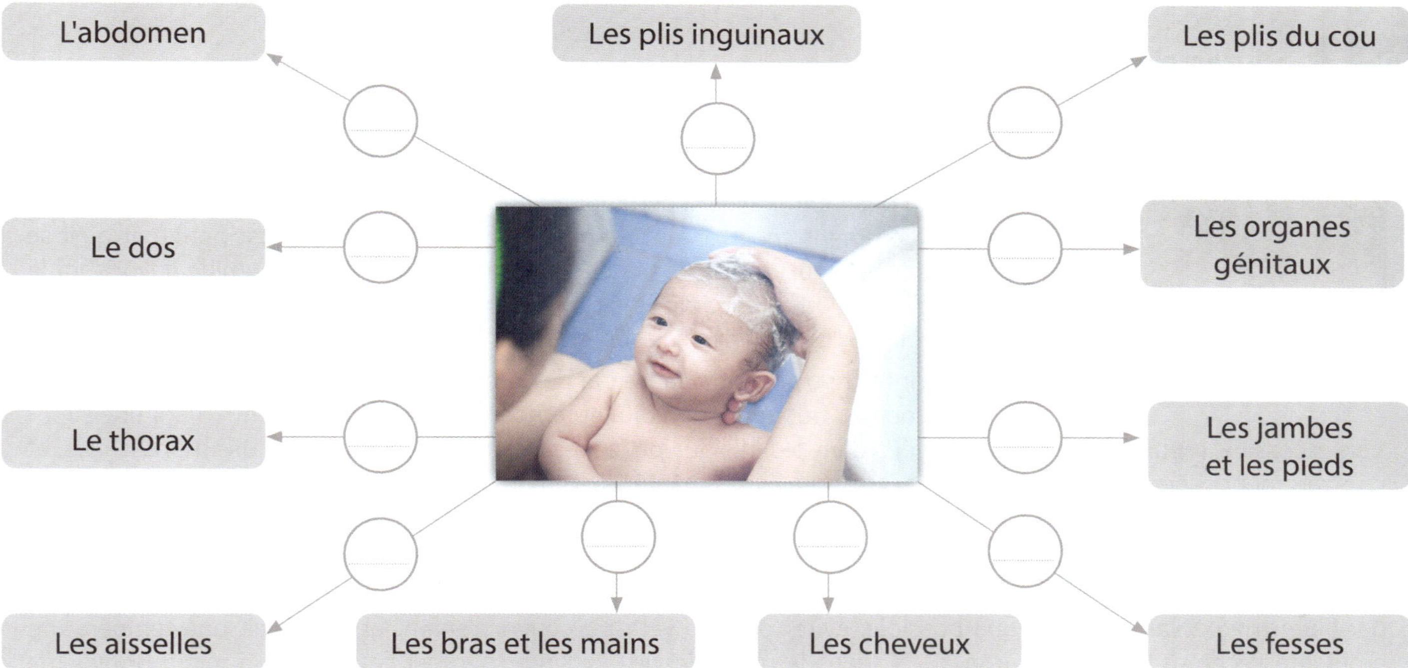

15 **À l'aide du DOCUMENT 4 et de vos connaissances, associer chacune des étapes ci-dessous à sa justification.**

- Confort •
- Communication •
- Économie •
- Ergonomie •
- Hygiène •
- Sécurité •

- • Désinfecter le plan de change et la baignoire avant et après le soin, se laver régulièrement les mains, laver l'enfant en respectant l'ordre des étapes (du plus propre au plus sale).
- • Ne jamais laisser l'enfant sans surveillance sur le plan de change ou dans la baignoire, toujours garder une main sur lui.
- • Prévenir l'enfant du soin, parler avec l'enfant régulièrement tout au long du soin : nommer les parties de son corps, le nom des vêtements utilisés, utiliser le jeu pour rendre le moment ludique…
- • Utiliser la juste quantité de produits.
- • Veiller à préserver sa santé tout au long du soin : jambes fléchies, dos droit, pas d'allers-retours inutiles.
- • Vérifier la température de la pièce, installer confortablement l'enfant sur le plan de change, déshabiller l'enfant en commençant par enlever le bas puis le haut et le rhabiller en commençant par mettre le haut puis le bas.

ACTIVITÉ 4 Une pathologie fréquente chez le jeune enfant : l'intertrigo

DOC. 5 L'intertrigo

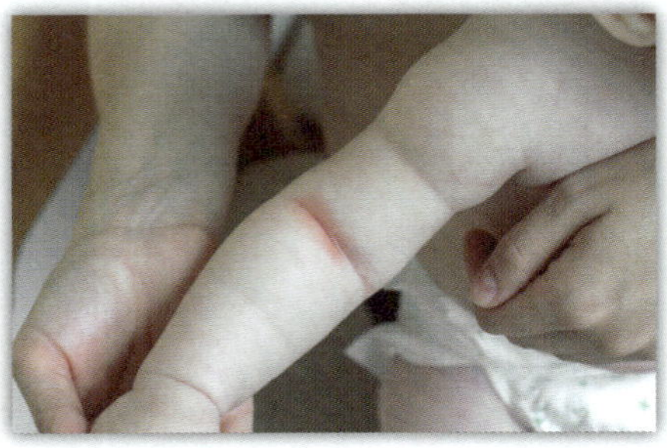

L'intertrigo, aussi appelé « atteinte des plis » ou « dermatose des plis » est une irritation de la peau provoquée par le frottement répété de deux surfaces de peau entre elles. Il peut apparaître chez l'enfant de tout âge mais plus fréquemment chez l'enfant de moins de 1 an, surtout s'il est potelé et qu'il se trouve régulièrement dans un environnement chaud et humide, favorisant la macération. Il apparaît le plus souvent derrière les oreilles, dans les plis du cou, de l'aine ou des cuisses, entre les fesses ou encore entre les orteils.

L'intertrigo peut être causé par de nombreux facteurs : changement de couche trop peu fréquent, humidité et température trop élevées entraînant une sudation excessive, régurgitations non essuyées dans les plis du cou, zones de peau présentant des plis mal essuyés, et plus rarement, il peut être causé par un micro-organisme (bactérie ou champignon).

L'intertrigo se traite généralement sans aucun traitement médical, en appliquant quelques règles d'hygiène locale : laver délicatement mais régulièrement les parties atteintes par l'intertrigo avec un gel lavant doux sans parfum (pour éviter les risques d'allergies et d'irritations) puis sécher immédiatement en tamponnant, laisser les parties atteintes par l'intertrigo à l'air libre dès que possible, éviter de trop vêtir ou couvrir l'enfant et maintenir une température ambiante sèche et fraîche (environ 20 °C dans la pièce de vie). Si l'intertrigo est causé par un micro-organisme (bactérie ou champignon), une crème antibiotique, dans le cas d'une infection bactérienne, ou fongicide, dans le cas de champignons pourra être prescrite par le médecin, qui pourra également prescrire une crème à base de corticostéroïdes pour calmer les démangeaisons.

16 **Identifier la définition de l'intertrigo en la surlignant dans le DOCUMENT 5.**

17 **À l'aide du DOCUMENT 5, relever les causes de l'intertrigo.**

....

....

....

....

18 **À l'aide du DOCUMENT 5, en déduire les moyens de prévention de l'intertrigo.**

....

....

....

....

19 **À l'aide du DOCUMENT 5, indiquer dans quels cas la prescription d'une crème antibiotique ou antifongique par le médecin est nécessaire pour traiter l'intertrigo.**

....

....

....

....

POUR ALLER PLUS LOIN

Téléchargez la grille d'évaluation formative.

https://qrcode.link/a/U9y2lG

CHAPITRE 17 Réaliser la toilette et le shampooing hors du bain du jeune enfant

https://qrcode.link/a/NsfWf1
Exemple de situation professionnelle

ACTIVITÉ 1 La toilette hors du bain du jeune enfant, pourquoi et dans quels objectifs ?

DOC. 1 La toilette hors du bain du jeune enfant

La toilette hors du bain est un soin d'hygiène et de confort, qui vise à laver l'enfant, sans immersion corporelle sous l'eau (bain ou douche). L'enfant est installé sur un matelas à langer, lui-même disposé sur un meuble à langer, généralement muni d'un évier, dans la chambre d'hôpital de l'enfant ou dans une pièce dédiée au change des enfants afin de préserver leur intimité et leur pudeur.

Ce soin n'est réalisé que dans des cas exceptionnels (diarrhée importante, régurgitation abondante ou vomissement…) ou lorsque le bain n'est pas autorisé (enfant malade, plâtré, sortant d'intervention chirurgicale…).

Le shampooing hors du bain permet de répondre à plusieurs objectifs :

- maintenir une bonne hygiène du corps, protéger ses téguments ;
- assurer le bien-être physique et moral de l'enfant ;
- surveiller son état cutané (vérifier l'absence d'érythème fessier, d'intertrigo…) ;
- établir une relation entre l'enfant et le professionnel réalisant le soin.

Elle présente l'avantage de pouvoir laisser certaines parties du corps au sec (cicatrice, membre plâtré, membre en traction…).

Peu de professionnels, en dehors des professionnels hospitaliers (services de maternité et néonatalogie, services de pédiatrie), sont amenés à réaliser régulièrement la toilette hors du bain de l'enfant.

Comme durant tous les autres soins, le bien-être, l'intimité et la pudeur de l'enfant doivent être respectés.

1 **Surligner la définition du shampooing hors du bain du jeune enfant dans le DOCUMENT 1.**

2 **À l'aide du DOCUMENT 1, identifier dans quel cas ce soin est effectué auprès du jeune enfant.**

3 **Identifier les objectifs du shampooing hors du bain du jeune enfant en les soulignant en vert dans le DOCUMENT 1.**

4 **À l'aide du DOCUMENT 1, identifier l'avantage de la toilette hors du bain.**

Activité 2 Les différentes étapes de la toilette hors du bain du jeune enfant

DOC. 2 Le protocole du shampooing hors du bain du jeune enfant

Avant :

- se mettre en tenue professionnelle, cheveux attachés, sans bijoux ni vernis ;
- se laver les mains ;
- analyser la situation en se posant les questions suivantes : Qui fait Quoi ? À Qui ? Où ? Quand ? Pourquoi ? Comment ? ;
- désinfecter le plan de change et l'évier ;
- préparer le matériel et les produits : 1 serviette de toilette, 1 flacon de shampooing doux, des vêtements propres, 1 sèche-cheveux, 1 peigne ou 1 brosse, 1 flacon de gel hydroalcoolique, 1 lavette, 1 flacon de détergent désinfectant, 1 bassine, 1 panière à linge sale ;
- vérifier la température de la pièce ;
- se laver les mains ou effectuer une friction au gel hydroalcoolique ;
- dérouler une serviette de toilette sur le plan de change ;
- mouiller ses deux gants et mettre du gel lavant doux sur les deux faces de l'un d'entre eux.

Pendant :

- récupérer l'enfant, le prévenir du soin et l'installer confortablement sur le plan de change ;
- déshabiller le bas de l'enfant ;
- ouvrir la coucher ;
  - si présence de selles : effectuer une toilette du siège de l'enfant (cf. fiche technique change) ;
- replier la couche sous les fesses de l'enfant ;
- déshabiller le haut de l'enfant, en prêtant une attention particulière au passage d'éventuels vêtements par la tête ;
- laver le haut du corps de l'enfant en :
  - utilisant le gant de toilette humide + gel lavant,
  - respectant l'ordre des étapes (du plus propre au plus sale : plis du cou, aisselles, bras et mains, thorax, abdomen, dos),
  - basculant l'enfant latéralement ;
- rincer le haut du corps de l'enfant en :
  - utilisant le deuxième gant de toilette,
  - respectant l'ordre des étapes (du plus propre au plus sale),
  - basculant l'enfant latéralement ;
- sécher le haut du corps de l'enfant avec la seconde serviette de toilette en respectant l'ordre des étapes (du plus propre au plus sale) ;
- rhabiller le haut de l'enfant en :
  - élargissant l'encolure,
  - roulant chacune des manches sur elle-même,
  - attrapant la main de l'enfant par le poignet et non par les doigts ;
- laver le bas du corps de l'enfant en :
  - utilisant le gant de toilette humide + gel lavant,
  - respectant l'ordre des étapes (du plus propre au plus sale : jambes, pieds pour finir avec les organes génitaux et les fesses),
  - basculant l'enfant latéralement. En profiter pour enlever la couche et la mettre dans le haricot avant de rebasculer l'enfant sur le dos ;
- rincer le bas du corps de l'enfant en :
  - utilisant le second gant de toilette,
  - respectant l'ordre des étapes (du plus propre au plus sale),
  - basculant l'enfant latéralement ;
- sécher le bas du corps de l'enfant avec la seconde serviette de toilette en respectant l'ordre des étapes (du plus propre au plus sale) ;
- mettre une couche propre à l'enfant, en prêtant une attention particulière à son serrage (passage de deux doigts entre la couche et le ventre) ;
- rhabiller le bas de l'enfant (pantalon + chaussettes) en :
  - roulant chacune des jambières de pantalon et chaussettes sur elle-même,
  - attrapant le pied de l'enfant par la cheville et non par les orteils ;
- parler avec l'enfant, régulièrement, tout au long du soin : nommer les parties de son corps, le nom des vêtements utilisés, utiliser le jeu pour rendre le moment ludique ;
- ne jamais laisser l'enfant sans surveillance sur le plan de change ou dans la baignoire, toujours garder une main sur lui ;
- respecter, tout au long du soin, les règles d'ergonomie pour préserver sa santé : jambes fléchies, dos droit, pas d'allers-retours inutiles.

Après la toilette hors du bain de l'enfant :

- mettre l'enfant en sécurité ;
- ranger le matériel ;
- évacuer l'éventuel linge sale ;
- désinfecter le plan de change et l'évier ;
- se laver les mains ;
- rédiger la transmission ;
- évaluer son travail : Confort - Communication - Hygiène - Ergonomie - Économie - Sécurité.

5 Surligner, dans le **DOCUMENT 2**, les matériels et produits nécessaires à la réalisation de la toilette hors du bain du jeune enfant.

6 À l'aide du **DOCUMENT 2**, relever les précautions prises lors de la toilette hors du bain pour veiller au maintien de la température corporelle du jeune enfant.

POUR ALLER PLUS LOIN

Télécharger la grille d'évaluation formative de la toilette hors du bain.

https://qrcode.link/a/dkKMsS

BLOC DE COMPÉTENCES 2 — COMPÉTENCE 4

ACTIVITÉ 3 La thermorégulation du nouveau-né

DOC. 3 La thermorégulation du nouveau-né

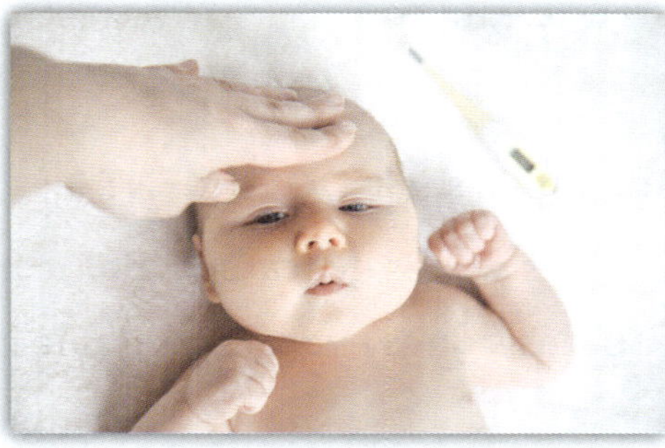

L'ensemble des mécanismes qui permet à un organisme ou à un système de se maintenir à une température souhaitée est appelé thermorégulation. Il s'agit du résultat d'une équation entre les apports et les pertes de chaleur.

La température normale d'un nouveau-né est idéalement comprise entre 36,5 °C et 37,5 °C mais sa thermorégulation n'est pas innée et peut mettre quelques jours, ou plus, à se réguler ; en effet, plus les nouveaux-nés ont un petit poids de naissance, moins leur capacité de thermorégulation est développée… par ailleurs, comme il n'est pas en capacité de parler, le nouveau-né n'est pas capable d'exprimer son ressenti à l'adulte avec des mots. L'adulte doit donc prêter une attention particulière aux signes pouvant manifester :

- une hypothermie (abaissement de la température corporelle en-dessous de la normale) : extrémités froides (oreilles, joues, nez, doigts et orteils), engourdissements des extrémités (doigts et orteils), peau du nouveau-né plus pâle qu'habituellement, frissons ;
- une hyperthermie (élévation de la température corporelle au-dessus de la normale) : peau du nouveau-né chaude au toucher ou rouge, rythme cardiaque plus rapide qu'habituellement, fièvre sans transpiration, léthargie ou absence de réaction, vomissements, étourdissements ou désorientation.

Dès les premiers signes d'hypothermie ou d'hyperthermie, l'adulte doit veiller à adapter la tenue vestimentaire du nouveau-né (ajouter ou enlever une couche de vêtements) et à modifier son environnement en conséquence (augmenter ou diminuer la température de la pièce dans laquelle l'enfant se trouve, donner à boire…).

7 Surligner, dans le **DOCUMENT 3**, la définition de la thermorégulation.

8 À l'aide du **DOCUMENT 3**, indiquer la température normale d'un nouveau-né.

9 À l'aide du **DOCUMENT 3**, relever les deux raisons pour lesquelles un nouveau-né est plus à risque d'hypothermie ou d'hyperthermie qu'un enfant plus âgé.

10 À l'aide du **DOCUMENT 3**, relever :

a) la définition de l'hypothermie.

b) la définition de l'hyperthermie.

11 Identifier, sur le **DOCUMENT 3** :

a) les signes évocateurs d'une hypothermie en les soulignant en bleu ;

b) les signes évocateurs d'une hyperthermie en les soulignant en rouge.

12 À l'aide du **DOCUMENT 3** et de vos connaissances, indiquer la conduite à tenir pour chaque situation.

Situation	Conduite à tenir
Victoire, âgée de 2 semaines, rentre de promenade. La peau de son visage est pâle, ses extrémités sont froides.	
Sacha, âgé de 3 semaines, est chaud et rouge depuis ce matin. Il est léthargique.	

ACTIVITÉ 4 Le shampooing hors du bain du jeune enfant, pourquoi et dans quels objectifs ?

DOC. 4 Le shampooing hors du bain du jeune enfant

Le shampooing hors du bain est un soin d'hygiène et de confort, qui vise à laver les cheveux de l'enfant, sans immersion corporelle sous l'eau (bain ou douche).

Ce soin n'est réalisé qu'auprès du nourrisson, lorsque le bain n'est pas autorisé (enfant malade, plâtré, sortant d'intervention chirurgicale...).

Le shampooing hors du bain permet de répondre à plusieurs objectifs :

- ⇨ maintenir une bonne hygiène du cuir chevelu, protéger ses téguments ;
- ⇨ assurer le bien-être physique et moral de l'enfant ;
- ⇨ surveiller son état cutané (vérifier l'absence de croûtes de lait) ;
- ⇨ établir une relation entre l'enfant et le professionnel réalisant le soin.

Le shampooing hors du bain présente plusieurs avantages : absence de projection d'eau ou de shampooing dans les yeux de l'enfant (ce qui peut occasionner une appréhension du bain chez certains enfants), contact rapproché avec l'adulte durant le soin (ce qui rassurera l'enfant), eau du bain qui reste « propre », sans savon.

13 Surligner la définition du shampooing hors du bain du jeune enfant dans le DOCUMENT 4.

14 À l'aide du DOCUMENT 4, identifier dans quel cas ce soin est effectué auprès du jeune enfant.

15 Identifier les objectifs du shampooing hors du bain du jeune enfant en les soulignant en vert dans le DOCUMENT 4.

16 À l'aide du DOCUMENT 4, identifier les avantages du shampooing hors du bain.

DOC. 5 Les différentes étapes du shampooing hors du bain du jeune enfant

Avant :

- se mettre en tenue professionnelle, cheveux attachés, sans bijoux ni vernis ;
- se laver les mains ;
- analyser la situation en se posant les questions suivantes : **Q**ui fait **Q**uoi ? À **Q**ui ? **O**ù ? **Q**uand ? **P**ourquoi ? **C**omment ? ;
- désinfecter le plan de change et l'évier ;
- préparer le matériel et les produits : 1 serviette de toilette, 1 flacon de shampooing doux, des vêtements propres, 1 sèche-cheveux, 1 peigne ou 1 brosse, 1 flacon de gel hydroalcoolique, 1 lavette, 1 flacon de détergent désinfectant, 1 bassine, 1 panière à linge sale ;
- vérifier la température de la pièce ;

- se laver les mains ou effectuer une friction au gel hydroalcoolique ;
- ouvrir le flacon de shampooing doux et le positionner à portée de main.

Pendant :

- récupérer l'enfant, le prévenir du soin et l'installer confortablement sur le plan de change ;
- déshabiller le bas de l'enfant ;
- déshabiller le haut de l'enfant, en prêtant une attention particulière au passage d'éventuels vêtements par la tête ;
- envelopper l'enfant dans la serviette de toilette ;
- porter l'enfant en le tenant fermement « en berceau » ;
- mouiller délicatement les cheveux de l'enfant avec de l'eau tiède (37 °C) ;
- déposer une noisette de shampooing sur les cheveux de l'enfant ;
- faire mousser le shampooing en massant délicatement le cuir chevelu ;
- rincer les cheveux de l'enfant grâce à des filets d'eau, jusqu'à disparition complète de la mousse, en veillant à ne pas mouiller son visage ;
- essuyer délicatement les cheveux de l'enfant à l'aide de la serviette de toilette ;
- rhabiller le haut de l'enfant en :
  - élargissant l'encolure,
  - roulant chacune des manches sur elle-même,
  - attrapant la main de l'enfant par le poignet et non par les doigts ;
- rhabiller le bas de l'enfant (pantalon + chaussettes) en :
  - roulant chacune des jambières de pantalon et chaussettes sur elle-même,
  - attrapant le pied de l'enfant par la cheville et non par les orteils ;
- sécher, si nécessaire, les cheveux de l'enfant avec un sèche-cheveux, réglé sur la position minimale et laissé à distance de la tête de l'enfant ;
- peigner ou brosser les cheveux de l'enfant ;
- parler avec l'enfant, régulièrement, tout au long du soin : nommer les parties de son corps, le nom des vêtements utilisés, utiliser le jeu pour rendre le moment ludique… ;
- ne jamais laisser l'enfant sans surveillance sur le plan de change ou dans la baignoire, toujours garder une main sur lui ;
- respecter, tout au long du soin, les règles d'ergonomie pour préserver sa santé : jambes fléchies, dos droit, pas d'allers-retours inutiles.

Après le change de l'enfant :

- mettre l'enfant en sécurité ;
- ranger le matériel ;
- évacuer l'éventuel linge sale ;
- désinfecter le plan de change et l'évier ;
- se laver les mains ;
- rédiger la transmission ;
- évaluer son travail : Confort – Communication – Hygiène – Ergonomie – Économie – Sécurité.

17 **Surligner, dans le DOCUMENT 5, les matériels et produits nécessaires à la réalisation du shampooing hors du bain du jeune enfant.**

18 **À l'aide du DOCUMENT 5, indiquer de quelle manière l'enfant doit être porté durant ce soin.**

POUR ALLER PLUS LOIN

Télécharger la grille d'évaluation formative du shampooing hors du bain du jeune enfant

https://qrcode.link/a/iCwL7c

ACTIVITÉ 5 Une pathologie fréquente chez le jeune enfant : les croûtes de lait

DOC. 6 Les croûtes de lait

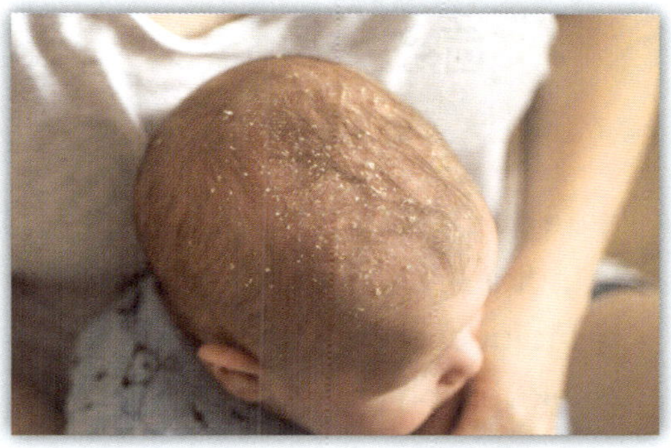

Les croûtes de lait, aussi appelées « dermatites ou dermites séborrhéiques du nourrisson » sont une inflammation de la peau notamment provoquée par un excès de sécrétions grasses du cuir chevelu, appelées sébum. Ces sécrétions s'agglomèrent, formant des plaques épaisses et croûteuses sur le cuir chevelu, de couleur blanches ou jaunes. Elles peuvent apparaître entre la deuxième semaine de vie et les 6 mois du nourrisson, en bonne santé par ailleurs.

Les croûtes de lait apparaissent, en premier lieu, sur le haut du crâne, au niveau de la fontanelle antérieure puis s'étendent progressivement, allant parfois jusqu'à déborder du cuir chevelu pour atteindre d'autres zones à proximité (arrière des oreilles, cils, sourcils...). Elles sont disgracieuses mais n'entraînent aucune démangeaison ni inconfort pour le nourrisson ; elles ne sont, par ailleurs, pas contagieuses.

Les croûtes de lait sont majoritairement causées par un cumul de deux facteurs : un excès de sécrétions grasses du cuir chevelu ainsi qu'une prolifération anormale de levures de type « malassezia », naturellement présentes sur les zones de peau trop riches en sébum. Une réaction inflammatoire apparaît, se traduisant par un rougeaud de la peau du cuir chevelu et un renouvellement cellulaire accéléré, provoquant une desquamation inhabituelle (élimination de la couche superficielle de l'épiderme sous forme de pellicules).

Les croûtes de lait se traitent généralement sans traitement médical, en appliquant quelques règles d'hygiène locale :

- **en présence de quelques « croûtes de lait » :** laver délicatement le cuir chevelu de bébé, à chaque bain, y compris au niveau de la fontanelle, puis rincer abondamment, utiliser une brosse souple pour enlever en douceur les croûtes, ne pas gratter les plaques avec les ongles, un peigne ou une brosse dure, au risque de blesser le cuir chevelu ;
- **en présence de « croûtes de lait » épaisses :** appliquer de la vaseline sur le cuir chevelu a minima 2 heures avant le bain, laver délicatement le cuir chevelu de bébé, y compris au niveau de la fontanelle, puis rincer abondamment, utiliser une brosse souple pour enlever en douceur les croûtes.

Après deux semaines de traitement sans constat d'amélioration, que l'enfant devient grognon et/ou souffre de démangeaisons, qu'une zone irritée apparaît sur le cuir chevelu, que les zones de peau atteintes sont enflées, que les croûtent suintent ou saignent, que la dermatite séborrhéique touche d'autres parties du corps, le médecin traitant ou pédiatre de l'enfant doit être consulté.

19 **Identifier la définition de la dermatite ou dermite séborrhéique du nourrisson en la surlignant dans le DOCUMENT 3.**

20 **À l'aide du DOCUMENT 3, relever les causes de la dermatite ou dermite séborrhéique du nourrisson.**

DOC. 7 D'où viennent les croûtes de lait ?

Visionner cette vidéo (1'34")

https://qrcode.link/a/PVRA8R

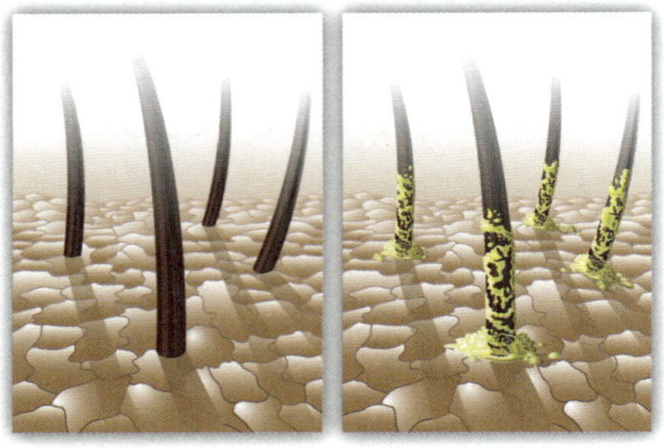

21 À l'aide du **DOCUMENT 4**, compléter le tableau suivant :

a) indiquer la composition du sébum ;

b) indiquer sa fonction ;

c) relever son lieu de production.

Le sébum	
Composition	
Fonction	
Lieu de production	

22 À l'aide des **DOCUMENTS 6** et **7**, compléter le schéma du mécanisme d'apparition de la dermatite ou dermite séborrhéique du nourrisson avec les termes suivants :

- agglutination de cellules mortes piégées ;
- excès de sébum ;
- formation de croûtes de lait ;
- prolifération anormale de levures de type « malassezia ».

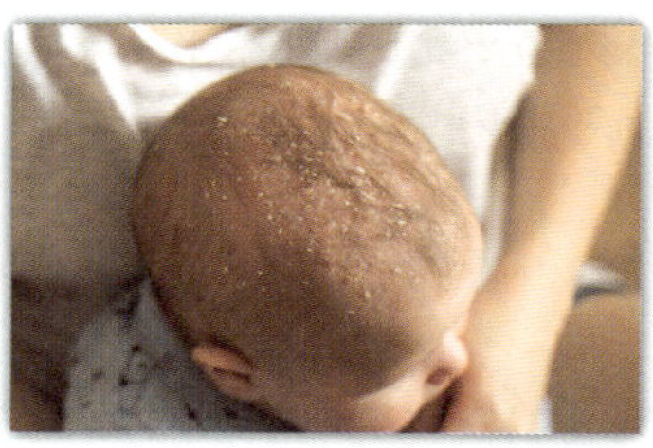

23 À l'aide du **DOCUMENT 7**, indiquer le traitement de la dermatite ou dermite séborrhéique du nourrisson.

CHAPITRE 18 Participer à la démarche clinique en lien avec l'équipe pluriprofessionnelle

https://qrcode.link/a/b9SehO

Exemple de situation professionnelle

ACTIVITÉ 1 Les étapes de la démarche clinique

DOC. 1 La démarche clinique

« Clinique » est un adjectif désignant l'observation directe (au lit des malades) des manifestations de la maladie.

La démarche clinique est une méthode organisée, structurée en étapes successives, utilisée dans le raisonnement clinique pour identifier avec précision les problèmes et besoins de la personne. Le but est de produire un jugement clinique afin de prendre des décisions relatives aux soins à effectuer, aux actions à proposer pour ensuite les réaliser et les évaluer.

1 À l'aide du DOCUMENT 1, remettre dans l'ordre les étapes de la démarche clinique dans le schéma ci-dessous.

- *Réalisation des soins.*
- *Analyse des informations et identification des* ***problèmes*** *et* ***besoins****.*
- *Recueil de données.*
- *Évaluation et réajustement.*
- *Planification des soins.*

LES ÉTAPES DE LA DÉMARCHE CLINIQUE

1 ……………………………………
2 ……………………………………
3 ……………………………………
4 ……………………………………
5 ……………………………………

ACTIVITÉ 2 Identifier les besoins de santé

DOC. 2 **Besoin de santé**

Le dictionnaire des soins infirmiers définit le « besoin » par « une nécessité de la nature ou de la vie sociale ressentie et/ou exprimée par un être humain ». Le « besoin de santé » est la « nécessité manifestée par des personnes ou des groupes dans le domaine sanitaire et/ou social ».

D'après le Dictionnaire des soins infirmiers et de la profession infirmière, Masson, 09/2005

2 **Identifier les besoins décrits sur les images ci-dessous.**

DOC. 3 Un modèle de soins, la pyramide de Maslow

Le psychologue américain Abraham Maslow a décrit les différents besoins et les a classés en « 5 niveaux de soins de l'être humain » représentés sous la forme de la pyramide de Maslow.

5 étages correspondant à 5 catégories de besoins: ***besoins physiologiques, de maintien de la vie; besoins de protections et de sécurité; besoins d'amour et d'appartenance; besoins d'estime de soi et de considération; besoin d'actualisation et de réalisation de soi***.

Une personne satisfait ses besoins au premier niveau (niveau primaire) de la pyramide avant d'accéder au niveau suivant, et ainsi de suite.

3 À l'aide du DOCUMENT 3, classer les besoins dans la pyramide de Maslow.

	Besoins	Classement
a	S'alimenter	
b	Aider les autres	
c	Avoir des amis	
d	Avoir un emploi	
e	Avoir un logement	
f	Communiquer	
g	Créer	
h	Dormir	
i	Jouer au ballon	
j	Lire	
k	Respirer	
l	Réussir	
m	S'habiller	
n	S'instruire	
o	Se distraire	
p	Se sentir valorisé	

Activité 3 La démarche clinique et l'analyse des besoins

DOC. 4 Les 14 besoins de Virginia Henderson

La notion de **démarche clinique** apparaît au début du XXe siècle. Cette notion de démarche s'appuie sur des **modèles de soins**.

La démarche clinique commence par un recueil de données et une identification des besoins, ces données sont ensuite classées en données **d'indépendance** pour celles qui traduisent la satisfaction des besoins et en données **de dépendance** pour celles qui s'en écartent.

L'un des modèles de soins les plus célèbres est le modèle de Virginia Henderson, dit des « 14 besoins de l'être humain ».

Infirmière et formatrice américaine elle a identifié 14 besoins fondamentaux de la personne : ***respirer, boire et manger ; éliminer ; se mouvoir et maintenir une bonne posture ; dormir, se reposer ; se vêtir et se dévêtir ; maintenir sa température corporelle dans la limite de la normale (37,2 °C) ; être propre et protéger ses téguments ; éviter les dangers ; communiquer avec ses semblables ; agir selon ses croyances et ses valeurs ; s'occuper en vue de se réaliser ; se récréer, se divertir ; apprendre***.

DOC. 5 Léo à la crèche

Léo, âgé de 9 mois, a fait son entrée à la crèche il y a un mois. Il vient cinq jours par semaine de 8 h à 17 h 30.
Il pèse 8 kg et mesure 73 cm, son développement psychomoteur est normal. Il se déplace à quatre pattes et se met debout avec de l'aide.
Il vient à la crèche avec son doudou et il a une tétine pour s'endormir.
Il fait la sieste le matin vers 10 h 30 et l'après-midi vers 13 heures ; il dort bien la nuit. Il porte des couches taille 4 fournies par la crèche et dort en body avec une turbulette.
Pour les repas, il est installé à une table avec ses camarades, ils sont 3-4 par tables. Il commence à manger seule à la petite cuillère et s'aide de ses doigts. Il goûte volontiers à tout surtout le pain qu'il apprécie particulièrement. Il demande à boire seul au verre, mais nécessite de l'aide.
Il apprécie la présence des autres enfants et s'amuse avec eux. Il aime participer aux ateliers musique organisés par la crèche tous les vendredis.

4 **Vous êtes en stage dans la crèche « Les bout'choux » et vous devez vous occuper ce jour, en collaboration et sous la responsabilité de l'auxiliaire de puériculture, de Léo. La première étape de votre démarche est le recueil de données. Identifier les besoins de Léo qui peuvent être investigués et compléter le tableau suivant.**

	Besoins	Manifestations de dépendance	Manifestations d'indépendance
a	S'occuper en vue de se réaliser Se récréer Se mouvoir		
b	Éviter les dangers Affectif		
c	Boire et manger		
d	Dormir, se reposer		
e	Maintenir la température du corps		
f	Éliminer		

CHAPITRE 19 Respecter les règles d'hygiène

https://qrcode.link/a/Hc81y2
Exemple de situation professionnelle

ACTIVITÉ 1 La tenue professionnelle

DOC. 1 Bien s'habiller pour travailler

Les activités de soin à la personne et d'entretien de son environnement nécessitent le port d'une tenue professionnelle adaptée. En effet les vêtements du quotidien qui sont portés en arrivant sur le lieu de travail sont souillés par de nombreux éléments extérieurs et sont donc source de contamination des personnes et des locaux. Il est donc indispensable de retirer ces vêtements pour les remplacer par une tenue portée uniquement sur le lieu de travail. Cette tenue professionnelle est composée a minima d'une blouse ou tunique avec des manches courtes associée à un pantalon de couleur claire ainsi que de chaussures de service antidérapantes et silencieuses. Il est possible de compléter cette tenue avec divers éléments en fonction des situations. Ces accessoires facultatifs sont : la charlotte qui recouvre les cheveux, le tablier qui protège la tenue professionnelle, le masque chirurgical et les gants.

Figure 1 : Entretien des locaux hospitaliers

Figure 2 : Activité de soin

Figure 3 : Travail en cuisine collective

1 **Les figures 1, 2 et 3 présentent différentes situations de travail. À l'aide du DOCUMENT 1, identifier les éléments portés.**

Situations	Éléments portés
Entretien des locaux hospitaliers	
Activité de soin	
Travail en cuisine collective	

2 Associer chaque élément de la tenue professionnelle avec son rôle (plusieurs rôles possibles).

- Blouse et pantalon de couleur claire •
- Chaussures de service •
- Masque chirurgical •
- Tablier •
- Gants •
- Charlotte •

- • Éviter les chutes et être silencieux.
- • Éviter les contaminations par les micro-organismes venant de l'extérieur, éviter de se contaminer avec les micro-organismes des patients ou usagers.
- • Repérer rapidement les tâches pour se changer en cas de contamination des vêtements.
- • Éviter de contaminer les autres lorsqu'on est porteur d'une infection respiratoire.
- • Éviter les contaminations des aliments lors d'un contact direct avec les mains.
- • Éviter de laisser tomber des cheveux dans les aliments ou dans l'environnement.
- • Éviter de souiller la tenue professionnelle avec des projections lors d'activités pouvant en provoquer.
- • Éviter de se contaminer lors d'un soin lorsqu'on est porteur d'une lésion sur les mains.

3 Expliquer pourquoi la blouse de travail doit avoir des manches courtes ou ¾ qui ne couvrent pas les poignets.

4 À partir des informations données et de votre réflexion personnelle, expliquer pourquoi le port des gants ne doit pas être systématique.

Visionner cette vidéo

https://qrcode.link/a/lcV56k

Les gants, utiles mais pas tout le temps

5 Donner pour chaque situation de travail les accessoires facultatifs qui viennent compléter la tenue. Justifier vos réponses.

https://qrcode.link/a/vSBDRu

Jeu : bien s'habiller pour travailler

Situations	Accessoires à ajouter à la tenue	Justification
Elsa travaille dans une cantine. Elle sert les plats chauds aux élèves.		
Léo doit faire la toilette d'un patient alité porteur d'escarres. Le matin il s'est coupé le doigt en préparant le petit déjeuner.		
Mylan travaille dans une maison de retraite. Le matin il se réveille avec un gros rhume. Il n'a pas de fièvre et se sent relativement bien, il décide d'aller travailler.		

ACTIVITÉ 2 L'hygiène des mains

DOC. 2 Comment se laver les mains ?

Visionner cette vidéo

https://qrcode.link/a/hPcMV1

Protocole lavage simple des mains au savon

Visionner cette vidéo

https://qrcode.link/a/iQniWT

La désinfection des mains par friction hydroalcoolique (FHA)

6 Le protocole de lavage des mains présenté sur le **DOCUMENT 2** indique de fermer le robinet à l'aide de la serviette qui a servi au séchage des mains. Pourquoi doit-on réaliser ce geste ?

7 À l'aide du **DOCUMENT 2**, des vidéos et de vos connaissances, expliquer ce que le lavage des mains au savon apporte de différent par rapport à la friction hydroalcoolique.

8 L'alcool a des propriétés antiseptiques. Quel va être l'avantage d'une friction à la solution hydroalcoolique par rapport au lavage avec un savon ordinaire ?

DOC. 3 Les différentes techniques d'hygiène des mains

Il existe différentes techniques utilisables pour assurer l'hygiène des mains, chacune est adaptée aux différentes situations de soin et de service à l'usager. Quelle que soit la technique utilisée, il faut impérativement retirer les bijoux (bagues, bracelets, montres), avoir les poignets découverts et avoir les ongles courts non vernis.

	Lavage simple	Lavage antiseptique	Lavage chirurgical	Friction hydroalcoolique
Quand ?	Au quotidien, pour la préparation des repas, pour les soins non invasifs…	Pour la réalisation de soins invasifs.	Pour la réalisation d'actes chirurgicaux, pour certains soins à haut risque.	En absence de point d'eau, entre deux soins non salissants, en complément d'un lavage des mains au savon. **Uniquement sur des mains propres.**
Dans quel but ?	Pour éliminer la flore transitoire, pour éliminer les salissures.	Pour éliminer la flore transitoire, pour diminuer la flore commensale, pour éliminer les salissures.	Pour éliminer la flore transitoire, pour diminuer de façon importante la flore commensale.	Pour éliminer la flore transitoire, pour diminuer la flore commensale.
Avec quel type de produit ?	Savon doux classique.	Savon antiseptique.	Savon antiseptique.	Une solution hydroalcoolique.
Avec quelle technique ?	Friction minutieuse au savon des mains et des poignets pendant 30 secondes puis rinçage.	Friction minutieuse au savon des mains et des poignets pendant 30 secondes puis rinçage.	Friction minutieuse au savon des mains, des poignets et des avant-bras 60 secondes avec brossage des ongles puis rinçage. Renouvellement de la friction au savon pendant 60 secondes puis rinçage.	Friction minutieuse des mains avec la solution hydroalcoolique jusqu'à séchage complet de la solution pendant 30 à 60 secondes.

9 **Le DOCUMENT 3 explique qu'« il faut impérativement retirer les bijoux (bagues, bracelets, montres), avoir les poignets découverts et avoir les ongles courts non vernis ». Donner une explication pour chaque critère en remplissant le tableau suivant.**

Critères	Explication
Pas de bijoux	
Poignets découverts	
Ongles courts et non vernis	

10 **À partir du DOCUMENT 3, expliquer ce qui différencie un lavage simple d'un lavage antiseptique.**

11 **À partir du DOCUMENT 3, différencier le lavage antiseptique du lavage chirurgical.**

12 **Quelle est la limite à l'utilisation de la friction hydroalcoolique ?**

POUR ALLER PLUS LOIN

Il est possible d'observer la présence des micro-organismes de la flore cutanée en réalisant des prélèvements sur les mains puis en les cultivant sur un milieu gélosé. Même sans laboratoire de microbiologie, il est tout à fait possible de réaliser cette observation pour rendre la nécessité de se laver les mains plus concrète.

Matériel :
Quelques géloses ordinaires en boîte de pétri (matériel disponible chez les fournisseurs de matériel pédagogique classiques soit sous forme de poudre à reconstituer + boite, soit directement sous forme de boîte contact déjà préparée).

Manipulation :
- Tracer 3 traits avec la pulpe de l'index, du majeur et de l'annulaire sur la gélose. Effectuer une pression modérée pour éviter d'endommager la gélose. Attention aux ongles trop longs !
- Se laver les mains soigneusement puis recommencer sur une nouvelle boîte.
- Mettre à incuber plusieurs jours à température ambiante ou 24 heures à 37 °C.
- Observer la gélose et les colonies apparues.

N.B. Les géloses peuvent se fabriquer de manière artisanale avec du bouillon (de bœuf ou de poule) réhydraté puis filtré, additionné d'agar-agar, une plaque chauffante électrique peut servir à délimiter une zone d'asepsie pour le coulage en boîte ou en ramequin préalablement stérilisé par la chaleur.

Il est possible de créer une étuve à partir d'une yaourtière ou d'une cocotte-minute avec un fond d'eau chauffée à la température voulue puis maintenue fermée et emballée dans un sac isotherme afin de limiter les échanges thermiques.

ACTIVITÉ 3 L'hygiène appliquée à l'utilisation des cuisines

DOC. 4 La marche en avant

Les emballages des produits secs, les coquilles d'œufs ou encore la peau des légumes qui arrivent dans une cuisine sont recouverts de micro-organismes venant de l'extérieur même s'ils ne sont pas visuellement souillés. Il est donc important de mettre en place des circuits afin d'éviter que ces micro-organismes extérieurs ne viennent contaminer les plats distribués en bout de chaîne de préparation. Pour éviter ce problème, un système d'organisation des cuisines a été pensé, il s'agit de la marche en avant. Il s'agit d'un concept essentiel à l'organisation des locaux destinés à la préparation de denrées alimentaires. Il permet de respecter la norme UE n° 852/2004 qui exige que les locaux soient organisés de façon à prévenir la contamination des aliments entre et pendant les opérations de préparation. L'objectif est donc d'éviter que les aliments qui arrivent dans la cuisine ne croisent jamais les aliments qui sortent pour être consommés. Les aliments progressent toujours vers l'avant dans le circuit sans jamais revenir en arrière. Pour arriver à ce résultat, deux types d'organisations sont possibles :

- **la marche en avant dans l'espace :** les locaux sont organisés de façon que chaque étape de la production d'une denrée alimentaire se réalise dans une zone différente pour éviter que des aliments avec un niveau de propreté différent soient en contact. Le stockage est aussi organisé de façon que les produits bruts arrivant ne soient pas stockés au contact des produits finis sortants ;
- **la marche en avant dans le temps :** si les locaux sont trop petits pour séparer les zones de travail alors les étapes doivent se faire l'une après l'autre avec une décontamination rigoureuse des zones utilisées entre deux étapes. Ceci est valable pour les plans de travail comme pour les zones de stockage.

13 **À quoi sert la marche en avant ?**

14 **Est-il toujours possible de séparer physiquement les opérations sales des opérations propres ? Si non, comment peut-on adapter la marche en avant ?**

15 **Pour chaque paire d'aliments, expliquer pourquoi il ne faut pas qu'ils se croisent.**

&

&

&

POUR ALLER PLUS LOIN

Découvrir le fonctionnement de la marche en avant dans une cuisine hospitalière.

Visionner cette vidéo

https://qrcode.link/a/MNA8Ic

POUR ALLER PLUS LOIN

Télécharger la grille d'évaluation formative.

https://qrcode.link/a/itoFTq

CHAPITRE 20 Entretenir les espaces

https://qrcode.link/a/pt4wVd
Exemple de situation professionnelle

ACTIVITÉ 1 L'entretien d'une chambre en EHPAD

DOC. 1 Les règles d'entretien d'une chambre en EHPAD

Les protocoles d'entretien de locaux en EHPAD contribuent à assurer la sécurité sanitaire des résidents.

Les principes de base du nettoyage sont les suivants :

- commencer par les pièces les moins contaminées : il faut nettoyer du plus propre vers le plus sale et du haut vers le bas ;
- nettoyer du fond vers la sortie : ne jamais revenir en arrière ;
- une technique de dépoussiérage précède toujours le nettoyage : essuyage humide des surfaces hautes et balayage humide des sols ;
- un détourage précède le nettoyage des sols.

Circuit organisationnel du nettoyage d'une chambre

1. Produits d'entretien à appliquer et laisser agir dans la salle de bains WC + lavabo, baignoire, douche.
2. Remplacement des poubelles dans la salle de bains et la chambre.
3. Essuyage humide des surfaces dans la chambre (respect des règles d'hygiène de base).
4. Essuyage humide des surfaces dans la salle de bains (respect des règles d'hygiène de base) : commencer par le lavabo puis la baignoire et terminer par la cuvette.
5. Effectuer le balayage humide des sols puis terminer par le lavage des sols.

1 À l'aide du **DOCUMENT 1**, tracer le circuit organisationnel pour l'entretien de la chambre suivante en respectant le code couleur pour les étapes de 1 à 4.

ACTIVITÉ 2 Les protocoles d'entretien

https://qrcode.link/a/T71ntY
Le matériel d'entretien

Visionner cette vidéo
https://qrcode.link/a/z8FeFX
Étapes du balayage humide

Protocole du balayage humide

Objectif	Consignes de sécurité
Éliminer les salissures non adhérentes en évitant leur mise en suspension grâce à un agglutinant.	- Tenue professionnelle + port des gants. - Ergonomie : garder le dos droit, se baisser en pliant les genoux, faire des mouvements amples.
Matériel	**Produit**
- Balai trapèze. - Pelle + balayette. - Poubelle.	Gazes imprégnées d'agglutinant.

Mode opératoire

Préparation du matériel

1. Étirer la gaze pré-imprégnée et la poser sur le sol.
2. Poser le balai trapèze sur la gaze : fixer la gaze dans les encoches du balai.
3. Placer le matériel près de la sortie de la pièce.

5

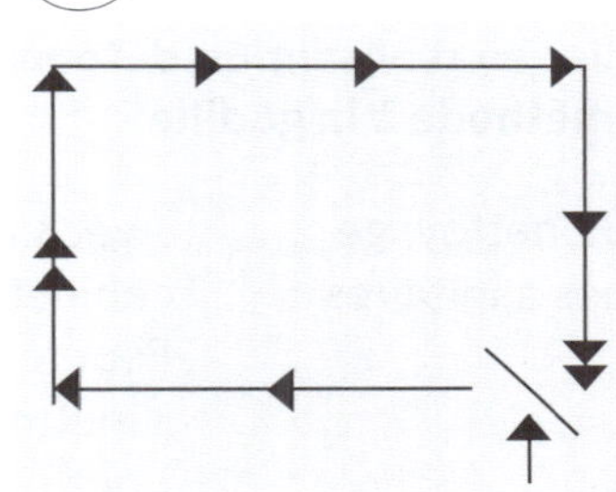

Technique à la godille

4. Commencer par collecter les gros déchets avec la pelle et la balayette.
5. Détourer la pièce : pousser le balai devant soi sur tout le pourtour de la pièce.
6. Passer le balai sur le reste de la pièce en reculant, le balai devant soi, en faisant des mouvements en « S ». Les mouvements se chevauchent.

6

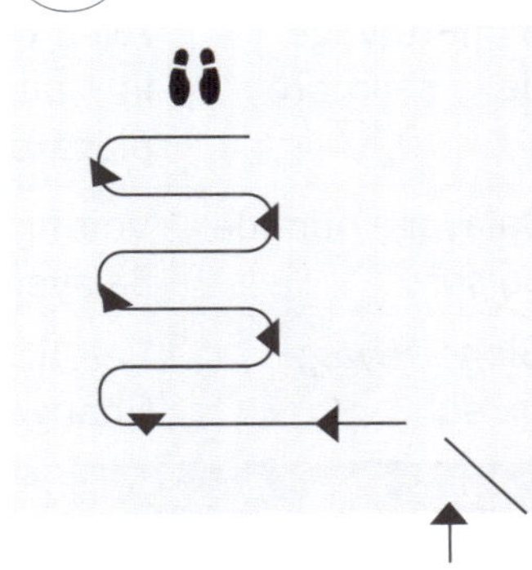

Attention : ne jamais soulever le balai ni revenir en arrière.

7. Ramener le balai près de la sortie et de la poubelle.
8. Décrocher la gaze et la jeter.
9. Récupérer les salissures restantes à l'aide d'une pelle et balayette.

Contrôle de qualité

Contrôle visuel : absence de salissures non adhérentes.

Protocole de bionettoyage quotidien d'une chambre d'EHPAD

Objectif	Consignes de sécurité
Éliminer les salissures adhérentes, non adhérentes et une partie des micro-organismes.	- Tenue professionnelle. - Port des gants, à changer entre chaque opération de nettoyage. - Ergonomie : garder le dos droit, se baisser en pliant les genoux, faire des mouvements amples.
Matériel	**Produit**
- Chariot de ménage équipé (avec lavettes de couleurs spécifiques). - Balai de lavage.	- Détergent - désinfectant (DD). - Détartrant.

Mode opératoire

Généralité : comment bien utiliser une lavette microfibres

1. **Choisir une lavette** de couleur spécifique à la zone d'entretien.

2. **Plier ensuite le chiffon en microfibres** en deux, trois fois. Cela permet d'obtenir 16 surfaces différentes pour permettre le nettoyage (lorsqu'une face de la lavette est sale, on utilise l'autre).

3. **Humidifier la lavette** avec un spray détergent désinfectant et non sur le mobilier pour éviter la mise en suspension du produit.

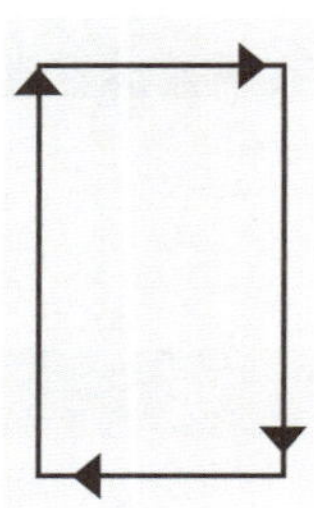

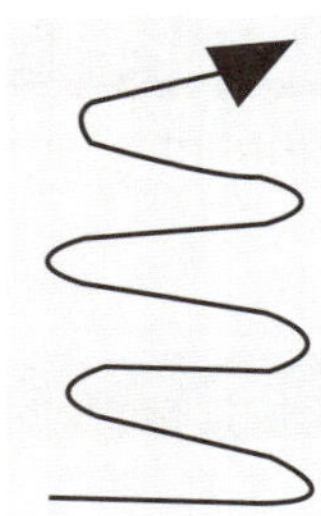

4. **Appliquer la lavette** sur le mobilier en réalisant un **détourage** et la **méthode à la godille**.

5. **Laisser agir le produit** le temps indiqué par le fabriquant et rincer si nécessaire.

Remarque : lorsque la lavette est soulevée pour nettoyer une autre surface, il faut changer la face de la lavette pour éviter de redéposer les salissures et micro-organismes.

1. Bionettoyage des sanitaires	Avec une lavette imprégnée de produit (DD), nettoyer dans l'ordre suivant : les accessoires du cabinet de toilette - le lavabo extérieur et intérieur - WC. Pour les WC, nettoyer dans l'ordre suivant : - mettre le détartrant dans la cuvette en respectant le temps de contact ; - nettoyer les extérieurs de la cuvette avec une lavette imprégnée de DD ; - finir par l'abattant et le bord intérieur de la cuvette ; - détartrer la cuvette à l'aide d'une brosse ; - tirer la chasse d'eau.
2. Bionettoyage de la chambre	Avec une lavette imprégnée de produit, nettoyer dans l'ordre suivant : tête, pieds et côté du lit - table de nuit - fauteuils, chaises et tabourets - table adaptable - poignées des armoires et placards - sonnette, téléphone - lampe mobile - prises murales, interrupteurs.
3. Balayage humide du sol	Voir fiche technique balayage humide. Balayer puis dégager la gaze au seuil de la pièce et non dans le couloir.
4. Bionettoyage du sol	Voir fiche technique méthode pré-imprégnation. Changer de frange de lavage à chaque chambre et plus si nécessaire.

Contrôle de qualité

Contrôle visuel : absence de salissures non adhérentes.

https://qrcode.link/a/un6UXF

Périodicité du nettoyage d'une chambre d'EHPAD

Visionner cette vidéo

https://qrcode.link/a/OzozTj

Méthode par imprégnation

Protocole de bionettoyage des sols

Méthode par pré-imprégnation

Objectif	Consignes de sécurité
Éliminer les salissures adhérentes et des micro-organismes.	- Tenue professionnelle + port des gants + lunettes de protection. - Ergonomie : garder le dos droit, se baisser en pliant les genoux, faire des mouvements amples.

Matériel	Produit
Chariot de ménage : - bandeaux de lavage ; - pelle + balayette ; - seaux bleus et rouges ; - verre doseur ; - balai de lavage avec semelle velcro.	Détergent – désinfectant (DD).

Mode opératoire

1

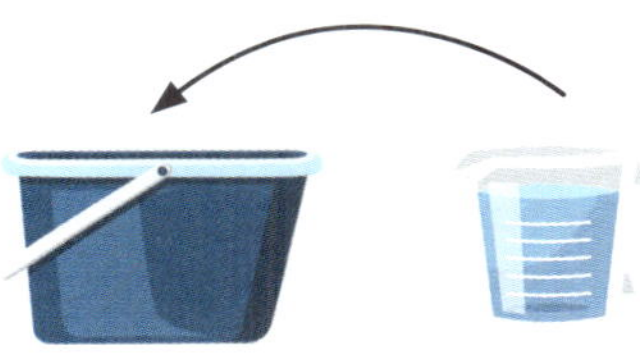

- Calculer le volume de solution + le nombre de bandeaux en respectant les dosages du fabriquant (≈ 5 L de solution pour 15-25 bandeaux).
- Verser la solution dans le seau bleu.

2

- Déposer dans le seau les bandeaux de lavage et laisser imprégner quelques minutes.

3

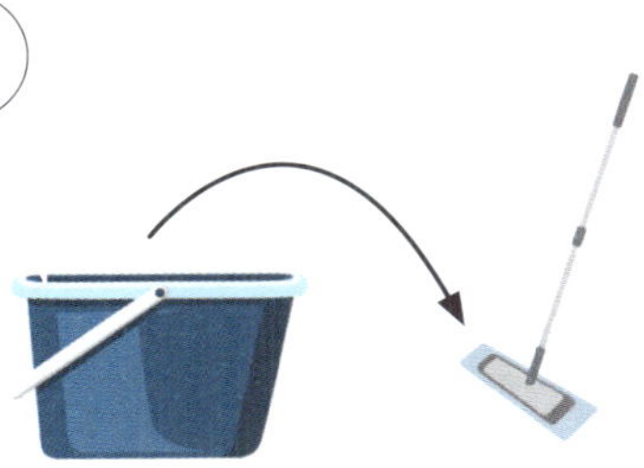

- Retirer un bandeau du seau et le poser au sol.
- Fixer le balai sur le bandeau.

4

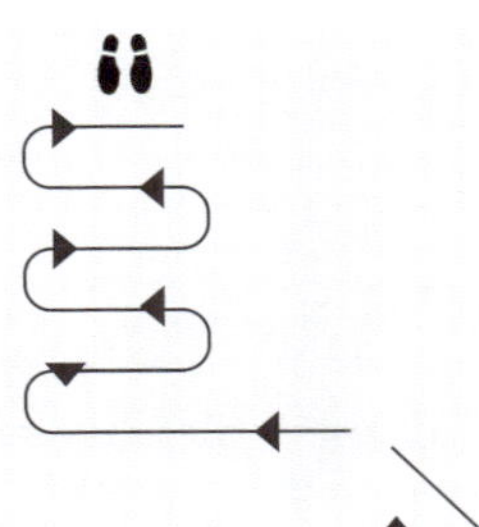

- Bionettoyage du sol : effectuer le lavage (détourage + méthode à la godille).
- Laver une surface de 4 à 6 m².

5

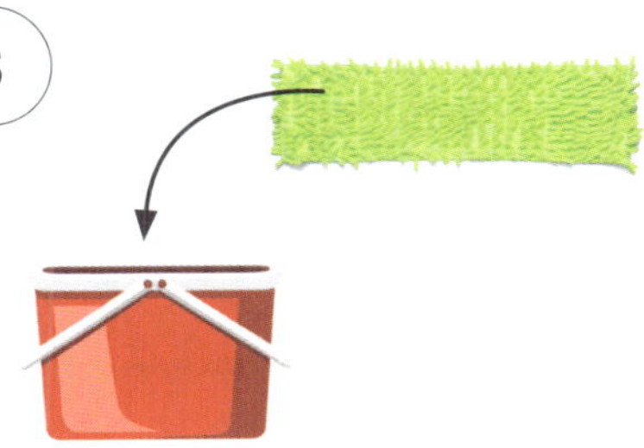

- Après avoir lavé une surface et lorsque le bandeau est sale, retirer celui-ci et le déposer dans le seau rouge.
- Recommencer la phase 3 avec le bandeau suivant.

Contrôle de qualité

Contrôle visuel : absence de salissures non adhérentes.

Après lecture des protocoles d'entretien, répondre aux questions suivantes :

2 En vous aidant de la fiche technique « Matériel d'entretien des locaux », identifier dans chaque fiche technique le matériel nécessaire.

3 Repérer deux modes opératoires commun quelle que soit la méthode d'entretien du sol.

4 Expliquer la phrase du protocole balayage humide : « Ne jamais soulever le balai ni revenir en arrière ».

5 Indiquer la signification des couleurs bleues et rouges sur les seaux d'entretien.

6 Relever et justifier les postures ergonomiques attendues.

Matériel nécessaire pour un balayage humide	Matériel nécessaire pour le bionettoyage quotidien d'une chambre d'EHPAD	Matériel nécessaire pour un bionettoyage des sols

CHAPITRE 21 Organiser et distribuer des collations

https://qrcode.link/a/MIRSXv

Exemple de situation professionnelle

ACTIVITÉ 1 Prise en compte des contraintes liées à la personne pour planifier la distribution des collations et repas

DOC. 1 Organisation du temps de collation ou de repas

L'hygiène a une place importante dans l'organisation des repas en crèche. Les tables sont nettoyées avant et après le service des repas. Lorsqu'il y a plusieurs services, les tables sont nettoyées entre les services. Les professionnels se doivent d'adopter une tenue correcte vis-à-vis de l'hygiène. Les enfants sont amenés à se laver les mains avant et après le repas ainsi que les accompagnateurs.

Le remplissage des assiettes se fait au dernier moment, afin de maintenir les aliments à bonne température. De même, les goûters sont préparés juste avant leur consommation. Les repas vont être distribués en fonction des besoins de l'enfant (rythme, appétit, allergie, âge…).

Le Projet d'Accueil Individualisé (PAI) permet à des enfants atteints de troubles de santé d'être accueillis en collectivités. Il est régi par une circulaire datant de 2003 qui définit les conditions d'accueil d'enfants souffrant par exemple d'allergie alimentaire, de diabète ou d'épilepsie. Lors de la mise en place d'un PAI, il n'est pas rare que la collectivité ne puisse répondre aux contraintes des allergies alimentaires en raison d'une impossibilité de proposer des repas différents pour chaque enfant par exemple. Dans ces cas-là, les parents fournissent les repas.

Le temps consacré aux repas est d'environ 20 à 30 minutes. Une activité de retour au calme est prévue entre le repas et la sieste pour favoriser la digestion. Un délai d'environ 3 heures est observé entre les repas.

1 Indiquer les critères relatifs à l'enfant à prendre en compte pour organiser les repas.

Vidéo nécessaire : Cuisiner pour bébé à la crèche

https://qrcode.link/a/WvIri1

2 Expliquer l'intérêt de la mise en place d'un PAI pour un enfant allergique.

3 Indiquer la règle à respecter par le professionnel concernant l'introduction de nouveaux aliments.

Activité 2 Distribution dans des conditions optimales et respect des règles d'hygiène

DOC. 2 Crèches : quelles sont les règles à respecter ?

Les crèches respectent la réglementation de la restauration collective. Elle traite de l'hygiène des locaux et du personnel, du stockage et du maintien en température des aliments pour éviter les risques d'infection. Sachant que les bactéries se développent entre 3 °C et 63 °C, les plats livrés par des prestataires sont stockés :

- pour les liaisons froides : dans des réfrigérateurs professionnels à une température maximale de + 3 °C ;
- pour les liaisons chaudes : dans des appareils de maintien en température à + 63 °C.

Les dangers microbiologiques se situant entre + 3 °C et + 63 °C, il est primordial d'utiliser des **réfrigérateurs**, des **cellules de maintien en température** ainsi que des **fours de remise en température** qui respectent ces normes afin d'éviter tout risque de développement de bactéries.

Pour réchauffer ou refroidir un plat, la température à cœur doit franchir **rapidement** + 3 °C à + 63 °C. Seule l'utilisation de **matériels de cuisine professionnels** permet cette exigence.

Les crèches sont dans l'obligation d'effectuer un relevé de température avant et après le refroidissement des plats et de les consigner dans un registre qui sera demandé lors des contrôles sanitaires.

À partir du DOCUMENT 2, répondre aux questions suivantes :

4 **Surligner l'intervalle de température sur lequel se développent les bactéries alimentaires.**

5 **À partir de la question précédente, déduire les règles d'hygiène sur la conservation des aliments.**

6 **Expliquer les risques encourus en cas de rupture de la chaîne du froid.**

7 **Expliquer l'importance de compléter un registre avec les relevés de température.**

DOC. 3 Chaîne du froid : adoptez les bons réflexes !

Selon la réglementation, les températures des produits réfrigérés varient entre + 2 °C et + 8 °C. La rupture de cette chaîne implique des risques d'intoxication alimentaire. La majorité de ces intoxications sont bénignes. Néanmoins, l'élévation de la température peut entraîner la prolifération de certains germes (salmonella, staphylococcus aureus, listeria monocytogènes, etc.) et rendre alors le produit impropre à la consommation.

Comment maintenir la chaîne du froid au moment de l'achat et du transport ?

Lors du transport, utilisez de préférence un sac isotherme et limitez au maximum le temps de transport entre le moment de l'achat et l'arrivée au domicile où les denrées seront rapidement rangées dans le réfrigérateur ou le congélateur. Une fois chez vous, rangez les produits à la bonne place dans le réfrigérateur. Respectez les températures maximales indiquées sur les étiquetages des denrées préemballées. Le fabricant de la denrée fixe sa date limite de consommation en tenant compte de cette température.

Les consignes de stockage

Les températures maximales de conservation des denrées alimentaires périssables réfrigérées, congelées sont fixées par la réglementation, sous la responsabilité du professionnel. Il convient, dans tous les cas, de respecter la température indiquée sur l'étiquette.

À titre indicatif, ces températures sont les suivantes pour les différentes catégories de denrées alimentaires :

- la porte du réfrigérateur a généralement des températures plus élevées, de 4 à 6 °C en haut pour les condiments, les œufs et certains produits laitiers, de 6 à 10 °C en bas pour les boissons ;
- les viandes crues, poissons non cuits, charcuteries, produits frais au lait cru sont de préférence conservés entre 0 et 4 °C ;
- les produits prêts à l'emploi, les plats cuisinés ainsi que certains produits laitiers et pâtisseries sont à conserver entre 4 et 6 °C ;
- les légumes et fruits frais peuvent être conservés à des températures plus élevées allant de 6 à 10 °C ;
- tous les aliments surgelés, les glaces et sorbets doivent être conservés à - 18 °C.

« Fiche pratique DGCCRF - Chaîne du froid : adoptez les bons réflexes ! » (extraits), 07/2021, economie.gouv.fr

8 À partir du DOCUMENT 3, définir le terme d'« intoxication alimentaire ».

9 Dans le DOCUMENT 3, relever trois conseils pour ne pas rompre la chaîne du froid.

ACTIVITÉ 3 Distribution des boissons en prévention de la déshydratation

DOC. 4 La déshydratation chez le nourrisson

La déshydratation correspond à un manque d'eau et de sels minéraux dans le corps, essentiels au bon fonctionnement de l'organisme.

Le corps humain ne peut pas stocker l'eau. Il l'élimine en permanence essentiellement par l'urine, la respiration et surtout la transpiration. Pour maintenir l'organisme en bonne santé, les pertes en eau doivent toujours être compensées par les apports (essentiellement l'alimentation avec un apport adéquat en boissons).

Chez le nourrisson, la perte d'eau peut être très rapide pouvant entraîner une perte de poids de 10 voire 15 %. Il faut être vigilant et tout particulièrement avant l'âge de 6 mois car la fragilité du nourrisson est maximale à cet âge.

Il est donc important de connaître les signes de déshydratation du nourrisson et de consulter votre médecin immédiatement si votre nourrisson :

- est anormalement apathique et dort beaucoup ;
- est difficile à réveiller et gémit ;
- a un comportement inhabituel ;
- est pâle et a les yeux cernés ;
- respire vite ;
- continue de vomir malgré l'ingestion de solutions de réhydratation orales (SRO) ;
- a une perte de poids de plus de 5 % ;
- présente une dépression de ses fontanelles situées sur la partie supérieure du crâne (elles marquent le creux du doigt).

« Déshydratation » (extraits), 01/2022, ameli.fr

10 Surligner, dans le DOCUMENT 4, la définition de déshydratation.

11 À partir du DOCUMENT 4, citer trois signes cliniques de déshydratation chez le nourrisson.

12 À partir de vos connaissances, proposer dans le tableau ci-dessous des solutions pour maintenir l'hydratation des enfants.

	- Comment donner le plaisir de boire de l'eau ?
	- Quels aliments choisir ?
	- Quelles boissons proposer au petit déjeuner ?
	- Quels réflexes avoir au moment des repas ?

CHAPITRE 22 Accompagner la prise des repas

https://eqrcode.co/a/hO3TZ2

Exemple de situation professionnelle

ACTIVITÉ 1 Le repas : temps de plaisir et d'échanges

DOC. 1 Extrait du projet pédagogique « Crèche parentale les crocos »

Le repas à la crèche est un moment de partage, d'échanges, de convivialité et d'apprentissage des règles de vie pour chacun (enfants et adultes). Les professionnels veilleront au respect des besoins d'alimentation de chaque enfant.
Le repas correspond à une situation éducative favorisant l'éveil, la curiosité, le plaisir et le bon développement de l'enfant dans son individualité. Ce temps favorise et stimule l'éveil du goût selon les habitudes et capacités de chacun, sans brusquer ou déranger. C'est amener les enfants à se familiariser avec les règles d'hygiène et avec les règles de vie en collectivité en fonction des compétences de chacun. Les professionnels proposeront le cadre nécessaire à la libre découverte de chacun, de faire ses choix et ses expériences dans le cadre du bon équilibre alimentaire. [...]
L'organisation du repas dépend du stade du développement moteur de l'enfant, en particulier sa maîtrise de la position assise. Il faudra attendre que l'enfant maîtrise bien la position assise seul pour lui proposer de s'asseoir sur une chaise au moment du repas. Pour les bébés, le repas se passe dans les bras, sur les genoux ou dans un transat, dans une relation privilégiée avec le professionnel qui nourrit l'enfant. Les enfants prennent alors le repas à tour de rôle. Progressivement, avec l'acquisition de la position assise, les enfants pourront prendre leur repas assis sur une chaise adaptée à leur taille, réunis par petits groupes. Il sera proposé une « fiche alimentaire » pour chaque enfant, afin de connaître son rythme (temps entre chaque repas), ses habitudes et ainsi repérer où l'enfant en est dans la diversification alimentaire. La texture de l'alimentation est adaptée (alimentation lactée puis progressivement diversifiée, mixée puis en morceaux). Pour les plus grands, le repas devient collectif : c'est un temps important de socialisation, de partage, de plaisir et de découverte. C'est l'occasion de leur donner la possibilité de participer s'ils le désirent, de leur proposer de se laver les mains, de se servir seul, d'utiliser les mains ou les couverts pour manger. On peut également leur présenter les aliments : les toucher, les sentir, les manipuler. Par ailleurs, il est important de laisser le temps à chaque enfant de manger à son rythme.

Source : https://www.aceprif.org/wp-content/uploads/2019/03/Projet-peda-crocos.pdf

1 À partir du **DOCUMENT 1**, répondre aux questions suivantes.

Vidéo optionnelle
https://eqrcode.co/a/uWt4Ty

a) Indiquer l'importance du temps de repas pour l'enfant dans son développement personnel.

b) Indiquer le rôle du professionnel dans l'accompagnement de la prise des repas.

2 Surligner dans le **DOCUMENT 1** le facteur déterminant l'organisation du repas.

ACTIVITÉ 2 Installation et accompagnement à la prise des repas et collations

https://eqrcode.co/a/JnYd9G

3 À l'aide du **DOCUMENT 1** et de la documentation (accessible via le QR Code), compléter le tableau ci-dessous.

	Installation proposée pour le repas	Justification
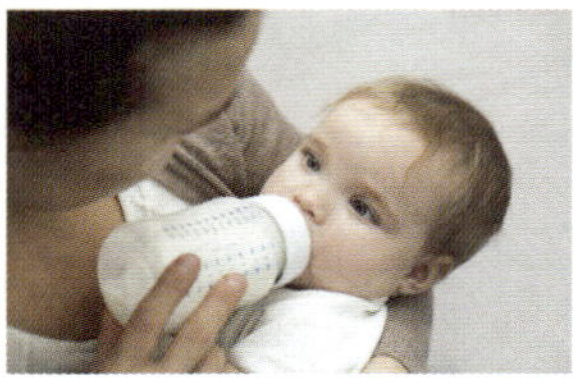		
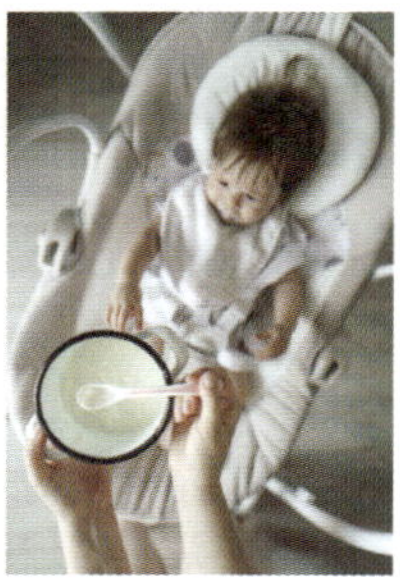		

4 Citer deux consignes de sécurité à respecter lors de l'installation de l'enfant.

ACTIVITÉ 3 Les aides techniques à la prise des repas et collations

DOC. 2 Initiation de l'enfant à l'usage des couverts

Entre douze et dix-huit mois, l'enfant commence déjà à s'alimenter seul. C'est pourquoi on doit lui enseigner l'habitude de manipuler les couverts, notamment la fourchette. Leur manipulation sera progressive, à l'instar de l'apprentissage de l'utilisation de la cuillère pour la soupe. Après ce premier couvert, on incorporera la fourchette et dans un dernier temps, le couteau.

L'utilisation des couverts pour le repas doit être une habitude quotidienne. De cette manière, l'enfant obtiendra un apprentissage efficace. Les couverts doivent être adaptés à l'enfant, que ce soit en termes de poids, de taille et de matériau.

Il est ainsi nécessaire de prendre en compte quelques caractéristiques recommandées pour ces ustensiles. Le manche doit être large et en plastique antidérapant pour faciliter la saisie. Cela est valable jusqu'à ce que l'enfant ait au moins deux ans. [...] L'enfant, grâce à la pratique, se familiarisera donc avec l'utilisation des couverts. Ainsi, sa coordination motrice s'améliorera de plus en plus.

Source : https://etreparents.com/a-que-age-un-enfant-peut-il-utiliser-des-couverts/

Visionner cette vidéo

https://eqrcode.co/a/56o93q

5 À partir du DOCUMENT 2 et de la vidéo ci-dessus, répondre aux questions suivantes.

a) Indiquer dans quel ordre sont introduits les différents couverts à l'enfant.

b) Justifier l'utilisation d'une vaisselle adaptée à l'enfant.

c) Dans le tableau ci-dessous, indiquer l'intérêt de chaque couvert.

Bol d'apprentissage	Intérêt	Fourchette et cuillère	Intérêt

6 À l'aide de vos connaissances, justifier l'intérêt du bavoir.

Activité 4 La posture du professionnel lors de l'aide à prise des repas

7 **Cocher dans le tableau ci-dessous la (ou les) règle(s) respectée(s) dans chaque situation.**

Situations	Apprentissage de l'autonomie	Respect des règles à table	Apprentissage du goût	Respect du rythme de l'enfant	Favoriser la sociabilisation
Lilou a des gestes encore hésitant avec ses couverts, mais vous la laissez manger seule.	☐	☐	☐	☐	☐
Vous intervenez lorsque Lucas joue avec sa nourriture et s'en met partout.	☐	☐	☐	☐	☐
Vous pelez et coupez différents fruits à proposer aux enfants pour le goûter, sans les forcer.	☐	☐	☐	☐	☐
Vous profitez du repas pour un temps d'échange avec les enfants : jouer à des devinettes, raconter ses rêves.	☐	☐	☐	☐	☐
Plusieurs enfants n'ont pas fini leur assiette. Tant pis ! Vous ne les forcez pas à finir le repas.	☐	☐	☐	☐	☐
C'est l'heure du repas. Anaïs, 5 mois, dort encore. Vous préférez ne pas la réveiller.	☐	☐	☐	☐	☐
Dès que les enfants sont en âge de se tenir tout seul, ils mangent à plusieurs autour de la table.	☐	☐	☐	☐	☐

CHAPITRE 23 Transmettre des informations à l'oral et à l'écrit

https://qrcode.link/a/TwZHqw

Exemple de situation professionnelle

ACTIVITÉ 1 Les transmissions

DOC. 1 La fiche de transmission : un outil de communication et de traçabilité

Les fiches de transmission sont utilisées pour l'accueil des tout-petits (crèches, haltes-garderies, assistante maternelle, nounou, baby-sitter...). Elles sont regroupées dans un cahier ou dans un classeur individuel.

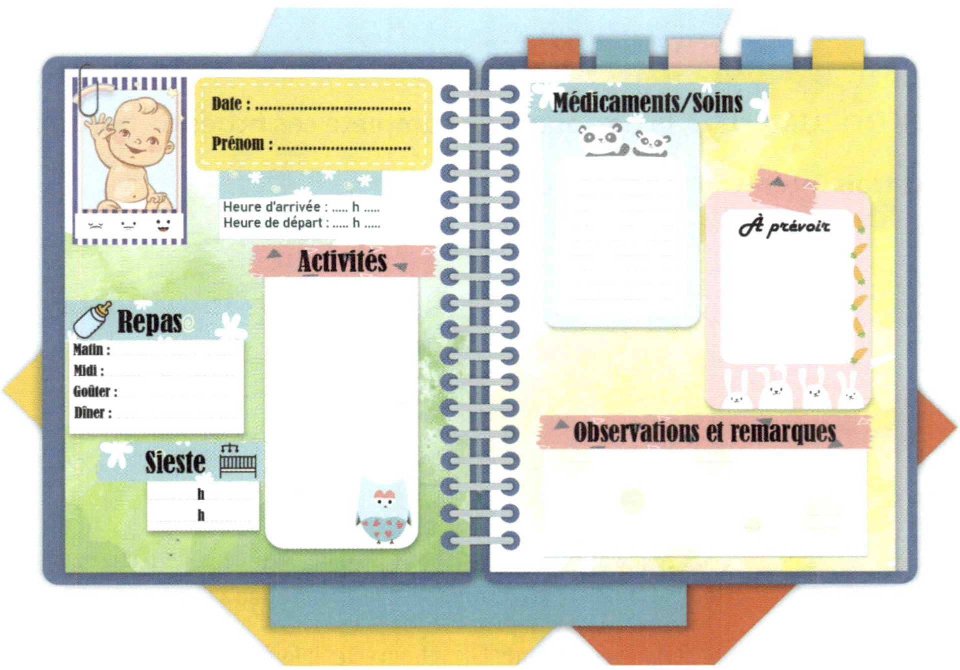

D'après www.petite-enfance-rh.fr

Véritable outil de communication, les fiches de transmission permettent aux professionnels de noter les informations transmises par les parents quand ils déposent l'enfant (s'il a bien dormi, s'il a pris son petit-déjeuner, s'il est grincheux, si un événement important est survenu). La transmission permet de comprendre l'enfant et de pouvoir répondre à ses besoins, angoisses, craintes... Par exemple si on sait qu'un enfant a bien déjeuné le matin alors qu'il pleure, on ne lui proposera pas un biberon mais on essayera de comprendre s'il n'a pas autre chose qui le gène.

Les professionnels complètent les fiches au cours de la journée.

Elles mentionnent tous les événements quotidiens de l'enfant : horaires d'arrivée et de départ, contenu des repas, horaires de la ou des siestes, activités de la journée...

Les rythmes des enfants évoluant très vite, tracer et se transmettre ces informations est indispensable.

Si des événements particuliers ont lieu (prise d'un médicament, bobo, accident de couche par exemple), ce document assure une traçabilité.

Les fiches permettent un suivi entre les professionnels. Imaginez : vous vous occupez de Harry, 12 mois et aujourd'hui vous terminez votre journée à 16 heures alors qu'Harry part à 18 heures. La fiche permet de prendre la relève. Le professionnel qui prendra Harry en charge de 16 heures à 18 heures pourra renseigner les parents grâce aux informations que vous aurez inscrites dessus. Le professionnel se servira de cette fiche pour faire un bilan oral aux parents quand ils viendront récupérer Harry. Elles permettent ainsi aux parents d'être informés de la journée écoulée.

La transmission se fait donc le matin et le soir à l'aide d'une prise de notes effectuée au cours de la journée.

Les fiches de transmission ne remplacent pas l'échange oral entre parents et professionnels, mais elles permettent de consigner par écrit ce qui concerne l'enfant sans qu'aucune information ne soit oubliée.

1 Repérer les différentes rubriques présentes sur une fiche de transmission.

- ....
- ....
- ....
- ....
- ....
- ....
- ....
- ....

2 Souligner, dans le DOCUMENT 1, la personne qui complète ces fiches de transmission.

3 Relever au moins trois intérêts des fiches de transmission.

- ....
- ....
- ....
- ....
- ....

4 Relier les termes suivants à leur définition.

Traçabilité •	• Passage des informations entre les différents membres d'une équipe entre les professionnels et la famille. Elles peuvent se faire à l'oral et/ou à l'écrit.
Transmission •	• Technique qui permet de retrouver les informations nécessaires et suffisantes pour comprendre une situation.

5 Les transmissions peuvent être effectuées de deux façons. Lesquelles ?

- ....
- ....

POUR ALLER PLUS LOIN

Mytiboo - Cahier de Transmissions Numérique - Crèches & Parents

https://qrcode.link/a/VDAD5V

ACTIVITÉ 2 Les différentes modalités de transmission

DOC. 2 Maëla, aide-soignante à l'hôpital, nous parle des transmissions orales

Les transmissions orales se réalisent entre les professionnels de l'équipe qui se succèdent. À l'hôpital, l'équipe du matin et l'équipe de l'après-midi ont un petit temps de chevauchement des horaires. Pareil pour l'équipe de l'après-midi et l'équipe de nuit. Cela permet les transmissions orales des informations écrites.

C'est un temps d'échange riche, indispensable au suivi des soins. Généralement, c'est l'infirmière qui réalise les transmissions mais les autres membres de l'équipe peuvent participer en fonction des soins qu'ils ont effectués. Il y a aussi des transmissions informelles, spontanées, effectuées au cours de la journée : quand on se croise, quand on est en pause, quand on s'appelle par téléphone. Il faut aller à l'essentiel et surtout penser à les retranscrire par écrit.

6 **Les transmissions orales peuvent avoir lieu au cours d'un temps dédié ou se faire de manière spontanée. Justifier cette affirmation en soulignant les passages concernés dans le DOCUMENT 2.**

7 **Parmi les affirmations suivantes relatives aux transmissions orales, indiquer s'il s'agit d'avantages ou d'inconvénients.**

		Avantages et intérêts	Inconvénients et limites
a	Elle peut s'adapter au professionnel, au lieu, au moment et à la situation dans laquelle on l'effectue.	☐	☐
b	Elle est rapide.	☐	☐
c	Elle provoque des réactions immédiates.	☐	☐
d	Elle ne laisse pas de trace.	☐	☐
e	Le réajustement du contenu est possible.	☐	☐
f	Elle n'a pas de valeur juridique.	☐	☐
g	Elle permet l'échange.	☐	☐
h	L'émetteur peut être influencé par de fausses perceptions.	☐	☐
i	Elle permet de vérifier la pertinence et la compréhension de l'information écrite.	☐	☐
j	Elle est interprétable.	☐	☐
k	Elle n'est pas contrôlable.	☐	☐

DOC. 3 Joris, infirmier en EHPAD (établissements d'hébergement pour personnes âgées dépendantes) nous parle des transmissions écrites

Les transmissions écrites permettent d'apprendre des informations importantes mais aussi d'en garder une trace. Elles ont une valeur de preuve. Il faut noter les observations et actes effectués de façon chronologique (date et heure précise), noter quel professionnel a rédigé (nom et prénom écrits lisiblement) et la personne concernée (nom de l'usager présent sur chaque feuille, recto verso). Les transmissions peuvent être notées par tous les membres de l'équipe (toute personne qui a effectué un soin ou qui a observé le patient doit écrire elle-même la transmission : cadre infirmier IDE, AS Élève IDE et AS Assistante sociale Kinésithérapeute, diététicienne Médecins, etc.).

8 **Les transmissions écrites ont une valeur de preuve. Justifier cette affirmation en soulignant le passage concerné dans le DOCUMENT 3.**

9 **Parmi les affirmations suivantes relatives aux transmissions écrites, indiquer s'il s'agit d'avantages ou d'inconvénients.**

		Avantages et intérêts	Inconvénients et limites
a	Elle est durable, en cas de contestation, il est aisé de s'y référer.	☐	☐
b	Elle peut présenter des informations essentielles, secondaires et sans intérêt.	☐	☐
c	Elle permet d'éviter les oublis.	☐	☐
d	Elle peut être fastidieuse à rédiger ou à lire.	☐	☐
e	Il faut aussi effectuer des transmissions orales.	☐	☐

CHAPITRE 24 Respecter la confidentialité des informations

https://eqrcode.co/a/kJNzkq

Exemple de situation professionnelle

ACTIVITÉ 1 La notion de secret professionnel

DOC. 1 **« Le secret professionnel et le partage des informations médicales entre professionnels de santé »**

Vous seul décidez de l'usage des informations médicales vous concernant […].

Quelles informations sont concernées par le secret médical ?

Le secret médical s'étend non seulement aux informations à caractère strictement médical (pathologie, résultat d'examens biologiques et radiographiques, diagnostic, traitement, intervention) mais aussi aux informations personnelles, relatives à la vie privée d'une personne (celles-ci pouvant concerner la famille, la profession ou encore le patrimoine de la personne malade). […]

Existe-t-il des dérogations ?

Oui, elles sont de deux ordres :

- d'une part celles fondées sur l'ordre de la loi (exemple : déclaration de naissances, de décès, certificat d'internement, dopage…), celles pour raisons de santé publique (lutte contre les épidémies ou fléaux sociaux), qui sont alors d'ordre obligatoire ;
- et d'autre part les dérogations fondées sur une permission de la loi : signalement de mauvais traitements, inspections dans le cadre d'évaluation des activités des établissements de santé, surveillance de l'état de santé d'une population.

[…]

Mon état de santé nécessite l'intervention de plusieurs professionnels de santé, comment s'effectue le partage des informations relatives à ma prise en charge ?

Plusieurs professionnels de santé peuvent, sauf opposition de votre part, échanger des informations relatives à votre santé afin d'assurer la continuité des soins ou de déterminer la meilleure prise en charge sanitaire possible. Ce secret partagé concerne uniquement les informations « pertinentes, nécessaires et non exhaustives », afin d'assurer la continuité des soins […]

Extrait de « Usagers, votre santé, vos droits », solidarites-sante.gouv.fr

1 **Souligner dans le DOCUMENT 1 les informations soumises au secret médical.**

2 **Préciser les trois situations dans lesquelles il existe une dérogation au secret médical.**

- ……
- ……
- ……

3 Dans les situations suivantes, indiquer le type de dérogation dont il s'agit.

	Ordre de la loi	Permission de la loi	Continuité des soins
Communication entre professionnels de santé pour déterminer la meilleure prise en charge.	☐	☐	☐
Déclaration de décès.	☐	☐	☐
Déclaration de naissance.	☐	☐	☐
Évaluation des activités des établissements de santé.	☐	☐	☐
Lutte contre les épidémies.	☐	☐	☐
Signalement de mauvais traitements.	☐	☐	☐
Surveillance de l'état de santé d'une population.	☐	☐	☐

DOC. 2 Définitions

Le secret professionnel se définit comme le devoir imposé par la loi à une catégorie de professionnels en raison de leur état, et sous peine de sanction, de conserver secrètes des informations confidentielles qui sont parvenues à leur connaissance à l'occasion de leur profession, c'est-à-dire : *ce qu'il lui a été confié, ce qu'il a vu, ce qu'il a entendu, ce qu'il a compris.*

La discrétion professionnelle, issue **de l'article 26 de la loi n° 83-634 du 13 juillet 1983** portant droits et obligations des fonctionnaires, peut se définir comme une attitude de réserve que doit observer tout le personnel envers toutes les informations et tous les faits dont il a connaissance, à l'occasion de l'exercice de son activité professionnelle : faire preuve d'un devoir de réserve et de confidentialité dans son travail quotidien.

Visionner cette vidéo (3'22")

https://qrcode.link/a/xRBw9G

Secret professionnel et discrétion professionnelle dans la Fonction publique hospitalière

Extrait de « Le secret professionnel », www.ordre-infirmiers.fr

4 À l'aide des DOCUMENTS 1 et 2, relier chaque notion à sa définition.

Garder le secret professionnel. •	• Enfreindre le secret professionnel.
Violer le secret professionnel. •	• Parler avec retenue et tact.
Déontologie professionnelle. •	• Ne pas porter une information à la connaissance d'un tiers.
Discrétion professionnelle. •	• Éthique ou morale professionnelle.
Secret partagé. •	• Échanger des informations sur un patient pour sa prise en charge.

ACTIVITÉ 2 Quand s'applique le secret professionnel ?

5 **Identifier ce que doivent faire les professionnels, d'après vous, dans chacune des situations suivantes.**
- **Respecter le secret.**
- **Signaler la situation.**
- **Faire preuve de discrétion professionnelle.**

	Situations rencontrées en école maternelle par l'équipe éducative	Réponses
a	Thomas revient régulièrement avec des bleus et a tendance à se renfermer.	
b	Le directeur de l'école a un cancer.	
c	En réunion, le directeur évoque son envie de partir dans une autre école à la rentrée prochaine.	
d	Hippolyte souffre d'une nouvelle allergie alimentaire.	
e	Suzanne a la rougeole.	
f	Les parents de Marie divorcent.	
g	La mairie pense peut-être prochainement réaliser un agrandissement de l'école.	

DOC. 3 **Secret professionnel, l'affaire de tous**

Visionner cette vidéo

https://eqrcode.co/a/24JdV6

6 **Dans le tableau ci-dessous :**

a) Décrire les trois situations présentées dans le **DOCUMENT 3.**

b) Indiquer à quelles notions font référence les différentes scènes : *discrétion professionnelle, secret professionnel, levée du secret professionnel…*

Description de la situation	Notions concernées

POUR ALLER PLUS LOIN

Éthique et déontologie

Organiser un débat sur la notion d'éthique avec l'étude inédite sur les usages du Robot Paro.

Visionner cette vidéo

https://eqrcode.co/a/Exd1ts

POUR ALLER PLUS LOIN

Genially

Un quiz sur les notions de secret professionnel, de discrétion professionnelle, de secret partagé, d'éthique et de déontologie.

https://eqrcode.co/a/8ZIFgm

CHAPITRE 25 Identifier les risques microbiens

https://eqrcode.co/a/jF9ZXQ
Exemple de situation professionnelle

ACTIVITÉ 1 La notion de micro-organisme

1 D'après vos connaissances, indiquer pour les situations suivantes si des micro-organismes sont responsables.

		Oui	Non
a	*Exemple : Après son retour d'Asie, Nicolas soufre de violentes fièvres inexpliquées.*	☒	☐
b	*Exemple : Les piqûres de moustique provoquent chez Manon de gros boutons rouges.*	☐	☒
c	Dans l'usine alsacienne Birra, le brasseur verse des levures dans la bière en préparation.	☐	☐
d	Nathalie veut fabriquer elle-même ses yaourts et achète des ferments en pharmacie.	☐	☐
e	Le vaccin contre la grippe est fortement conseillé chez les personnes de plus de 65 ans.	☐	☐
f	Les pucerons ont dévoré la récolte de poires du maraîcher.	☐	☐
g	Après observation au microscope, les géologues ont trouvé des cristaux de cuivre dans les roches de la montagne noire.	☐	☐
h	Une épidémie de diarrhées s'est déclenchée au Mali après la consommation de l'eau d'une rivière.	☐	☐
i	Le SIDA peut se transmettre de la mère à l'enfant à naître.	☐	☐
j	Certains poissons se nourrissent de phytoplancton.	☐	☐
k	Les concombres ont été incriminés dans la récente épidémie de troubles respiratoires en Allemagne.	☐	☐
l	Le camembert bien affiné doit avoir une belle croûte blanche.	☐	☐
m	Lorsqu'elle revient de ses courses en ville avec son assistante de vie, Madeleine déclare souvent une crise d'asthme.	☐	☐
n	En se maquillant lors d'un anniversaire, Aline a eu une poussée de boutons urticants sur le visage.	☐	☐

2 D'après ces exemples, proposer une définition simple d'un micro-organisme.

Visionner cette vidéo (3'11")
https://qrcode.link/a/jBFxxf
Différenciation pédagogique

Activité 2 Les types de cellule

DOC. 1 La cellule procaryote et eucaryote

Tous les êtres vivants sont constitués de cellules plus ou moins complexes. Certains organismes en contiennent des milliards, d'autres une seule. On distingue deux grandes catégories de cellules.

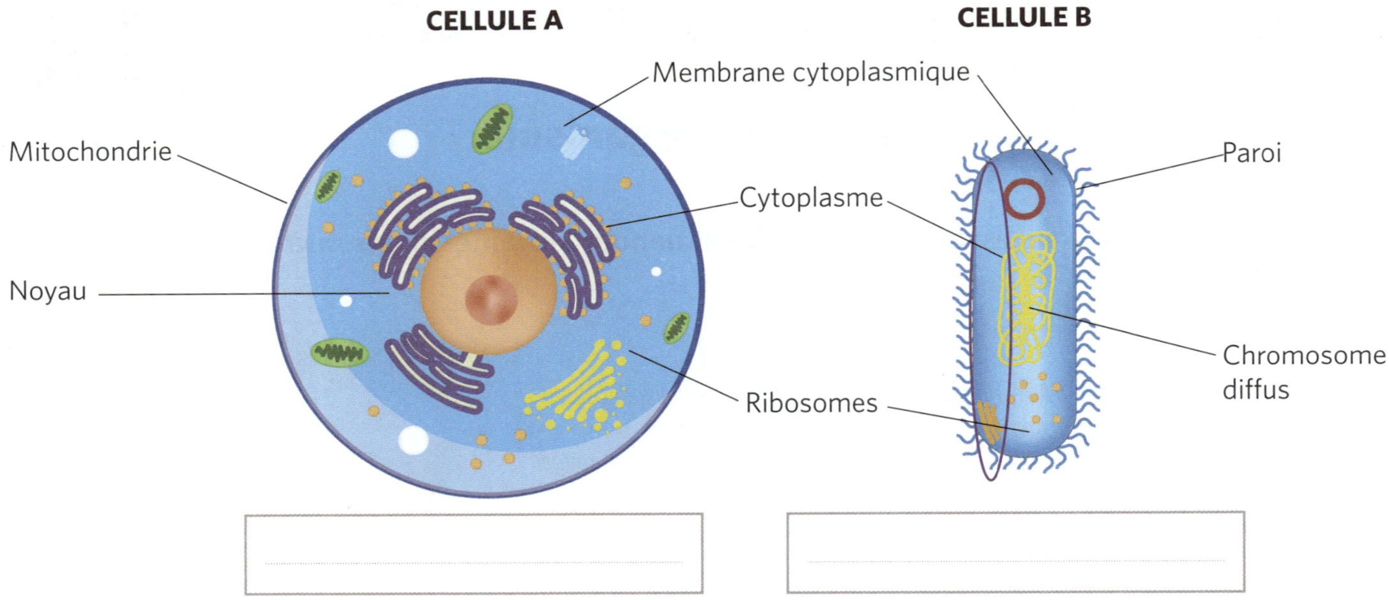

3 Comparer les cellules A et B ci-dessus en répondant par oui ou non dans le tableau.

	Cellule A	Cellule B
Exemple : Cellule procaryote.	*Oui*	*Non*
Exemple : Cellule eucaryote.	*Non*	*Oui*
Présence d'un noyau.		
Présence d'une membrane cytoplasmique.		
Présence d'un seul chromosome diffus.		
Présence d'une paroi.		
Présence d'un cytoplasme.		
Organites cellulaires nombreux.		
Structure simple.		

4 Indiquer, sous les cellules A et B, où se trouvent la cellule procaryote et la cellule eucaryote.

5 Compléter le texte à trous ci-dessous.

La cellule .... a une structure moins élaborée que la cellule .... Elle est donc plus petite.

La cellule procaryote n'a pas de .... délimité mais juste un .... diffus dans le cytoplasme. De plus, elle possède une ....

Activité 3 La classification des micro-organismes

DOC. 2 La microbiologie

La microbiologie est l'étude des êtres vivants microscopiques : **bactéries, champignons microscopiques (levures et moisissures), protozoaires, algues unicellulaires** et des **virus**.

La plupart des micro-organismes ne sont constitués que d'une seule cellule : ils sont dits **unicellulaires**.

Les micro-organismes peuvent être divisés en deux groupes :

➡ les micro-organismes **procaryotes,** dont l'organisation cellulaire est simple, c'est-à-dire sans noyau, l'ADN portant l'information génétique est directement au contact du cytoplasme. Les bactéries appartiennent à ce groupe ;

➡ les micro-organismes **eucaryotes**, dont l'organisation cellulaire comprend un noyau contenant l'information génétique, portée par l'ADN des chromosomes. Ce groupe comprend :
- les **algues unicellulaires,** dont les cellules ressemblent aux cellules végétales,
- les **protozoaires**, dont les cellules ressemblent aux cellules animales,
- les **levures** et les **moisissures**, dont les cellules ressemblent aux cellules des champignons.

Les **virus** ne peuvent pas être considérés comme des êtres vivants : ils n'ont pas de structure cellulaire, et ils sont incapables de se multiplier en dehors d'une cellule qu'ils parasitent.

I. Les bactéries

Les bactéries sont des organismes unicellulaires dont la taille est de l'ordre du micromètre (1 μm = 1 millième de millimètre). Elles sont capables de se développer dans un milieu contenant des substances nutritives.

Leur morphologie est variable, on distingue :

➡ les bactéries de forme sphérique, appelées **coques** ;

➡ les bactéries de forme cylindrique (en « bâtonnet »), appelées **bacilles.**

Pseudomonas

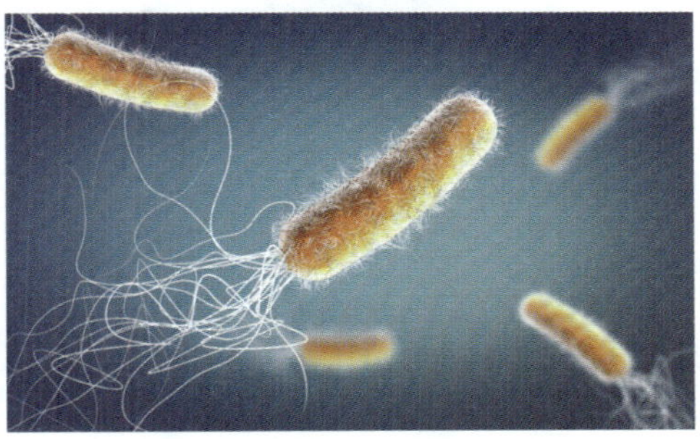

Staphylocoque

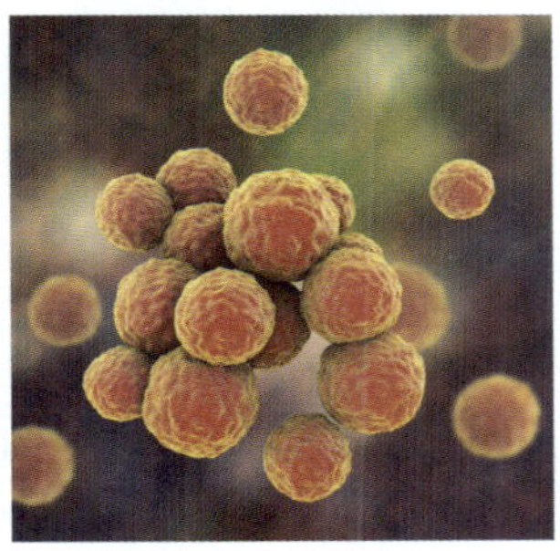

II. Les algues unicellulaires

Les algues unicellulaires sont capables, comme les végétaux supérieurs, d'utiliser la **lumière** comme source d'énergie. Elles pratiquent donc la **photosynthèse,** grâce à leurs pigments, dont le plus important est la **chlorophylle**.

III. Les protozoaires

Les protozoaires sont, en quelque sorte, des « animaux unicellulaires ». Contrairement aux algues unicellulaires, ils ne possèdent pas de paroi. La membrane plasmique est donc au contact du milieu extérieur. De nombreux protozoaires sont des **parasites** de l'homme mais quelques-uns restent inoffensifs.

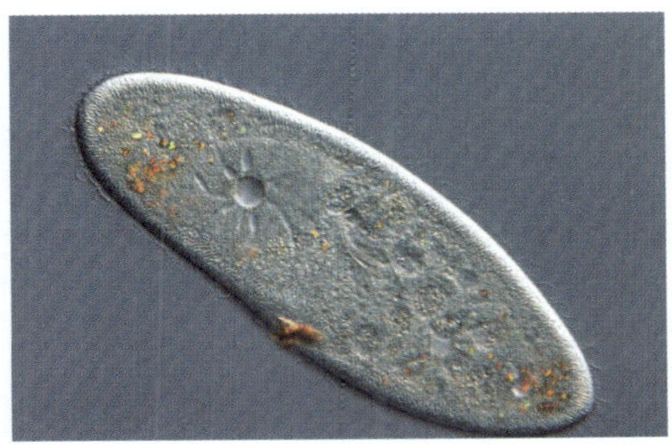

IV. Les levures et les moisissures

Les levures et les moisissures sont des **champignons microscopiques** :

➡ les levures sont unicellulaires ;

➡ les moisissures sont filamenteuses.

GROUPE	Exemples	Photographies
Levures	*Saccharomyces cerevisiae*, la levure de boulanger, utilisée pour la fabrication de nombreuses boissons fermentées alcoolisées (le vin, la bière). *Candida albicans*, levure pathogène, responsable d'infections humaines (mycoses, muguet).	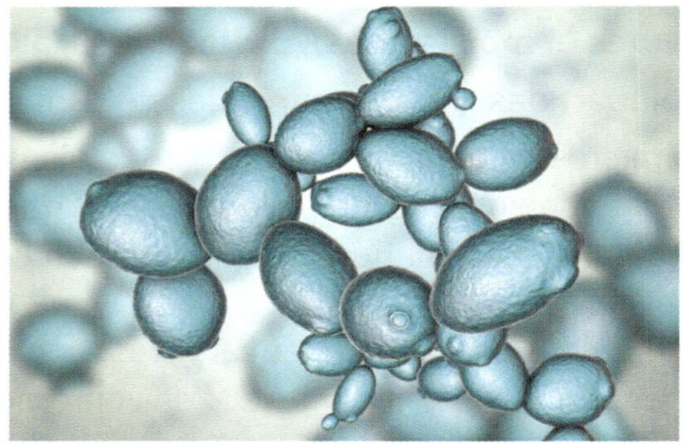
Moisissures	Responsables de la plupart des altérations des aliments, certaines sont utilisées au contraire pour les fabriquer. *Exemple : Penicillium roqueforti*, est une moisissure utilisée pour la fabrication des fromages (bleus et roquefort).	 

V. Les virus

Ce sont des parasites obligatoires, c'est-à-dire qu'ils ne se développent que dans une cellule hôte qui va lui fournir la nourriture nécessaire et le matériel pour se multiplier.

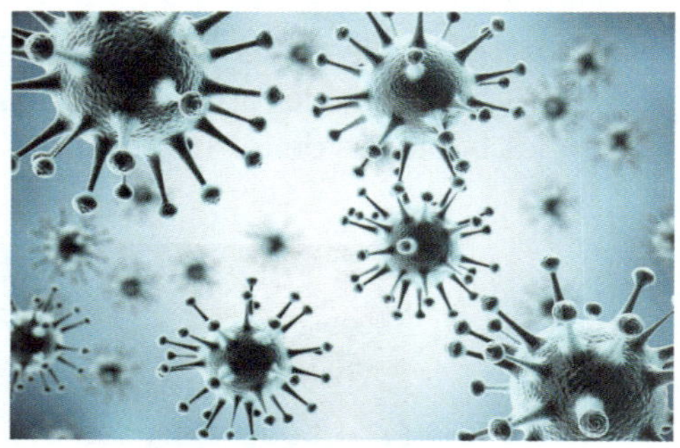

Virus du SIDA

6 **Les micro-organismes possèdent de loin la population la plus importante sur Terre. On les classe en 5 grandes familles. Compléter le tableau suivant à l'aide du DOCUMENT 2.**

	Champignons microscopiques		Bactéries	Protozoaires	Algues microscopiques	Virus
	Exemple : Levure	Moisissures				
Procaryote (P) ou eucaryote (E)	*E*					
Unicellulaire (U) ou filamenteux (F)	*U*					
Parasites obligatoires (OUI ou NON)	*Non*					
Obligatoirement pathogène (OUI ou NON)	*Non*					

7 **Relever le seul micro-organisme procaryote.**

8 **Compléter le tableau suivant.**

a) Retrouver les familles de micro-organismes pouvant être impliquées.

b) Indiquer si les micro-organismes ont une utilité agroalimentaire, écologique ou médicale, ou si au contraire ils sont pathogènes.

	Familles de micro-organisme pouvant être impliquées	Utilité (préciser)	Pathogène (cocher)
Exemple : Après son retour d'Asie, Nicolas souffre de violentes fièvres inexpliquées.	*Bactéries / Virus / Protozoaires*		☒
Dans l'usine alsacienne Birra, le brasseur verse des levures dans la bière en préparation.			☐
Nathalie veut fabriquer elle-même ses yaourts et achète des ferments en pharmacie.			☐
Le vaccin contre la grippe est fortement conseillé chez les personnes de plus de 65 ans.			☐
Une épidémie de diarrhées s'est déclenchée au Mali après la consommation de l'eau d'une rivière.			☐
Le SIDA peut se transmettre de la mère à l'enfant à naître.			☐
Certains poissons se nourrissent de phytoplancton.			☐
Les concombres ont été incriminés dans la récente épidémie de troubles respiratoires en Allemagne.			☐
Le camembert bien affiné doit avoir une belle croûte blanche.			☐

9 **Faire les mots-croisés ci-dessous.**

Le monde microbien

Horizontal

5. Nom donné à une bactérie en forme de bâtonnet.

7. Micro-organisme ne se développant qu'à l'intérieur d'autres êtres vivants.

9. Être vivant invisible à l'œil nu.

10. Se dit d'une cellule ne possédant pas de noyau.

Vertical

1. Se dit d'un organisme qui ne possède qu'une seule cellule.

2. Micro-organisme pouvant être utilisé dans la fabrication des yaourts.

3. Champignon microscopique filamenteux.

4. Se dit d'une cellule possédant un noyau qui abrite son matériel génétique.

6. Micro-organisme pouvant servir à faire lever le pain.

8. Nom donné à une bactérie de forme sphérique.

CHAPITRE 26 Identifier les risques bactériens

https://eqrcode.co/a/onStpd
Exemple de situation professionnelle

ACTIVITÉ 1 Omniprésence des bactéries

DOC. 1 Les bactéries

On trouve des bactéries partout. Sur notre peau (figure 1), dans notre intestin, dans notre alimentation et même dans l'air ambiant (figure 2). Une grande partie d'entre elles sont inoffensives et peuvent même nous rendre de grands services. C'est le cas des bactéries lactiques qui servent à fabriquer les yaourts, ou encore des bactéries qui constituent notre microbiote intestinal. Une petite partie du monde bactérien se révèle toutefois dangereuse pour la santé. On retrouve parmi ces bactéries des pathogènes strictes qui rendent la personne infectée systématiquement malade et des pathogènes opportunistes qui ne rendent la personne porteuse malade que dans certaines circonstances (grande fatigue, pénétration dans une plaie, faiblesse du système immunitaire…).

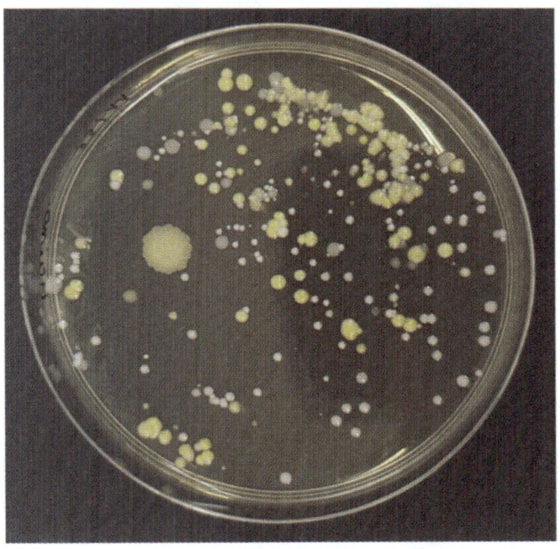

Figure 1: Gélose nutritive sur laquelle on a frotté la pulpe des doigts puis incubée à 37 °C pendant 24 heures.

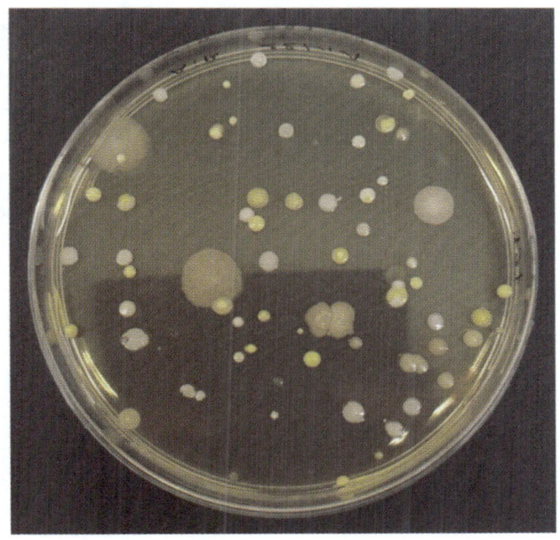

Figure 2: Gélose nutritive laissée à l'air libre pendant 2 heures puis incubée à 37 °C pendant 24 heures.

POUR ALLER PLUS LOIN

Visionner cette vidéo sur le microbiote intestinal.

Visionner cette vidéo

https://eqrcode.co/a/tNelzo

1 À partir du **DOCUMENT 1**, définir les termes de pathogène strict et de pathogène opportuniste.

2 Aller sur la base de données BAOBAB disponible sur le site de l'INRS (QR Code ci-contre).

https://eqrcode.co/a/SQXqG0

a) Faire une recherche pour les bactéries suivantes : pseudomonas aeruginosa, neisseria meningitidis, staphylococcus aureus et mycobacterium tuberculosis puis relier chaque bactérie à son pouvoir pathogène.

pseudomonas aeruginosa •	
neisseria meningitidis •	• Pathogène strict
mycobacterium tuberculosis •	• Pathogène opportuniste
staphylococcus aureus •	

b) À partir de vos recherches, remplir le tableau suivant.

Bactérie	Maladie	Voie de transmission	Moyen de prévention
pseudomonas aeruginosa			
neisseria meningitidis			
mycobacterium tuberculosis			
staphylococcus aureus			

c) À partir de vos recherches, expliquer pourquoi les pathogènes opportunistes constituent un réel problème lors des activités de soin.

ACTIVITÉ 2 Morphologie et classification

DOC. 2 Différencier des bactéries

Il existe une multitude de bactéries qu'il est possible de différencier et de classer en étudiant plusieurs critères qui sont :

- la forme : les plus répandues sont les coques (sphériques) et les bacilles (bâtonnet) ;
- la couleur obtenue suite à la coloration de gram : les bactéries apparaissent en violet si elles sont gram positif en rose si elles sont gram négatif ;
- la mobilité : grâce à la présence de flagelles et/ou de cils à la surface de la bactérie ;
- la présence ou non d'une capsule qui est une couche supplémentaire qui entoure la bactérie ;
- la présence de spores qui sont des structures internes (sphère) de protection qui se forment en cas de mauvaise condition de vie pour la bactérie (haute température...).

3 Dans le tableau suivant, donner un exemple de bactéries de la figure 3 pour chaque critère de classification du DOCUMENT 2.

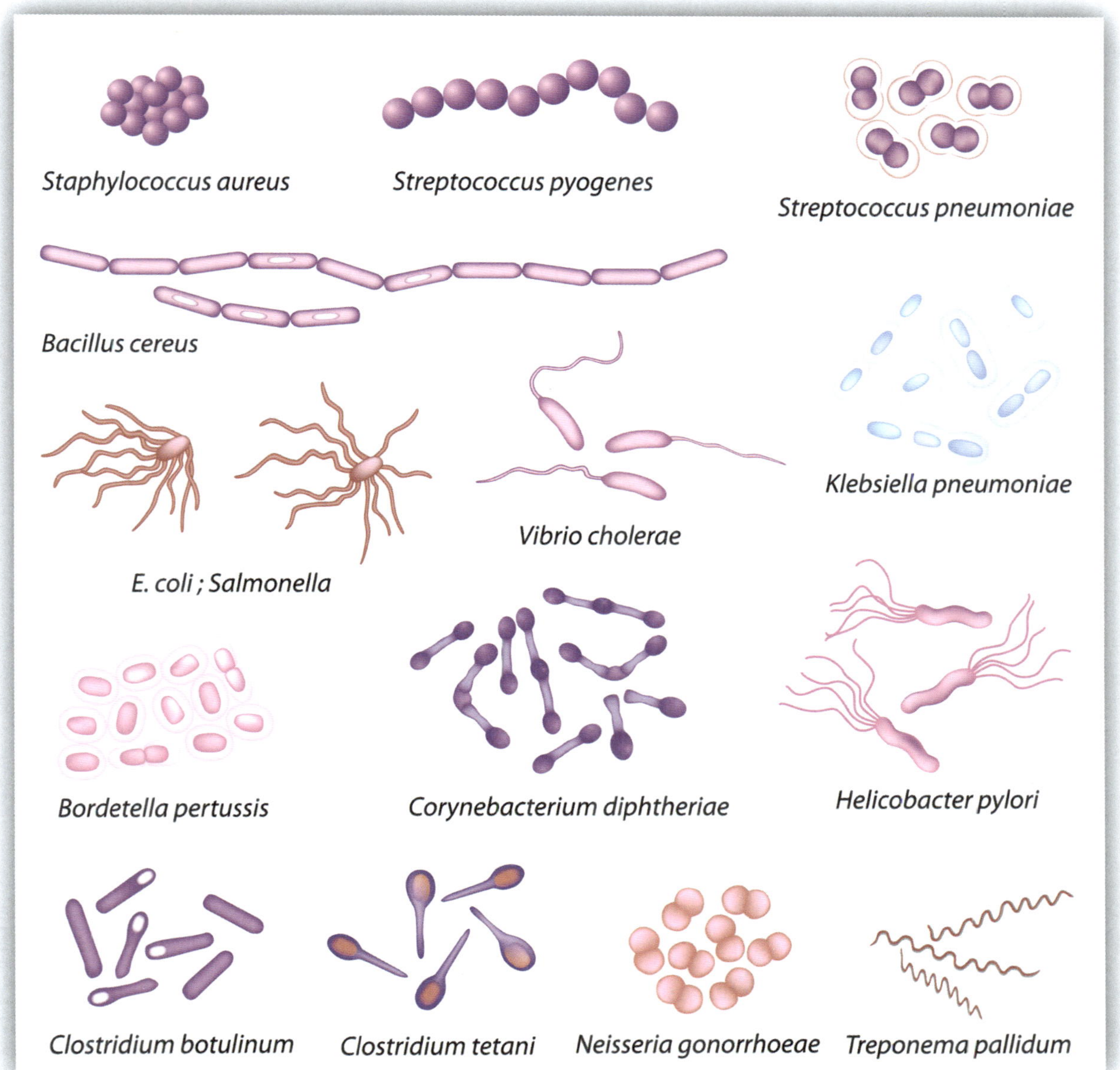

Figure 3 : Représentation de différentes bactéries vues au microscope optique.

Critère	Forme	Coloration de Gram	Mobilité	Présence de capsule	Présence de spores
Exemple					

ACTIVITÉ 3 Ultrastructure bactérienne

DOC. 3 Structure des bactéries

Les bactéries sont des procaryotes, cela veut dire qu'elles ne possèdent pas de noyau contrairement aux cellules humaines. Elles ont une structure très simple qui comporte des éléments communs à toutes les bactéries et des éléments spécifiques de certaines bactéries.

Elles possèdent toutes :

- de l'ADN sous forme d'un grand chromosome et de petites structures appelées plasmides. Ces différentes molécules d'ADN sont porteuses de l'information génétique de la bactérie et sont directement situées dans le cytoplasme ;
- de petits granules cytoplasmiques ; les ribosomes qui servent à fabriquer les protéines utiles à la vie de la cellule ;
- une première couche appelée membrane plasmique qui entoure le cytoplasme. Cette membrane sert de protection mais également de zone de régulation des échanges entre l'intérieur et l'extérieur de la cellule ;
- une deuxième couche appelée paroi qui entoure la membrane plasmique. Cette couche sert de squelette externe à la bactérie et porte des protéines reconnues par le système immunitaire.

D'autres structures ne sont présentes que chez certaines bactéries. Ce sont :

- une troisième couche qui entoure la paroi appelée capsule. Elle sert à augmenter le pouvoir pathogène de la bactérie en protégeant la bactérie contre les cellules immunitaires (phagocytes) ;
- des cils ou des flagelles qui dépassent de la bactérie afin de l'aider à se déplacer ;
- des pilis qui sont des petits poils plus petits que les cils et qui ont un rôle d'échange d'ADN entre bactéries mais aussi d'adhérence aux tissus ;
- des spores qui sont des petites capsules cytoplasmiques qui enferment une partie du cytoplasme de la bactérie pour le protéger en cas de conditions de vie défavorables.

4 **Annoter le schéma de la bactérie à l'aide des mots de vocabulaire soulignés dans le texte.**

5 **Entourer en bleu les éléments retrouvés chez toutes les bactéries (éléments constants) et en rouge les éléments inconstants.**

https://eqrcode.co/a/hsC1Ua

CELLULE BACTÉRIENNE

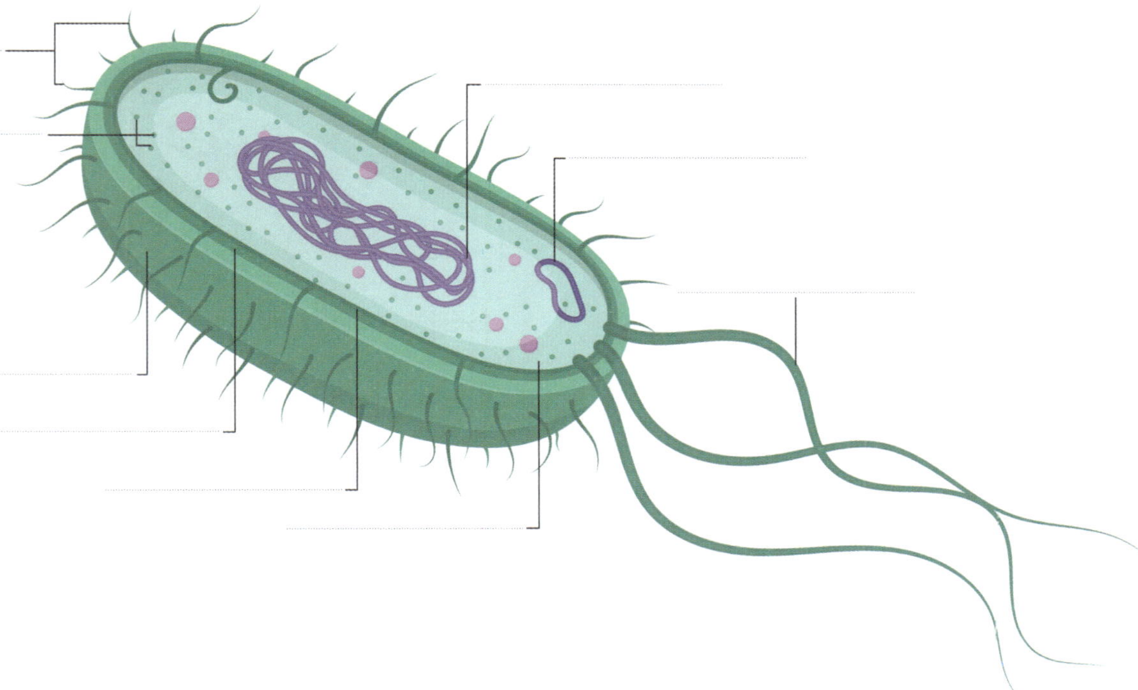

ACTIVITÉ 4 Où est le risque bactérien ?

6 Observer les 4 images ci-dessous, qui présentent toutes des situations professionnelles, puis indiquer sous chacune d'entre elles s'il y a un risque bactérien.

Image n° 1 : Un employé de restauration nettoie un réfrigérateur.

Commentaire :

Image n° 2 : Des enfants participent à un atelier cuisine lors de l'accueil périscolaire.

Commentaire :

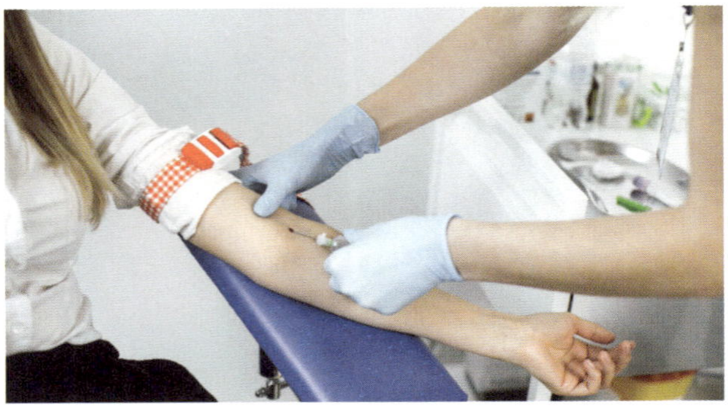

Image n° 3 : Une infirmière fait une prise de sang.

Commentaire :

Image n° 4 : Un enfant découvre le pot dans une crèche.

Commentaire :

7 **À partir de l'observation des images et de vos connaissances, remplir le tableau suivant.**

	Image n° 1	Image n° 2	Image n° 3	Image n° 4
Où se trouvent les bactéries ?				
Quelle(s) est la (ou les) source(s) de contamination probable ?				
Comment éviter la contamination dans la situation proposée ?				

CHAPITRE 27 Participer à la mise en œuvre de la politique de prévention des infections associées aux soins

https://qrcode.link/a/zv141
Exemple de situation professionnelle

ACTIVITÉ 1 Les infections associées aux soins

DOC. 1 L'hygiène hospitalière

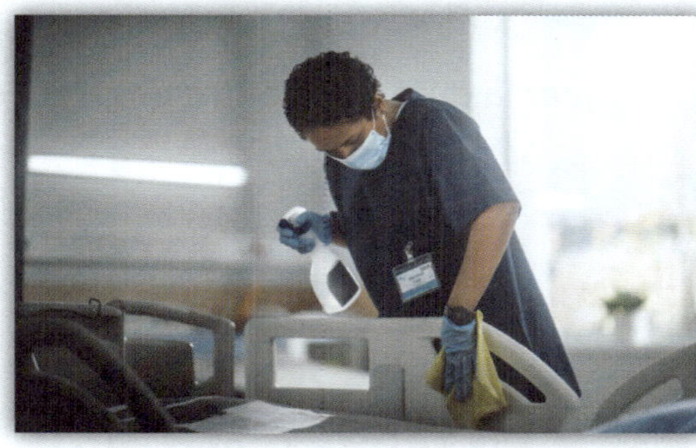

L'hygiène hospitalière a pour objectif de lutter contre la propagation des micro-organismes pathogènes. Depuis 1988, l'État impose aux établissements privés et publics de mettre en place un « Comité de Lutte contre les Infections Nosocomiales » (CLIN).

Une infection nosocomiale fait partie des infections associées aux soins, contractée lors d'un passage dans un établissement de santé. Elle est donc absente au moment de l'admission du patient dans l'établissement et se déclare au minimum 48 heures après l'admission, ou au-delà si la période d'incubation est connue et plus longue.

Ainsi, des protocoles de nettoyages et de désinfections strictes doivent être appliqués dans tous les établissements de santé. L'hygiène hospitalière ne concerne pas les soins, mais l'environnement autour du patient. Il faut nettoyer et désinfecter son environnement, stériliser (si besoin) les équipements et le matériel utilisé pour le soigner. Les déchets doivent également être éliminés en suivant une procédure stricte.

1 **Surligner dans le DOCUMENT 1 la définition d'une infection nosocomiale.**

2 **Indiquer le délai d'apparition d'une infection nosocomiale.**

3 **Citer les méthodes mises en place par l'hôpital pour lutter contre les infections nosocomiales.**

ACTIVITÉ 2 Concept de propreté et d'hygiène

DOC. 2 Différence entre hygiène et propreté

Les virus et bactéries ne se voient pas, la saleté n'est donc pas forcément gage de risques infectieux, tout comme une surface immaculée ne garantit pas l'hygiène.

L'hygiène est une branche de la médecine dont le but est de préserver et d'améliorer la santé. L'application des règles d'hygiène à une place essentielle dans la prévention des maladies transmissibles en collectivité pour lutter contre les sources de contamination et briser les chaînes d'infection. Les techniques de bionettoyage seront employées afin de réduire le nombre de micro-organismes.

La propreté est une notion macroscopique. Elle fait appel aux cinq sens : elle se voit, se touche, se sent. La propreté a pour objectif l'absence de salissures telles que la poussière, les tâches et les mauvaises odeurs. Pour y parvenir, la propreté implique des procédés de nettoyage (ex. : élimination des souillures, des résidus d'aliments, de graisses etc.).

4 Indiquer la différence entre propreté et hygiène.

DOC. 3 Le contrôle visuel de la qualité de l'entretien d'une chambre de résident

https://qrcode.link/a/Nz9rMO

5 Identifier, à partir du DOCUMENT 3, les différents critères d'évaluation lors de l'entretien d'une chambre de résident.

6 Indiquer si ces critères font référence à de la propreté ou de l'hygiène et justifier votre réponse.

7 Expliquer pourquoi l'hygiène est plus difficile à évaluer que la propreté.

Activité 3 Respect des protocoles et de la traçabilité relative aux normes d'hygiène

DOC. 4 Mise en œuvre des précautions standards et complémentaires

Les précautions standards (PS) constituent la base de la prévention de la transmission de micro-organismes. Elles doivent être appliquées par tous les professionnels de santé pour tout soin, en tout lieu, et pour tout patient, quel que soit son statut infectieux.

- **Hygiène des mains :** avant le contact avec le patient, avant un geste aseptique, après le risque d'exposition à un liquide biologique, après le contact avec le patient, après le contact avec l'environnement du patient.
- **Port de blouse UU** (Usage Unique) pour tout soin.
- **Port de gants** non stériles en cas de contact ou risque de contact avec les liquides biologiques et les muqueuses ; si peau lésée du soignant ou du patient.
- **Port de masque** à visière en cas de risque de projection de liquides biologiques.
- **Entretien des surfaces** avec des lingettes détergentes-désinfectantes avant et après les soins, et en cas de souillures visibles.

©HAS - Valérie Combe

La prise en charge d'un patient malade et/ou contaminé par un pathogène justifie des précautions complémentaires aux précautions standards afin de prévenir la transmission croisée de certains micro-organismes.

Les précautions complémentaires sont définies suivant la nature de l'agent infectieux en cause, sa localisation, son mode de transmission.

Précautions types contact : prévenir la transmission de micro-organismes par contact direct (avec les mains) ou indirect (matériel, surfaces souillées).

Précautions gouttelettes : prévenir la transmission par des gouttelettes supérieures à 5 μ (salive ou sécrétions des voies aériennes supérieures).

Précaution « air » : prévenir la transmission des gouttelettes inférieures à 5 μ (salive ou sécrétions des voies aériennes supérieures).

« Mise en place des précautions complémentaires (fiche technique) » (extraits), 04/10/2017, www.santeservicehad.fr

8 **À partir du DOCUMENT 4, indiquer les conditions d'application des précautions standards.**

9 **À partir du DOCUMENT 4, expliquer ce qui justifie la mise en place des précautions complémentaires.**

10 **En vous aidant du DOCUMENT 4, relier chaque type de précaution complémentaire à ses exemples.**

- Précautions air
- Précautions contact
- Précautions gouttelettes

- Utiliser systématiquement une solution hydroalcoolique.
- Port du masque de soin obligatoire à moins d'un mètre du patient.
- Le port de masque FFP2 est obligatoire avant l'entrée dans la pièce où se trouve le patient.
- Utilisation systématique de lingettes détergentes-désinfectantes pour nettoyer l'environnement proche du patient.
- Nécessité d'effectuer un renouvellement d'air d'un quart d'heure, toutes les 6 heures (ouverture des fenêtres) dans la chambre du patient.

DOC. 5 La traçabilité de l'entretien

Pièce entretenue : Chambre n° 302			
Date	**Heure**	**Prénom Nom de l'ASH**	**Observation**
3 - sept - 20 22	10 H 20	Sylvie Tannier	Assise du fauteuil tachée
6 - sept - 20 22	11 H 45	Lauris Delmat	RAS
..... - ..... - 20	..... H	Alice Déodat	.....

11 **À partir du DOCUMENT 5, expliquer l'intérêt d'une grille de traçabilité de l'entretien en milieu médico-social.**

....

....

....

....

....

Pour aller plus loin

Pour chaque protocole, justifier la chronologie de l'entretien.

https://qrcode.link/a/Bq77Fs

12 **Dans le DOCUMENT 5, compléter la traçabilité de l'entretien après le départ du résident à partir de la grille du DOCUMENT 6.**

DOC. 6 Grille d'audit, entretien d'une chambre et salle de bains au départ du résident

https://qrcode.link/a/RF47oP

13 **Lire le DOCUMENT 6 et indiquer les éléments évalués dans une grille d'audit.**

....

....

....

....

....

CHAPITRE 28 Prévenir les risques physiques professionnels

https://qrcode.link/a/U5pQQ2

Exemple de situation professionnelle

ACTIVITÉ 1 Pourquoi s'intéresser aux conditions de travail et aux gestes et postures de travail ?

1 **Commenter la phrase : « En structure comme à domicile, les conditions de travail du personnel vont avoir une grande influence sur la qualité de vie des usagers. »**

DOC. 1 Chiffres sur les accidents de travail

- 1 jeune de moins de 25 ans sur 10 a un accident du travail ;
- 1/3 des accidents du travail sont des accidents de manutention manuelle ;
- ¾ de l'ensemble des maladies professionnelles sont liées à l'activité physique au travail.

2 **Formuler deux constats relatifs aux accidents du travail à l'aide du DOCUMENT 1.**

3 **Indiquer dans les situations suivantes s'il s'agit, d'après vous, d'une maladie professionnelle ou d'un accident du travail.**

a - Travaillant dans une usine de fabrication de lessive depuis 15 ans, Mme R. a contracté des troubles respiratoires persistants. •

b - M. P., aide-soignant en EHPAD, chute dans l'escalier, il se fracture le poignet. •

c - Mme L., aide-soignante à domicile depuis 25 ans, souffre d'une hernie discale suite à des manutentions de personnes répétées. •

d - Viviane, ASH, glisse sur un sol mouillé. Bilan : deux côtes cassées. •

• Accident du travail

• Maladie professionnelle

4 **Différencier accident du travail et maladie professionnelle.**

DOC. 2 Les TMS, de quoi parle-t-on ?

Les troubles musculosquelettiques (TMS) touchent **les articulations des membres supérieurs (épaule, coude, main, poignet et doigts)** ainsi que le **bas du dos**.

« Il s'agit fréquemment de douleurs musculaires, de tendinites (inflammations d'un ou plusieurs tendons ou gaines tendineuses) ou de syndromes canalaires (compressions d'un nerf ou racine nerveuse dans un passage anatomique). Les lombalgies (douleurs au niveau du bas du dos), les cervicalgies (douleurs au niveau du cou), le syndrome du canal carpien au poignet, le syndrome de la coiffe des rotateurs à l'épaule, l'épicondylite latérale au coude font partie des TMS les plus fréquents. »

Source santépubliquefrance.fr

Visionner cette vidéo

https://qrcode.link/a/2vJUpk

Les troubles musculosquelettiques (TMS)

Les parties du corps les plus touchées par les TMS

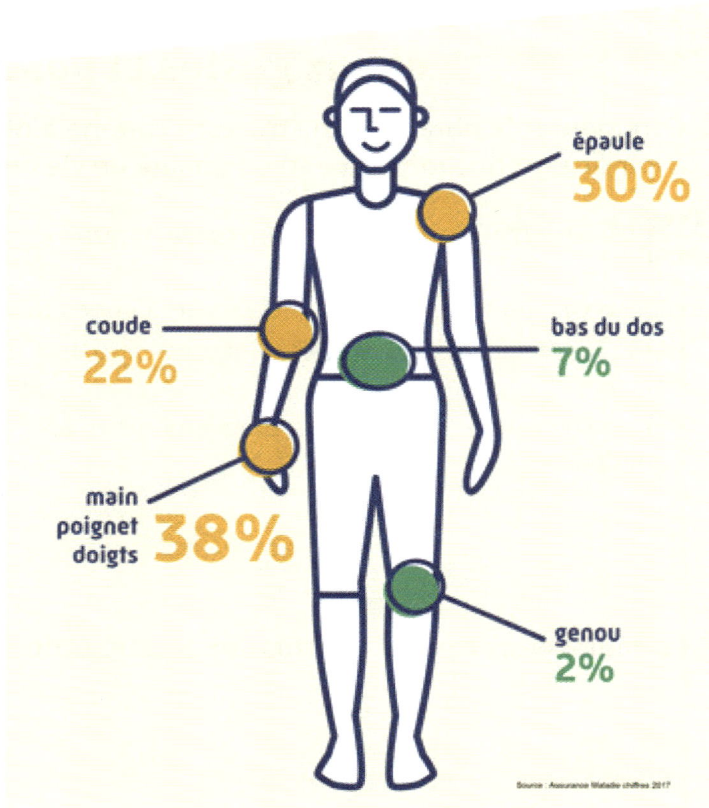

5 **Développer le sigle TMS à partir du DOCUMENT 2.**

6 **Citer 3 TMS.**

DOC. 3 Les conséquences des TMS

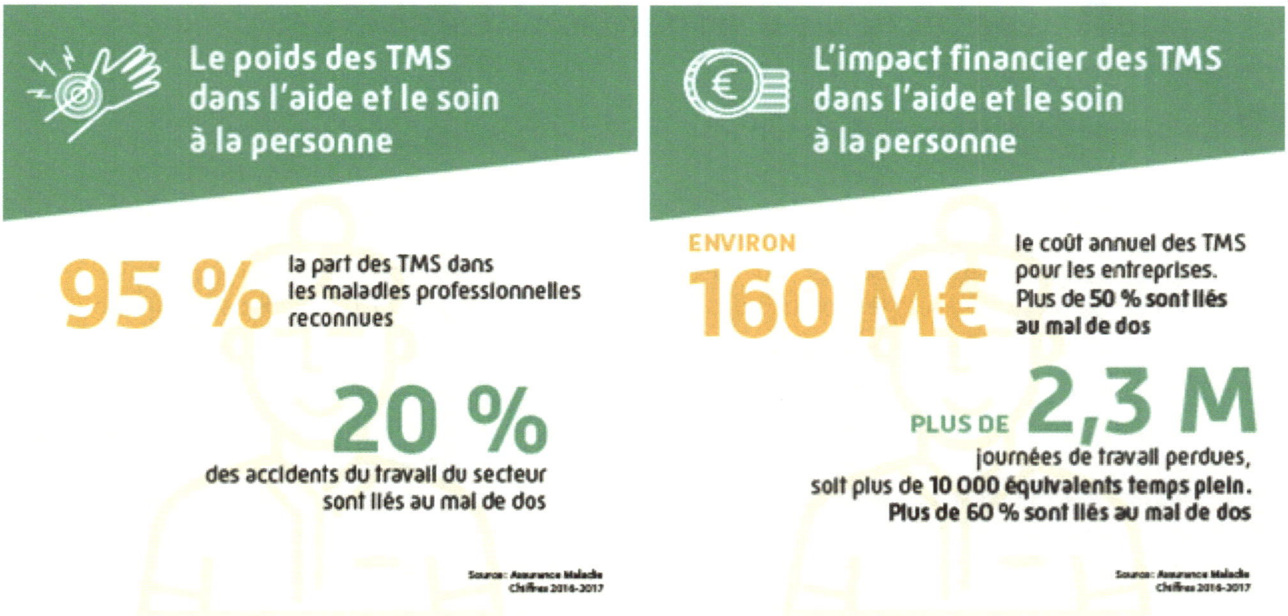

7 Répondre à la question « Pourquoi s'intéresser aux conditions de travail et aux gestes et postures au travail ? » en exposant 4 arguments grâce aux **DOCUMENTS 1** à **3**.

....

....

....

....

....

POUR ALLER PLUS LOIN

Les TMS chez les soignants

Visionner cette vidéo (3'38")

https://qrcode.link/a/uTa7ml

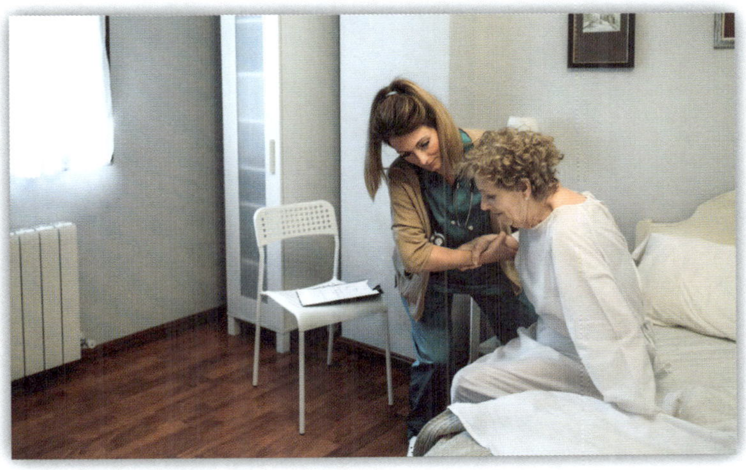

Activité 2 Les facteurs d'apparition des TMS

DOC. 4 La pénibilité du travail de soignant

« Parmi les salariés des secteurs public et privé, le personnel hospitalier paie le plus lourd tribut en termes de pénibilité. Selon l'organisme de statistique dépendant du ministère du Travail, les plus touchées sont les infirmières, les sages-femmes et les aides-soignantes. Trois risques visent particulièrement le personnel hospitalier, à savoir les contraintes organisationnelles, les expositions à des agents chimiques et biologiques, ainsi que les risques psychosociaux. Plus d'un tiers des hospitaliers se disent être en situation de tension au travail et 57,7 % souffrent d'un manque de reconnaissance.

20 % des infirmières à la retraite avec un taux d'invalidité

À ces risques psychosociaux se combinent les contraintes physiques. Ces dernières touchent 85 % des hospitaliers. Pointées du doigt, la position debout prolongée, le port de charges lourdes, la réalisation de mouvements douloureux et fatigants. Sans oublier les déplacements fréquents et longs. Résultat, 20 % des infirmières partent en retraite avec un taux d'invalidité et une espérance de vie inférieure à 7 ans (78 ans au lieu de 85 ans pour une femme).

Plus de 70 % du personnel souffrent des contraintes organisationnelles

En plus des contraintes physiques, le personnel hospitalier souffre particulièrement des contraintes organisationnelles. Lesquelles se traduisent par l'abandon d'une tâche pour une autre non prévue (65,8 %), le travail le dimanche (45 %) ou de nuit, des horaires variables d'un jour à l'autre (34,1 %). Sans compter le fait de devoir travailler au-delà de l'horaire officiel et de ne pas avoir au moins 48 heures consécutives pour se reposer. Ces contraintes organisationnelles affectent plus de 70 % des personnels du secteur hospitalier.

Extrait de « infoprotection.fr »

8 Relever dans le **DOCUMENT 4** :

Les contraintes physiques du métier de soignant :	Les contraintes organisationnelles qui procurent de la pénibilité au travail :
Exemple : Position debout prolongée.	*Exemple : Travail le dimanche.*

ACTIVITÉ 3 Comment limiter les risques liés au travail ?

Situation professionnelle

Vous travaillez avec Marie-Christine, aide-soignante depuis 25 ans à l'EHPAD (établissement d'hébergement pour personnes âgées dépendantes) Les Camélias. Il est 8 h, Marie-Christine aide Mme Ribaut à se lever de son lit pour l'accompagner à la douche. Le lit médicalisé est défectueux, il ne se lève plus. La salle de bain est lumineuse, bien aérée mais Marie-Christine doit se contorsionner entre le lavabo et la paroi de douche pour aider Mme Ribaut. Heureusement cette dernière est relativement autonome et toujours de bonne humeur. Marie-Christine doit également débarrasser le plateau de petit déjeuner car il manque une ASH dans le secteur. Cela l'agace car cela fait 3 fois cette semaine qu'elle réalise des tâches qui ne lui incombent pas. Elle est maintenant en retard sur les toilettes qu'elle doit réaliser dans la matinée.

9 **Souligner dans la situation professionnelle tous les facteurs qui exerceront une influence sur le travail de l'aide-soignante.**

10 **Trouver 6 catégories dans lesquelles vous pourrez classer ces facteurs de travail.**

Catégories	Exemples tirés de la situation professionnelle
Exemple : Matériel.	*Lit médicalisé défectueux.*

DOC. 5 Qu'est-ce que l'ergonomie ?

L'ergonomie est la science de l'adaptation du travail à l'homme. Elle recherche la meilleure adéquation possible entre les particularités physiques et mentales de travailleurs et les objectifs de production.

armorique.msa.fr

À partir du DOCUMENT 5 :

11 **Définir l'ergonomie.**

12 **Cocher Vrai ou Faux dans le tableau suivant.**

	Vrai	Faux
L'ergonomie a un rôle curatif.	☐	☐
L'ergonomie permet de respecter le confort, la santé de l'opérateur.	☐	☐
L'ergonomie permet de travailler dans de meilleures conditions.	☐	☐
L'ergonomie permet d'adapter l'homme à son travail.	☐	☐
L'ergonomie permet d'avoir moins d'arrêts de travail.	☐	☐
L'ergonomie va améliorer la relation soignant-usager.	☐	☐

DOC. 6 Impact des TMS dans les EHPAD

Visionner cette vidéo

https://eqrcode.co/a/xHPWhr

13 **À partir de la vidéo, relever les aménagements proposés dans cet EHPAD pour réduire les TMS.**

14 **Proposer des améliorations dans la situation de Marie-Christine.**

CHAPITRE 29 Participer à la mise en œuvre d'une démarche de prévention des risques chimiques professionnels

https://qrcode.link/a/6e2Woy

Exemple de situation professionnelle

ACTIVITÉ 1 Identifier le risque chimique sur un produit d'entretien

DOC. 1 Bien étiqueter les produits chimiques

En 2009, le Parlement européen a voté un texte appelé règlement CLP[1] pour définir des règles communes d'étiquetage des produits chimiques. Il impose une série de neuf pictogrammes de danger à apposer sur les produits chimiques ainsi que des règles d'étiquetage précises. Les pictogrammes ont été choisis pour s'harmoniser avec le SGH[2] proposé par les Nations unies. Ce texte a été écrit pour faciliter les échanges entre pays. Les règles d'étiquetage concernent également différentes informations complémentaires qui doivent figurer en complément des pictogrammes. En effet les pictogrammes ne suffisent pas à donner toute l'information nécessaire. En plus des pictogrammes, l'étiquette doit faire apparaître :

- l'identité du fournisseur ;
- le nom du produit ou le nom commercial du mélange avec le produit chimique à l'origine de l'étiquetage ;
- la mention d'avertissement qui peut être **DANGER** ou **ATTENTION** selon le degré de dangerosité du produit ;
- les mentions de danger qui sont reconnaissables grâce à leur code avec un H suivi de 3 chiffres. Ces mentions complètent les pictogrammes et permettent de préciser la nature du danger ;
- les conseils de prudence qui se reconnaissent par leur code avec un P suivi de 3 chiffres et qui indiquent l'attitude à adopter pour une bonne utilisation du produit mais également des conseils à suivre en cas de mauvaise utilisation ;
- des informations supplémentaires parfois. Elles se reconnaissent par un code avec 3 lettres (EUH) et 3 chiffres.

[1] *CLP : Classification Labelling Packaging.*
[2] *SGH : Système Général Harmonisé.*

1 **Dans le tableau ci-dessous, décrire chaque pictogramme puis à l'aide de la description, tenter de donner leur signification.**

Pictogramme				
Description				
Signification				

Pictogramme					
Description					
Signification					

2 **Quels sont les pictogrammes dont la signification est la plus difficile à donner à partir du dessin ?**

DOC. 2 Contre étiquette d'un détergent-désinfectant professionnel

NETO'CROBE

Formule Pro

Détergent désinfectant sans rinçage.
Contient de l'isopropanol.
H225 : liquide et vapeurs très inflammables.
H319 : provoque une sévère irritation des yeux.
H336 : peut provoquer somnolence ou vertiges.
P210 : tenir à l'écart de la chaleur/des étincelles/des flammes nues/des surfaces chaudes. Ne pas fumer.
P261 : éviter de respirer les brouillards/vapeurs/aérosols.
P280 : porter des gants de protection/des vêtements de protection/un équipement de protection des yeux/du visage.
P304 + P340 : EN CAS D'INHALATION : transporter la victime à l'extérieur et la maintenir au repos dans une position où elle peut confortablement respirer.
P305 + P351 + P338 : EN CAS DE CONTACT AVEC LES YEUX : rincer avec précaution à l'eau pendant plusieurs minutes. Enlever les lentilles de contact si la victime en porte et si elles peuvent être facilement enlevées. Continuer à rincer.

8 002135 490321 020

Société NETO'CROBE
BP 00010

3 Le **DOCUMENT 2** montre une contre étiquette portée par un produit ménager utilisé en milieu professionnel. À l'aide des informations apportées par le **DOCUMENT 1**, souligner les mentions de danger en rouge et les conseils de prudence en bleu.

4 Quelles sont les informations supplémentaires apportées par les mentions de danger.

5 À partir des conseils de prudence, donner la conduite à tenir pour son utilisation et son stockage.

6 En utilisant les informations apportées par le **DOCUMENT 1** et le **DOCUMENT 2**, expliquer pourquoi il est important de conserver les produits dans leur emballage d'origine ?

Activité 2 Des produits de nettoyage adaptés à différentes situations

DOC. 3 Détergent, désinfectant ou les deux ?

Vidéo optionnelle

https://qrcode.link/a/emNRf2

Les détergents sont des produits de nettoyage destinés à retirer les salissures organiques et grasses. Ils contiennent des tensioactifs qui sont des molécules dotées d'un pôle hydrophiles qui se lie à l'eau et d'un pôle hydrophobe ou lipophile qui se lie aux taches. Ainsi les tensioactifs sont capables de créer un lien entre les salissures et l'eau. Grâce aux tensioactifs, les détergents ont plusieurs pouvoirs.

- Un pouvoir mouillant qui aide l'eau à pénétrer dans les tissus ou à s'étaler sur la surface à nettoyer.
- Un pouvoir dispersant qui permet de fractionner les salissures pour les mettre en suspension dans l'eau.
- Un pouvoir émulsifiant qui permet de mélanger l'eau et le gras.

Le passage d'un détergent sur une surface qu'on appelle également détersion permet de rendre cette surface visuellement propre, de la dégraisser et d'éliminer une partie des micro-organismes présents à la surface.

Les désinfectants ne sont pas destinés à nettoyer mais à désinfecter, c'est-à-dire tuer ou freiner la croissance des micro-organismes présents sur une surface. Il est donc impératif de nettoyer à l'aide d'un détergent avant de réaliser une désinfection car on ne désinfecte que ce qui est propre. Certains désinfectants sont polyvalents et agissent sur l'ensemble des micro-organismes. Ils sont bactéricides, fongicides et virucides. D'autres peuvent agir uniquement sur une ou deux des catégories de micro-organismes cités précédemment. Certains désinfectants ont également un pouvoir rémanent c'est-à-dire qu'ils peuvent agir pendant plusieurs heures après leur application.

Les détergents et les désinfectants sont donc complémentaires et certains produits de nettoyage combinent les deux actions pour plus de praticité. Ce sont les détergents-désinfectants qui nettoient et désinfectent en une seule opération. Dans ce cas on parlera de bio-nettoyage.

Pour aller plus loin

Démontrer le pouvoir mouillant et le pouvoir émulsifiant d'un tensioactif.

Expérience 1 : démontrer le pouvoir mouillant : tremper un brin de laine dans l'eau puis mélanger. Tremper un autre brin de laine dans de l'eau additionnée de liquide vaisselle puis mélanger. Observer le comportement du brin de laine dans les 2 situations.

Expérience 2 : démontrer le pouvoir émulsifiant : mélanger de l'huile et de l'eau dans un récipient puis agiter. Dans un autre récipient, mélanger de l'huile, de l'eau et un peu de liquide vaisselle puis agiter. Laisser reposer et observer régulièrement les deux mélanges et le comportement de l'huile et de l'eau dans les deux situations.

Conclure sur l'action du liquide vaisselle dans les deux expériences.

Vocabulaire

Bactéricide : agit sur les bactéries.

Fongicide : agit sur les moisissures.

Virucide : agit sur les virus.

DOC. 4 Les autres produits de nettoyage

Pour des salissures minérales, comme les traces de calcaire, un produit détartrant au pH acide doit être utilisé. L'acidité dissout le calcaire et le décolle de la surface sur laquelle il s'est incrusté. Les détartrants ne doivent jamais être mélangés avec des produits chlorés de type eau de javel car cela produit un gaz toxique. Lorsque les salissures adhèrent à la matière sur laquelle elles se sont déposées il faut les décoller à l'aide d'un abrasif. Composé de particules en poudre, le produit vient user mécaniquement la tache pour la faire disparaître comme le fait du papier de verre sur le bois. Ils sont disponibles sous forme de poudre seule ou de pâte prête à l'emploi. Les abrasifs sont à utiliser avec précaution car ils peuvent occasionner des rayures. Enfin pour éliminer les poussières sans les disperser il est possible d'utiliser un agglutinant. Ces produits enrobent les particules de poussière et les collent entre elles.

7 Souligner dans le **DOCUMENT 3** la définition de détersion en bleu, de désinfection en rouge et de bio-nettoyage en vert.

8 Citer les 3 pouvoirs donnés par les tensioactifs au détergent.

9 À l'aide du **DOCUMENT 3** et du **DOCUMENT 4**, remplir le tableau suivant.

Produit nettoyant	Type de salissures	Mode d'action
Détergents/détergents-désinfectants		
Détartrants		
Abrasifs		
Agglutinants		

10 Qu'est-il impératif de réaliser avant une désinfection ?

11 Voici différentes taches prises en photo, indiquer le produit à utiliser pour les éliminer.

			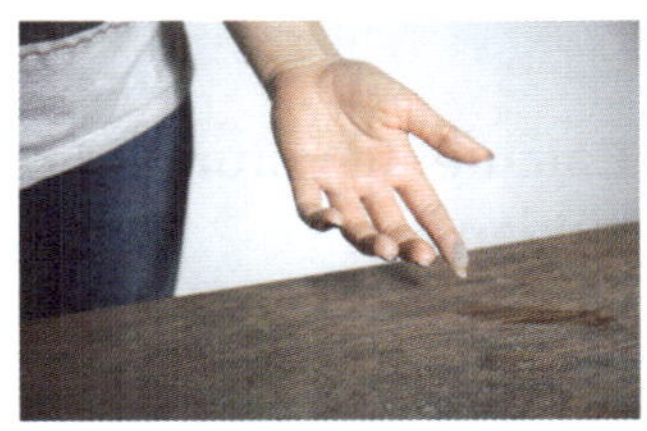

12 Quelle précaution doit-on prendre lors de l'utilisation de produit détartrant ?

POUR ALLER PLUS LOIN

Pour apprendre en s'amusant.

https://qrcode.link/a/seKXEC

POUR ALLER PLUS LOIN

Créer ses propres étiquettes pour les produits chimiques.

https://qrcode.link/a/AayYBT

ACTIVITÉ 3 Optimiser l'efficacité d'un produit nettoyant

DOC. 5 Le mode d'emploi : une garantie d'efficacité

Les étiquetages des produits de nettoyage proposent tous un mode d'emploi indiquant des paramètres à respecter pour un résultat optimal. Cela peut être un dosage, un temps de pause, une température d'utilisation ou encore des conseils de brossage. En effet certains produits chimiques n'agissent que dans certaines conditions et ne pas les respecter entraîne alors un résultat décevant.

- **Le dosage** est un paramètre important car un excès de produit chimique peut être polluant et rendre le rinçage difficile, à l'inverse un manque de produit réduit son efficacité.
- **Le temps d'action** est également un paramètre à respecter scrupuleusement car il faut laisser un délai afin que la réaction chimique entre le produit et la salissure se réalise intégralement.
- **La température de l'eau** n'est pas à négliger. Une eau trop froide peut réduire l'efficacité du produit a contrario une eau trop chaude peut dégager des vapeurs toxiques au contact du produit.
- **L'action mécanique de la friction et du brossage** viennent compléter l'action du produit chimique en décollant les salissures préalablement fractionnées par le détergent.

13 **Quels sont les paramètres à respecter pour optimiser l'efficacité des produits de nettoyage ?**

14 **Pourquoi ne peut-on pas se passer de l'action mécanique ?**

15 **Calculer le volume de produit et d'eau nécessaires à la préparation d'1 l de mélange pour les produits suivants.**

Alcool à brûler dilué à 10 % pour le nettoyage des fenêtres :

Détergent pour le sol à diluer à 5 % :

Détergent-désinfectant professionnel à diluer à 1,5 % :

CHAPITRE 30 Repérer et hiérarchiser les besoins nutritionnels

https://qrcode.link/a/Pifx2u
Exemple de situation professionnelle

ACTIVITÉ 1 Les constituants alimentaires

DOC. 1 De quoi sont faits nos aliments ?

La digestion permet de décomposer les aliments en fibres non digérées mais essentielles au transit intestinal et en nutriments que nos cellules peuvent utiliser pour fonctionner. L'organisme récupère également de l'eau dans les aliments que nous consommons. Cette eau participe à la construction de l'organisme et à son bon fonctionnement. Les nutriments sont classés en 2 catégories : **les macronutriments et les micronutriments**.

Les macronutriments sont des molécules dont l'organisme a besoin en grande quantité pour fonctionner et qui lui apporte son énergie. Ces molécules sont :

- **les glucides** qui sont une importante source d'énergie pour l'organisme ;
- **les lipides** qui sont une source d'énergie pour l'organisme et qui participent également à la construction des membranes cellulaires ainsi qu'à la fabrication de certaines hormones et de la vitamine D ;
- **les protéines** qui ont un rôle important dans la construction de l'organisme, le renouvellement des tissus et la synthèse des différentes enzymes qui participent au métabolisme. Elles peuvent dans une moindre mesure participer à l'apport énergétique de l'organisme.

Les micronutriments sont des constituants alimentaires indispensables à la vie mais utilisés en petite quantité par l'organisme. On y trouve :

- **les vitamines :** elles participent à de nombreux processus métaboliques. Par exemple la vitamine D aide le calcium à se fixer sur les os ;
- **les minéraux et oligo-éléments :** sodium, potassium, calcium, zinc, fer, magnésium… Ils participent au fonctionnement cellulaire et/ou à la structure de nos tissus. On peut citer comme exemple le calcium qui est utilisé pour fabriquer nos os et qui participe également à la contraction musculaire.

DOC. 2 Les macronutriments dans les aliments

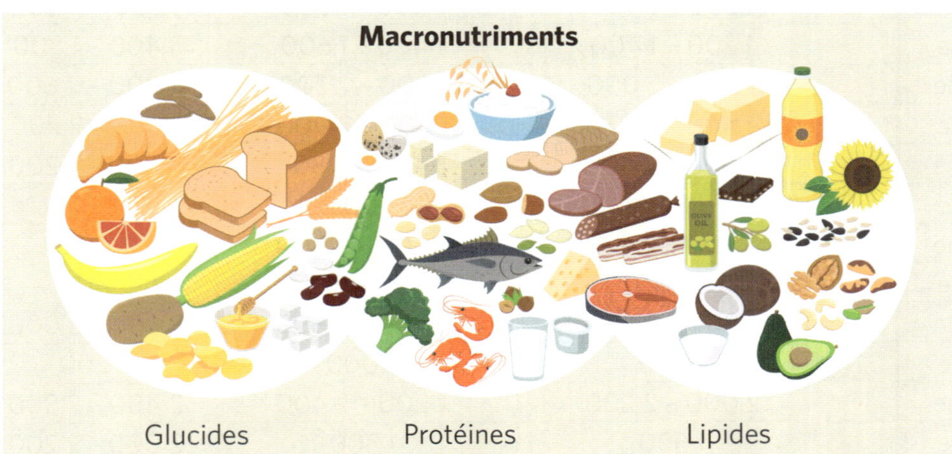

1 Souligner dans le **DOCUMENT 1** les définitions de macronutriments et micronutriments.

2 Les nutriments assurent trois rôles importants. Un rôle bâtisseur en participant à sa construction, un rôle énergétique en lui apportant son carburant et un rôle fonctionnel en aidant son métabolisme à fonctionner. À l'aide du **DOCUMENT 1**, classer l'eau et les différents nutriments en fonction de leurs rôles (un même nutriment peut assurer plusieurs rôles).

Rôle bâtisseur	Rôle énergétique	Rôle fonctionnel

3 À partir du **DOCUMENT 2**, déterminer les aliments qui apportent des glucides, ceux qui apportent des lipides et ceux qui apportent des protéines.

Glucides : ....

Lipides : ....

Protéines : ....

4 On dit d'une personne qui est fatiguée qu'elle a besoin de vitamines pour lui apporter de l'énergie. Après l'étude du **DOCUMENT 1**, peut-on encore affirmer cela ?

....

....

ACTIVITÉ 2 Des besoins nutritionnels qui évoluent tout au long de la vie

DOC. 3 Des besoins quantitatifs en évolution

Le tableau ci-dessous présente les besoins énergétiques quotidiens moyens. Il tient compte à la fois de l'âge, du sexe et du degré d'activité. Les besoins sont exprimés en calories.

Âge	Genre	Pas actif(ve)	Modérément actif(ve)	Actif(ve)
2 - 3	Homme/Femme	1 000	1 000	1 000
4 - 8	Homme	1 200 - 1 400	1 400 - 1 600	1 600 - 2 000
	Femme	1 200 - 1 400	1 400 - 1 600	1 400 - 1 800
9 - 13	Homme	1 600 - 2 000	1 800 - 2 200	2 000 - 2 600
	Femme	1 400 - 1 600	1 600 - 2 000	1 800 - 2 200
14 - 18	Homme	2 000 - 2 400	2 400 - 2 800	2 800 - 3 200
	Femme	1 800	2 000	2 400
19 - 30	Homme	2 400 - 2 600	2 600 - 2 800	3 000
	Femme	1 800 - 2 000	2 000 - 2 200	2 400
31 - 50	Homme	2 200 - 2 400	2 400 - 2 600	2 800 - 3 000
	Femme	1 800	2 000	2 200
51 et +	Homme	2 000 - 2 200	2 200 - 2 400	2 400 - 2 800
	Femme	1 600	1 800	2 000 - 2 200

5 **À partir du DOCUMENT 3, indiquer les 3 paramètres faisant varier les besoins énergétiques.**

6 **Qu'est-ce qui peut faire augmenter les besoins énergétiques lors de l'adolescence ?**

7 **Selon vous pourquoi la grossesse et la maladie peuvent être des paramètres qui augmentent les besoins énergétiques ?**

DOC. 4 Des besoins qualitatifs qui s'ajustent aux circonstances

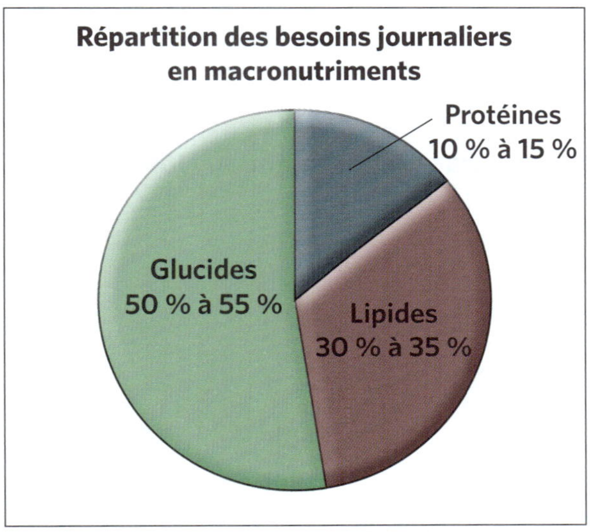

Les besoins en nutriments vont différer selon les circonstances rencontrées par l'organisme. La croissance de l'enfant et de l'adolescent nécessite des apports en protéines suffisants pour assurer la construction de l'organisme. Il faut également s'assurer d'un bon apport en calcium et vitamine D pour permettre une bonne croissance osseuse. À l'adolescence les apports en fer sont à surveiller car la prise de masse musculaire des garçons et l'apparition des premières règles chez les filles augmentent les besoins. À l'âge adulte lorsque la croissance est terminée il faut veiller à un bon équilibre global des apports en nutriments pour assurer le renouvellement des tissus et le métabolisme de base. Chez la personne âgée, la diminution de l'activité physique et les changements métaboliques liés au vieillissement obligent à surveiller davantage l'apport de certains nutriments dans l'alimentation. Il faudra à nouveau s'assurer d'apports suffisants en vitamine D et calcium pour soutenir le squelette fragilisé par l'âge. Les vitamines et le zinc sont nécessaires pour le soutien du système immunitaire et la cicatrisation qui perdent de leur efficacité avec le temps. La diminution de l'activité physique peut entraîner une fonte musculaire qu'il faut soutenir avec un bon apport en protéines. Cette surveillance des apports diversifiés et d'autant plus importante avec l'âge que l'appétit et le goût pour la nourriture peuvent diminuer avec le temps et les circonstances de vie.

8 **En plus des besoins énergétiques, que faut-il surveiller dans la ration alimentaire d'après le DOCUMENT 4 ?**

9 **Quels sont les nutriments à surveiller pendant la croissance ?**

10 **Au-delà de la quantité d'aliments ingérée, qu'est-il important de surveiller chez la personne âgée ?**

Activité 3 L'IMC, un outil d'évaluation des déséquilibres alimentaires

DOC. 5 Qu'est-ce que l'IMC ?

L'indice de masse corporelle ou IMC est un outil d'évaluation de l'excès de masse grasse dans le corps. Il se calcule en divisant la masse corporelle (en kg) par la taille (en m) au carré. On obtient ainsi un indice qui exprime le poids pesé par un mètre carré de surface corporelle. Selon le résultat obtenu on est classé dans une catégorie de corpulence allant de la maigreur à l'obésité morbide.
L'IMC ne doit pas être utilisé de façon isolée car une personne très musclée peut avoir un IMC élevé tout en étant en bonne santé. En effet la masse musculaire pèse plus lourd que la masse grasse. D'autres outils comme le rapport tour de taille (en cm)/tour de hanche (en cm) peuvent apporter des informations complémentaires en particulier pour l'évaluation des risques cardiovasculaires.

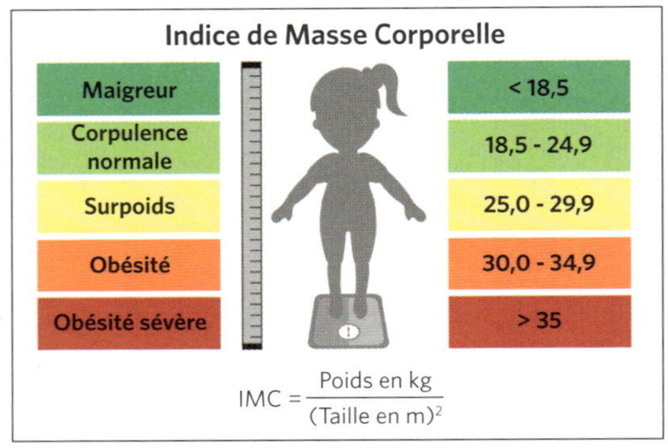

11 **Lydia est une adolescente de 15 ans qui pèse 68 kg pour 1 m 59. Son amie Zoé, 16 ans, pèse quant à elle 55 kg pour 1 m 60. Calculer l'IMC des deux amies et indiquer dans quelle(s) catégorie(s) elles se situent.**

12 **Lydia a quelques complexes avec son poids mais ne sait pas par où commencer. Quelles questions peut-on lui poser pour évaluer ses besoins ?**

13 **Lydia confie ne pratiquer du sport qu'au lycée une fois par semaine et consommer une canette de soda à chaque repas sauf au petit déjeuner. Elle n'aime pas trop les légumes et écrit ses repas de la veille dans un tableau. À partir de la calculatrice proposée ci-contre (accessible grâce au QR Code), entrer les informations données par Lydia et évaluer ses apports sur une journée.**

https://qrcode.link/a/ckpRR6

Petit déjeuner	Déjeuner	Goûter	Dîner
Un pain au chocolat. Un verre de jus d'orange (25 cl).	Une tomate. Une portion de frites. Un cordon-bleu. 2 boules de glace.	Un croissant.	Une portion de salade niçoise. Deux assiettes de pâtes carbonara. Une crème dessert.

14 **À partir des informations données par la calculatrice, conclure sur l'alimentation de Lydia.**

15 **Noter sur une feuille libre vos apports alimentaires sur une journée. À l'aide de la calculatrice, évaluer vos besoins et vos apports.**

CHAPITRE 31 Repérer et hiérarchiser les besoins alimentaires du nourrisson et de l'enfant

https://eqrcode.co/a/q74Fly
Exemple de situation professionnelle

ACTIVITÉ 1 Analyser les besoins alimentaires du public pour mener des actions d'éducation à la santé

DOC. 1 1 000 premiers jours

La période de la conception aux deux premières années de la vie après la naissance sont déterminantes pour le développement de l'enfant et la santé de l'adulte qu'il deviendra. C'est pourquoi les pouvoirs publics mettent en œuvre des actions d'éducation à la santé axée, notamment, sur l'alimentation.

MANGERBOUGER.FR

POUR ALLER PLUS LOIN

Feuilleter le petit guide de diversification alimentaire.

https://qrcode.link/a/VE6VjB

1 **Observer chacun des visuel puis compléter le tableau.**

Titre	Pas à pas, votre enfant mange comme un grand	Atelier alimentation de l'enfant
Émetteur		
Destinataire		
Type de document		

ACTIVITÉ 2 L'alimentation lactée

DOC. 2 **Les laits infantiles et leurs caractéristiques nutritionnelles**

Le nourrisson pendant la première période de sa vie, de 4 à 6 mois, se nourrit exclusivement de lait. Celui-ci répond à ses besoins et à ses capacités physiologiques. L'allaitement doit être privilégié jusqu'à 6 mois. S'il est plus court ou non exclusif, il reste cependant bénéfique.

Dès la naissance (si la mère ne souhaite pas allaiter, ne peut pas allaiter ou n'a pas assez de lait) ou en relais de l'allaitement maternel, des laits pour nourrissons (ou laits premier âge) peuvent être utilisés. Ils sont fabriqués à partir de lait de vache. Ces préparations répondent à des mesures réglementaires européennes et françaises strictes sur le plan de leur composition et de leur sécurité.

La plupart du temps, ces laits se présentent sous forme de poudre. L'étiquette des boîtes précise le mode d'emploi pour reconstituer une forme liquide.

Leur composition évolue en fonction de l'âge des tout-petits. On distingue donc plusieurs types de laits infantiles : le lait 1er âge, de la naissance à 6 mois, le lait 2e âge, qui peut couvrir ses besoins nutritionnels jusqu'à 12 mois, et enfin le lait de croissance à partir d'un an jusqu'à 3 ans. La composition du lait destiné aux nourrissons imite au plus proche le lait maternel. Le lait de vache par exemple subit quelques transformations : il est enrichi en vitamines K et D, en fer, en acides gras essentiels, il subit une réduction et un rééquilibrage de la teneur en protéines, et une diminution en sels minéraux, nécessaires au bon développement du bébé.

2 **À l'aide du DOCUMENT 2, indiquer dans quels cas les laits infantiles sont utilisés.**

3 **Surligner sur le DOCUMENT 2 les trois types de lait infantiles recommandés aux nourrissons.**

4 **En vous référant au DOCUMENT 2, indiquer les modifications apportées au lait de vache pour s'adapter aux nourrissons.**

DOC. 3 Exemple d'apport journalier de lait infantile

Âge du bébé	Quantité d'eau par biberon	Nombre de mesurettes par biberon	Nombre de biberons par 24 h	Volume gastrique
0 à 1 mois	90 ml	3	6	80 à 150 ml
1 à 2 mois	120 ml	4	6	
2 à 3 mois	150 ml	5	5	150 à 180 ml
3 à 4 mois	180 ml	6	5	
4 à 5 mois	210 ml	7	4	210 ml
5 à 6 mois	240 ml	8	4	
6 à 12 mois	240 ml	8	2 ou 3	210 à 240 ml
1 an à 3 ans	240 ml	8	2	> à 240 ml

5 **Expliquer, à l'aide du DOCUMENT 3, l'évolution de la quantité de lait.**

6 **En vous aidant du DOCUMENT 3, compléter le tableau ci-dessous en indiquant, pour chaque enfant, le type de lait infantile, la quantité d'eau et de lait infantile composant le biberon ainsi que le nombre de rations par jour.**

Enfant	Lisa, 2 mois	Hugo, 8 mois	Arthur, 20 mois
Type de lait			
Composition du biberon			
Nombre de biberons/j			

7 **Expliquer pourquoi l'apport journalier en lait infantile n'évolue plus vers 6 mois.**

DOC. 4 Les laits spécifiques

Quelle que soit la marque choisie, les laits infantiles apportent tous globalement les mêmes bienfaits nutritionnels et ont approximativement tous la même composition. Ceci dit, des gammes sont développées spécialement pour répondre à certaines problématiques du nourrisson :

- **prématurité :** ces laits, prescrits en néonatalogie, sont adaptés aux besoins spécifiques des bébés qui n'ont pas encore atteint 3,3 kg et dont certaines fonctions - digestives notamment - sont encore immatures. Ils sont plus riches en protéines que les laits 1er âge classiques, et sont davantage enrichis en acides gras poly-insaturés (oméga 3 et oméga 6 en particulier), en sodium, en sels minéraux et en vitamines. Ils ont en revanche une teneur réduite en lactose pour assurer une meilleure digestibilité ;
- **colique :** si bébé a le ventre dur, a des ballonnements ou des gaz, un lait plus facile à digérer peut lui être proposé. Dans ce cas, optez pour un lait sans lactose ou un hydrolysat de protéines ;
- **diarrhée aiguë :** si votre nourrisson a connu un épisode de diarrhée importante, la réintroduction du lait se fera avec un lait premier âge sans lactose avant de proposer à nouveau le lait habituel de l'enfant ;
- **régurgitations :** si bébé a tendance à beaucoup régurgiter, il suffira de lui proposer un lait épaissi - soit avec des protéines, soit avec de la farine de caroube ou de l'amidon de maïs (qui s'épaissit seulement dans l'estomac, donc plus facile à boire). Ces laits premiers âge sont appelés « laits antirégurgitation » en pharmacie, et « laits confort » quand ils sont vendus en grandes surfaces ;
- **allergies aux protéines de lait de vache :** si le bébé est génétiquement exposé aux risques d'allergies de par ses antécédents familiaux, le pédiatre orientera éventuellement vers un lait spécifique sans protéine allergisante et sans lactose.

Source : passeportsante.fr

8 Indiquer le rôle du professionnel de santé à consulter en cas de trouble digestif du nourrisson.

....

....

9 Indiquer pour chaque situation, grâce au DOCUMENT 4, le lait spécifique à privilégier.

Lisa a le ventre gonflé et pleure après la prise du biberon. Elle souffre de flatulences.	....
Arthur a des selles liquides suite à une gastro-entérite.	....
Ambre a des reflux gastriques après chaque biberon.	....

POUR ALLER PLUS LOIN

Dans la jungle des laits infantiles.

https://qrcode.link/a/KaXnvJ

POUR ALLER PLUS LOIN

Lait infantile, secrets de fabrication.

https://qrcode.link/a/reMgcE

ACTIVITÉ 3 La diversification alimentaire

DOC. 5 La diversification alimentaire de la naissance jusqu'à 3 ans

MANGER BOUGER
PROGRAMME NATIONAL NUTRITION SANTÉ

Enfants : les grandes phases de la diversification alimentaire

	1er MOIS	2e MOIS	3e MOIS	4e MOIS	5e MOIS	6e MOIS	7e MOIS	8e MOIS	9e MOIS	10e MOIS	11e MOIS	12e MOIS	2e ANNÉE	3e ANNÉE
Lait	Lait maternel exclusif ou						Lait maternel exclusif ou							
	Lait 1er âge exclusif				Lait 1er ou 2e âge		Lait 2e âge ≥ 500ml/J						Lait 2e âge ou de croissance	
Produits laitiers					Yahourt		ou fromage -> Fromage blanc nature							
Fruits					Tous : très murs		ou cuits, mixés, texture homogène lisse -> crus, écrasés						en morceaux, à croquer	
Légumes					Tous : purée, lisse ----------------------> petits morceaux									
Pomme de terre					Purée,		lisse -------------> petits morceaux							
Légumes secs													15-18 mois : en purée	
Farines infantiles (céréales)					Sans gluten		Avec gluten							
Pain, produits céréaliers							Pain, pâtes, semoule, riz							
Viandes; poissons					Tous		10g/j (2cc)		Hachés : 20g/j (4cc)				30g/j (6cc)	
Oeuf							1/4 (dur)		1/3 (dur)				1/2	
M.G. ajoutées							Huile (olive, colza...) ou beurre (1cc d'huile ou noisette de beuure au repas)							
Boissons	Eau pure : proposer en cas de fièvre ou de forte chaleur						Eau pure							
Sel													Peu pendant la cuisson, ne pas resaler à table	
Produits sucrés							Sans urgence, à limiter							

mangerbouger.fr

10 À l'aide du **DOCUMENT 5,** définir le terme de diversification alimentaire.

11 À l'aide du **DOCUMENT 5,** décrire l'évolution des textures.

DOC. 6 Évolution des textures et physiologie du système digestif

La diversification chez le bébé lui permet d'apporter de nouveaux éléments nutritifs pour sa croissance mais elle ne doit pas commencer trop tôt au risque de provoquer des douleurs, des gaz, des diarrhées et de la constipation.

Durant les premiers mois de la vie, le système digestif du nourrisson n'est pas assez développé pour s'adapter à une alimentation non lactée. Progressivement, vers 4 à 6, le nourrisson est capable d'entraîner les aliments vers l'arrière pour avaler. Vers 6 à 7 le réflexe de mastication se met en place avec l'apparition des dents.

Le tube digestif est particulièrement sensible aux allergènes lorsque celui-ci n'est pas encore mature. En introduisant une alimentation solide et variée trop tôt, le nourrisson risque de développer des allergies alimentaires.

12 Après lecture du DOCUMENT 6, expliquer l'évolution des textures.

13 Indiquer le risque lié à une diversification avant 4 mois.

14 À partir du DOCUMENT 6, proposer dans le tableau ci-dessous un repas de midi et une collation adaptée à l'âge de l'enfant en veillant à l'introduction des nouveaux aliments.

Enfant	Repas du midi	Collation de 16 heures
Ambre, 6 mois		
Enzo, 9 mois		
Aline, 15 mois		

Pour aller plus loin

La DME, késako ? La Maison des maternelles

Visionner cette vidéo

https://eqrcode.co/a/17O7RW

CHAPITRE 32 L'appareil digestif

https://qrcode.link/a/w9ldsb
Exemple de situation professionnelle

ACTIVITÉ 1 Les organes de l'appareil digestif

DOC. 1 La digestion comme vous ne l'avez jamais vue

Visionner cette vidéo (2'41")

https://qrcode.link/a/8CMQni

1 À l'aide de la vidéo et de vos connaissances, compléter le schéma de l'appareil digestif ci-après.

Schéma de l'appareil digestif

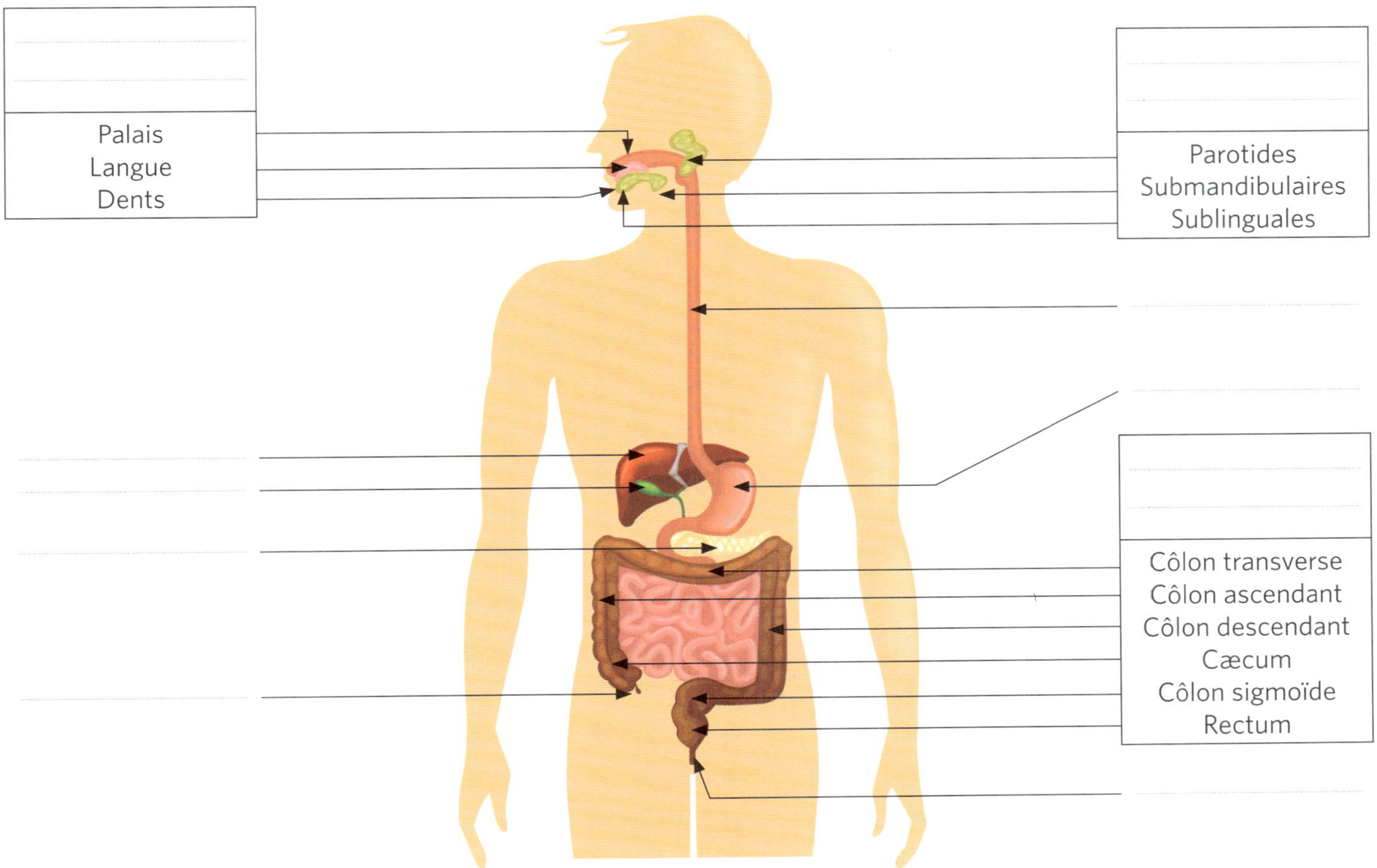

ACTIVITÉ 2 Les différentes phases de la digestion

DOC. 2 Les phases de la digestion

1

Mastication
(dans la bouche)

Les dents réduisent la taille des aliments ; ils sont coupés par les incisives et broyés par les molaires.
La salive, produite par les glandes salivaires, humidifie les aliments et leur permet ainsi de glisser plus facilement dans l'œsophage. Ils sont également préparés à la digestion.

2

Déglutition
(dans l'œsophage)

L'œsophage, tube musculaire de 25 cm de long par 2 cm de large, amène le bol alimentaire du pharynx à l'estomac, grâce à sa fonction péristaltique.

3

Décomposition
(dans l'estomac)

L'estomac, par l'intermédiaire des glandes présentes sur sa paroi, produit le suc gastrique, liquide acide contribuant à la digestion et l'assimilation du bol alimentaire qui se transformera en chyme, à l'issue des 4 heures de décomposition dans l'estomac.

4

Absorption
(dans l'intestin grêle)

Le contenu de l'estomac, appelé chyme, passe dans l'intestin grêle.
La bile, produite par le foie et stockée dans la vésicule biliaire, et le suc pancréatique, produit par le pancréas, se déversent dans l'intestin grêle et se mélangent au chyme ; ce chyme va se transformer en chyle grâce à l'intervention du suc intestinal produit par l'intestin grêle. L'ensemble de ces sucs gastriques va contribuer à réduire la taille des molécules de nourriture, devenant des nutriments, dont la plupart vont rejoindre le sang en passant à travers les villosités intestinales de l'intestin grêle.

5

Réabsorption - Élimination
(dans le gros intestin ou côlon)

Le chyle non absorbé par l'intestin grêle est condensé, perd de l'eau (récupérée par le système sanguin) dans le gros intestin et transformé en matières fécales (selles), qui sortent du corps par l'anus.

2 À l'aide du **DOCUMENT 2** :

a) Nommer les différentes phases de la digestion en complétant le tableau ci-dessous.

b) Indiquer leurs rôles respectifs.

Nom des étapes de la digestion	Rôles de cette étape

Activité 3 Les phases buccales, pharyngiennes et œsophagiennes de la digestion

DOC. 3 La phase buccale et œsophagienne

Dès leur introduction dans la bouche, les aliments sont humidifiés par la salive, mastiqués par les dents et brassés par la langue. Ils sont progressivement réduits en petits morceaux : le bol alimentaire. Voir, sentir ou porter à la bouche un aliment qui nous est agréable amplifie le phénomène réflexe de salivation.

La salive, sécrétée par les trois paires de glandes salivaires appelées glandes parotides (situées derrière l'angle de la mâchoire), glandes sublinguales (situées sous la langue) et glandes submandibulaires (situées sous la mandibule), est constituée d'eau, de mucine et d'enzyme salivaire. Alors que la mucine a pour rôle de lubrifier la bouche et d'humidifier les aliments, l'enzyme salivaire décompose les glucides complexes, amidon et glycogène en molécules plus simples, par l'action de l'eau.

Le bol alimentaire est volontairement poussé au fond de la bouche, au niveau de la base de la langue puis projeté vers le pharynx et, par la suite, dans l'œsophage : c'est le réflexe de déglutition ; simultanément, et afin d'éviter les fausses routes, l'accès aux fosses nasales est fermé, rendant impossible l'accès à l'orifice de la trachée.

3 **Identifier, en les surlignant sur le DOCUMENT 3, les actions mécaniques responsables de la formation du bol alimentaire.**

BLOC DE COMPÉTENCES 4 COMPÉTENCE 10

4 À l'aide du **DOCUMENT 3** :

a) Nommer les différents constituants de la salive en complétant le tableau ci-dessous.

b) Indiquer leurs rôles respectifs.

Constituants de la salive	Rôles de ce constituant

5 À l'aide du DOCUMENT 3, nommer le phénomène responsable du passage du bol alimentaire de la cavité buccale à l'œsophage.

DOC. 4 Phénomène de déglutition

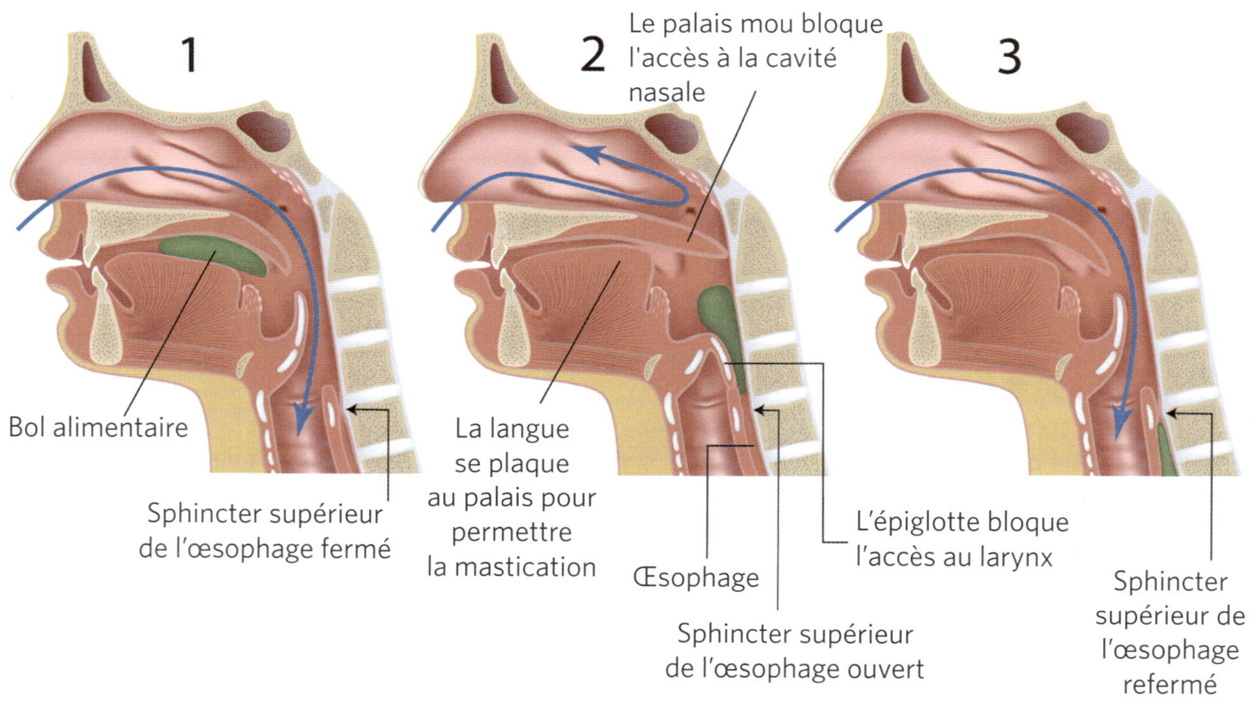

6 À l'aide du DOCUMENT 4, identifier le nom de l'élément qui empêche le bol alimentaire de passer par la trachée arrière.

DOC. 5 Schématisation des ondes péristaltiques

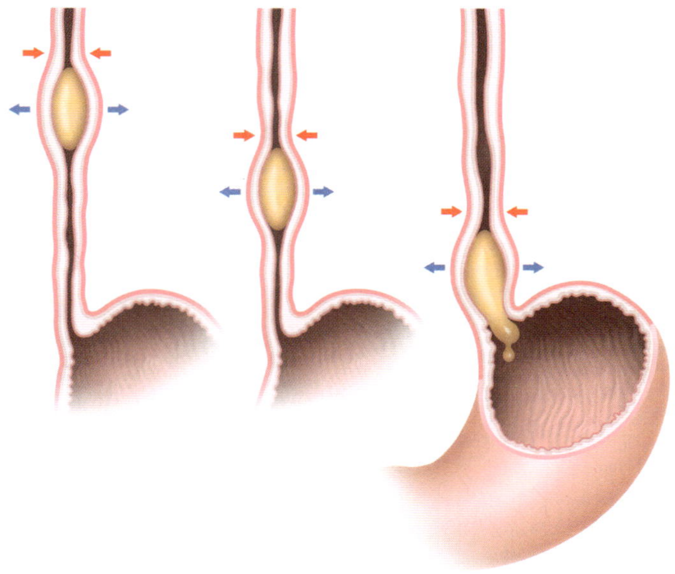

7 À l'aide du **DOCUMENT 5**, expliquer le rôle des ondes péristaltiques sur le bol alimentaire.

ACTIVITÉ 4 La phase stomacale de la digestion

DOC. 6 La phase stomacale

Le bol alimentaire poursuit son chemin dans l'œsophage. À son passage, il excite les muscles annulaires qui vont réagir à la stimulation en provoquant des ondes péristaltiques, capables de faire progresser les aliments le long du tube digestif.
Le bol alimentaire traverse le cardia puis atteint l'estomac où il va subir un brassage gastrique d'environ 4 heures, grâce aux contractions des muscles lisses situés sur la paroi de l'estomac.
Les glandes de la paroi stomacale sécrètent du mucus, du suc gastrique et de l'acide chlorhydrique.
Le mucus a pour rôle de protéger la muqueuse gastrique des conséquences de l'acidité tandis que la pepsine du suc gastrique a pour rôle de débuter la dégradation des protéines en milieu acide. L'acide chlorhydrique, quant à lui, a pour rôle de réduire la taille des molécules de nourriture, de dégrader la plupart des bactéries et de contribuer à la dégradation des protéines.
Les aliments, transformés en chyme, sont progressivement envoyés vers l'intestin grêle, ils empruntent alors le canal pylorique en traversant le sphincter du pylore.

8 À l'aide du **DOCUMENT 6** :

a) Identifier les actions chimiques et mécaniques se déroulant lors de la phase stomacale de la digestion en complétant le tableau ci-dessous.

b) Préciser le rôle de chacune d'entre elles.

	Action chimique	Action mécanique
Lors de la digestion stomacale…	- ...... Rôle :	- ...... Rôle : ......
	- ...... Rôle :	
	- ...... Rôle :	

9 **À l'aide du DOCUMENT 6, légender le schéma ci-dessous avec les mots suivants : canal pylorique, cardia, sphincter pylorique.**

Estomac

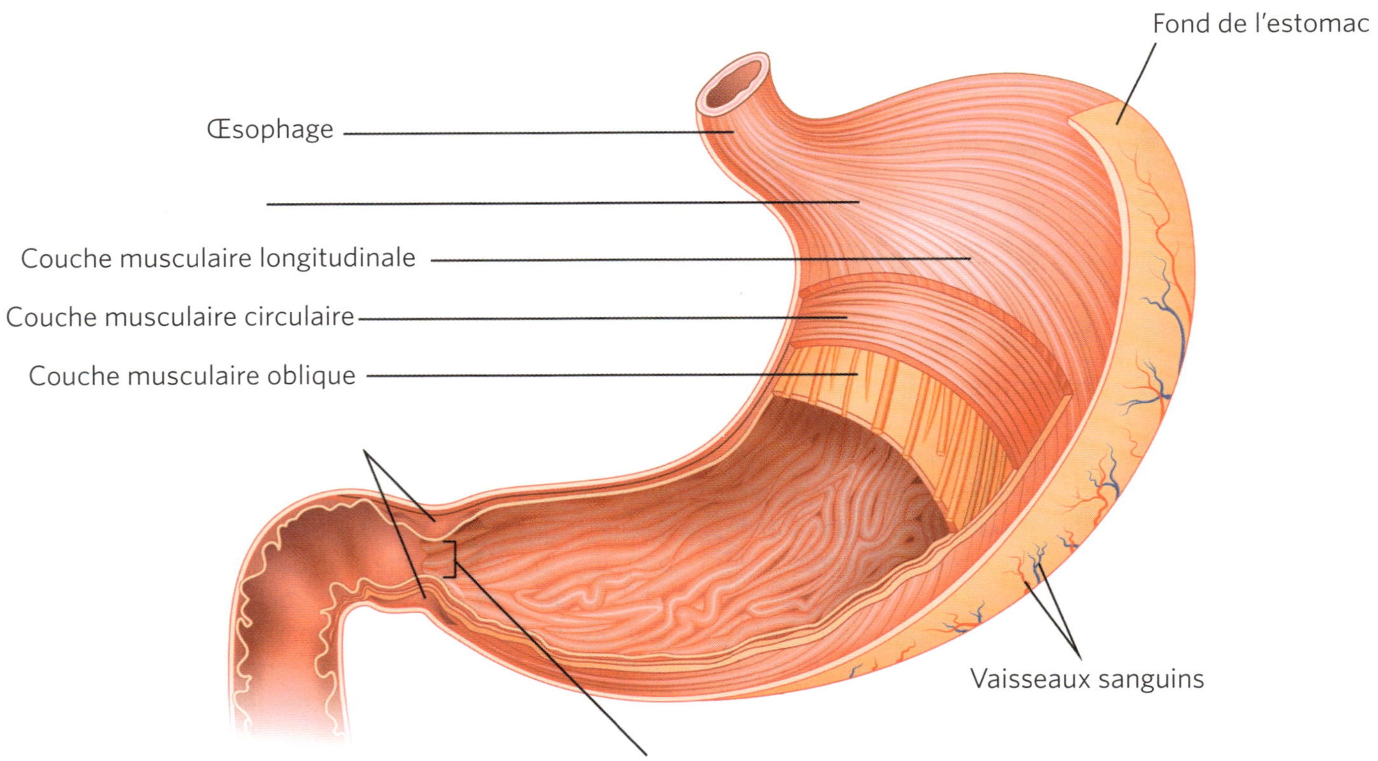

ACTIVITÉ 5 La digestion dans l'intestin grêle, relation entre foie, pancréas et intestin grêle

DOC. 7 La relation entre digestion, foie, pancréas et intestin grêle

L'intestin grêle est le siège d'une étape majeure de la digestion, l'absorption intestinale. Durant cette étape, le chyme, en provenance de l'estomac, y subit les dernières simplifications moléculaires afin que les nutriments puissent traverser la paroi intestinale et rejoindre les vaisseaux sanguins et lymphatiques qui les diffuseront à l'ensemble des organes du corps humain.

Le foie et le pancréas sont des glandes annexes de l'appareil digestif car elles ne sont pas situées sur le trajet des aliments. Le foie a pour rôle de sécréter la bile contenant 97 % d'eau, des électrolytes, des sels biliaires, du cholestérol et de la bilirubine. La bile permet de décomposer les graisses, d'éliminer les déchets et les toxines de l'organisme. Dans l'attente de son utilisation, notamment au moment de la digestion, elle est stockée dans la vésicule biliaire. Le pancréas, quant à lui, a pour rôle de sécréter le suc pancréatique contenant la pepsine, une enzyme qui œuvre pour la simplification des protéines.

Au passage du chyme dans le duodénum, première partie de l'intestin grêle, le foie et le pancréas y déversent leurs sécrétions, par le canal cholédoque. Les glandes duodénales sécrètent un mucus alcalin qui a pour rôle de neutraliser l'acidité du chyme venant de l'estomac, liée au suc gastrique. Les cellules caliciformes, notamment présentes à la base des villosités intestinales et dans les cryptes (espace compris entre deux villosités), sécrètent la trypsine, la lipase, la saccharase et la lactase, enzymes intestinales qui ont pour rôle de terminer la simplification des aliments.

La partie du chyme qui n'a pas été absorbée à l'issue de son passage dans l'intestin grêle devient une bouillie claire, appelée le chyle, constitué de nutriments et de fibres alimentaires, qui ne subira aucune transformation par les sucs digestifs.

10 **Identifier, en les surlignant dans le DOCUMENT 7, les différentes enzymes intestinales.**

11 **À l'aide du DOCUMENT 7, préciser le rôle du foie.**

12 **Identifier, en le soulignant en rouge dans le DOCUMENT 7, le nom du contenu alimentaire de l'intestin grêle à la fin de la digestion.**

DOC. 8 L'absorption intestinale

L'absorption intestinale est le passage des nutriments à travers la paroi de l'intestin grêle afin qu'ils soient diffusés, par le biais des vaisseaux sanguins et lymphatiques, à l'ensemble des organes du corps humain pour permettre leur bon fonctionnement. Cette diffusion est rendue possible grâce aux particularités de la structure de la muqueuse intestinale et aux différents mouvements de l'intestin grêle (pendulaires, péristaltiques et segmentaires).

L'épithélium de la muqueuse intestinale est constitué de près de 900 plis, hauts de 5 mm, appelés valvules conniventes ; ces valvules sont elles-mêmes constituées de près de 10 millions de replis, hauts de 0,5 à 2 mm, appelés villosités intestinales. Chacune de ces villosités intestinales est constituée de près de 10 millions de cellules intestinales :

- la majeure partie d'entre elles sont des **entérocytes**, qui forment une **bordure en brosse** permettant une augmentation considérable de la surface de contact avec le chyme, ce qui facilite l'absorption des nutriments ;

- des **cellules caliciformes** ou cellules à mucus, cellules en forme de vase allongé spécialisées dans la synthèse du mucus qui permet de protéger la surface de l'épithélium.

Les villosités intestinales sont irriguées par :

- une **artériole**, qui apporte le sang entrant pauvre en nutriments et une **veinule**, qui récupère le sang sortant riche en nutriments (acides aminés, acides gras, sucres, une partie des vitamines, des sels minéraux et de l'eau). L'artériole et la veinule sont reliées entre elles par un **réseau de capillaires sanguins** ;
- un **canal lymphatique** qui se modifie en **chylifère central** au centre de chaque villosité, qui collecte les triglycérides ainsi qu'une partie des vitamines, des sels minéraux et de l'eau.

L'espace compris entre chaque villosité se nomme la **crypte**.

L'ensemble des plis et replis de l'intestin grêle forme une surface d'échange possible de 32 m^2 entre la paroi et les nutriments.

13 **Identifier, en la surlignant sur le DOCUMENT 8, la définition de l'absorption intestinale.**

14 **À l'aide des mots en vert du DOCUMENT 8, annoter le schéma d'une villosité intestinale.**

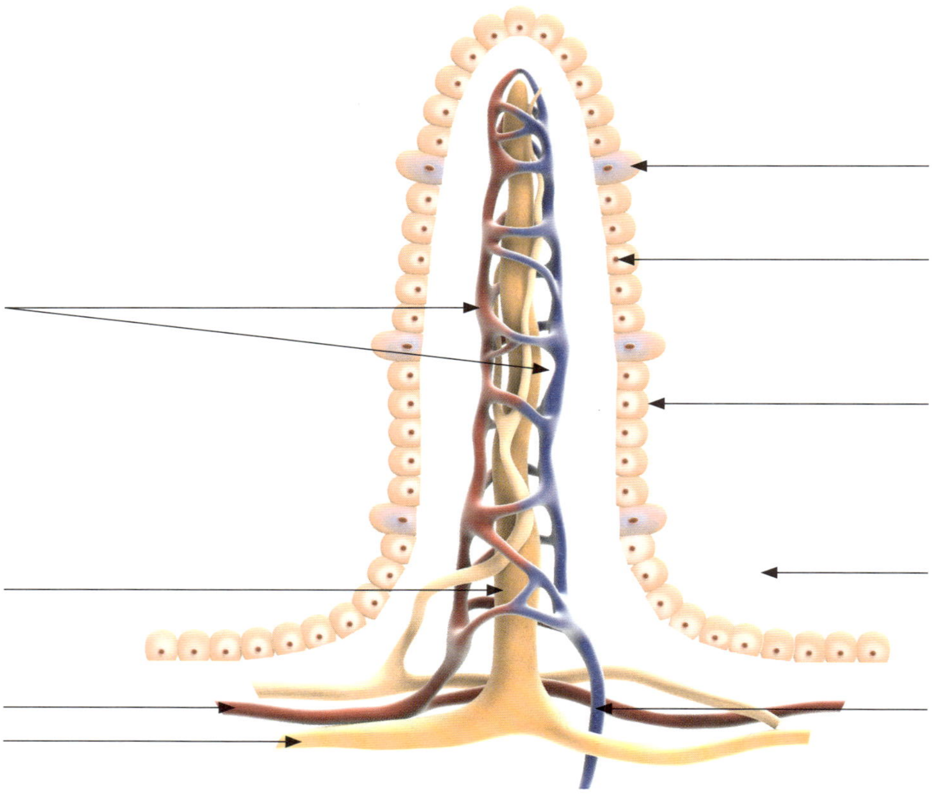

ACTIVITÉ 6 La digestion dans le gros intestin

DOC. 9 La digestion dans le gros intestin

Le gros intestin (ou côlon) réabsorbe une partie de l'eau et des ions présents dans le chyle qui n'ont pas été absorbés par l'intestin grêle et passent alors dans le système sanguin. Les déchets, liquides dans un premier temps, vont progressivement durcir en avançant dans le côlon grâce au péristaltisme. Le volume des selles est augmenté par les fibres alimentaires, contenues dans la plupart des fruits et légumes, les fruits secs ainsi que les produits céréaliers complets. La dégradation en matières fécales est achevée par des bactéries. L'arrivée des matières fécales dans le rectum entraîne une distension de ce dernier, déclenchant le besoin d'éliminer les selles : c'est la défécation. La contraction volontaire du sphincter anal entraîne l'expulsion des selles.

15 Identifier, en les surlignant sur le DOCUMENT 9, les nutriments qui rejoignent le sang au niveau du côlon.

DOC. 10 Les ballonnements et flatulences

Une flatulence est une accumulation de gaz dans l'estomac ou l'intestin, provoquant des ballonnements, qui sont expulsés hors du corps par l'anus, de manière volontaire ou non.

Les flatulences sont principalement causées par l'alimentation ; lorsque les bactéries du côlon dégradent les restes alimentaires par fermentation, elles produisent des gaz. La dégradation de certains aliments, notamment ceux riches en glucides (céréales, fruits et jus de fruits, haricots, légumes issus de la famille des choux, pains, produits laitiers...), entraîne une production de gaz plus importante, rendant ces aliments plus à risque de causer des ballonnements et des flatulences.

Elles peuvent également être causées par :

- certaines maladies telles que l'intolérance au lactose, incapacité à digérer le lactose contenu dans les produits laitiers, la maladie cœliaque, incapacité à digérer le gluten contenu dans le blé et d'autres céréales ainsi que certaines infections digestives par des bactéries ou des parasites ;
- l'utilisation de certains laxatifs et notamment ceux qui contiennent du son, céréale riche en glucides ;
- une modification de la pression atmosphérique (séjour en haute montagne, voyage en avion...).

Enfin, lorsque l'Homme mange ou boit trop rapidement, qu'il fume, mâche des chewing-gums ou consomme des boissons gazeuses, il avale simultanément de l'air qui pénètre dans son estomac. Cet air doit s'évacuer et peut être source de flatulences.

16 Surligner la définition de la flatulence en la surlignant dans le DOCUMENT 10.

17 Identifier les différentes causes de ballonnements et flatulences.

DOC. 11 La défécation

Mouvements de segmentation, provoqués par la contraction et la décontraction des muscles circulaires du côlon, qui permettent le brassage et la progression du chyme dans le côlon.

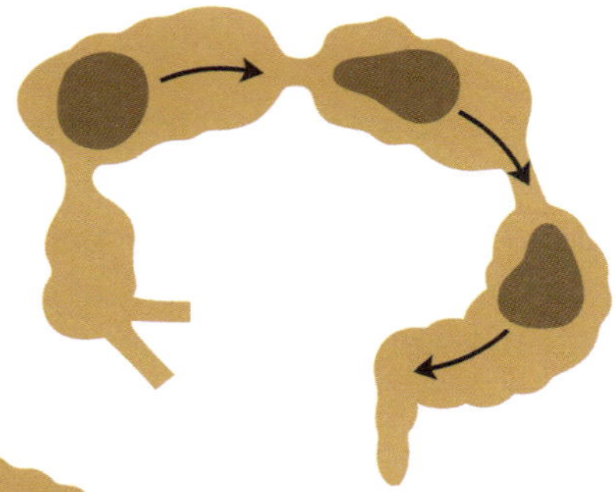

Contractions péristaltiques régulières, d'une durée de 30 à 60 secondes, qui permettent de remuer et faire avancer le contenu colique le long du côlon. L'ensemble du côlon est parcouru en 15 heures environ.

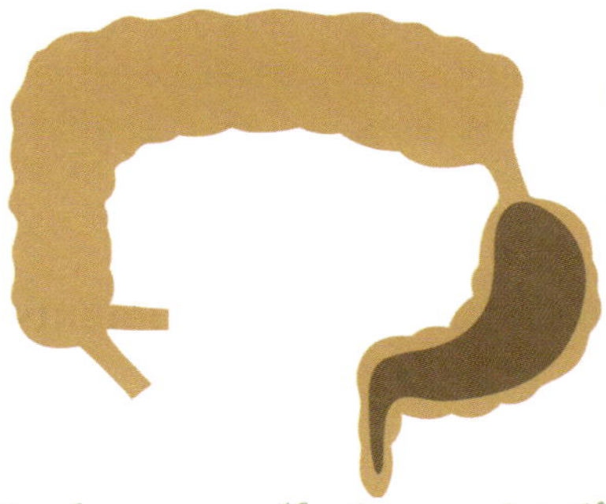

Mouvements de masse (fortes contractions péristaltiques), d'une durée de 10 à 30 min, 3 à 4 fois par jour (souvent à l'issue des repas), qui propulsent les selles vers le rectum puis l'anus.

18 Identifier, en les surlignant sur le DOCUMENT 11, les mouvements responsables de la défécation.

CHAPITRE 33 Concevoir une action sur le droit des enfants et pour l'enfance en danger

https://qrcode.link/a/19kdjr
Exemple de situation professionnelle

ACTIVITÉ 1 Planifier une action liée aux droits des enfants

DOC. 1 La Convention des droits de l'enfant

Les droits de l'enfant sont une branche des droits de l'Homme visant la protection spécifique de l'enfant en tant qu'être humain à part entière.

La Convention internationale des droits de l'enfant est le traité international qui reconnaît des droits fondamentaux aux enfants*. C'est le premier instrument juridique international ayant force de loi qui reconnaît à l'enfant des droits civils, culturels, économiques, politiques et sociaux.

Adoptée par l'Assemblée Générale des Nations unies le 20 novembre 1989, la Convention internationale des droits de l'enfant a force de loi dès lors qu'elle est ratifiée par les différents pays. C'est-à-dire que les États signataires de cette convention s'engagent à mettre en œuvre ce qu'elle promeut : l'enfant doit être protégé, bénéficier de prestations spécifiques et être considéré comme acteur de sa propre vie.

À ce jour, ce traité est le plus largement et le plus rapidement ratifié : 193 pays. Seuls les États-Unis et la Somalie ont signé le texte, mais ne l'ont pas ratifié.

En ratifiant la Convention internationale des droits de l'enfant le 7 août 1990, l'État français s'est ainsi engagé à reconnaître que les enfants, eux aussi, ont des droits.

** Un enfant s'entend de tout être humain âgé de moins de dix-huit ans (article premier).*

1 À partir du DOCUMENT 1 :

a) Définir le sigle CIDE.

b) Relever la date d'adoption de la CIDE par l'Assemblée Générale des Nations unies ainsi que la date où celle-ci est entrée en vigueur en France.

b) Surligner les engagements des pays ayant ratifié la CIDE.

DOC. 2 Que contient la Convention des droits de l'enfant ?

La Convention comporte 54 articles, énonçant que chaque enfant a :

- le droit d'avoir un nom, une nationalité, une identité ;
- le droit d'être soigné, protégé des maladies, d'avoir une alimentation suffisante et équilibrée ;
- le droit d'aller à l'école ;
- le droit d'être protégé de la violence, de la maltraitance et de toute forme d'abus et d'exploitation ;
- le droit à l'égalité et d'être protégé contre toutes les formes de discrimination ;
- le droit de ne pas faire la guerre, ni la subir ;
- le droit d'avoir un refuge, d'être secouru, et d'avoir des conditions de vie décentes ;
- le droit de jouer et d'avoir des loisirs ;
- le droit à la liberté d'information, d'expression et de participation ;
- le droit d'avoir une famille, d'être entouré et aimé.

La convention met en avant quatre principes fondamentaux concernant les enfants : la non-discrimination, l'intérêt supérieur de l'enfant, le droit de vivre, survivre et se développer ainsi que le respect des opinions de l'enfant. Trois protocoles facultatifs ont été ajoutés au texte principal. Le premier vise à protéger les enfants contre le recrutement dans les conflits armés, le deuxième concerne la vente d'enfants (à des fins de travail forcé, adoption illégale, don d'organes...), la prostitution ainsi que la pornographie mettant en scène des enfants. Le troisième définit la procédure internationale qui permet à tout enfant de déposer une plainte pour violation de ses droits, directement auprès du Comité des droits de l'enfant des Nations unies, lorsque tous les recours ont été épuisés au niveau national.

« La convention internationale des droits de l'enfant (CIDE) » (extrait), www.unicef.fr

2 Indiquer le droit relatif à la CIDE pour chacune des définitions suivantes.

Définition	Droit de l'enfant
J'ai le droit d'être traité comme tous les enfants dans le monde, quels que soient mon origine, ma couleur de peau, mon sexe, mon handicap ou mes croyances.	
J'ai le droit à l'instruction gratuite et d'avoir accès à des connaissances qui m'aideront à préparer ma vie d'adulte.	
J'ai le droit au repos et aux loisirs, de me livrer au jeu et à des activités récréatives propres à mon âge et de participer à la vie culturelle et artistique.	
J'ai le droit de grandir et d'être aimé par un entourage bienveillant, d'entretenir des relations personnelles avec mes ascendants.	
J'ai le droit de pouvoir exprimer ce que je pense et ressens. J'ai également le droit d'avoir des informations sur le monde qui m'entoure et d'en parler.	
Je ne dois pas être obligé de travailler dans des conditions difficiles et dangereuses pour survivre ou faire vivre ma famille.	
J'ai le droit d'avoir un lieu de vie sain, de prendre des douches et de changer d'habit.	
J'ai le droit d'être soigné si je suis malade, d'être protégé contre les risques de maladie et de recevoir une alimentation qui me permette de bien grandir.	
J'ai le droit d'être protégé contre toute forme de violence, de mauvais traitements, de négligence ou de la guerre.	

3 Dans le DOCUMENT 2, surligner les quatre principes fondamentaux de la CIDE.

4 **Après avoir identifié le droit de l'enfant qui n'est pas respecté dans la situation décrite ci-dessous, expliquer l'attitude que vous devez adopter.**

« C'est la récréation, tous les enfants s'amusent dans la cour. Un petit groupe de garçons joue au football. Emma veut y jouer, mais alors qu'elle tente de se joindre au groupe, Gabriel lui interdit d'y participer parce qu'elle est une fille ! ».

Droit non respecté :

Attitude à adopter :

POUR ALLER PLUS LOIN

Relever les 4 étapes du processus de la mise en place des droits de l'enfant au niveau international.

Comprendre les droits de l'enfant avec Benjamin Brillaud (Nota Bene)

https://qrcode.link/a/tAW5DP

ACTIVITÉ 2 Aborder les droits de l'enfant de manière ludique

DOC. 3 Les « Frimousse des écoles' »

Le 20 novembre, la Convention Internationale des Droits de l'Enfant fête son anniversaire. Cette journée est l'occasion de mieux faire connaître leurs droits aux enfants, de manière ludique à travers diverses actions.

Visionner cette vidéo

https://qrcode.link/a/ENOm3W

5 **Indiquer l'intérêt de participer à l'opération « Frimousses des écoles » au sein d'une classe.**

6 **Repérer les droits des enfants mis en avant à travers la fabrication des « frimousses ».**

POUR ALLER PLUS LOIN

Des jeux pour apprendre les droits de l'enfant - Unicef France

https://qrcode.link/a/exjWpT

ACTIVITÉ 3 Identifier des partenaires et dispositifs dans le cadre de l'enfance en danger

DOC. 4 L'enfant en danger ou en risque de l'être

La politique nationale de la protection de l'enfance a pour but de prévenir les difficultés auxquelles les parents peuvent être confrontés, d'accompagner les familles et d'assurer une prise en charge totale ou partielle des mineurs.

La loi du 14 mars 2016 relative à la protection de l'enfant, précise à l'article L. 122-3 que « *La protection de l'enfance vise à garantir la prise en compte des besoins fondamentaux de l'enfant, à soutenir son développement physique, affectif, intellectuel et social et à préserver sa santé, sa sécurité, sa moralité et son éducation, dans le respect de ses droits.* »

La protection de l'enfance, basée sur l'article 375 du Code civil, définit la notion de **danger** ou en **risque de l'être** lorsque « la santé, la sécurité ou la moralité d'un mineur non émancipé sont en danger, ou si les conditions de son éducation ou de son développement physique, affectif, intellectuel et social sont gravement compromises ».

D'après la protection de l'enfance, l'enfant maltraité est un enfant victime de violences physiques, d'abus sexuels, d'actes de cruauté mentale, de négligences lourdes ayant des conséquences graves sur son développement physique et psychologique.

7 **Souligner :**

a) en rouge la définition de l'enfant en danger ou en risque de l'être.

b) en vert la définition de l'enfant maltraité.

DOC. 5 Les signes de la maltraitance

Différents signes peuvent alerter par rapport à un enfant ou un adolescent. De manière générale, il faut être vigilant à leur fréquence et durée dans le temps. Ceux-ci sont également plus évocateurs lorsqu'ils s'associent entre eux et ne trouvent pas d'explications rationnelles.

Symptômes physiques et psychosomatiques :
- hématomes ;
- griffures, brûlures, morsures, fractures ;
- maux de ventre, vomissement ;
- fatigue ;
- maux de tête ;
- éruptions cutanées ;
- plaies, lésions.

Comportementaux :
- trouble du sommeil (ex. : difficulté d'endormissement, cauchemars, réveil nocturne, énurésie) ;
- trouble de l'alimentation (ex. : refus de manger, perte d'appétit, boulimie) ;
- difficultés scolaires (ex. : problème de concentration, absentéisme, baisse des notes) ;
- retard dans l'apprentissage (ex. : langage, propreté).

Émotionnels :
- tristesse, pleurs plus fréquents, peurs inexpliquées ;
- colère, agressivité, opposition marquée ;
- isolement, repli sur soi, détachement, évitement ;
- diminution des activités, refus de jouer ;
- faible estime de soi ;
- recherche d'attention, d'affection ;
- comportement « sage », « adapté », « passif » ;
- mise en danger (ex. : fugues, conduites à risques) ;
- hyper vigilance (ex. : dans l'observation, inquiétude), hyper maturation (ex. : très autonome).

Interactions adulte-enfant :
- indifférence, négativité, hostilité voire rejet de l'adulte envers l'enfant ;
- attentes et méthodes pédagogiques inadaptées (ex. : discipline physique sévère) ;
- exposition à des expériences effrayantes ou traumatisantes (ex. : violences conjugales) ;
- ne subvient pas aux besoins : alimentation, hygiène, abri, vêtements, éducation ;
- ne lui apporte pas de soins médicaux appropriés ;
- l'enfant grandit dans un environnement dangereux, sans surveillance ;
- adulte ayant une proximité corporelle inadaptée, parent intrusif ;
- utilisation de l'enfant pour accomplissement des besoins de l'adulte, non adaptés.

« Les signes de la maltraitance », enfantbleu.org

DOC. 6 Existe-t-il des situations plus à risque de maltraitance ?

La prématurité, des troubles du développement et/ou du comportement, un handicap de l'enfant sont des facteurs de risque de maltraitance. Du côté des parents, une situation qui rend l'attachement précoce difficile (séparation néonatale, dépression post-partum, etc.), des antécédents personnels de violences subies dans l'enfance, des violences conjugales, des addictions, un isolement social et surtout moral, des troubles psychopathologiques sont susceptibles d'augmenter le risque de maltraitance.

« Maltraitance chez l'enfant – Comment la repérer ? » (extrait), 02/11/2019, www.has-sante.fr

8 À partir de la situation de Léa, lister les signes évoquant une maltraitance.

« Léa, quatorze ans, enceinte de huit mois, est prise en charge à la maison d'accueil Mère-Enfant depuis trois jours. Il a été constaté plusieurs traces de coups et griffures sur ses bras et ses jambes, son poignet droit est fracturé et elle a un hématome à l'œil gauche. Depuis son arrivée, Léa mange peu et demande à rester seule dans sa chambre. La psychologue du service est allée à sa rencontre mais Léa n'a pas souhaité s'exprimer, elle dit ne pas être encore prête à parler. Léa se montre craintive face à l'adulte et a le regard fuyant ».

Définition

Facteur de risque : élément augmentant la probabilité de survenue d'un événement.

9 Indiquer deux facteurs de risque pouvant être à l'origine de la maltraitance infantile.

-
-

ACTIVITÉ 4 Comment et à qui transmettre les informations préoccupantes et le signalement ?

DOC. 7 Que se passe-t-il lorsqu'on appelle le 119 ?

https://qrcode.link/a/Yz8mXI

POUR ALLER PLUS LOIN

Consulter le « Plan de lutte contre les violences faites aux enfants »

https://qrcode.link/a/kbPUqW

DOC. 8 Information préoccupante et signalement

L'information préoccupante sur une suspicion sérieuse (indices graves et concordants) de danger au sens de l'article 375 du Code civil, est adressée au Président du Conseil départemental. Par contre, le signalement est adressé directement à l'autorité judiciaire (le plus souvent au procureur, également au juge des enfants).

Sauf si sa communication représente un danger pour l'enfant, les parents doivent être immédiatement informés de toute information préoccupante. Celle-ci est enregistrée par la cellule départementale de recueil des informations préoccupantes (CRIP) dont les éléments recueillis sont communicables aux parents. Le secret médical n'est pas opposable. Le refus de coopérer à une enquête ou une suspicion de danger manifestement très grave, entraînera immédiatement un placement provisoire.

Si l'information préoccupante est confirmée par une enquête, le Président du Conseil départemental doit informer immédiatement le procureur de la république. Inversement, après un signalement, ce dernier doit informer immédiatement le Président du Conseil départemental.

Tout citoyen peut faire un signalement. Ne pas signaler un danger sérieux ou avéré caractérise le délit de non-assistance à personne en danger. Faire un signalement abusif, constitue le délit de dénonciation calomnieuse.

« Information préoccupante et Signalement » (extrait), 26/11/2020, legitimedenfance.wordpress.com

10 Dans le DOCUMENT 8 :

a) Souligner en bleu à qui est adressée l'information préoccupante.

b) Encadrer l'organisme qui est chargé de recueillir les informations préoccupantes.

c) Surligner à qui est transféré le signalement.

d) Souligner en rouge la notion de non-assistance à personne en danger.

ACTIVITÉ 5 Qu'est-ce que l'Aide Sociale à l'Enfance ?

DOC. 9 L'Aide Sociale à l'Enfance : c'est quoi ? Quelles sont ses missions ?

Dans une famille, il est de la responsabilité des parents de protéger leurs enfants. Mais parfois, face à des périodes difficiles, il peut leur être compliqué d'exercer pleinement leur rôle. Lorsque le cadre parental se fragilise, les services de l'État prennent le relais.

Chaque département dispose d'un dispositif de protection de l'enfance dont les services de l'Aide Sociale à l'Enfance font partie. Placée sous la responsabilité du Président du Conseil Général, l'ASE intervient à la suite d'une information préoccupante, un signalement ou sur décision de justice.

L'ASE a pour rôle de protéger les enfants contre toute forme de maltraitance ou de carences éducatives. Elle *« apporte un soutien matériel, éducatif et psychologique aux mineurs, à leur famille, aux mineurs émancipés et aux majeurs âgés de moins de 21 ans confrontés à des difficultés sociales susceptibles de compromettre gravement leur équilibre »* (Code de l'Action Sociale et des Familles, article L. 221-1).

L'ASE est également chargée d'accueillir et de s'occuper des enfants qui lui sont confiés sur demande de la famille ou du juge des enfants. L'enfant qui a perdu tout lien avec sa famille est également confié aux services de l'Aide Sociale à l'Enfance. Celui-ci est admis comme « pupille de l'État », cela signifie qu'il n'a plus de filiation et peut être adopté.

L'Aide Sociale à l'Enfance dispose de multiples outils et dispositifs lui permettant de mener à bien ses missions. Elle peut proposer soit des actions de protection au travers le placement si les enfants sont victimes de mauvais traitements ou de négligences graves, soit des actions préventives à travers des aides financières ou des aides éducatives.

Toutes ces mesures visent à garantir la sécurité, la moralité, l'éducation, la santé (mentale et physique) et l'épanouissement de l'enfant.

11 **Dans le DOCUMENT 9 :**

a) **Encadrer la signification du sigle ASE.**

b) **Surligner les missions de l'ASE.**

c) **Souligner la collectivité territoriale dont l'ASE dépend.**

d) **Relever les catégories d'enfants protégés par les services de l'ASE.**

DOC. 10 L'AEMO et AED : quelles différences ?

Les mesures de protection de l'enfant vivant dans son milieu familial s'exercent sous deux formes : l'AEMO (Action Éducative en Milieu Ouvert), ordonnée par le juge des enfants, et l'AED (Aide Éducative à Domicile) contractualisé par les Conseils Départementaux avec l'accord des parents. Ces mesures concernent directement l'enfant, les mineurs et les jeunes majeurs et s'articulent autour de leur famille et de leur environnement…

AEMO	AED
Mesure judiciaire ordonnée par l'autorité judiciaire lorsque l'enfant est en situation d'un grave danger. Elle est imposée aux familles.	Mesure administrative contractuelle et subordonnée à l'accord express des parents.
Les objectifs	
1) Faire cesser le danger lorsqu'il est avéré. 2) Protéger l'enfant. 3) Favoriser le maintien de l'enfant ou son retour au domicile. 4) Renouer les liens familiaux et rétablir la place éducative des parents à travers une aide d'accompagnement et de conseils du professionnel.	1) Accompagner et soutenir les parents dans l'exercice de leurs responsabilités. 2) Prévenir la dégradation d'une situation par un repérage des facteurs de risque. 3) Accompagner le jeune dans un projet individuel afin qu'il trouve les repères éducatifs dont il a besoin (en fonction de son âge).
Mise en œuvre de la prise en charge	
Un travailleur social intervient au domicile pour une durée variable de 6 mois à 2 ans, renouvelable jusqu'aux 18 ans de l'enfant. Le travailleur social doit supprimer la notion de danger par une action éducative directement dans la famille.	L'aide éducative a pour origine une demande des parents effectuée auprès d'un travailleur médico-social. Elle apporte un soutien matériel et éducatif à la famille au sein de son domicile.
Publics concernés	
• Des mineurs en danger (danger avéré). • Des jeunes majeurs de moins de 21 ans qui en font la demande ou qui sollicitent la prolongation de la mesure déjà ordonnée alors qu'ils étaient mineurs.	• Des mineurs en danger (danger potentiel). • Des jeunes majeurs de moins de 21 ans qui en font la demande ou qui sollicitent la prolongation de la mesure déjà ordonnée alors qu'ils étaient mineurs.

12 **Différencier l'AED et l'AEMO.**

DOC. 11 L'ordonnance de placement provisoire

Une Ordonnance de Placement Provisoire (OPP) est une mesure de protection prononcée par un juge des enfants. Cette mesure de placement judiciaire est prise lorsqu'un mineur est en danger.

Une décision de placement est proclamée afin de protéger l'enfant. Ce dernier est retiré provisoirement de son milieu de vie habituel afin d'être placé au sein d'un établissement spécialisé (Village d'Enfants et d'Adolescents, foyers, MECS...) ou dans une famille d'accueil. Ce placement a pour but d'assurer la sécurité, la santé et l'éducation du mineur.

Lors du placement, les parents continuent d'exercer leur autorité parentale. Ils bénéficient parfois d'un droit de visite ou d'hébergement permettant de maintenir le lien parent-enfant. Le juge peut décider de supprimer ces droits ou d'organiser les visites dans un lieu neutre si l'intérêt de l'enfant le justifie.

Une ordonnance de placement provisoire est prononcée pour une durée maximale de 2 ans. La mesure doit ensuite être réétudiée.

« Qu'est-ce qu'une ordonnance de placement provisoire ? » (extrait), www.actionenfance.org

13 **Présenter brièvement ce qu'est une OPP.**

Pour aller plus loin

Visionner le témoignage vidéo de personnes ayant bénéficié d'une prise en charge par les services de protection de l'enfant et de professionnels.

https://qrcode.link/a/Bo4wY9

Pour aller plus loin

Visionner cette vidéo et télécharger l'activité sur la prévention dans les établissements scolaires.

Visionner cette vidéo

https://qrcode.link/a/MFVnac

CHAPITRE 34 Participer à des campagnes de prévention en faveur du dépistage

https://qrcode.link/a/tycKZa

Exemple de situation professionnelle

ACTIVITÉ 1 Les campagnes de prévention

DOC. 1 Qu'est-ce que la santé ?

La santé individuelle est un processus dynamique qui se développe au cours de la vie durant laquelle la personne peut rencontrer des problèmes ou des situations spécifiques de santé. L'approche est centrée sur la personne et son parcours de vie.

La santé individuelle regroupe :

- **la santé physique :** désigne le fonctionnement du corps, des organes et des muscles permettant à l'individu d'interagir avec son environnement ;
- **la santé mentale** (qui n'est pas uniquement l'absence de troubles mentaux) : permet à l'individu de surmonter les tensions fréquentes de la vie et d'interagir avec les autres (les comprendre, se faire comprendre) ;
- **la santé sociale :** désigne la relation aux autres, elle repose sur les liens sociaux avec autrui (les membres de la famille, les amis, les pairs).

Ainsi, l'Organisation mondiale de la Santé (OMS) définit la santé comme « un état de complet bien-être physique, mental et social, [qui] ne consiste pas seulement en une absence de maladie ou d'infirmité » (préambule à la Constitution de l'Organisation mondiale de la Santé, tel qu'adopté par la Conférence internationale sur la Santé, New York, 19-22 juin 1946 ; signé le 22 juillet 1946 et entré en vigueur le 7 avril 1948.). La santé est prise en compte dans sa globalité. Elle est associée à la notion de bien-être.

1 Souligner, dans le DOCUMENT 1, les trois dimensions de la santé.

DOC. 2 Qu'est-ce que la prévention ?

La prévention consiste à éviter l'apparition, le développement ou l'aggravation de maladies ou d'incapacités. Sont classiquement distinguées la prévention primaire qui agit en amont de la maladie (ex. : vaccination et action sur les facteurs de risque), la prévention secondaire qui agit à un stade précoce de son évolution (dépistages), et la prévention tertiaire qui agit sur les complications et les risques de récidive.

« Prévention » (article HAS), 08/2006, has-sante.fr

2 À l'aide du DOCUMENT 2, associer chaque terme à sa définition

- Prévention •
- Prévention primaire •
- Prévention secondaire •
- Prévention tertiaire •

- • C'est l'ensemble des mesures visant à dépister et à traiter la maladie (ex. : dépistage de la surdité néonatale, examens obligatoires chez les femmes enceintes…).
- • C'est l'ensemble des mesures visant à éliminer ou à réduire les complications de la maladie (ex. : actions pour éviter les complications du diabète, rééducation après un AVC…).
- • C'est l'ensemble des mesures visant à éviter ou à réduire le nombre et la gravité des maladies, accidents, handicaps en agissant sur les facteurs de risque (ex. : vaccination de la population, prise de mesures pour éviter la pollution de l'air…).
- • Elle a pour but d'éviter l'apparition, le développement ou l'aggravation de maladies ou d'incapacités.

DOC. 3 Qu'est-ce qu'une campagne de prévention ?

Une campagne de prévention est une action des pouvoirs publics, d'une durée déterminée, effectuée par voie d'affichage, de publicités télévisées, de slogans, ayant pour but d'informer l'opinion sur une maladie, afin d'en diminuer la diffusion.

DOC. 4 Qu'est-ce que le dépistage ?

1. Action de dépister quelque chose, de trouver une trace.
2. Ensemble d'examens et de tests effectués au sein d'une population apparemment saine afin de dépister une affection latente à un stade précoce.
3. Recherche et mise en évidence d'une pathologie par un examen avant l'apparition des premiers signes fonctionnels ou cliniques.

3 Souligner la définition de la campagne d'information dans le DOCUMENT 3.

4 Donner un exemple d'action en faveur de la prévention primaire.

5 À l'aide des DOCUMENTS 2 et 4, indiquer à quel niveau de prévention correspond le dépistage.

DOC. 5 Campagne d'information sur la prévention et le dépistage des cancers du sein

L'Institut lance une nouvelle campagne d'information sur la prévention et le dépistage des cancers du sein. Menée en lien avec le ministère des Solidarités et de la Santé, cette campagne nationale met non seulement l'accent sur le dépistage mais aussi sur la prévention primaire, qui joue un rôle majeur et encore aujourd'hui souvent méconnue dans la lutte contre les cancers du sein. L'objectif est de faire prendre conscience aux femmes de 40 à 74 ans des moyens simples d'agir à leur disposition, en faisant appel à un registre dédramatisant.

« Campagne d'information sur la prévention et le dépistage des cancers du sein », (extraits), oncomel.org
Infographie extraite de codeps13.org

6 Observer l'affiche du DOCUMENT 5 puis répondre aux questions suivantes.

a) À quel examen médical fait-elle référence ?

b) Est-ce un examen d'imagerie médicale ou d'endoscopie ?

c) Pourriez-vous expliquer à une personne comment fonctionne cet examen ?

ACTIVITÉ 2 Les examens par imagerie et par endoscopie

DOC. 6 La radiographie

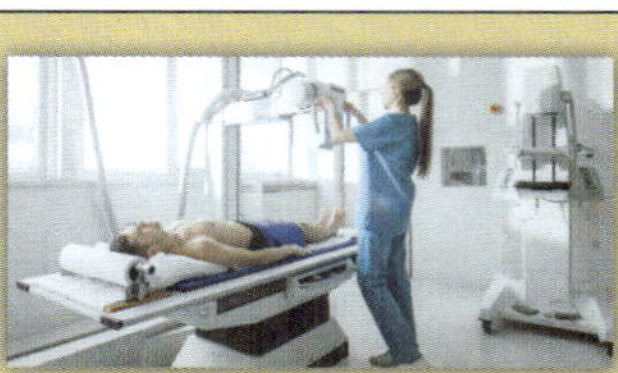

Cet examen consiste à projeter des rayons X capables de traverser la matière vivante sur la partie du corps humain ciblée par l'examen.
À leur sortie du corps humain, les rayons X récupérés sont projetés sur un film radiographique ou un support numérique. Les clichés obtenus sont composés de zones contrastées, allant du blanc (os) au noir (air), en passant par différentes teintes de gris (tissus mous).

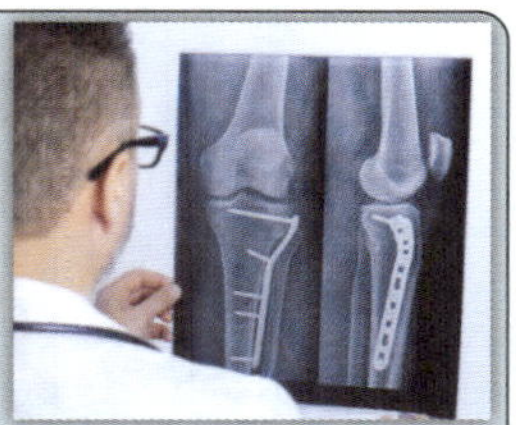

La radiographie permet de rechercher d'éventuelles pathologies osseuses ou articulaires (arthrose, fractures, scoliose).
La radiographie pulmonaire permet également de dépister des lésions de tuberculose.

DOC. 7 La scanographie

Cet examen consiste à faire circuler le patient, allongé sur une table d'examen mobile, dans un tunnel peu profond. Un faisceau rotatif de rayons X capables de traverser la matière vivante est envoyé par la machine sur l'organe ou la partie du corps humain ciblée par l'examen.
À leur sortie du corps humain, les rayons X récupérés sont traités par ordinateur, permettant d'examiner l'organe ou la partie du corps ciblée grâce aux nombreuses images en coupe transversale fine obtenues, composées de zones contrastées, allant du blanc (os) au noir (air) en passant par différentes teintes de gris (tissus mous).
La scanographie peut être réalisée, selon l'organe ciblé par l'examen, avec ou sans injection de produit de contraste iodé, permettant l'apparition de zones colorées en fonction de leur densité.

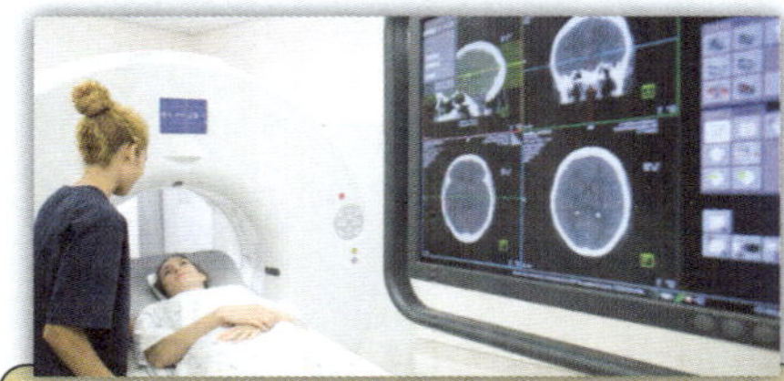

La scanographie permet de rechercher d'éventuels ganglions, hémorragies, infections, kystes, ou tumeurs.
Elle est également utilisée pour l'exploration des structures cérébrales (cerveau).

7 **Identifier le type de rayonnement à la fois utilisé en radiographie et en scanographie.**

....

....

....

8 **Relier chaque examen à son principe et aux pathologies qu'il permet de dépister.**

Nom de l'examen	Principe de l'examen	Pathologies dépistées par cet examen
Radiographie •	• Projection d'un faisceau rotatif de rayons X capables de traverser la matière vivante sur une partie du corps humain. À leur sortie du corps humain, les rayons X récupérés sont traités par ordinateur, permettant d'examiner l'organe ou la partie du corps ciblée grâce aux nombreuses images en coupe transversale fine obtenues. •	• Arthrose, fractures, scoliose
Scanographie •	• Projection de rayons X capables de traverser la matière vivante sur une partie du corps humain. À leur sortie du corps humain, les rayons X récupérés sont projetés sur un film radiographique ou un support numérique. •	• Ganglions, hémorragies, infections, kystes, tumeurs

9 **À l'aide du DOCUMENT 6, légender la radiographie ci-après en utilisant les mots suivants :** air, os, tissus mous.

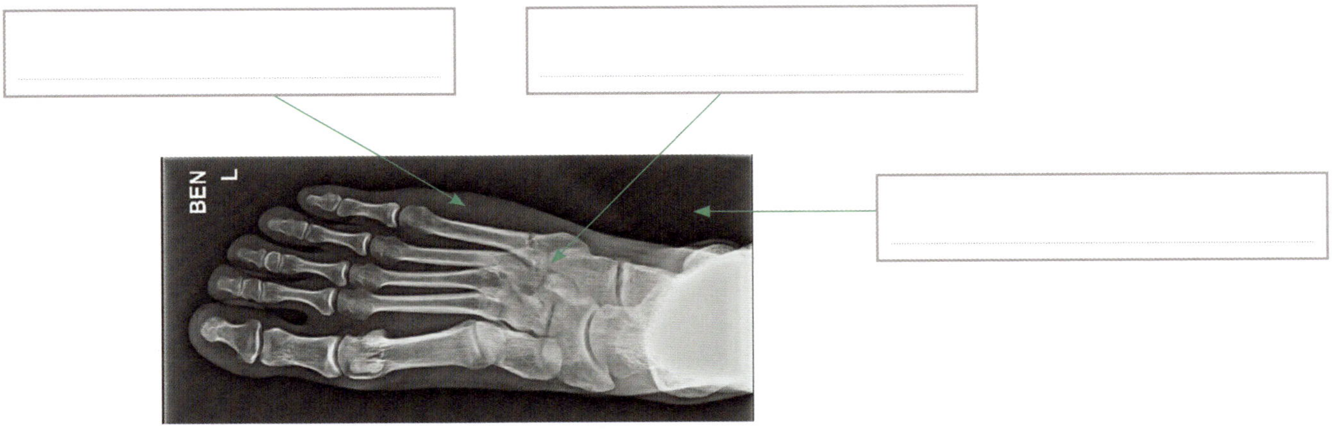

10 **À l'aide du DOCUMENT 7 :**
- **nommer le produit parfois utilisé en scanographie pour améliorer le contraste des images obtenues ;**
- **indiquer son mode d'administration chez le patient.**

....

....

....

11 **À l'aide des DOCUMENTS 6 et 7, identifier, parmi les deux techniques d'exploration présentées, la technique d'exploration la plus précise en la cochant.**

❑ La scanographie
❑ La radiographie

DOC. 8 L'échographie

Cet examen consiste à appliquer, sur l'organe ou la partie du corps ciblée, un gel puis une sonde émettrice d'ultrasons, qui ont pour propriété de traverser les tissus mous et de renvoyer des échos, transformés en images par l'échographe. L'application du gel préalablement à la sonde émettrice d'ultrasons permet d'éviter la présence d'air entre la sonde et la peau, qui ralentirait la vitesse des ultrasons. Cet examen est non invasif, inoffensif et indolore.

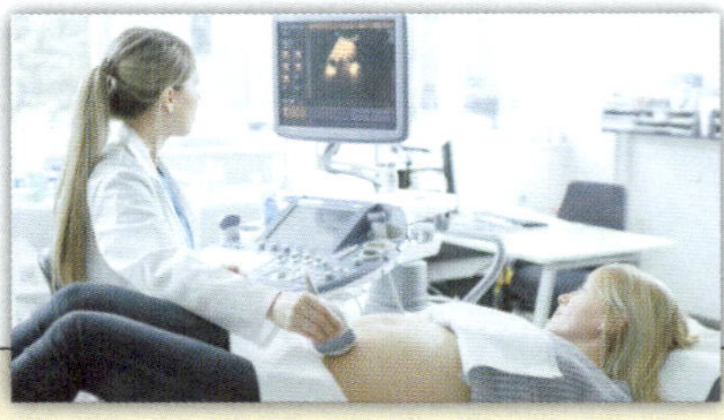

L'échographie permet de rechercher d'éventuelles infections, malformations et tumeurs mais elle permet aussi de suivre le déroulement d'une grossesse (étude de la vitalité et du développement du fœtus). Elle peut également être utilisée pour guider une biopsie.

DOC. 9 L'endoscopie

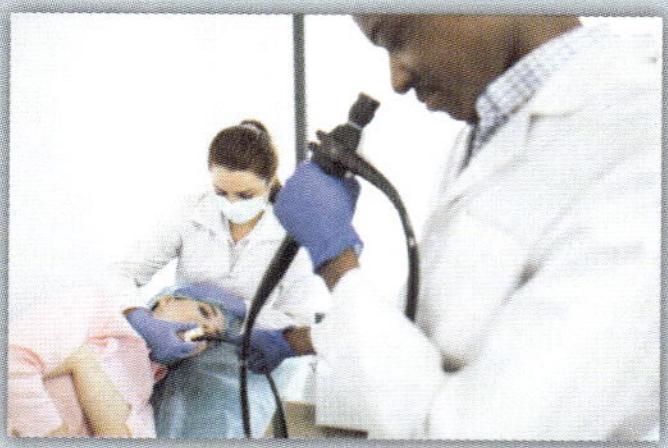

Cet examen consiste à examiner l'intérieur des cavités de l'organisme grâce à l'introduction d'un endoscope par les voies naturelles ou par l'intermédiaire d'une incision pratiquée sur la peau. L'endoscope est un câble souple, équipé d'une petite caméra à son extrémité, qui permet la diffusion des images obtenues sur un écran d'observation.
Cet examen invasif est réalisé sous anesthésie locale ou générale, il est donc indolore.

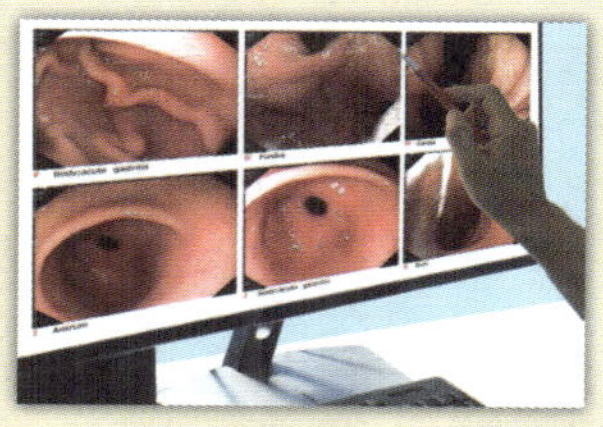

L'endoscopie permet de rechercher d'éventuels diverticules (petites poches se formant sur la surface extérieure du côlon), infections, inflammations, polypes (petites excroissances se développant sur les muqueuses des cavités naturelles de l'organisme) et tumeurs, notamment au niveau des appareils digestifs, excréteurs, reproducteurs, respiratoires ou encore des articulations. Elle permet aussi l'ablation de polypes.

12 À l'aide des DOCUMENTS 8 et 9, associer chaque proposition à l'examen correspondant.

	Échographie	Endoscopie
Examen invasif réalisé sous anesthésie locale ou générale, il est donc indolore.	❑	❑
Examen non invasif, inoffensif et indolore.	❑	❑
Examen qui consiste à appliquer, sur l'organe ou la partie du corps ciblée, un gel puis une sonde émettrice d'ultrasons, qui ont pour propriété de traverser les tissus mous et de renvoyer des échos, transformés en images par l'échographe.	❑	❑
Examen qui consiste à examiner l'intérieur des cavités de l'organisme grâce à l'introduction d'un endoscope par les voies naturelles ou par l'intermédiaire d'une incision pratiquée sur la peau.	❑	❑
Examen qui permet de rechercher d'éventuels diverticules, infections, inflammations, polypes et tumeurs.	❑	❑
Examen qui permet de rechercher d'éventuelles infections, malformations et tumeurs.	❑	❑
Examen qui permet de suivre le déroulement d'une grossesse.	❑	❑
Examen qui permet l'ablation de polypes.	❑	❑
Examen qui peut être utilisé pour guider une biopsie.	❑	❑

DOC. 10 L'Imagerie à Résonance Magnétique (IRM)

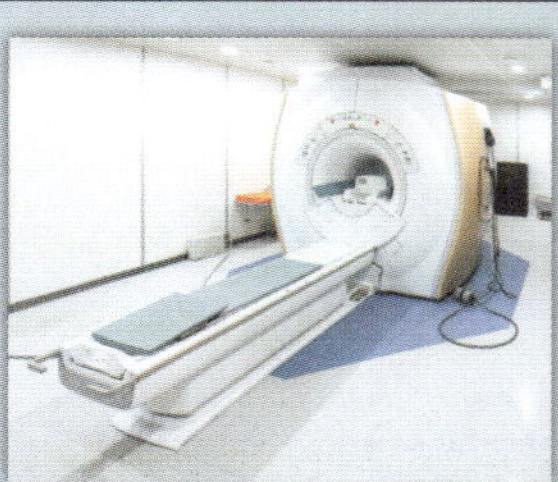

Cet examen consiste à faire circuler le patient, allongé sur une table d'examen mobile, dans un tunnel d'environ 1 m 60 de long. Un champ magnétique puissant, envoyé par la machine, modifie les noyaux des atomes d'hydrogène présents dans l'organe ou la partie du corps humain ciblée par l'examen, qui vont alors se mettre à vibrer puis reviendront à leur état initial à des vitesses différentes selon le type de tissu traversé. Le signal récupéré sera ensuite transformé sous forme d'images 2D ou 3D.
L'IRM dure de 15 à 45 minutes selon l'ampleur de l'organe ou de la partie du corps à explorer et selon si l'injection d'un produit de contraste iodé est nécessaire ou pas.

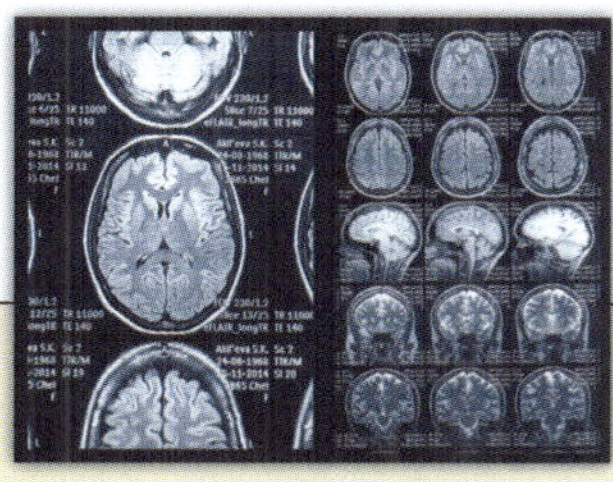

L'Imagerie à Résonance Magnétique permet de dépister d'éventuels dysfonctionnements de l'ensemble des organes du corps humain (lésions infectieuses ou inflammatoires, traumatismes, tumeurs...).

DOC. 11 La Scintigraphie

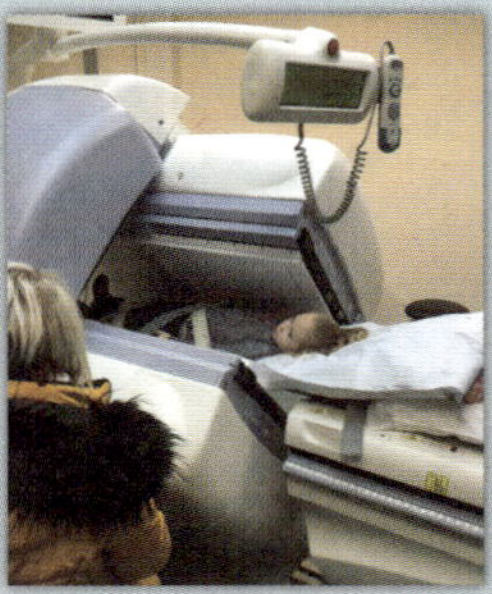

Cet examen consiste à injecter au patient, généralement dans l'une des veines situées au creux du coude ou sur la main, des traceurs radioactifs spécifiques à l'organe ciblé par l'examen qui vont se fixer sur ce dernier. Le patient doit ensuite attendre entre 20 et 60 minutes dans une salle d'attente radioprotégée afin que le produit injecté se fixe sur l'organe et, durant ce laps de temps, il doit boire abondamment (environ 1 litre d'eau). Le patient s'installe sur une table d'examen équipée d'une gamma-caméra qui se déplace très près du corps, durant 5 à 20 minutes, permettant de filmer les rayonnements radioactifs émis par le produit injecté et de les convertir en images de l'organe ciblé.

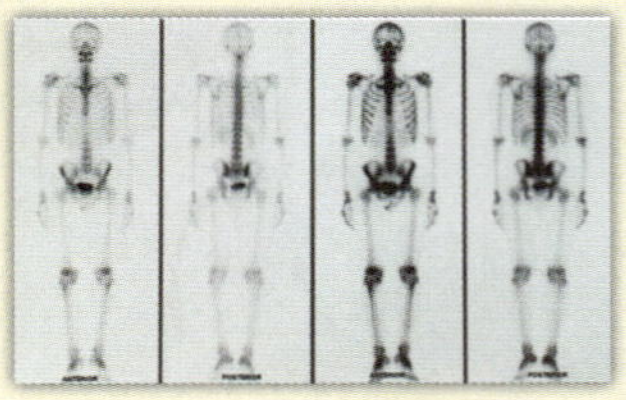

La scintigraphie permet de dépister ou de suivre l'évolution de certaines maladies telles que les embolies pulmonaires ou les métastases osseuses d'un cancer (tumeurs formées à partir de cellules cancéreuses qui se sont détachées d'une première tumeur cancéreuse). Elle permet également d'étudier la vascularisation de certains organes.

13 **Surligner le principe de chacun des examens présentés dans les DOCUMENTS 10 et 11.**

14 **À l'aide des DOCUMENTS 10 et 11, associer chaque examen à la technique utilisée pour sa réalisation.**

Examen		Technique utilisée
IRM •		• Utilisation de produits traceurs
Scintigraphie •		• Utilisation d'un champ magnétique

15 **À l'aide des DOCUMENTS 10 et 11 :**
- **identifier si les examens présentés dans ces documents permettent de dépister et/ou de suivre l'évolution de certaines maladies ;**
- **donner des exemples de maladies dépistées et/ou suivies par chacun d'entre eux.**

	Examen qui permet de…		Exemples de maladies
	… dépister des maladies	… suivre l'évolution de certaines maladies	
IRM	❑	❑	
Scintigraphie	❑	❑	

CHAPITRE 35 Participer à des campagnes de prévention bucco-dentaire

https://qrcode.link/a/dNKbLm
Exemple de situation professionnelle

ACTIVITÉ 1 Le programme M'T Dents

DOC. 1 Le programme M'T Dents

Visionner cette vidéo (0'56")

https://qrcode.link/a/0t4PkB

1 À l'aide de la vidéo, répondre aux questions suivantes.

a) Présenter le programme M'T Dents.

b) Identifier l'organisme qui en est à l'origine.

c) Indiquer le public ciblé par ce programme.

d) Identifier les objectifs de ce programme.

e) Préciser le coût pour l'usager de ce programme.

f) Identifier les démarches à accomplir pour bénéficier de ce programme.

2 **D'après vos connaissances, expliquer en quoi le programme M'T Dents est une campagne de prévention.**

DOC. 2 La campagne de communication autour du programme M'T Dents

Pour 1 Français sur 3, la santé bucco-dentaire n'est pas une priorité. Pourtant si celle-ci est négligée, elle peut avoir un impact direct sur l'état de santé général. Pour rappeler l'importance d'une consultation régulière et faire connaître l'extension des rendez-vous M'T Dents à ses nouveaux bénéficiaires (les enfants de 3 ans et jeunes adultes de 21 à 24 ans), l'Assurance Maladie a lancé une nouvelle campagne de promotion M'T Dents le 5 février 2021.

3 films publicitaires diffusés en 2021

Le slogan : **« Le dentiste, il vaut mieux y aller avant ! »**, entend interpeller les jeunes et leurs parents. De façon drôle et décalée, une série de films publicitaires met en scène une communauté de dents qui découvre les désagréments du voisinage, comme ceux causés par une carie, du tartre ou une gingivite. Une tonalité légère qui permet de dédramatiser les rendez-vous chez le dentiste et d'entretenir le capital sympathie dont bénéficie M'T Dents.

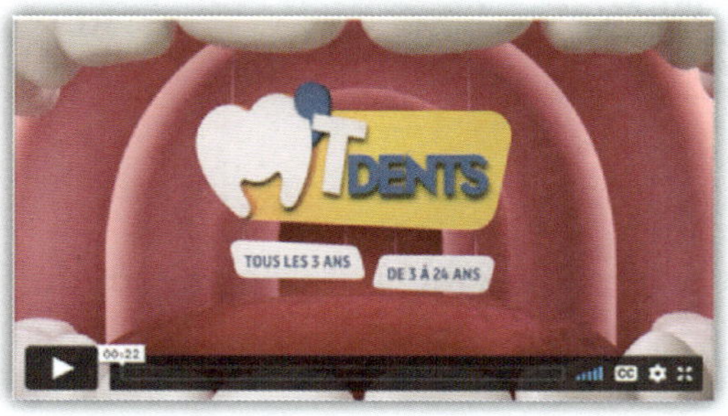

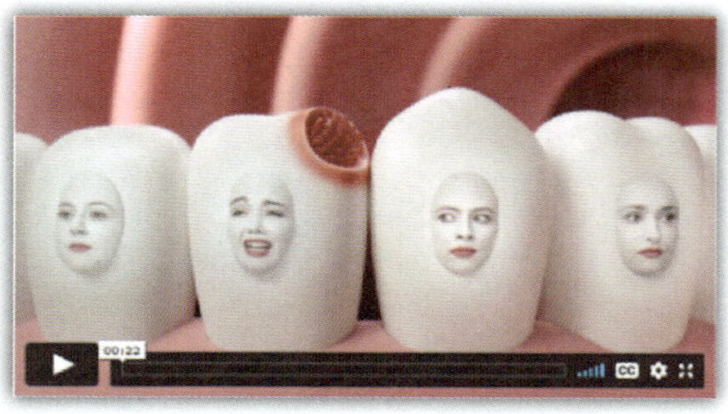

Entre temps forts et fil rouge, une campagne au long cours

Déclinée **en TV, sur les plateformes de vidéos en ligne** ainsi que **sur les réseaux sociaux**, cette campagne s'appuie également sur :

- des **partenariats média** pour faire de la pédagogie auprès des jeunes adultes, plus désintéressés sur les questions de santé, avec 2 influenceurs (scoot2street et Dr Good), Hello Jam, Loopsider ou encore Gulli pour approcher cette fois les enfants et leurs parents ;
- un **affichage digital** au sein de **376 maisons de santé** pluridisciplinaires (chirurgiens-dentistes, médecins, pédiatres) ;
- le cinéma : les spots sont diffusés en ouverture de 5 films à forte audience pour les 18-24 ans ;
- des **relations presse** pour la sensibilisation de la presse jeunesse 3-12 ans, parentale, jeunes adultes et de la presse professionnelle.

Les dentistes, médecins et pédiatres sont également sensibilisés dans la **presse professionnelle** à l'action menée par l'Assurance Maladie à leurs côtés en faveur de la prévention de la santé bucco-dentaire. [...]

Une **information de proximité** dans les écoles et les universités est par ailleurs assurée par les organismes locaux de l'Assurance Maladie au moyen des différents outils disponibles : affiche, flyer, vidéo d'information, kit pédagogique pour les classes de CP.

Une campagne à l'efficacité prouvée

Quelques mois à peine après le lancement de la campagne, **un post test mené par BVA confirme l'efficacité de cette nouvelle campagne** M'T Dents auprès des jeunes et de leurs parents. Ces dents qui prennent la parole pour se plaindre et rappeler à leur « proprio » d'agir ont su les convaincre de prendre rendez-vous chez le dentiste. C'est du moins ce que déclarent **86 % des parents et 82 % des 18-24 ans interrogés**. 2/3 des Français se remémorent par ailleurs avoir vu un des spots à la télévision, mais surtout 3/4 des jeunes et 7 adolescents sur 10.

Campagne M'T dents, assurance-maladie.ameli.fr

3 **À l'aide du DOCUMENT 2, identifier de quelles manières le grand public est sensibilisé à l'existence du programme M'T Dents.**

4 **À l'aide du DOCUMENT 2, identifier de quelles manières les professionnels (médecins, dentistes, pédiatres) sont sensibilisés à l'existence du programme M'T Dents.**

5 ***« Le post test mené par BVA confirme l'efficacité de cette nouvelle campagne M'T Dents auprès des jeunes et de leurs parents. Ces dents qui prennent la parole pour se plaindre et rappeler à leur "proprio" d'agir ont su les convaincre de prendre rendez-vous chez le dentiste. C'est du moins ce que déclarent 86 % des parents et 82 % des 18-24 ans interrogés. »***

À l'aide des DOCUMENTS 1 et 2 et de vos connaissances, indiquer de quelle manière l'Assurance Maladie peut s'assurer de l'exactitude des chiffres annoncés par la société d'études et de conseil BVA à propos de l'efficacité de la nouvelle campagne M'T Dents.

Activité 2 La constitution d'une dent

DOC. 3 La composition d'une dent

La dent est un organe composé de trois parties :

- **une partie visible, appelée la couronne :** elle comprend l'émail et une partie de la dentine. L'émail, tissu le plus dur de l'organisme, est la couche plus ou moins translucide qui recouvre la partie extérieure de la dent. Il a pour fonction de protéger la dent des agressions extérieures (acidité, sucre...). La dentine, tissu non vascularisé, est située entre l'émail et la pulpe. Elle a pour fonction de transmettre les informations au nerf de la dent, grâce au réseau de tubules qui la traversent ;
- **une partie semi-visible, entre la couronne et la racine, appelée le collet :** c'est la zone de jonction entre l'émail et le cément mais également la zone située juste à la jonction avec la gencive ;
- **une partie invisible, appelée la racine :** elle comprend la dernière partie de la dentine, la pulpe et le cément. Elle est cachée dans la gencive, de couleur rosée, qui adhère à l'os et le protège afin qu'il puisse soutenir les dents. La pulpe, tissu conjonctif, est la partie centrale de la dent, composée des nerfs et des vaisseaux sanguins. Elle a pour fonction de donner la sensibilité et la vitalité à la dent. Le cément, tissu calcifié très fin, recouvre la racine. Il a pour fonction de permettre la cohésion entre la dent et l'os de la mâchoire.

6 **À l'aide du DOCUMENT 3, annoter le schéma de la dent ci-après.**

Schéma de la dent

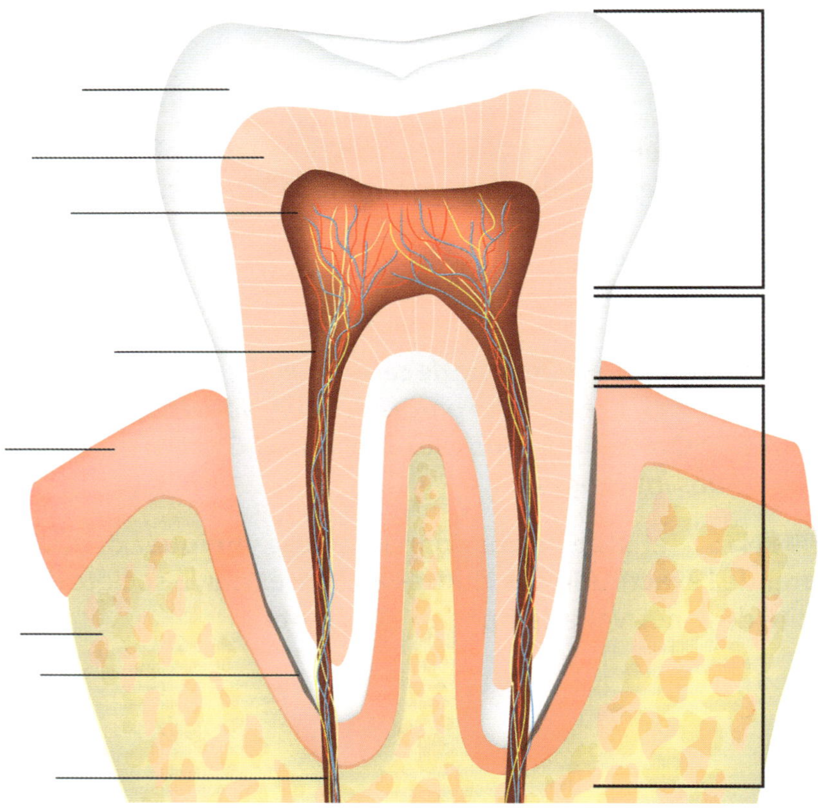

ACTIVITÉ 3 Denture temporaire, denture définitive

DOC. 4 Éruption et chute des dents de lait

Denture temporaire (dents de lait)

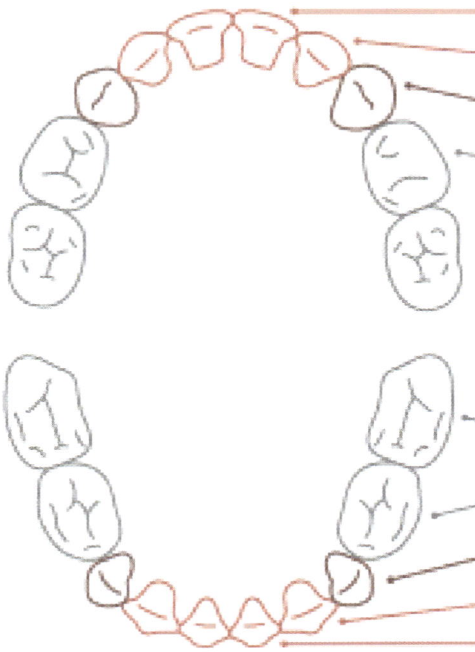

Dents du haut	Éruption	Chute
Incisive centrale	8-12 mois	6-7 ans
Incisive latérale	9-13 mois	7-8 ans
Canine	16-22 mois	10-12 ans
Première molaire	13-19 mois	9-11 ans
Deuxième molaire	23-31 mois	10-12 ans

Dents du bas	Éruption	Chute
Deuxième molaire	25-31 mois	10-12 ans
Première molaire	14-18 mois	9-11 ans
Canine	17-23 mois	9-12 ans
Incisive latérale	10-16 mois	7-8 ans
Incisive centrale	6-10 mois	6-7 ans

DOC. 5 Éruption des dents définitives

Denture définitive

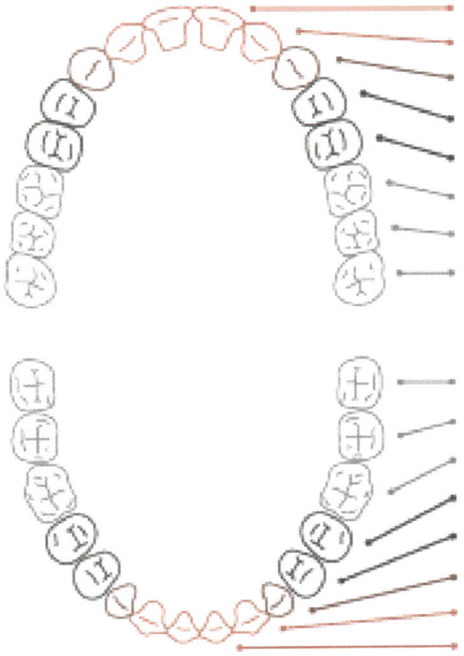

Dents du haut	Éruption
Incisive centrale	7-8 ans
Incisive latérale	8-9 ans
Canine	9-10 ans
Première prémolaire	10-11 ans
Deuxième prémolaire	10-12 ans
Première molaire	6-7 ans
Deuxième molaire	12-13 ans
Troisième molaire (dents de sagesse)	17-21 ans

Dents du bas	Éruption
Troisième molaire (dents de sagesse)	17-21 ans
Deuxième molaire	11-13 ans
Première molaire	6-7 ans
Deuxième prémolaire	11-12 ans
Première prémolaire	10-12 ans
Canine	11-12 ans
Incisive latérale	7-8 ans
Incisive centrale	6-7 ans

7 À l'aide des **DOCUMENTS 4** et **5**, indiquer le nombre de dents de lait chez l'enfant puis le nombre de dents chez l'adulte.

....

....

8 À l'aide du **DOCUMENT 4**, identifier l'ordre d'apparition des dents de lait chez l'enfant.

....

....

....

....

9 À l'aide du **DOCUMENT 5**, identifier l'ordre d'apparition des dents définitives.

....

....

....

....

10 À l'aide du **DOCUMENT 5**, annoter le schéma de la denture définitive ci-après.

Schéma de la denture définitive

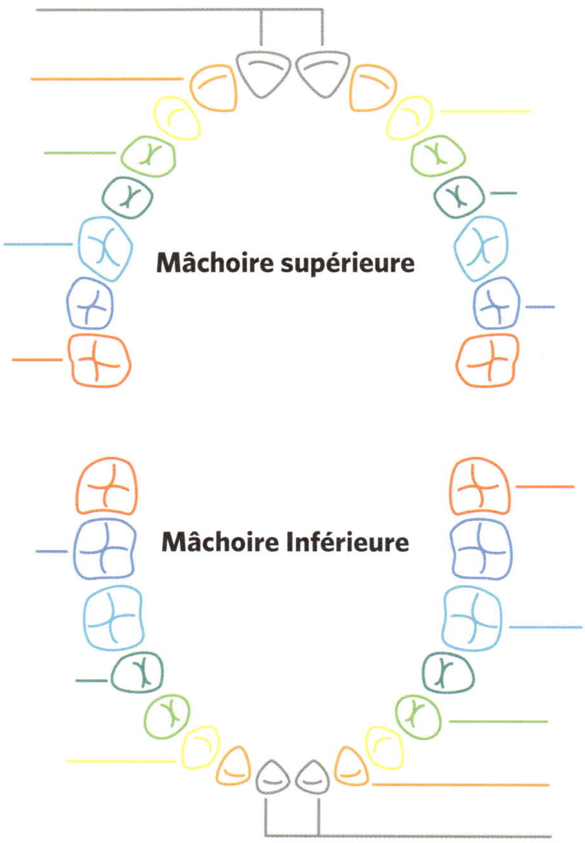

DOC. 6 Les 4 types de dents et leurs rôles respectifs

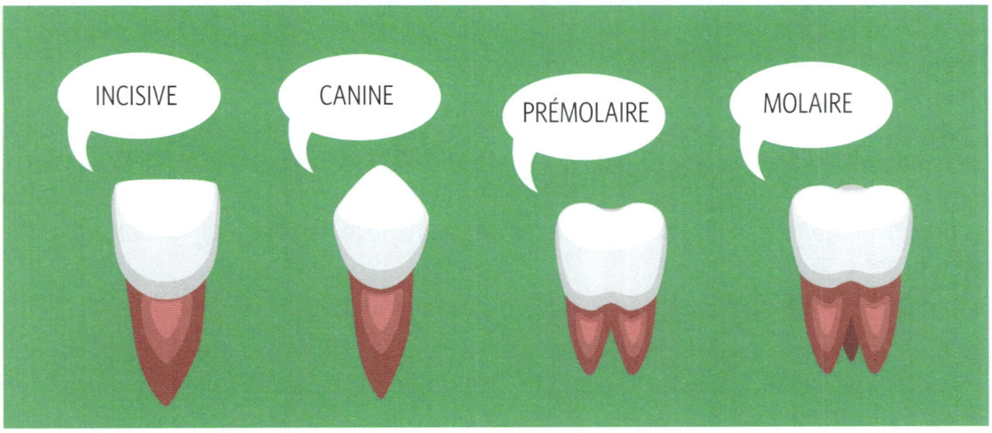

La mâchoire d'un adulte comporte 4 types de dents, chacune ayant sa forme et son rôle respectif :

- les incisives, centrales et latérales, dents au bord droit qui permettent d'attraper et de couper les aliments ;
- les canines, dents pointues qui permettent de déchiqueter les aliments ;
- les prémolaires, dents avec deux cuspides pointues en surface qui servent à broyer et déchirer les aliments ;
- les molaires, dents avec plusieurs cuspides en surface qui servent à broyer les aliments.

11 À l'aide des DOCUMENTS 5 et 6, indiquer le nombre et le rôle de chaque type de dent en complétant le tableau ci-dessous.

Type de dent	Nombre de dents	Rôle de ce type de dent
Incisives		
Canines		
Prémolaires		
Molaires (dont les dents de sagesse)		

Activité 4 Aïe, j'ai une carie !

DOC. 7 La plaque dentaire et la carie

La plaque dentaire est un film épais, incolore ou blanchâtre, constitué de salive et de particules alimentaires, prenant place à la jonction entre la dent et la gencive, appelée ligne gingivale. Elle se constitue à chaque prise alimentaire et s'élimine grâce à un brossage régulier et rigoureux des dents. En l'absence de régularité ou de rigueur dans le brossage des dents, les bactéries de la plaque dentaire transforment les sucres des aliments en acides, qui vont attaquer les dents en formant un trou à sa surface : la carie.

En fonction de sa rapidité de prise en charge, elle évolue en suivant 4 stades.

1er stade : seul l'émail est atteint au niveau d'un sillon ou entre 2 dents. La carie n'est pas douloureuse, elle est peu visible et peut être confondue avec une tâche. Elle est, en revanche, visible sur une radio dentaire. Elle se traite grâce à des conseils personnalisés, des soins légers ou peut nécessiter de légers soins conservateurs (pose d'un composite).

2e stade : l'émail et la dentine sont atteints. La carie peut entraîner des douleurs temporaires et notamment au contact du froid et du sucré, calmées par un antidouleur. Une tache foncée ou une cavité peuvent être visibles sur la dent cariée. Si elle est décelée rapidement, la dent peut généralement être gardée vivante et nécessite alors des soins conservateurs, la pose d'un composite ou d'un inlay.

3e stade (la pulpite ou rage de dents) : la pulpe est atteinte. La carie entraîne des douleurs intenses et continues, amplifiées par le chaud, le froid et la pression. La douleur est également amplifiée en position allongée. La dent doit être dévitalisée et nécessitera, par la suite, des soins conservateurs plus complexes (inlay) ou la pose d'une couronne car la carie l'a rendu fragile et à risque de fracture.

4e stade (infection, abcès apical, kyste, granulome) : la pulpe est nécrosée, l'infection s'est diffusée et a atteint le tissu osseux environnant. La carie entraîne des douleurs intenses et continues, amplifiées par la pression, la palpation ainsi que la mastication mais elle n'est plus sensible au froid. Les antidouleurs ne font plus effet car l'infection est installée. La carie peut entraîner un abcès ou de la cellulite, qui sont très douloureux. Le pus s'est accumulé et peut entraîner un abcès ou une cellulite quand il est passé dans des tissus mous comme la joue. La fièvre apparaît alors et l'infection peut se propager à distance. La racine de la dent doit être nettoyée sur une à plusieurs séances et l'extraction de la dent est parfois nécessaire.

La carie peut parfois évoluer silencieusement, de manière asymptomatique et entraîner la formation d'un granulome ou d'un kyste, qui seront découverts après une radio de contrôle.

12 À l'aide du DOCUMENT 7, différencier la plaque dentaire de la carie.

13 À l'aide du DOCUMENT 7, identifier les différents stades de la carie en complétant le tableau ci-dessous.

Stades de la carie	Symptômes
Stade n° 1	
Stade n° 2	
Stade n° 3	
Stade n° 4	

DOC. 8 Conseils pour avoir une bonne santé bucco-dentaire

Visionner cette vidéo (2'19")

https://qrcode.link/a/6jlnja

14 À l'aide de la vidéo,

a) Répondre par Vrai ou Faux aux affirmations suivantes sur l'hygiène bucco-dentaire.

b) Corriger les affirmations fausses.

	Vrai	Faux	Correction
Le brossage de dents doit avoir lieu 2 fois par jour.	☐	☐	
Le brossage de dents doit durer 2 minutes.	☐	☐	
La brosse à dents doit être changée tous les 6 mois.	☐	☐	
Les caries raffolent de nos grignotages.	☐	☐	
Après un grignotage, inutile de se brosser les dents.	☐	☐	
Une consultation chez le dentiste doit avoir lieu, a minima, tous les deux ans.	☐	☐	

POUR ALLER PLUS LOIN

À l'aide de la vidéo, identifier les stratégies mises en œuvre par la dentiste pour mettre l'enfant en confiance lors de sa première consultation.

https://qrcode.link/a/ESlmWT

Achevé d'imprimer : mars 2022
Imprimé en France sur les presses de l'imprimerie SEPEC - 00831220207
Dépôt légal : 1er trimestre 2022

PEFC 10-31-1470 / Certifié PEFC / Ce produit est issu de forêts gérées durablement et de sources contrôlées. / pefc-france.org